陕西师范大学优秀著作出版基金资助出版
陕西师范大学人文社会科学高等研究院资助出版

"上林学术名家书系"编委会

主　任

甘　晖

主　编

李继凯

副主编

赵学清　沙武田　李胜振

编　委

（按音序排列）

程国君　党圣元　葛承雍　何志龙
胡安顺　李永平　李跃力　李　震
刘学智　王建新　王泉根　王　欣
阎晶明　张宝三　张新科　赵学勇

陕西师范大学优秀著作出版基金资助出版
陕西师范大学人文社会科学高等研究院资助出版

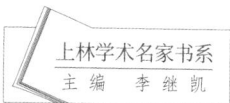

生命从中午消失

路遥的小说世界（增订本）

赵学勇 著

陕西师范大学出版总社

图书代号　ZZ19N2076

图书在版编目(CIP)数据

生命从中午消失：路遥的小说世界 / 赵学勇著 . —
增订本. —西安：陕西师范大学出版总社有限公司，2019.12
　　ISBN 978-7-5695-1309-7

　　Ⅰ.①生… Ⅱ.①赵… Ⅲ.①路遥（1949—1992）—
小说创作—文学创作研究　Ⅳ.①I207.42

中国版本图书馆CIP数据核字（2019）第276998号

生命从中午消失——路遥的小说世界（增订本）
SHENGMING CONG ZHONGWU XIAOSHI——LUYAO DE XIAOSHUO SHIJIE

赵学勇　著

责任编辑	梁　菲
责任校对	刘存龙
封面设计	李　琳
出版发行	陕西师范大学出版总社 （西安市长安南路199号　邮编 710062）
网　　址	http://www.snupg.com
印　　刷	西安牵井印务有限公司
开　　本	710mm×1000mm　1/16
印　　张	22
字　　数	332千
版　　次	2019年12月第1版
印　　次	2019年12月第1次印刷
书　　号	ISBN978-7-5695-1309-7
定　　价	68.00元

读者购书、书店添货或发现印装质量问题，请与本公司营销部联系、调换。
电话：（029）85307864　85303629　传真：（029）85303879

自　序

《光明日报》2019年9月14日，发表了笔者的一篇小文《当代文学的人民性书写——谈路遥创作的"人民性"视野》。在此，不妨拾来作为这一增订本的"自序"。全文如下：

中国当代文学中的"人民性"表征及其特点，如果从其承载主体的文学史发展脉络来看，历经脱胎于延安文艺传统的十七年文学，以及1980年代以来的文学启蒙、寻根文学、新写实与底层书写等，都体现着多样化的丰富的人民性内涵。作为追求现实主义文学创作的重要作家，路遥的《人生》《平凡的世界》等小说，在中国改革开放以来的当代文学的人民性视野中更具典型性。这不仅在于路遥的创作，首先关注了大变革时期中国的"三农"问题，书写了"城乡交叉地带"人民的生存与生活，从整体上反映了改革开放初期中国社会的发展与变迁，而且相当规模地展现了中国当代变革的时代情绪及民众的精神心理动向。曾经被湮没于当代文学繁杂思潮更迭发展中的路遥小说，其现实主义的创作方法、传统道德的审美理想、书写苦难的情感基调，及其传播方式与经典化过程中的群众参与历程，都可以说是从多个层面丰富了中国当代文学人民性书写的审美追求及其意向。

从《人生》到《平凡的世界》，路遥的创作均是从社会历史的宏阔背景出发，有意识地拒绝1980年代文坛日新月异的流派与技巧，执着地遵从和选择现实主义观念进行创作。现在看来，当代文坛在先锋派文学之后所走过的轨迹，是逐渐扬弃形式主义而向着现实主义的道路行进的，这恰好证明了路遥的清醒、独立以及来自对于时代的自信。正如他所说，"对于作家来说，他们的劳动成果不仅要接受当代眼光的评估，还要经受历史眼光的审视"。这样的自我要求为他的小说带来了强烈的时代感与前瞻意识。同时，路遥的创作实践也极大地丰富了以往的现实主义要求及其内涵，与同时期的文学作品相比，《平凡的世界》首先尝试将经济单元置换为文化的、社会的单元，而其中所展示的乡土视野也为日后的寻根文学提供了有益的思考。

路遥对现实主义文学精神有着强烈的认同感和自觉实践，他能够在坚守现实主义文学创造的基点上，以开放的姿态，尽力吸收诸种文学观念及文学创作方法的优长，来营造自己的文学世界。这使他的现实主义书写有着这样的特点，即在继承"五四"以来现实主义文学精神的基础上，勇于实践，富于创造：一方面对中国当代极富震荡时期及变革年代的现实生活的各种关系，能够作更深广的把捉；一方面能发掘潜藏在生活深处的理想之光，将其熔铸到人物形象和生活潮流中去。他是由研究个人的心理到对历史意识的剖析，从对民族历史的把握深入对民族精神的探察，把雄阔的历史与繁复的现实迭现出来，这样表现的历史真实便上升到新的审美层次。他的作品不但在反映现实生活时沉实雄辩，而且具有相当的历史深度和广度，塑造出高加林、孙少平等一批既富有历史感又极具生命质感的人物，在他们身上体现着"较大的思想深度和意识到的历史内容"（恩格斯语），使得路遥的现实主义文学有着沉实的底蕴。

文学创作中的"人民性"表征充分地体现在对于人民的生存状态的悲悯情怀。路遥的作品有一种大悲悯、大同情的精神境界。这体现在他创作中的苦难书写，他把个人成长的生命体验与中国当代"三农"的复杂社会问题充分结合，映现出整个时代的困境与人民生活的苦涩。苦难在路遥的创作中不仅是个人或群体的经历，更是社会问题的基调与背景，这种思想深度为路遥的创作增添了庄严感与悲剧力度。路遥不愿意掩饰和美化自己对生活的真实感受，他总是真切地、毫不怜惜地展示人世间的苦难，执着于这苦难，倾其全力于这苦难。这样的写作姿态，促使他把广大民众的苦难写得深切、厚实，写得撼人心魄。在路遥的系列作品，尤其是《平凡的世界》中，我们看到的是那些普通人苦难的奋斗史，他们的历史沉郁、悲壮而崇高；这种苦难的奋斗史中，容纳着他们对历史、对社会、对生活、对人生、对生命的坚定不移的信念、追求和牺牲精神，充满着积极进取的乐观态度，用孙少平的话来讲：他通过"血火般的洗礼"，已经很"热爱"自己的苦难，并把自己从生活中得到的人生启示提升为"关于苦难的学说"。这种达观进取的人生态度，催人奋进，震人心弦。我们从这苦难的奋斗史中得到的不是忧伤、凄婉和悲哀，而是厚重、刚健，满怀着昂扬激情的精神动力。它同时构成了路遥"苦难意识"的主旋律，以审美的形式回旋在平凡人的世界中。

"人民性"视野表现在路遥的创作中，还深刻地表现在他受传统儒家思想的影响，以伦理道德关系作为衡量社会及家庭结构和谐之根本的审美倾向和价值取向。路遥将农村一代又一代人生活的悲哀和辛酸，同农村家庭生活、人伦关系的温暖情愫，溶解于人的经济、政治关系中，让严酷的人生氤氲在温馨而浓烈的人情氛围中，体现着他对传统美德的深沉思考。在《平凡的世界》中，作家将传统的人伦关系主要渗透于农村伦理生活肌理的描写中，劳动人民家庭生活中的爱及人伦义务，是古老传统中的人性人情因素在乡土中国社会中的优美形态。它的奇异力量，溶化着巨大的人间苦难，维系着一代又一代的生命繁衍。对这种文化的确认，构成了路遥创作中普通人生命意识的重要表现形式，也蕴含着作家的人生信仰，是路遥为人民书写的重要表征。路遥所塑造的系列人物形象，为作品建构起了强大的情感世界与道德境界，这种审美理想深度契合了本土文化血脉中所灌注的道德观与人生观，也充盈着作家书写"人民性"的思想内涵。

路遥的写作姿态卓然践行了以人民为本位的根本原则，他多次表达自己是"血统的农民的儿子"，并将文学创作称作如"父亲在土地上的劳动"一样；作家"永远也不丧失一个普通劳动者的感觉，像牛一样的，像土地一样的贡献"。路遥将作家的自身定位、写作行为与书写对象并置，深入贯穿在人民的身份意识之中。正是这样的身份感使他的创作并不满足于社会问题的再现，而是苦苦求索社会问题的发现。人民不再是作家代为发言的群体或是深受同情的阶层，而是作家个人及其作品的主体性存在。也正是在这个层面上，路遥的小说在很大程度上解决了底层文学中所存在的窄化"人民"的问题，打开了人民文艺的宽阔视域。

路遥文学作品的人民性特征又充分体现在它的传播方式与受众群体上。长篇小说《平凡的世界》当时在中央人民广播电台的播送，可以看作文学作品借助声音媒介进行受众转化的成功案例。在纸媒与声音媒介的互动中，路遥的小说通过视听系统收获了广泛的传播效果与庞大的读者听众。他认为"写作过程中与当代广大的读者群众保持心灵的息息相通，是我一贯所珍视的"，"只要读者不遗弃你，就证明你能够存在"。《平凡的世界》通过广播进行全国播送的同时，他还处在小说第三部的创作阶段，同时展开的文学创作与听众的热情反馈，为他的继续写作注入了积极的精神动力。而日后《平凡的世界》在民间广泛阅读接受的经典化过程，在另一个层面上显示了人民性的基本特征。人民不仅是小说的创作主体、表现主体、接受主体，还是成就小说实现经典化的历史主体。以人民为主体的文学评估体系的形成，是在文学的人民性审美传统长久影响下的结果，它反过来塑造了中华民族的精神情怀与思想高度，也因此形成了《平凡的世界》在当代民间所具有的持续阅读热情，及其在读者心中的重要位置。

整体看来，路遥的创作、传播与经典化过程体现着作家创作的人民性的多重内涵。路遥的作品从其创作方法、精神指向，到审美理想、情感基调，再到写作姿态与身份意识，直至他的小说创作与受众反馈同步的特殊的传播历程，以及由广大民众的直接参与来反哺作品的完成、成就作品的历史地位，均显示出强烈的人民性特征。路遥的文学创作触及了以往现实主义手法在文化视野上的缺失，为此后文学作品中人民形象的窄化问题提供了有效的实践方案，并在传播媒介上为新时期以来的人民文艺寻得了新的承载方式。从这个角度来说，以当代文学的人民性视角（内涵）为参照，路遥的《平凡的世界》等作品，对于新时期现实主义文学具有独特的标高价值，对于当代作家的使命意识与审美理想有着积极的重塑意义，并对处理当代文学与社会文化之间的关系具有示范作用。

　　作为一个在文学书写中始终以人民性标高看取生命意义与价值追求的当代作家，路遥对自己的人生使命有明确的意识。他的小说创作，继承了五四新文学"为人生"的文学主张及其实践。他非常重视文学的社会功利目的，坚信文学对社会改造的精神作用，在这一点上，他与茅盾、柳青等新文学的现实主义主流作家一脉相承。可以说，路遥是继茅盾、柳青之后步入新时期以来中国当代最优秀的现实主义作家之一，他对现实主义文学的自觉实践及富有创化性的文学追求，为当代文学提供了难得的"中国经验"。

我在稿纸上的劳动和父亲在土地上的劳动本质上是一致的。

由此,这劳动就是平凡的劳动,而不应该有什么了不起的感觉;

由此,你写平凡的世界,你也就是这平凡的世界中的一员,而不是高人一等……

——路遥

目 录

第一章
路遥：生命意义的启示
    一、生命从这里起步·童年生活的印记 / 003
    二、乡土熏陶·文化启蒙 / 015
    三、创作背景 / 030
    四、《人生》的超越 / 035
    五、再度创作的辉煌 / 047
    六、创作是一种"不潇洒的劳动" / 061

第二章
路遥创作的城乡视角
    一、城乡交叉：文化意义的阐释 / 076
    二、视角：从这里走向成熟 / 080
    三、矛盾交叉的人生形式 / 083
    四、向交叉地带的深处开掘 / 094
    五、全景式交叉风貌的展示 / 110

第三章
路遥的乡土情结
    一、现代中国作家的乡土意识 / 128
    二、乡恋：童年之梦 / 136
    三、农民式的乡土观和理想 / 142
    四、富有哲学意味的乡土 / 149

第四章

路遥与中国传统文化　　一、儒化色彩 / 156

二、道德意识与伦理观念 / 160

三、现代理性与传统情感的冲突 / 171

四、传统意识的当代性诠释 / 183

第五章

路遥创作的审美追求　　一、悲剧性格·苦难意识 / 188

二、生命·爱情·死亡 / 212

三、悲喜剧的交融与转换 / 219

四、美丑的错综与对比 / 230

五、沉郁雄浑壮丽的崇高感 / 239

第六章

路遥与中国当代现实主义　　一、新时期现实主义文学的嬗变 / 256

二、路遥与"五四"现实主义文学传统 / 261

三、开放的现实主义视野 / 265

四、对俄苏现实主义文学的借鉴 / 271

五、心理现实主义的创作追求 / 277

第七章
路遥的文学史位置与读者接受　一、"路遥现象"与当代文坛 / 286
　　　　　　　　　　　　　　　二、被文学史遮蔽的路遥 / 292
　　　　　　　　　　　　　　　三、当代文学史"重写"现象的反思 / 304

附　言 / 308

附　录　　　　　　　　　　一、路遥主要作品 / 309
　　　　　　　　　　　　　　　二、路遥主要获奖作品 / 309
　　　　　　　　　　　　　　　三、路遥研究论著选目 / 310

后　记 / 332

第一章
路遥：生命意义的启示

新华社西安11月17日电，以小说《人生》、《平凡的世界》而享誉文坛的著名作家路遥，今天被无情的病魔夺去了年轻的生命。长期艰辛的创作使他积劳成疾，终因肝硬化、腹水引起肝功能衰竭，于今晨①8：20在西安西京医院猝然离世……

消息来得太突然，人们无法相信这是事实。

然而路遥走了……只有四十二岁。

路遥的英年早逝，在我国当代文学事业上留下了一个难以填补的空缺。他的《人生》和《平凡的世界》，在千千万万读者当中引起轰动，并不是因为获了大奖，而是因为触动了各种各样的心灵。真正的著名作家要靠名著。路遥就是这样。

对于路遥的早逝，人们议论纷纷。有人归咎于他创作上的自虐；有人归咎于他个人生活的种种不幸；也有人归咎于现实社会的其他原因；甚至还有人认为他的《早晨从中午开始》，是一种很不吉祥的预兆，难道他已经料到死亡之神的到来？当理智清醒过来的时候，我们突然强烈地感到，路遥作为一个对生命有深刻感知的作家，似乎在冥冥之中与超自然的神力有着某种默契。这给我们活着的人留下了难以破译的谜团。

不管这谜团如何令人费解，但路遥是完整的——他的生命历程和文学世界共同构成了完整的路遥。他是一个把自己的全部生命热能投入文学事业的人；他用生命构建着平凡世界人生的文学大厦，同时，在创构这个文学大厦的过程中也燃烧尽了自己。他的早逝给我们这样的启示：

——平凡世界里有严峻的人生。人活着不能没有物欲的追求，也不能没有轻松潇洒的生活，但更不能没有对事业的追求和灵魂的思考，也更不能没有对理想的执着探求精神……

——即便是一项伟大而神圣的事业，在追求和实现它的时候也要量力而行，在太苦太重的繁忙中不要对自己过于苛刻。因为过分超负荷的劳作，过量

---

① 指1992年11月17日。

超常规的消耗，会折了自己，也会断了千百万人的期盼……

路遥是不幸的，也是幸运的。他以自己的生命实现了完整的人格价值，正像他自己所说：

> 尽管创造的过程无比艰辛而成功的结果无比荣耀；尽管一切艰辛都是为了成功；但是，人生最大的幸福也许在于创造的过程，而不在于那个结果。①

这正是他对人生全部生命活动的理解。他是把自己全身心地投进了那个"创造的过程"，在"创造的过程"中燃烧尽了自己的生命，而全然不顾其他的"结果"。这就是路遥——作为一个文学家的真诚的告白。他虽然匆匆地走了，却给人间留下了巨大的精神财富。为了认识、理解这个用生命写作的人，还是让我们真正回到主体那里，走向路遥。

一、生命从这里起步·童年生活的印记

路遥，初名王卫国，陕西清涧人。他自撰的简历这样写道：

> 我于一九四九年十二月三日生于陕北山区一个贫困的农民家庭。在农村长大并读完小学，以后到县城读完高小和初中。青少年期间的大部分时光是在农村和县城度过的。十七岁之前没有出过县境。中学毕业后返乡劳动，并教过农村小学，在县城做过各式各样的临时性工作。一九七三年大学毕业后来到省城的文学团体工作。一九八二年成为专业作家。我的生活经历中最重要的一段就是从农村到城市的这样一个漫长而复杂的过程。这个过程的种种情态与感受，在我的身上和心上都留下了深深的印记，因此也明显地影响了

---

① 路遥：《早晨从中午开始——〈平凡的世界〉创作随笔》，见《路遥文集》（第二卷），陕西人民出版社1993年版，第3页。

我的创作活动。①

这样一个农家子弟,这样平凡无奇的经历,却以一批结结实实的作品震动了文坛,令人们惊奇、赞叹。路遥的产生难道是中国当代文坛的一个偶然?在他走向文学之路的后面究竟潜藏着什么呢?

19世纪的英国批评家托马斯·卡莱尔在谈及一个作家、艺术家的生成时,曾经象征性地给人们以这样的启示——它完全是一棵树:树叶和流体在循环往复,每一片最小的树叶都与最底下的根须,与树的整体中每一个最大的和最小的部分相互交流。②这就是说,当一个作家、艺术家成长为一棵树时,他与根须甚至一片最小的树叶都是一个整体,而且时时刻刻都在循环和交流。路遥的根须在哪里?在陕北那贫瘠、苍凉、浑厚的黄土地上。

路遥出生于一个贫苦的农民家庭,童年生活的贫困和艰难犹如一块巨大的铅铁深深地埋藏在他的心底,以至于成年时也总是摆脱不掉过去生活对其心灵造成的巨大创伤。他对自己的痛苦经历有这样几段令人揪心的回忆:

> 童年。不堪回首。贫穷饥饿,且又有一颗敏感自尊的心。无法统一的矛盾,一生下来就面对的现实。记得经常在外面被家境好的孩子们打得鼻青眼肿撤退回家;回家后又被父母打骂一通,理由是为什么去招惹别人的打骂?三四岁你就看清了你在这个世界上的处境,并且明白,你要活下去,就别想指靠别人,一切都得靠自己。因此,当七岁上父母养活不了一路讨饭把你送给别人,你平静地接受了这个冷酷的现实。你独立地做人从这时候就开始了。③

> 我父亲是个老农民,一字都不识。家里十来口人,没有吃的,

---

① 路遥:《〈路遥小说选〉自序》,见《路遥文集》(第二卷),陕西人民出版社1993年版,第427页。
② 参见[英]托马斯·卡莱尔:《作为诗人的英雄》,莜章译,见杨自伍主编:《英国经典散文》,上海文艺出版社2004年版,第97—98页。
③ 路遥:《早晨从中午开始——〈平凡的世界〉创作随笔》,见《路遥文集》(第二卷),陕西人民出版社1993年版,第40页。

没有穿的,只有一床被子,完全是"叫化子"状态。我七岁时候,家里没有办法养活我,父亲带我一路讨饭,讨到伯父家里,把我给了伯父。……我特别伤心,觉得父亲把我出卖了……但我咬着牙忍住了。因为,我想到我已到了上学的年龄,而回家后,父亲没法供我上学。尽管泪水唰唰地流下来,但我咬着牙,没跟父亲走。我伯父也是个老实的农民,家里也很穷困,只能勉强供我上完村里的小学。困难时期我正在上小学,伯父有时连粮也没法给我供应,我自己凑合着上完了小学。考初中时,伯父早就给我下了命令:不让我考。但我一些要好的小朋友,拉着我进了考场。我想,哪怕不让我读书,我也要证明我能考上。……当时,几千名考生,只收一百来个,我被录取了。1963年在陕北还是很困难的,而我们家就更困难了。我考上初中后,父亲给我把劳动工具找下,叫我砍柴去。我把绳子、锄头扔在沟里,跑去上学了。父亲不给我拿粮食,我小学几个要好的同学,凑合着帮我上完了初中,整个初中三年,就像我在《在困难的日子里》写的那样。当时我在的那个班是尖子班,班上大都是干部子弟,而我是一个农民的儿子,我受尽了歧视、冷遇,也得到过温暖和宝贵的友谊。这种种给我留下了非常强烈的印象,这种感情上的积累,尽管已经是很遥远的了,我总想把它表现出来。[1]

　　幼小的路遥,过早地饱尝了生活的痛苦。然而这痛苦,反而促使其形成了执拗顽强的性格、坚韧的品质。这是一个农家子弟的过早的成熟,父辈没有任何能耐帮助他成长,只不过终年将血汗洒在那片黄土地上,祖祖辈辈创建的家业只有那床全家十来口人使用的破被子,靠这种生计还能指望上学吗?当一个人失去了最基本的生存条件,要么他就绝望,要么他就忍受着难以想象的屈辱和悲愤的凄凉顽强地生存下来。路遥的童年正是经历了这样的屈辱和凄凉,在他的心灵深处许多正常孩童的欢乐和生趣,在他却是被剥夺了的。请看,他

---

[1] 路遥:《答中央广播电视大学问》,见《路遥文集》(第二卷),陕西人民出版社1993年版,第450—451页。

是这样追忆的：

迄今为止，我已经有过几次死亡的体验，但那却是在十分早远的年间，基本像一个恍惚的梦境一般被蓬勃成长的生命抹去了，好像什么也没有发生。

最早的两次都在童年。第一次好像在三岁左右，我发高烧现在看来肯定到了四十度。我年轻而无知的父母亲不可能去看医生，而叫来邻村一个"著名"的巫婆。在那个年龄，我不可能对整个事件留下完整的记忆。我只记得曾有一只由光线构成的五颜六色的大公鸡，在我们家土窑洞的墙壁上跑来跑去；后来便什么也没有看见，没有听见，只感到向一种无边无际的黑暗中跌落。令人惊奇的是，当时就想到这是去死——我肯定当时这样想过，并且理解了什么是死。但是，后来我又奇迹般活了，不久就将一切忘得一干二净。这件事唯一的后果就是那个巫婆更加"著名"了，并且成了我的"保锁"人——类似西方的"教母"。

第二次是五岁或六岁的时候。那时我已经开始了农村孩子的第一堂主课——劳动。我们那地方最缺柴烧，因此我的主要作业就是上山砍柴，并且小小年纪就出手不凡（后来我成为我伯父村上砍柴的第一把好手），为母亲在院子里积垒下小小一垛柴禾。母亲舍不得烧掉这些柴，将它像工艺品一样细心地码在院畔的显眼处，逢人总要指着柴垛夸耀半天，当然也会得到观赏者的称赞。我在虚荣心的驱使下，竟然跟一群大孩子到离村五里路的大山里去逛了一回能。结果，由于这种年龄还不能在复杂陡峭的地形中完满地平衡身体的重心，就从山顶的一个悬崖上滑脱，向深沟里跌了下去。我记得跌落的过程相当漫长，说明很有一些高度；并且感到身体翻滚时像飞动的车轮般急速。这期间，我唯一来得及想到的就是死。结果，又奇迹般地活下来了。我恰好跌落在一个草窝里，而两面就是两个深不可测的山水窖。①

在这"轻松"的追忆后面我们看到和体会到的是什么？难道是一个无忧无虑的天真孩童与死亡的一场游戏？绝非如此！俗话说，"穷人的孩子早当家"，出身于贫穷农民之家的路遥，已经过早地承担并尽起他作为一个农民后代的义务，这使他同千千万万个中国农民的后代一样，走上人生的第一课就是劳动，用劳动养活自己，创造财富。对他来说，任何一种"优越"的想象都是非分的。他的第一要著是必须先活着，是如何生存下来，这使他从小锻铸了非常人所能想象的生存毅力和与生活搏斗的顽强精神，而这种精神又渗透于他后来的全部文学创作中。

从1950年代后期起，"左"倾思潮愈演愈烈，刚刚从封建制度下解放出来的中国农村前行的步履是艰难的。那个做了多少代的富足兴盛的梦，依然是虚幻的影子。"大跃进"，人民公社，大办食堂，大炼钢铁，批判"三自一包"，割"资本主义尾巴"……中国农村经受着一浪比一浪高的折腾，阶级斗争的绳索不仅给农村带来了空前的劫难，更给农民带来了生活上的贫困。这一切，路遥是亲身经历过的。当我们走进路遥的小说世界，最惨痛的记忆是什么？也许人们会不约而同地回答，是"饥饿"。是的，这可怕的"饥饿"时时萦绕在我们的心头，压抑得人简直喘不过气来。在中国现当代文学史上，还没有任何一位作家像路遥这样经受过残酷的饥饿对人精神的戕害和肉体的折磨，路遥是从饥饿的死亡线上爬出来的。在他的文学作品中，我们始终可以看到这个曾经与饥饿、与死神奋力抗争的人那种超人的毅力。路遥这样深切地谈到那段生活对他的影响：

> 我自己写的几个作品，都是我自己精神上的长期的体验的结果……我的《在困难的日子里》，写了一九六一年的饥饿状态，这必须要你自己体验过什么叫"饥饿"？你处于饥饿状态的时候，从地里刨出来一颗土豆是什么心情？如果你仅仅站在第三者立场上去写旁人

---

① 路遥：《早晨从中午开始——〈平凡的世界〉创作随笔》，见《路遥文集》（第二卷），陕西人民出版社1993年版，第79—80页。

在饥饿状态时从地里刨出土豆的心情是不行的。你必须要自己有这种亲身体验，或者是在困难的时候获得珍贵东西的心情把它移植过来才能写得真切，写得和别人不一样。①

也许有人会说，这种生活对于一个刚刚步入生命之旅的孩童来说是不公平的；甚至有人也会这样认为，那样的生活已经是历史了，回忆叙说这些生活情景还有什么意义？是的，不管人们如何谈论那段历史，都是可以理解的，然而，对于一个作家来说，这却是至关重要的。不是作家着力要渲染那段难忘的痛苦的历史记忆，而是因为这是文学创作中的生活积累，它无疑显示着作家沉痛的生命轨迹以及在这轨迹中人生的艰难。它给作家的心灵影响是巨大的，这种创伤有时甚至是难以弥合的。试想，如果鲁迅当年没有每天出入当铺典卖财质为父治病的痛苦经历，他会有"世态炎凉"的痛彻感受和"弃医从文"的决心吗？如果童年时候的沈从文没有目睹过无数次残酷的"杀人"场景，他会在后来的创作中对湘西的历史文化作出冷峻深沉的反思和批判吗？而更为重要的是，这段生活经历对路遥来说虽然太残酷、太无情，乃至于造成了他内心的孤独、压抑和自卑，但是，也进一步磨炼了他的忍耐、刚毅、倔强、自立的个性。

现实生活中的重重阴影，给敏感多忍的路遥留下了浓厚的感伤和苦寂。他需要的是温暖、理解、童心的舒展。但是在现实中，他更多地感到的是生活的孤独和沉重，物质的匮乏，心灵的饥渴，给他的心灵造成的永难平复的创伤。

人们也许都知道野草的生长，当它在地面上不断地遭到自然和人为的戕害，它就拼命地向地下发展，把根扎向深处，只要根还存在，它就可以再生。这是生命力的一种自我保护。当路遥渴望汲取、渴望生长、渴望知识的欲望，在孩提时代，在几乎是最无忧无虑、最自由自在的幼年就受到现实的抑制时，他只好向着内心发展，用各种幻想去填补生活的贫乏，他变得内

---

① 路遥：《答中央广播电视大学问》，见《路遥文集》（第二卷），陕西人民出版社1993年版，第444页。

向，变得沉默，变成了那个卖火柴的小女孩——在圣诞节的风雪中除了单薄的衣服和手中的火柴之外一无所有，却能够幻想出那样温暖那样光辉的属于她自己的一片角落。当他躺在那个为自己寻找到的被认为是"别墅"的小石窝里，此时，"太阳晒过一天的石板，还留着微微的温热，躺上去简直能叫人忘乎所以。再加上刚吞咽了一些野东西，肚子也不太饿，这一刻时光真叫人幸福得能涌出泪来"。他心平气和地躺在这温热的石窝里，"静静地谛听着下面琴一般悦耳的流水声；或者仰起脸来，望着纯净的蓝天和蓝天下那延绵不断的群山"。①他怀着一种超脱的心情，望着大自然的种种变化，直等到天色完全暗下来的时候，才怀着恋恋不舍的心情告别了他的伊甸园，在夜幕的遮掩下向学校走去。

然而，这种属于自己的一方天地和心灵的幻想、抚慰是短暂的，而孤独和忧伤却是渗入心底的。他怕见同学，怕见一切人；他的心情完全陷入压抑，特别是在人声鼎沸的时候，他更感到孤寂，他似乎成了一个零余者，一个多余的人，一个被人们渐渐遗忘的人。我们无法忘记路遥对自己痛苦经历的诉说：

> 每次，我快到学校大门的时候，我就在校门右侧远远的文庙牌坊下站一会。因为这时正是走读生们回家的时候，我怕班里的同学看见我。
>
> 我孤零零地站在黑暗中，望着一群一伙的同学们从学校的大门里涌出来，一路上互相热烈地交谈着，亲切地说笑着，有的甚至友好地手臂相攀，向灯光通明的街道走去。
>
> 我呆呆地望着他们远去的背影，真想大哭一场！我在心中默默地向他们呼喊：啊，亲爱的同学们，我并不奢求你们的友爱，但你们也让我平等地生活在你们之中吧！②

---

① 路遥：《在困难的日子里》，见《路遥文集》（第二卷），陕西人民出版社1993年版，第107页。
② 路遥：《在困难的日子里》，见《路遥文集》（第二卷），陕西人民出版社1993年版，第108页。

路遥是多么渴望能取得"平等"的生活——普通人的平等生活。可见，当时路遥的心灵是被扭曲的。生活的窘迫，精神的压抑，使他对外界采取一种拒斥的态度。而自卑又不自贱，构成了他心灵成长的重要内蕴。因为，他深深地懂得：是这贫困的土地和土地一样贫困的父老乡亲们，已经教给了他负重的耐力和殉难的品格。他甚至觉得自己在精神上是富有的，这种富有并不是说他已经掌握了多少书本上的知识，而是生存在黄土地上的世代父老乡亲们对他心灵的韧性精神的浇注以及人格健全成长的力量。尽管现实生活中的一切简直让人难以忍受，但他还是默默地忍受着。他说："我自己知道，我的人格这样被践踏，并不是因为我品行不端正，仅仅是因为我贫困啊！痛苦已经使我如疯似狂。在没人的地方，我的两只脚在地上拧，踢；用拳头和墙壁打架；或者到城外的旷野里狂奔突跳；要不就躲到大山深沟里去，像受伤的狼一般发几声长嚎！啊，饥肠辘辘这也许可以熬过去，但精神上所受的这些创伤却是最折磨人的了！这个困难的岁月，对别人来说，也许只是经济生活上的困难时期；而对我来说，则是经济上和精神上双重的困难时期。"[①]在这"双重"（肉体的、精神的）困难的挤压下，路遥始终保持着一个农民后代的诚挚、厚道与自尊。尽管被饥饿折磨得甚至失去了气力，整天蜷曲在自己的破羊毛毡上，一口一口咽着口水，也始终保持着自己人格的尊严。从下面这段叙述中，我们可以清楚地看到路遥人格成长的内涵：

> 节气已经到了秋天。虽然不很景气的大地上，看来总还有些收获的：瓜呀，果呀，庄稼呀，有的已经成熟，有的正接近于成熟。这些东西对一个饿汉的诱惑力是可想而知的。但我总是拼命地咽着口水，远远地绕开这些叫人嘴馋的东西。我只寻找那些野生的植物充饥——而这些东西如水和空气一样，不专属于任何人。除此之外，我决不会越"雷池"一步的！不，不会的！我现在已经被人瞧不起，除过自己的清白，我还再有什么东西来支撑自己的精神世界

[①] 路遥：《在困难的日子里》，见《路遥文集》（第二卷），陕西人民出版社1993年版，第106页。

呢？假如我真的因为饥饿做出什么不道德的行为来，那不光别人，连我自己都要鄙视自己了。①

这种从小就懂得自尊的人格心理又促使着路遥的自强意识的成长，使他把外在的经济迫压转化为内在的对知识的强烈渴求。他深深地懂得，作为一个出身贫困的农家子弟求知的艰难。当世世代代生存于这块土地上的人们用血汗浇灌着这片贫瘠的土地时，他们多么盼望着自己的后代也能掌握到一定的文化知识啊——哪怕是接受最起码的识字教育；他们祖祖辈辈梦寐以求的是除了吃饱肚子，还希望着后代能比自己生活得强。对此，路遥是深深体察到父辈的心情和期望的。《在困难的日子里》那个曾经被饥饿折磨得连行走都缺少气力的软弱的少年马建强，却有着无比坚强的精神意志，他是这样与自己的命运抗争的：

> 我重新开始了一番拼命式的奋斗。晚上，我强迫自己从破羊毛毡上爬起来，赶到教室里去复习功课。只要不晕倒，就在课桌上趴着。为了再一次冲到前边，我准备付出任何代价。哪怕一下子就死在教室里呢！我对自己说：死就死吧！这么不争气，活着又干什么？生活的贫困我忍受着，但学习上的落伍是无法忍受的，这是真正的贫困。②

作品中马建强渴求知识的奋力拼搏精神，无疑是路遥当年的化身。而这种自强意识，可视为路遥后来从事创作并取得巨大成功的重要精神动力。他的

---

① 路遥：《在困难的日子里》，见《路遥文集》（第二卷），陕西人民出版社1993年版，第106—107页。此篇可看作路遥对过去生活的艺术回忆，他在《这束淡弱的折光——关于〈在困难的日子里〉》一文中说："这个作品所表现的是那个时代一个小生活天地里的故事。作品中主人公的那些生活经历和感情经历也是我自己所体验过的。不过，那时我年龄还小，刚从农村背着一卷破烂行李来到县城上高小。鉴于这种情况，我对当时社会生活的全貌不能有个较为广阔的了解和更为深刻的认识，现在只能努力写到这样一种程度。"参见《路遥文集》（第二卷），陕西人民出版社1993年版，第441页。

② 路遥：《在困难的日子里》，见《路遥文集》（第二卷），陕西人民出版社1993年版，第110—111页。

绝大部分作品，主人公都是在极艰苦的生活境遇中与命运抗争的强者，尽管他们遇到过种种挫折，但从不气馁，高加林、孙少平、孙少安、李向前、田润叶、金波……这一长串路遥偏爱的人物形象，都具有浓重的强者色彩。这是一批无愧于我们这个时代的年轻创业者，他们身上闪烁着普通人的生命光彩，体现着人的自我价值的真正实践；在他们身上，我们看到了民族的未来和希望。

路遥后来在谈及一个人的性格形成与事业的成功时曾有这样的理性认知："首先要有坚强的性格。一个软弱的人不能胜任这种长期艰苦的劳动（按：指文学创作）。……性格也不完全是天生的，主要是在长期社会生活中形成的。我们不仅应该在创作实践中，更重要的是应该在日常生活中主动寻找困难，在不断克服各种困难的过程中锻炼自己的性格。不要羡慕安逸和享乐，不要陶醉在一时的顺利和胜利中，我们应该不断地强迫自己自找苦吃！"①由此可以看到，早年贫困生活对路遥自强性格的磨炼，起着至关重要的影响。如果没有这种顽强的拼搏精神，他后来要创作出像《平凡的世界》这样的长篇巨著是不可能的。

自强与自卑又是纠缠在一起的。对于路遥来说，他的自卑更多地来自童年、少年时期贫困生活的迫压，造成他心灵无法弥补的伤痕。但是，也无法否认，这种自卑又无疑是他自强性格和创作成功的重要驱动力。一个没有痛苦复杂的生活经历和灵魂的百般磨难的人，是不会产生自卑感的；而对于一个作家来说，也许这种自卑感又会促使他达到艺术的高峰。这在中外文学史上不乏其例。这里，我们试将路遥和莫言加以比较，便可看出自卑情结所构成的作家创作的内在驱动力。同是当代著名作家，莫言在他的小说《枯河》中曾写过一个小男孩的自杀，"那个《枯河》里的男孩儿死了。以死使人震惊……以死向人们证明他并不弱小。死使他升华，死使他升腾，死使他像精神的幽灵笼罩了宇宙，死使他成为了存在"②。在这个小男孩身上，有莫言孩童时期的影子。莫

---

① 路遥：《作家的劳动》，见《路遥文集》（第二卷），陕西人民出版社1993年版，第379页。

② 赵玫：《以血书者》，宁夏人民出版社1999年版，第45页。

言在作品中对小男孩死的描写,不仅予以同情,还予以毫无保留的赞扬,赞扬他顽强证明自己的存在和不容凌辱的尊严;但是,莫言却没有意识到,这是一种苍白的证明,软弱的证明,是生活的弱者所萌发的超越自卑、战胜环境的心理。莫言的童年时期、青少年时期也是在农村度过的,他目睹和经历过农民在政治上被愚弄,在经济上被剥夺,被各种各样的束缚捆住了手脚,坚韧而又痛苦地挣扎着,莫言深感到自己的无所作为和无能为力。莫言承受了与农民的共同的痛苦,对于无爱的童年的惨痛记忆,以及过早地参加体力劳动而感到自己的年小力薄。就像《透明的红萝卜》中,黑孩被分配到妇女堆里砸石头,"这也算个人?"刘副主任捏着黑孩的脖子摇晃了几下,黑孩的脚跟几乎离了地皮。"派这么个小瘦猴来,你能拿动锤子吗?"这一切,都使他这颗敏感的心感到自己生命的苍白,自然而然地造成他的自卑心理。"我写作的动机一点也不高尚。当初就是为了想出名,想出人头地,想给父母争气。"①把写作看作自己的存在的证明,正是源于生存的危机,也即自卑情结的促使。实际上,一个人的存在,本来是无须证明的,你生活,你行动,在不同情境下充当不同的角色,这就是一切,难道还时时需要提醒他人关注自己的存在吗?显然,自卑情结对莫言的创作影响是潜在的,深层的。

从小经历了种种生活苦难磨砺的路遥,产生自卑感是极正常的。他希望过正常人的生活,能同普通人家的子弟一样,通过自己的努力实现种种合理的愿望。然而,一次次的挫伤,一次次的灾难,使他敏感的心灵早熟而复杂,他的性格极力向内心发展,变得内向、孤独而沉默,这些都是自卑造成的。自卑,又使他变得忧伤而纤敏,富于幻想,时而生活在自己构设的美丽的想象之中。少年时,他就为实现自己的"狂想"而做着种种不切实际的梦幻,梦想过当宇航员,到太空去活捉一个"外星人"。②当一个个美丽的幻想在残酷的现实面前被击得支离破碎时,他变得异常孤独。这种孤独,实际上是自卑情结的内在

---

① 赵玫:《以血书者》,宁夏人民出版社1999年版,第45页。
② 路遥:《早晨从中午开始——〈平凡的世界〉创作随笔》,见《路遥文集》(第二卷),陕西人民出版社1993年版,第35页。

显现，它构成了路遥性格的重要支点，即便是成年后，再也无力改变。他说："当然，孤独常常叫人感到无以名状的忧伤。而这忧伤有时又是很美丽的。"①

> 我的最大爱好是沉思默想。可以一个人长时间地独处而感到身心愉快。独享欢乐是一种愉快，独自忧伤（模糊的）也是一种愉快。孤独的时候，精神不会是一片纯粹的空白，它仍然是一个丰富多彩的世界。情绪上的大欢乐和大悲痛往往都在孤独中产生。孤独中，思维可以不依照逻辑进行。孤独更多地产生人生的诗情——激昂的和伤感伤痛的诗情。孤独可以使人的思想向更遥远更深邃的地方伸展，也能使你对自己或环境作更透彻的认识和检讨。②

由此可看到，路遥后来之所以走上文学创作的道路，从某种意义上讲，正是由他的自卑情结所形成的长期的内向、孤独、伤感个性和情绪的一种内在心理郁积的释放。而从心理学的角度讲，这种自卑情结又是促使一位作家艺术家创作灵感和非凡想象力得以实现的重要驱动力。

这里，"自卑"并不是一个贬义词，而是一种心境。西方人格心理学家阿德勒指出，"一切人在开始生活时都具有自卑感，因为我们所有人的生存都要完全依赖成年人。儿童与那些所依赖的强壮的成人相比感到极其无能。这种虚弱、无能、自卑的情感激起儿童追求力量的强烈愿望，从而克服自卑感"。"要成其为人就意味着感到自卑。这对于一切人都是共同的，所以，它并不是懦弱或者异常的迹象。实际上，这种情感是隐藏在所有个人成就后面的主要推动力。一个人由于感到自卑才推动他去完成某些事业"。③那么，我们也可以这样说，自卑的感觉越强，促人奋斗的力量或许也就越大。这颇接近中国古代贤哲所言"困而后学""生于忧患死于安乐"之意味。而这种自卑情结之于路

---

① 路遥：《早晨从中午开始——〈平凡的世界〉创作随笔》，见《路遥文集》（第二卷），陕西人民出版社1993年版，第53页。
② 路遥：《早晨从中午开始——〈平凡的世界〉创作随笔》，见《路遥文集》（第二卷），陕西人民出版社1993年版，第53页。
③ 转引自[美]郝根汉：《人格心理学导论》，何瑾、冯增俊译，海南人民出版社1986年版，第96—97页。

遥，也许更靠近他心灵的真实，生命的真实。

以上可看出，在路遥的生命和心灵之旅中，自强、自立、自卑、忧郁、感伤、敏感、内向、韧性等多种因素，构成了他丰富复杂的精神世界。而了解这些，是我们走向路遥的最初视点。

二、乡土熏陶·文化启蒙

生活毕竟有它明朗的一面。生活再贫困再落后也不会没有太阳和温暖，有太阳就有欢乐，有理想。而且由于这欢乐、这理想是伴随着困苦和艰难一起滋生、一起成长的，所以这一切又显得那么难得，那么美好，那么令人难以忘怀。路遥曾这样回忆：

> 在那困难的环境里，什么是最珍贵的呢？我想，那就是在困难的时候，别人对我的帮助。……那时候，尽管物质生活那么贫乏，尽管有贫富差别，但人们在精神上并不是漠不关心的，相互的友谊、关心还是存在的，可是今天呢？物质生活提高了，但人与人的关系是有些淡漠，心与心隔得有些远。所以，我尽管写的是困难时期，但我的用心很明显，就是要折射今天的现实生活。[1]

从中可看到路遥生命历程和精神世界的另一面。

路遥是陕北之子。从人文地理学的角度看，我国的陕北高原，背依甘肃、宁夏、内蒙古沙漠，高耸的秦岭与浊浪滔天的黄河、渭河，阻断了中原文化向这里的进一步延伸。由于气候的干燥和山川的贫瘠、荒凉，陕北的文化似乎更像一个亦农亦牧的面色冷峻、心境悲凉而旷达的汉子，散发着浓郁刚烈的气息。广袤的黄土地涵养出的士民的秉性，也以厚朴、粗犷、专情、重然诺为主。因而陕北人的思维方式和情感模式，带有鲜明的游牧民族和汉民族童年期

---

[1] 路遥：《答中央广播电视大学问》，见《路遥文集》（第二卷），陕西人民出版社1993年版，第452页。

的尚古印记。而从历史文化的角度来看，陕北上古为部落酋长出治之所，夏商为翟国，春秋为白翟，三国时为羌胡之地，魏晋时属匈奴所据，唐朝时为突厥占领，宋时为西夏领地，明代为鞑靼攻占等。从东汉至西晋，北方少数民族就南达雍、梁、秦等州杂居，羌族就到今大荔、耀州、彬州一带，氐族就住在今扶风、凤翔、兴平等地。魏晋时南匈奴的大本营就在今陕北的吴堡、绥德、米脂、横山一带，后与北匈奴分裂。北匈奴集体迁徙到遥远的多瑙河畔，南匈奴逐渐同化为汉人。由此可见，这里曾是一个多民族杂居的区域。

陕北有数座"吴儿堡"，今天的吴堡县就是当年最大的吴儿堡。《元和郡县志》载："赫连勃勃破刘裕子义真于长安，遂虏其人，筑此城以居之，号吴儿城。"大夏王赫连勃勃的南下（墓地就在延川县），蒙古铁木真的铁骑纵横天下，或有兵卒，掳当地妇女为妻，或有伤兵流落村寨招赘为夫，都是促使这里百姓繁衍的重要依据。据传匈奴曾掳内地汉家女子，囤于陕北，筑"吴儿堡"数座，以繁殖人口。还有人作过琐碎考证，认为这"吴儿堡"之名，是当年匈奴把所掳来的吴越美人囤积的城堡叫"吴儿堡"，在这吴儿堡内，吴越女子与粗犷的北方大汉结合，便繁衍成优异的一支。

陕北县县乡乡不同俗，且语言、饮食习惯、民情风俗多有差异，令人怀疑居民是一些弱小民族的后裔。如延川县据说是稽胡的后裔；吴起县人的相貌与别处绝有差异，只是无从查考；榆林的民房不同于陕北的窑洞，而是以平房四合院为主，这大约和京中钦犯发配边关有关。而米脂人和绥德人确实是黄土地上的优异居民，直至整个陕北人，可以说这是人种交融的结果。

陕北人以女子多有丽质而骄傲，特别是米脂、吴堡一带女子皮肤白嫩，确有吴越女子之娇美。吃酸白菜，喝小米汤，养得一个个水灵动人；穿大襟袄，扎红腰带，出脱得貌似出水芙蓉。当地人说这是传统，有人会给你拉出昔日的貂蝉、杨贵妃（传说中都是米脂人），今日的兰花花、李香香，来说明这是久远的美貌传统。陕北男子汉，高颧骨、直鼻梁、浓眉毛、长腮帮，形成了陕北男子汉的特点。他们在自然条件极差的地方，靠双肩承担起生活的重负，仍然生活得潇洒自如。因而，长期以来就有"米脂婆姨绥德汉"之说。

更何况，众所周知，陕北在中国现代革命史上，占有重要的位置。从第二次国内革命战争时期起，陕北即成为中国共产党领导的革命根据地之一。1928年春，共产党人刘志丹、谢子长在陕西渭南、华县一带领导群众举行渭华起义，组织工农革命军，开展游击战争；并在陕北地区建立一支工农红军，其主力为第二十六、第二十七军。1933年5月，红军遭失败。同年，以渭北革命根据地第四团和西北抗日义勇军为基础重建，在陕西、甘肃边界地区开展游击战争，继续创建根据地，并粉碎了国民党军第一次"围剿"。1935年1月，组成了西北革命军事委员会。此后，陕北红军在军事委员会统一领导下，粉碎了国民党对根据地的第二次"围剿"，使陕北大片土地获得解放，并使陕甘、陕北两个根据地连成一片，建立了陕北工农民主政府，开展土地革命和游击战争。1935年7月，开始了第三次反"围剿"。9月，陕北红军同到达陕北的红第二十五军合编为中国工农红军第十五军团，彻底粉碎了敌人对陕北根据地的第三次"围剿"。1935年10月，中共中央和毛泽东同志率领的中国工农红军主力长征到达陕北后，陕北成为中国革命的中心根据地，并为中共中央所在地。1937年抗日民族统一战线建立后，陕北成为共产党人领导中国人民坚持抗战的指挥大本营，陕甘根据地改名为陕甘宁边区，共辖延安（首府）以及包括路遥家乡清涧县等二十余县，陕甘宁边区成了敌后抗战的中心和敌后抗日根据地的总后方。边区军民执行了抗日民族统一战线政策，建立"三三制"政权，实行减租减息，开展大生产运动和经济、文化建设，发展武装斗争，战胜了国民党顽固派的军事包围和经济封锁，打退了日本侵略者的数次进攻，使陕甘宁边区成为模范的抗日根据地。1946年国民党发动全面内战后，党中央和毛泽东仍在边区指挥全国的解放战争，并粉碎了胡宗南部队对边区发动的重点进攻，推动了全国解放战争的顺利发展。

陕北的历史文化是那样悠久、壮丽而富有魅力，这一切对路遥的影响是不言而喻的。路遥以一个作家的激情不无赞美地抒发道：

陕北是一块古老的土地。

古老的土地上曾有过古老的生活古老的歌。

陕北的编年史几乎就是用歌谣编撰的。

陕北之北,在漫漫黄土与漫漫黄沙接壤的地方,就是榆林——历史上,这里曾无数次成为"国界",成为屯兵御敌之重镇。历代多少将士曾在这里高唱大风歌,血谱塞上曲。

代代都唱塞上曲,代代歌不同。这里有过喋血的歌,苦难的歌,流浪的歌,殉情的歌;有过翻身的歌,战斗的歌,饥饿的歌,憧憬的歌……当历史走进本世纪八十年代以后,伟大而勤劳的陕北人民借改革开放的东风开始谱写一首首豪迈的塞上新曲。这是充满创造活力和希望的大音。而谱写这些生活新曲的人并不是什么名震九州的英雄豪杰,却是一些平凡岗位上的普通人。他们用双手,用智慧,用并不被多少人所了解的辛苦辛酸为新生活的宏伟大厦默默地添砖添瓦。……这些人所做的这一切都使人过目难忘,心潮起伏。①

与悠久的文化传统、革命斗争历史一道渗入路遥心灵的,就是陕北那令人激动不已的、劳动人民自己创作的俗文化——口头民歌。这种俗文化以它无比诱人的生动性、通俗性和生活的丰富性感染着路遥,可以说,路遥是在陕北民歌的摇篮中浸润滋长,接受了他最初的文化启蒙。

在中国新文学史上,由于作家身处的环境、人生经历的不同,所受到的文化熏染也有很大的差异。这在中国现代作家与当代作家身上表现得尤其明显。如果说,在"五四"一代作家身上,自小的文化教育主要来自传统的国学熏陶,如鲁迅、郭沫若、茅盾等;那么,中国当代的一批作家都不具备这样的条件,他们不仅没有这方面系统而扎实的知识结构,甚至某些人连正常的学校"宝塔式"培养的机遇也是缺少的。知识结构对于当代作家来说,更多的是实践和人生经历,他们伴随着共和国的痛苦和欢乐一起成长。特别是"文革"十年,曾一度中断了这一代在"红旗下长大"的骄子们的知识梦想,他们上山

---

① 航宇:《路遥在最后的日子》,陕西师范大学出版社1993年版,"路遥绝笔手迹"第1—2页。

下乡，过早地品尝到了人生的艰难。如果说正统的课本知识之于他们，是断层的、不健全的话；那么，他们在人生的舞台上却是经得住考验的一代。如果看一看当代大量的知青文学，就可以了解这一代人的经历和心态。

  对于路遥来说，出身于一个贫寒的农民家庭，更没有机会接受传统的国学教育，也没有机会阅读大量的中外名著，因此，扎根并流传于广泛民众中的民间文化对他的影响就是极其重要的了。陕北的民谣，特别是信天游以其自身的魅力生动地表现着世世代代陕北人民的情感、思维方式、生活方式，他们的忧伤、哀怨、悲催、欢乐以及种种传奇的美丽故事都是借助信天游民歌的形式来表达的。这种极富人情味又颇生动、活泼的民间歌体是路遥最迷恋、最难以忘怀的。他是吸吮着陕北民歌丰富的乳汁长大的。他后来的许多作品中，都无不有这种民间文化影响的痕迹，甚至有些作品直接引入信天游，以表现人物的情感和思绪。我们不妨转引他的名作《人生》中的一段，看其对作品所产生的审美效应：

  哥哥你走西口，

  小妹妹实难留；

  手拉着哥哥的手，

  送你到大门口。

  哥哥你走西口，

  小妹妹送你走；

  有几句知心话，

  哥哥你记心头：

  走路你走大路，

  万不要走小路；

  大路上人马稠，

  小路上有贼寇。

坐船你坐船后，
万不要坐船头；
船头上风浪大，
操心掉在水里头。

日落你就安生，
天明再登程；
风寒路冷你一个人，
全靠你自操心。

哥哥你走西口，
万不要交朋友；
交下的朋友多，
你就忘了奴——

有钱的是朋友，
没钱的两眼瞅；
哪能比上小妹妹我，
天长日又久……

这是《人生》中德顺老汉在月光下所唱的一曲信天游。路遥曾说："我是很爱他的，我想象中他应该是带有浪漫色彩的，就像艾特玛托夫小说中写的那样一种情景：在月光下，他赶着马车，唱着古老的歌谣，摇摇晃晃地驶过辽阔的大草原……在作品中他登场的时候，我并没有想到能把他写得比较好，写到去城里掏大粪前，我感到很痛苦，没有办法把他写下去。尽管其他人物都跳动在我笔下等着我写他们，但德顺老汉我写不下去，我总觉得他在这里应该有所表现。我非常痛苦地搁了一天。这时，我感到了劳动人民对土地，对生活，对人生的那种乐观主义态度，掏大粪这章节不但写了德顺老汉，把其他人物，譬如高加林也带动起来了……"①可以看到，如果没有民间文化的熏陶，他在作品中要完成某些人物形象的塑造是很难办得到的。德顺老汉的歌声把人们引向一个遥远的忧伤美丽的梦幻中去了。

路遥的根是扎在乡土的，他在农村度过了青少年时代，十七岁之前没有出过县境，而且上小学之前就已参加了不是成年人式的但又必须是一个农家子弟所从事的劳动。初中毕业后，又回乡务农，他太了解农村、太熟悉农民的生存状态和生活方式。即使在他生命垂危的时候，也始终忘不掉生他养他的土地：

> 故乡，又回到了你的怀抱！每次走近你，就是走近母亲。你的一切都让人感到亲切和踏实。内心不由泛起一缕希望的光芒。踏上故乡的土地，就不会感到走投无路。故乡，多么好。对一个人来说，没有故乡是不可思议的；即是流浪的吉普赛人，也总是把他们的营地视为故乡。在这个创造了你生命的地方，会包容你的一切不幸与苦难。就是生命消失，能和故乡的土地溶为一体，也是人最后的一个夙愿。②

路遥热爱生活，更热爱养育自己的黄土地。他认为一个作家如果不植根在生活的沃土之中，创作的源泉就会枯竭。据李军回忆："路遥从来没有出去旅游、观光，只出访过一次西德。国内的大部分地方他都没有去过，而他一次又一次去的是那个曾给他痛苦和欢乐、让他始终充满创作激情的故乡陕北。"他的生命和陕北的土地不可分，他的创作总是为故土的父老兄弟、为黄土地而歌哭。1992年8月6日（路遥去世前三个月），"当他再次踏上延安的土地时，还未来得及和他熟悉的父老乡亲拉拉家常，急性肝炎就发作了……路遥病倒的消息在延安传开，每天都有几百群众静立在他的病房外面，许多人泣不成声，那情景感动得路遥热泪盈眶。当病情危急需要转院时，路遥说什么也不愿走。

---

① 路遥：《答中央广播电视大学问》，见《路遥文集》（第二卷），陕西人民出版社1993年版，第455页。

② 路遥：《早晨从中午开始——〈平凡的世界〉创作随笔》，见《路遥文集》（第二卷），陕西人民出版社1993年版，第82页。

他说：如果真的不行了，我就死在延安……"①

路遥与故土的感情太深，太深！

毛泽东在同斯诺的谈话中说，他小时候读古书，读了很久，忽然发现，在这些书中，却没有写农民的，由此而感到农民地位的低下和社会的不公。自中国现代以来，这种状况被彻底打破了。农民，不但成为现代中国作家书写的主要对象，乡土，也成为现代中国作家创作的主要题材领域。且看，"乡土中国"是鲁迅展开国民性探讨的基点，也是他小说创作的着眼点，这使他成为中国文学史上第一个写农民命运的伟大作家。鲁迅的《阿Q正传》《祝福》《故乡》《风波》等一系列堪称20世纪中国文学的开山之作，都是他以乡土透视中国文化的。鲁迅对未庄的文化与生活的"总批评"（张天翼语），当然也是对中国的文化与生活的总批评。鲁迅的深远影响和示范作用在于，他以全新的现代人的思想意识，以峻切的现代理性精神和俯视的批判眼光，开掘出中国文化的深层积淀和国民的生存、精神状态。这不仅使他从乡土中国的历史深层获取了无比丰厚的思想底蕴，而且由于冷峻的批判性与思想启蒙精神获得了内在的契合点，从而使得鲁迅在现代文化的世界大潮中找到了自己文学的位置。又何止鲁迅，茅盾的《春蚕》《秋收》《残冬》，以及被鲁迅称为乡土作家的鲁彦、台静农、蹇先艾、黎锦明、许杰，到左翼时期的蒋光慈、叶紫、吴组缃、萧红、萧军、沙汀、艾芜，京派作家沈从文、萧乾，解放区的赵树理、周立波、柳青、丁玲、孙犁……都为表现风云激荡中的农村生活作出了各自的贡献。

但值得研究的是，这些现代作家写乡土，写农民，自己却很少是地道的、以从事农业劳动为主的农民。他们大多是农村或乡镇上的富家子弟，在乡村读过几年书（主要是受中国传统文化的教育），有一些或深或浅的农村印象，然后又外出求学求职；反观乡土，乡村对于他们来说，是童年的记忆，是与城市的对望。另外也有一些解放区乡村中的工作干部或知识分子，是抱着向农民学习的态度，下乡工作或学习一段时间，以提高自己的思想水平或积累创

---

① 路遥：《早晨从中午开始》，西北大学出版社1992年版，序第7页。

作素材为目的。新时期以来写农村作品的，则有下乡数年的知识青年，有落难的右派和遣返原籍的"牛鬼蛇神"，他们对农村的感受，有痛苦的经历，有对农村现状的思索，有和农民在一起的体会，有沦落中的感喟。这些作家中，在农村生活或长或短，最彻底的如柳青，举家迁至陕西省长安县皇甫村，要"化"入农村或"农村化"。但是，他们却都是从客观的、相异于农民的身份和眼光去看待农村和农民的：启蒙者感到"哀其不幸，怒其不争"（鲁迅语）；革命家看到"咆哮了的土地"（蒋光慈有《咆哮了的土地》，又名《田野的风》等力作）；工作干部注重的是开展各项工作遇到的问题（赵树理自称写"问题小说"的题材从农村工作中来）；文化人赞美的是乡村的田园情趣（废名、沈从文的小说充满着田园牧歌情调，孙犁的《荷花淀》、康濯的《春种秋收》可谓新田园诗）；异乡客深情地眷念着疏离的故土（像童年时代在乡村度过的鲁彦，留在他脑海的是冬日落雪的旷野，春天繁花似锦的山梁，农家孩童质朴的兄弟般的情谊等一幅幅充满诗意的印象）；有知识者的空寂与思念父亲的花园（从偏远荒蛮的贵州跑到北京的蹇先艾，在灰雾中彷徨，童年的影子渐渐消淡，他感到的只是"空虚与寂寞"，只有以创作"纪念从此阔别的可爱的童年"，如他的作品《朝雾》等；许钦文痛悼失去了的"父亲的花园"，表现出一种无可奈何的惆怅，代表作有《父亲的花园》等）；还有"还乡人"惊奇故乡的凝滞（沙汀《还乡记》等作品中，以冷峻的笔触，揭示了故土沉积的文化心理和农民的愚昧落后）……

  路遥，却是一位从小在乡村长大，长期参加生产劳动，和农民厮守一起，从里到外打上农民印记的作家。他是中国现当代文学历史上为数不多的真正的农民作家之一。这不仅在于他对农村的熟稔，更在于他有农民的血统、农民的气质、农民的心理情感和潜意识；他不必用眼睛和大脑去观察和思索农村生活，他的每一个毛孔都散发着热烘烘的乡土气息。费孝通先生在《乡土中国》中这样写道：

> 乡土社会在地方性的限制下成了生于斯、死于斯的社会。常态的生活是终老是乡。假如在一个村子里的人都是这样的话，在人和

人的关系上也就发生了一种特色，每个孩子都是在人家眼中看着长大的，在孩子眼里周围的人也是从小就看惯的。这是一个"熟悉"的社会，没有陌生人的社会。

…………

这自是"土气"的一种特色。因为只有直接有赖于泥土的生活才会像植物一般的在一个地方生下根，这些生了根在一个小地方的人，才能在悠长的时间中，从容地去摸熟每个人的生活，像母亲对于她的儿女一般。①

路遥不是通过一星半点的接触，不是通过有意识的理解，而是天然的联系，天然的熟悉，天然的融合。甚至在成了作家以后，在创作《平凡的世界》的最艰苦岁月，他仍然未能摆脱农民式的感觉。创作进入极紧张状态时，他突然发现：

连绵的秋雨丝丝线线下个不停。其实，从节令上看，这雨应该叫冬雨。

天很冷了，出山的农人已经穿戴起臃肿的棉衣棉裤。

透过窗玻璃，突然惊讶地发现，远方海拔高的峰尖上隐约地出现了一抹淡淡的白。

那无疑是雪。

心中不由泛起一缕温热。

想起童年，想起故乡的初冬，也常常会有这样的时刻，冰冷的雨雾中蓦地发现山尖上出现了一顶白色的雪帽。绵绵细雨中，雪线在不断地向山腰扩展。狂喜使人由不得久久呆立在冷风冻雨中，惊叹大自然这神奇的造化。

对雨，对雪，我永远有一种说不清道不明的情愫。深夜，一旦外面响起雨点的敲击声，就会把我从很深的睡梦中唤醒。即是无声

---

① 费孝通：《乡土中国》，生活·读书·新知三联书店1985年版，第4—6页。

无息的雪，我也能在深夜的床上感觉到它的降临。

雨天，雪天，常有一种莫名的幸福感。我最爱在这样的日子里工作；灵感、诗意和创造的活力能尽情喷涌。

对雨雪的崇拜和眷恋，最早也许是因为我所生活的陕北属严重的干旱地区。在那里，雨雪就意味着丰收，它和饭碗密切相关——也就是说，它和人的生命相关。小时候，无论下雨还是下雪，便会看见父母及所有的农人，脸上都不由自主地露出喜悦的笑容。要是长时间没有雨雪，人们就陷入愁苦，到处是一片叹息声，整个生活都变得十分灰暗。另外，一遇雨雪天，就不能出山，对长期劳累的庄稼人来说，就有理由躺倒在土炕上香甜地睡一觉。雨雪天犹如天赐假日，人们的情绪格外好，往往也是改善一下伙食的良机。

久而久之，便逐渐对这雨雪产生了深深的恋情。童年和少年时期，每当下雨或下雪，我都激动不安，经常要在雨天雪地里一无遮拦漫无目的地游逛，感到被雨雪沐浴的快乐。我永远记着那个遥远的大雪纷飞的夜晚，我有生第一次用颤抖的手握住我初恋时女朋友的手。那美好的感受至今如初。我曾和我的女友穿着厚厚的冬装在雨雪弥漫的山野手拉着手不停地走啊走，并仰起头让雨点雪花落入我们嘴中，沁入我们的肺腑。

现在，身处异乡这孤独的地方，又见雨雪纷纷，两眼便忍不住热辣辣的。无限伤感。岁月流逝，物是人非，无数美好的过去是再也不能唤回了。只有拼命工作，只有永不竭止的奋斗，只有创造新的成果，才能补偿人生的无数缺憾，才能使青春之花即便凋谢也是壮丽的凋谢。

愿窗外这雨雪构成的图画在心中永存。愿这天籁之声永远陪伴我的孤独。雨雪中，我感受到整个宇宙就是慈祥仁爱的父母，抚慰我躁动不安的心灵，启示我走出迷津，去寻找生活和艺术从未涉足过的新境界。①

在这一大段散文式的抒情回忆文字中,你看到了什么?感受到了什么?是作家对大自然的多情还是忆念过去美好的初恋?是的,尽管有,但这些都是次要的。更重要的,是我们从字里行间看到的路遥那种与故乡割不断的情思,那种对故乡父老兄弟生活境遇的担忧,那种融化在心灵深处的乡土情愫,还有那乡土精神对作家使命感的促动以及创作灵感的激扬。

路遥的生活方式也是农民式的,他说:"我吃饭从不讲究,饮食习惯和一个农民差不多。我喜欢吃故乡农村的家常便饭,一听见吃宴会就感到是一种负担,那些山珍海味如同嚼蜡,还得陪众人浪费很长时间。以我来说,最好能在半小时以内吃完一顿饭。有时不得不陪外宾和外地客人上宴会,回来后总得设法搞点馍或面条才能填饱肚子。"②

乡土熏陶和农村生活为路遥未来作的另一项准备,是他的读书和自修。虽然当时正在大革"文化命","宁可要社会主义的草,不要资本主义的苗儿",但中国农民对于文化的珍惜,也是根深蒂固的,虽然未必有什么切近的功利效益,但能读书,在乡村中历来是受到敬重的,因为翻那些砖头一样厚的书,并不是农村中大多数人所能做到的。有过农村生活经验的人都知道,你能咬住牙挺住劲闯过劳动关,你会沾沾自喜,但农民却不很看重你,因为对于他们,卖力气流汗水,是年深日久的必修课,何足挂齿。相反,你要是能替他们写一副春联,人们不问其内容,只端详你字写得好看,黑板报的插图画得热闹,都会称赞你,说你才成"人"了。高加林之所以能受到群众的称赞和欢迎,并在乡村当民办教师,就在于他具有文化——一般农民群众所没有的并不高的文化。更何况,在生活中受到歧视和磨难的路遥,只有在读书的时候,方能找到一片净土,方能感到自己精神上的优越。书呵,书!多少厄运,假汝

---

① 路遥:《早晨从中午开始——〈平凡的世界〉创作随笔》,见《路遥文集》(第二卷),陕西人民出版社1993年版,第45—47页。

② 路遥:《早晨从中午开始——〈平凡的世界〉创作随笔》,见《路遥文集》(第二卷),陕西人民出版社1993年版,第76页。

而生,你却又在厄运中给受难者以安慰和陶醉。这也许就是人们为之永不放弃追求文化知识的动力吧。

当别人问及路遥:"你是怎样走上文学创作道路的?在此以前,你都做了哪些准备工作?"路遥是这样回顾他的读书和自修的:"我一九六六年初中毕业,正赶上'文化大革命',丧失了继续学习的机会。以后的岁月是在动乱之中度过的。在这些年月里,学习理工科是没有条件的。但文学书籍还总能找到一些,于是捉住就读,这样便产生了爱好。要在一种事业中取得某些进展,首先得爱好这种事业,这可能是一个起码的要求。但这还不够,要搞出点名堂,需要扎扎实实地去努力。首先应该明了,在自己所从事的这一项事业中,前人已经达到了怎样的高度。这就要求大量地阅读古今中外的文学著作和其它方面的典籍。读文学作品,在文学史的指导下阅读是一个好的方法。因为你不可能把前人所写的书都读完,实际上也没有必要。根据文学史所提供的线索,你会读到中外历代一些最著名的经典著作。这些著作的总和代表了整个人类历史文化的面貌和水平。有了这个了解,你就再不会犯狂妄的毛病。对于初学写作的人来说,最容易犯这个病,而这个病往往会断送你在文学事业上的前程。当然,读这些经典著作,不仅仅是治狂妄病,最主要的是它给我们带来无穷无尽的营养。任何时代有成就的作家都得首先吸取前人的乳汁,才能使自己成熟并把自己的乳汁再留给后人。另外,应积极地投身于火热的社会生活中去,寻找困难,主动体验生活中一切酸甜苦辣的感情。丰富的生活经历和阅历,丰富的生活体验和感情体验,这是搞创作的基本财富积累。没有这个积累是绝对不行的。不要让生活来找你,而自己应该投身于生活,并主动去寻找那些丰富的、严峻的、能给人以磨练的生活去实践,去体验。……读书、生活,对于要从事文学事业的人来说,这是两种最基本的准备。这就是我对以上这个问题的回答。"①

当然,路遥还有过一段上大学的经历。1973年,他有幸进入陕北最高学府

---

① 路遥:《答〈延河〉编辑部问》,见《路遥文集》(第二卷),陕西人民出版社1993年版,第391—392页。

延安大学中文系读书三年。大学生活是美丽而多彩的，也是艰辛而苦寂的：

> 在大学里时，我除过在欧洲文学史、俄国文学史和中国文学史的指导下较系统地阅读中外各个历史时期的名著外，就是钻进阅览室，将中国建国以来的几乎全部重要文学杂志，从创刊号一直翻阅到"文革"开始后的终刊。阅读完这些杂志，实际上也就等于检阅了一九四九年以后中国文学的基本面貌、主要成就及其代表性作品。我印象最强烈的是，这些作品中的人很少例外地被分成好坏两种。而将这种印象交叉地和我同时阅读的中外名著作一比较，我便对我国当代文学这一现象感到非常的不满足，当然也就对自己当时的那些儿童涂鸦式的作品不满足了。"四人帮"时代结束后，尽管中国文学摆脱了禁锢，许多作品勇敢地揭示社会问题并在读者群众中引起巨大反响，但仍然没有对这一重要问题作根本性的检讨。因此，我想对整个这一文学现象作一次挑战性尝试，于是便有了写《人生》这一作品的动机。我要给文学界、批评界，给习惯于看好人与坏人或大团圆故事的读者提供一个新的形象，一个急忙分不清是"好人坏人"的人。对于高加林这一形象后来在文学界和社会上所引起的广泛争论，我写作时就想到了——这也正是我要达到的目的。①

路遥没有轻易放过大学三年极宝贵的学习机会，此间，他系统地按照文学史提供的线索阅读中外名著，吸收前人创作的精华，当然也包括对自身系统知识结构的补充和培养。更重要的是，这几年进一步训练了他的思辨能力和审美眼光。他能从中国当代文学发展的轨迹中，一针见血地发现其存在的弊端，并决心改变中国文学发展的这种不正常状况。因此，可以说这是路遥思想逐渐成熟的阶段，也是他审美观形成的阶段。他将以新的姿态，叩文学之门，以面对"孤立"的创作实践迎接挑战，以一种"无榜样的意识"参与新时期文化和文学的构建。

---

① 路遥：《早晨从中午开始——〈平凡的世界〉创作随笔》，见《路遥文集》（第二卷），陕西人民出版社1993年版，第17页。

通常说来，农业文化和现代文化在一个人身上是难以兼得的。在农村中，受过较高的现代教育的人越来越多，但他们接受现代教育是以对乡土文化的离弃为代价的。假如一个人读书至高中毕业，那么，他就有十几年时间主要在学校中度过，十七八岁离开学校时，他已经初步形成了人生观和生活态度，已经不再是土生土长、彻头彻尾的农民，而成为乡村中的文化人，难以完全认同乡土文化。《人生》中的高加林就是例证。而那些到农村中工作和体验生活的作家，皆是带着现代文化所塑造的心理情感去观察和思考问题的，他们对于农村，终归是过客。而对于路遥，乡土世界和现代文化凝集的书的世界，却是同时在他面前展开的。固然，这两个世界有迥别有对立，却又互相参照互相补充，相反而相成。可以设想一下，如果路遥仅仅接受了乡土文化，那么，他所能写出的，只会是那种传统的评书、传奇和民间故事；如果他身上现代文化压倒乡土文化，他也只能写乡村文化人的小说。乡土文化的血脉，使他成为一个始终关注农民命运的作家；现代文化的意义，则开拓了他的精神空间，激发了他对乡土爱恨交织的情感，也为他书写乡村生活带来新的参照系、新的宏观背景，并导引着他对乡土世界的现代性认识。当然，二者不是平分秋色，乡土文化是他的根，是占主导地位的。他骨子里仍是一个农民。

独特的生活经历和读书自修，敏感、内向、富于幻想的气质，超越自卑的心理动因，自强、自立、坚韧不拔的个性，直面活鲜鲜的乡村人生态度，陕北文化、乡土文化的熏陶和现代文化的启蒙，以及那不可或缺的延安大学中文系的深造——在此，他开阔了文学视野，感应到文学思潮的起伏更替，接受了当代世界文学的最新信息，经历了观念、方法、价值观和审美观的更新，怀着对当代中国诸种问题的深深忧患（特别是"三农"问题及其城乡"交叉地带"的反映，后面将专章探讨），力图以一个作家的姿态，参与现代文化构建的艰难历程，用文学形式表达自己对"中国问题"的思考和回答——凡此种种，如八面来风，推动了路遥的文学之舟扬帆远行，促使他成为中国当代文坛的一颗新星。

三、创作背景

法国文艺理论家丹纳在谈到文艺发展的必要条件时，提出了著名的时代、环境、种族三要素说，并且进一步指出时代要素中的"客观形势与精神状态"，认为"每个形势产生一种精神状态，接着产生一批与精神状态相适应的艺术品"。①尽管丹纳的理论有着机械论和实证论的暗影，但仍不失为我们研究作家与时代之关系的一把钥匙。当路遥步入并蜚声文坛时，他处于什么样的"客观情势"之下又有着什么样的"精神状态"呢？

这里，有必要对作家当时所处的文化背景、时代心理、文坛状况作简略的提示。

自1976年10月以后，中国当代文坛进入了一个空前激动和兴奋的时期。人们刚刚告别了一个痛苦的、漫长的时代，终于从肃杀的冬天走向充满绿意的明媚的春天，古老的、麻木的、愚昧的、昏睡的大地苏醒了，一切的青春、一切的憧憬、一切的生命萌动了。于是，有了欢呼与笑语、哭泣与愤怒，有了追求与期待，也有了思考与批判、挑战和创造……总之，一切都翻了个个儿，许多现有的稳定秩序和既定局面遭到了无情的怀疑与否定。而随着一个苦难时代的终结，一个伟大时代的降临，中国文学也开始复活，开始回到它应该有的生命状态之中。

"文化大革命"以它空前的对文化命运的疯狂洗劫，使中国的当代文坛几乎变成一片焦土；而新时期却以其充盈饱满活力的强劲势头，给奄奄一息的当代文学带来了希望和生机。如果说，在这之前，我们的当代文学曾经被一种单纯热烈然而却是无廉价浅薄成分的盲目欢乐狂迷情绪弥漫的话，那么，从1976年10月开始，作为中国当代文学主旋律的颂歌时代已经完全解体，代之而起的是悲怆和苦难的反思意识。是的，"悲怆之雾，遍被华林"，悲怆的旋风，不但冲破了三十年来文学的自足体，而且改变了当代文

---

① [法]丹纳：《艺术哲学》，傅雷译，生活·读书·新知三联书店2016年版，第79页。

学的面影,使当代文学带上了思考和批判的印记。应当说,这是当代文学在历史机遇中的转折,也是它的进步。因为在建国以后相当长的一段时间里,文学中的批判性思考离我们是如此遥远。何止遥远,它似乎与特定的中国国情无缘。这导致我们不得不到20世纪二三十年代的文学中去寻找这种文学意识的萌动。现在,当这种思考与批判意识作为新时期文学的主旋律活脱脱来到我们面前时,我们怎能不为之欢欣鼓舞呢!

新时期最初出现的是伤痕文学思潮,和历史上曾经出现的许多文学思潮一样,它是一个新时代文学产生和发展的生成期。如果说在粉碎"四人帮"以后的一段时间,我国的文学还处在徘徊状态,在创作上还受到"三突出"等模式的影响,那么,直到1977年底,这种情况才有所改观。这种情况改变的标志是刘心武的短篇小说《班主任》的出现。这篇小说的发表,立刻引起了整个社会的注意,撼动了千百万读者的心灵。于是,一时之间,悲怆的呻吟,愤怒的呐喊,构成了对那场历史大灾难的最初回声。继《班主任》之后,刘心武又连续创作了《醒来吧,弟弟!》等一批伤痕小说。与此同时,青年作家卢新华发表了《伤痕》,王亚平写了《神圣的使命》,郑义发表了《枫》,宗福先写了话剧《于无声处》,这些作品的出现,意味着颂歌时代文学的结束,体现着人的觉醒和文学的觉醒。这一批作品的共同主题,就是以悲怆的呐喊和痛苦的回忆,揭露"文革"的历史性灾难,描写十年动乱中的家庭的破裂,人们的精神和心灵上的创伤,抨击当时的道德沦丧,兽性猖獗的社会现象。由于这些作品的题材都是建立在十年悲剧的基础上的,由于它们的主题的尖锐性且得风气之先,所以有不少作品一经发表便风靡一时,在读者的心灵和感情上引起强烈的共振。

的确,当时的情形就是这样:当作家们从一场历史性的噩梦中苏醒过来,面对着斑斑血迹和遍体的伤痕,他们首先渴望的是尽情的宣泄,并在痛苦的宣泄中获得精神上的满足和慰藉。那时的读者,也似乎特别易于激动。他们对于文学充满着热爱,把文学当作一桩与自己的生活和生命经历密切相关的庄严事业来对待。只要文学喊出了他们的心声,体现了他们的理想,他们便会像浮士德老博士听到劳动时那样喊道:"请停一下。你真美啊!"正由于读者对文学的热切关注,1977年,全国掀起了一股伤痕文学作品热,而且常有这样的情况:一篇作品刚一问世,即刻引起全国性轰动,男女老少都为之叹息唏嘘,作品里的故事和人物走进了千家万户,闯进亿万人民的心中。一个时代的文学能够这样和广大人民的思想感情紧密结合,能够在这么短的时间里牵动整个国家和民族的灵魂,这在古今中外的文学史上是不多见的。从这一点看,伤痕文学的兴起和发展是时代的需要,历史的必然,是当时的社会心态和社会情绪的集中体现。[①]伤痕文学持续了两年之久,以其尖锐犀利的现实主义力量震撼了社会和文坛的每一个角落,显示了新时期文学的第一个辉煌实绩。

反思文学是继伤痕文学之后出现的一种更令人注目的文学现象。由于它波及面广,持续时间长,既有现实和哲学的基础又有文学的主张,所以一些当代文学研究者便把它当作一种独立的文学思潮来考察。实际上,伤痕文学与反思文学很难被截然分开。这不仅因为伤痕文学和反思文学在时间上没有明显的标志,更在于它们有其内在的逻辑联系和历史继承性。

文学创作的发展,往往表现为不同创作倾向的消长更替。一般说来,一些文学思潮崛起,一些文学思潮消失,往往是有规律可循的:新的创作思潮或者以挑战者的面貌出现于旧的思潮面前,经过一番艰辛的搏战和扫荡,新的文学思潮才在旧思潮的废墟上成长起来;另一种情况是,新的思潮与旧的思潮没有形成矛盾冲突,更没有发生像"五四"时期新文学对旧文学那样从内容到形式上的彻底革命,它只是在同一指向上对旧思潮进行有效的拓展和深化,使其更具历史的深度和广度。出现于1979年前后的反思文学,大概可归入后一种情况。建立于"文革"十年悲剧基础上的伤痕文学,虽然在揭露"文革"所造成的"伤痕"方面有其不可抹杀的功绩,但是,伤痕文学毕竟还是直观上的揭露和批判,视野毕竟狭窄,还缺乏历史深度,也就是说,它还没有从历史的高度对造成"伤痕"的根源作深层的思考和追寻。于是,随

---

① 陈剑晖:《新时期文学思潮》,广东高等教育出版社1989年版,第28—30页。

着历史的前进和文学的发展,对过去时代进行反思自然就成了我们这个民族精神生活中的迫切课题。人们渐渐不满意于伤痕文学那种表层的宣泄方式,他们渴望文学能从"伤痕"的悲哀旋风中走出来,要求文学由激情的迸发转为冷静的思考,并由此寻找出造成这场灾难的根源,从而对被颠倒了的历史作出新的评价。由此看来,反思文学实际上是在思想解放运动,在"重新认识生活,重新评价历史"的社会思潮推动下发展起来的。它是伤痕文学的必然发展,是一种历史意识的觉醒。它的出现,标志着新时期的文学已经从政治性的批判进入历史深层的哲学性反思。

反思文学最鲜明和最基本的审美特征就是对以往历史的反顾思考。我们知道,任何文学都离不开思考,但反思文学的思考特征表现得尤其强烈和突出。而较早对历史是非问题进行自觉思考的,是茹志鹃的《剪辑错了的故事》,刘真的《黑旗》,鲁彦周的《天云山传奇》,张一弓的《犯人李铜钟的故事》等作品。这些作品对1958年的反右斗争的重新评价与思考,在今天看来虽难免有陈旧之感和肤浅之处,但在当时却不啻是石破天惊,它们因思考触角的大胆,揭露问题的尖锐和犀利,在广大读者的心中留下了深深的印痕。

反思文学的另一深刻表现,是对人的命运的思考。对人的命运的关注,是中国现当代文学的一个优良传统。鲁迅一生为之不懈探求和奋斗的,正是期望通过对人的命运和民族悲剧的解剖,以达到对民族精神和国民性格的改造。鲁迅笔下的阿Q、祥林嫂、孔乙己、闰土等人物,正是他对人的命运深度反思的结果。在新时期的反思文学中,我们也可以看到这种思考精神的延续。而在这方面引起人们普遍注意并受到评论界高度评价的作家高晓声,在1979年前后的几年间,写出了《李顺大造屋》《"漏斗户"主》等一批个性鲜明的作品。在这些小说中,高晓声以中华人民共和国成立三十年来农民的命运浮沉作为反思历史和认识现实的基点,来透视我们民族性格中根深蒂固的国民劣根性。高晓声的独特视角在于,他通过"住"和"吃"来思考历史,由此我们既看到了历史的失误给人民带来的危害,看到了他们在平凡生活中的种种磨难和挣扎，也看到了几千年的习惯势力在农民身上形成的致命性格弱点。这种性格弱点就是鲁迅曾经批判过的民族的劣根性，就是逆来顺受的盲目性、依附性。高晓声积二十多年的痛苦体验，以他对中国农民的深切理解和同情，既写出了他们善良、忠厚、坚韧不拔的一面，又写出了他们愚昧、保守和逆来顺受、缺乏主人公意识的一面。而这两个方面正是高晓声思考的支撑点。其作品的价值，正在于他较早地从历史和民族的因袭重负上来思考农民的命运。

如果说《李顺大造屋》和《"漏斗户"主》等小说，主要是通过农民的命运沉浮来思考历史，那么，《天云山传奇》《土壤》《故土》《布礼》《杂色》《深渊》等作品，思考的侧重点则是知识分子的命运问题。这些作品的主人公如罗群、辛启明、钟亦成、曹千里、梅轻舟等，几乎都是1957年那场反右斗争的牺牲者，他们被流放，被强迫到社会底层进行改造，不但物质生活贫困不堪，而且在政治上备受歧视，没有人的价值和尊严可言。这批作品的真正意义，并不在于它们写了知识分子，不在于它们大胆干预生活，也不在于它们在中央十一届三中全会召开之前就对1957年的反右斗争扩大化这一政治运动作出正确的评价，而在于写出了知识分子的痛苦，并通过这种人生的痛苦，对整个社会、整个历史进行思考。这样，它们提供给读者的认识意义和启示价值，自然也就超过仅仅停留在政治层面上对"伤痕"进行揭露的伤痕文学。

反思文学曾一度成为新时期文学发展的主潮，成为一代作家的骄傲。然而，从时代文学的高度来要求，这一时期的文学也存在着不足。这种不足表现在它基本上还是从哲学和道德的层面对历史进行反思，而没有真正从历史文化的角度，尤其还没有从民族群体文化心理结构方面寻找造成"文革"这场悲剧的历史原因。正是这种不足，使得这一时期的文学从总体上看，缺乏一种深刻的悲剧意识，一种人性的深度。反思文学并没有就此停步不前，它仍然在发展着。而且，随着文学重心的转移和国内文化热的兴起，它逐渐由历史性的反思过渡到文化层次的反思、民族心理层次的反思。

四、《人生》的超越

上述文化背景和创作状况的粗略提示,一方面有助于探视路遥步入文坛的心理动因,另一方面,可以使我们从新时期文学的文化背景和整体创作流向中把捉路遥创作的特点。

路遥的创作起步于1973年,这时,可视为他创作的尝试阶段,没留下让文坛注目的作品。写于1979年8月的短篇小说《青松与小红花》,开始显示出路遥创作特点的端倪,即从普通人物身上挖掘他们的思想情操和心灵美。这篇作品的故事虽发生在1977年以前,但它避开了当时伤痕文学与反思文学的一般格调,回荡在作品中的是一种崭新的精神风尚。当主人公吴月琴因已故父亲留给她一份吃不消的政治遗产,而"像一只被打断翅膀的雏雁"成为留在村里唯一的插队知青时,她并没有为了自己的生存或企求一点小小的发展而"时时处处小心谨慎,没锋芒,没棱角,奔跑在领导的鞍前马后,随社会的大潮流任意漂泊"。她超尘脱俗,坚定不移地按照自己所理解的人生意义生活着。当有人给她铺平了生活的大道,推荐她"到地区师范学校上学去"时,她毫不犹豫地拒绝了,明确表示:"我也不愿用这种方式去上学,以改变自己的处境;我要用自己的双手,自己的心灵,自己的努力,去争得自己的进步和前程"。作者倾力传递的是一种自强自尊、顽强奋斗的可贵精神,而没有那种哀怨、悲伤的情绪。一个刚步入人生道路的少女,在"粗犷雄浑的高原大地上,她就像一朵开得很娇嫩的花——可以想象,她为了不使自己在霜雪风暴中枯萎,付出了什么样的代价!"《青松与小红花》告诉人们,路遥在中共十一届三中全会刚刚开过不久,就已经意识到党在新时期的历史使命必然会造就人们一种新的品格,并且较早地在普通人的身上艺术地感受到了这种新的品格所显露出来的光彩。

创作中篇小说《惊心动魄的一幕》(1980年)时,路遥已经能够准确地把握住时代的脉搏,因此,他能够跳出伤痕文学的窠臼,从一个新的高度回视"文化大革命",为人们塑造了一位深明大义、铁骨铮铮的县委书记的形象。这位马延雄书记面对即将爆发的大规模武斗,在一片"农管马书记"的口号声中，跪倒在保自己的群众面前，要求他们尽快散去；又带着全身的重伤，夜行于雨水泥泞的远路上，为的是在一片"活捉马延雄"的呐喊声中，出其不意地屹立在挑起武斗的坏人面前，硬是从精神上把他们分化、击垮，让武斗在自己的脚下骤然平息。读者从马延雄的身上强烈地感受并体验到了斗争的艰苦性、坚韧性、不屈性和正义性，看到了一种人格的力量，一种伟大的品格，一种我们过去、现在和未来都永远值得珍视的灵魂。在作品的题记中，路遥颇有深意地说："金盆打了，分量还在。"这既是对历史的真实记载，更是在新时期对发扬光大这种无畏献身精神的深情呼唤。

《惊心动魄的一幕》之所以惹人注目，原因之一是它不回避尖锐的社会矛盾，二是不囿于具体的动乱场面，而是把艺术笔触大胆地伸入社会生活的深层，真实而深刻地描写了"文革"给社会和人民带来的灾难。在一个并不新鲜的题材里挖掘出这样动人心魄的内容，路遥初次显露出了驾驭复杂的矛盾冲突和开掘人物内心的艺术潜力。此后，路遥的创作，基本上是遵循着在错综复杂的矛盾冲突中表现生活本相和人物本色的路子前进的。而对路遥来说，这篇作品是一次成功的机遇，是一个显示作家实力的信息。该作品获得1979—1981年度《当代》文学荣誉奖，1981年5月"《文艺报》中篇小说奖"二等奖，第一届全国优秀中篇小说奖。

1981年，路遥发表了《姐姐》《月下》等四五部短篇。这些作品已基本摆脱伤痕文学和反思文学的题材，而是另辟蹊径，以内涵丰富的生活故事，反映了环绕着当代农村青年的新的生活矛盾，引人深思。《姐姐》里的农村姑娘小杏，热恋着已上了大学的原插队知青高立民，而她的倾心相爱换来的只是一封要看到"现实差别"云云的绝情书。不念旧情的负心固然令人愤懑，而事实上存在着的"现实差别"也确实叫人思索。《月下》里憨厚的大牛，得知自己痴恋着的漂亮的兰兰就要嫁到城里，恼恨异常便去怒砸接兰兰进城的汽车。兰兰消极地屈从于这种差别并把自己当作商品的行为，应该批评，但那分不清爱美与占有美的区别，弄不明导致兰兰进城的真实原因的鲁莽者大牛，显然也有一个提高文化修养、增强精神文明的问题……《风雪腊梅》中的冯玉琴，敢于抵抗世俗的侵扰，拒绝地委第一书记儿子的纠缠，用她的全部生命爱着青年农民康庄；然而，世俗却将她所爱的康庄夺了过去，使他成了一个每月能挣得七十多块钱的炊事员。康庄的道德背叛固然令人们所不齿，但是，农民的贫困境遇如何才能得到改变却又不能不是一个令人深思的问题。《痛苦》中的高大年，"和他那老实巴交的父亲一样，带着一身淳朴的、倔强的憨气，就像黄土里长出来的一株高粱"。他虽然并不特别聪明，却有一股牛劲，靠着勤奋，学习一直也很出众。他爱着聪明、伶俐，活泼得像一只小山羊的土生土长的农村娃小丽，由于"爱得太认真，太迷恋了，以致影响了他最后一年的学习"。他高考落榜了，人生的痛苦和不幸，也许从这里才开始。但是，爱的力量仍然促使着他拼命学习，去追寻已经考上了大学的小丽，"看吧，他走路念念有词，他上厕所念念有词，他在煤油灯前伏案演算，常常因打盹把头发烧着，满头一片焦黄……所有这一切，他都忍受着。有时，痛苦的浪潮猛然又袭上心头，折磨得他死去活来。每当这时，他就在心里默念着那句话：'当我再见到你的时候……'"①终于，他凭着顽强的毅力，考上了北京一所著名的大学。他告别了亲爱的故土，告别了雄伟壮丽的黄土高原，出了山，出了沟，去追求别一样的生活。然而，这追求的结果如何呢？路遥给读者留下了巨大的疑问……

在这些作品里，城市与乡村的差别，理想与现实的矛盾，理智与情感的纠葛，交织在一块；美与丑、爱与恨、甜与苦纠缠在一起，共同构成了复杂的社会生活，叫人难以分辨，又诱人去仔细分辨。路遥作品里的人物，就是这样生活在斑驳陆离的生活环境里，没有气馁，没有彷徨，毫不退让地随着生活的风浪，用自己的思想去辨识矛盾，用自己的努力去战胜矛盾，在探求中前进的当代青年。而从题材上来看，这些作品开始明显地体现出路遥创作的特点，选取他所熟悉的城乡"交叉地带"的种种生活情景，由乡村到市镇再到都市的放射视角，展现了中国社会的各个方面。这一视角的选取，构成了路遥的独特性。

---

① 路遥：《痛苦》，见《路遥文集》（第二卷），陕西人民出版社1993年版，第298页。

1982年，路遥的创作数量虽然不多，但却是奠定他在当代文学史上重要地位的一年。两部中篇小说《在困难的日子里》和《人生》以新的开掘，引起文坛的广泛注目；而《人生》更引起了强烈的反响，文坛对这部作品的争议和评价成为当时的热点。

《在困难的日子里》主要写的是灾荒年间城乡青年学生们的精神状态，尽管作者真实细腻地描绘了饥饿给青年的灵与肉所带来的痛苦、摧残和折磨，也生动鲜明地写出了独特历史条件下他们相互间的一些误解、隔阂和不快，乃至爱情上的小小风波，但是，作品在整体上却深刻地体现了"崇高不靠灾难的表现"这一审美原则。因为路遥之所以要在1980年代的人们面前展现20世纪60年代初的历史画卷，其动机并不在陷入过去，而是为了让人们体验并且永远不要忘记一种比爱情还要美好的精神和情操。作品一开始就浓墨重彩地写主人公"我"上学："全村人尽管都饿得浮肿了，但仍然把自己那点救命的粮食分出一升半碗来，纷纷端到我家里"；特别是"那几个白胡子爷爷竟然把儿孙们孝敬他们的几个玉米面馍馍，也颤巍巍地塞到了我的衣袋里，叫我在路上饿了吃"；"我忍不住在乡亲们面前放开声哭了——自从妈妈死后，我还从来没有这样哭过一次。我猛然间深切地懂得了：正是靠着这种伟大的友爱，生活在如此贫瘠土地上的人们，才一代一代延绵到了现在……"①显然，作者是用"入人也深""化人也速"的艺术力量，要把当时老一辈人的友爱精神和情操，深深烙印在人们的心坎上。

叙述学校生活时，作者在展示主体和客体的冲突状态中，努力显示出主体的巨大力量："我"，倔强自负，超越自卑，顽强上进；同学们相互谅解，友善待人，助人为乐。在饥荒普遍存在的困难的日子里，表现出一种真情与善良的集体主义美德，这使当时年轻一代人的友爱精神和情操也深深地留在人们的心中。

路遥一心要紧紧抓住这代代相承的伟大友爱所具有的那种至高无上、令

---

① 路遥：《在困难的日子里》，见《路遥文集》（第二卷），陕西人民出版社1993年版，第101页。

人陶醉的美来叩开读者的心扉,让大家像"我"一样顿悟:"人活在世上,最重要的难道不是人与人之间的友爱吗?尤其是在你困难的时候,别人对你表示的友爱比什么都宝贵。"①路遥说:"我尽管写的是困难时期,但我的用心很明显,就是要折射今天的现实生活。"②换句话说,就是要激励生活在新时期的人们努力摆脱一切鄙俗的意识,继承并发扬一种伟大的友爱。"这一束折光也许太淡弱了,但我仍然想让它闪射。我愿意使那些比我更年轻的朋友了解一些那个年代的生活;我觉得不论怎样,这对他(她)们是没有坏处的。我并没有回避那些日子里贫困生活的不幸情况。当然,要在这样一篇小小的作品中,总结造成这段生活的复杂的政治原因也是不可能的(我也没准备这样做)。我觉得,对于小说来说,重要的是用艺术手法真实地表现出生活来,只要做到这一点,读者也自然会在美学欣赏的过程中,获得认识方面的价值。"③《在困难的日子里》正是以其在美学方面的认识价值荣获了1982年《当代》文学中长篇小说奖。

中篇小说《人生》在透视社会的深刻和描摹现实的真切上,都达到了作者以前少有的高度。《人生》是三易其稿的产物,据路遥回忆:

> 我写《人生》反复折腾了三年——这作品是一九八一年写成的,但我一九七九年就动笔了。我非常紧张地进入了创作过程,但写成后,我把它撕了,因为,我很不满意,尽管当时也可能发表。我甚至把它从我的记忆中抹掉,再也不愿想它。一九八〇年我试着又写了一次,但觉得还不行,好多人物关系还没有交织起来。如现在作品中刘立本有三个女儿,但当时只有巧珍一个。后来我把它打

---

① 路遥:《在困难的日子里》,见《路遥文集》(第二卷),陕西人民出版社1993年版,第148页。

② 路遥:《答中央广播电视大学问》,见《路遥文集》(第二卷),陕西人民出版社1993年版,第452页。

③ 路遥:《这束淡弱的折光——关于在〈在困难的日子里〉》,见《路遥文集》(第二卷),陕西人民出版社1993年版,第440—441页。

乱了……反复思考……多折腾几次……①

"折腾"的过程，实际上是作者在寻找自我超越的突破口，他要从过去自己所构筑的堤岸中跃上一个新的台阶：

> 我不能这样生活了。我必须从自己编织的罗网中解脱出来。……我渴望重新投入一种沉重。只有在无比沉重的劳动中，人才会活得更为充实。这是我的基本人生观点。细细想想，迄今为止，我一生中度过的最美好的日子是写《人生》初稿的二十多天。在此之前，我二十八岁的中篇处女作已获得了全国第一届优秀中篇小说奖，正是因为不满足，我才投入到《人生》的写作中。为此，我准备了近两年，思想和艺术考虑备受折磨；而终于穿过障碍进入实际表现的时候，精神真正达到了忘乎所以。记得近一个月里，每天工作十八个小时，分不清白天和夜晚，浑身如同燃起大火，五官溃烂，大小便不畅通，深更半夜在陕北甘泉县招待所转圈圈行走……人，不仅要战胜失败，而且还要超越胜利。②

《人生》，正是路遥对自身的一次成功超越。它的魅力，就在于作者表现生活的深度和人物形象的复杂性上。

有这样一类作品，在它所展示的错综复杂的社会矛盾和丰富多彩的人物冲突中，就像有时我们在生活中遇到的情况那样，并不容易一下子说清楚其中的是非曲直。仿佛闪光的、灰暗的、优美的、丑陋的、高尚的、卑俗的、可敬的、可笑的种种内容，都混杂在一起，初看上去，甚至使人觉得面对着这深邃变幻的人生的大海，只觉五光十色，扑朔迷离。但其实，这并不是作者没有自己的爱憎褒贬，没有自己的所是所非，只不过当作者透过社会生活的表面，深入复杂的底层，仔细研究矛盾的无限情由和无数关联时，就会深刻地洞察到：

---

① 路遥：《答中央广播电视大学问》，见《路遥文集》（第二卷），陕西人民出版社1993年版，第447—448页。

② 路遥：《早晨从中午开始——〈平凡的世界〉创作随笔》，见《路遥文集》（第二卷），陕西人民出版社1993年版，第3—4页。

构成人物命运冲突的种种社会矛盾，往往是错综地纠结在一起，互相制约、互为因果的。作者不想加以简化，也不想加以净化，而是力图从生活的广度和深度上加以把握，艺术地再现这种种复杂的真相，力图在这种真相中，揭示特定时代和特定社会条件下，人物性格和感情变化的种种根由，从而使人们在作品曲尽人间情态世相的描绘中，更深刻地认识生活的内在规律，更深切地领略人生的真谛。对于这样的作品，当然很难用几句话说明白，更何况还往往引起争议，这在中外文学史上不乏其例。这样的作品内涵比较丰富，容量比较深广，人物性格也更丰满多彩，因此，也就更耐人寻味。

路遥的《人生》就是这样的一部作品。

《人生》的背景，是已经受到社会主义现代化春风的吹拂，但还相当闭塞、贫瘠、落后的陕北高原的农村。它通过农村和城镇"交叉地带"的几个青年的爱情故事的描写，深刻地反映了当时农村现实的某些新的特点和所存在的城乡生活矛盾。

小说创造了高加林这一个处于人生岔道口的农村知识青年的典型形象。高加林身上集聚了种种矛盾的性格，他给人们在感情上所引起的波澜，是复杂而又令人困惑的：既让人同情，又不让人同情；既可爱，又很不可爱。但又让人完全相信，这是作者从当时实际生活中概括出来的一个十分真实的人物。他的命运的浮沉起落，他内心生活的紧张急剧的冲突，他对人生道路的选择，都折射出了当时的某种时代征候，反映了新旧交替、除旧布新的新时期城乡生活的某些特色。作品中的黄亚萍曾认为：这个高加林又像保尔·柯察金，又像于连·索黑尔，其实这并不完全确切。如果只是就他身上存在着的这样两种互相矛盾、互相对立的因素来说，或许才是确切的。而就这个人物本身来说，他既不是前者，也不是后者，恰恰是一个仍然彷徨于人生的十字路口，还没有找到正确的人生道路和坚定信念，具有某种典型意义的当时中国农村青年的形象。

高加林开始出现在我们面前时，是令人同情的。他高中毕业当了民办教师，偏偏因为大队书记高明楼的儿子刚毕业就依靠不正之风顶掉了他的职位。

转眼间,他被打发回农村当了农民。虽然他本来就是农民的儿子,但从上学以后到当教师,他与土地和劳动,毕竟已经疏远了,要他重新适应艰苦沉重的农民生活,干像农民那样的体力活,显然是不容易的。但是当他看到在劳动中的母亲的满头白发,想到庄稼人的吃苦精神时,他感到羞愧与自责,他要证明自己也不乏这样的品质,开始顽强地使自己来适应这种劳动生活:"他的劳动立刻震惊了庄稼人。第一天上地畔,他就把上身脱了个精光,也不和其他人说话,没命地挖起了地畔。没有一顿饭的功夫,两只手便打满了泡。他也不管这些,仍然拼命挖。泡拧破了,手上很快出了血,把镢把都染红了;但他还是那般疯狂地干着。大家纷纷劝他慢一点,或者休息一下再干,他摇摇头,谁的话也不听,只是没命地抡镢头……"①这种劳动确实是不轻松的,他不得不承认,"严峻的生活把他赶上了这条尘土飞扬的路","父母亲那么大的年纪都还整天为生活苦熬苦累,他一个年轻轻的后生,怎好意思一股劲待下吃闲饭呢?"②萌动于他心中的这种感情是朴素而真实的。

更幸运的是,他遇到了美丽善良而单纯的巧珍,这个农村少女炽烈纯真的爱情,在作者抒情的笔墨中,真是如诗如画。"爱情啊,甜蜜的爱情!它像无声的春雨悄然地洒落在他焦躁的心田上。他以前只从小说里感到过它的魅力,现在这一切他都全部真实地体验到了。而最宝贵的是,他的幸福正是在他不幸的时候到来的!"③高加林由于巧珍那种令人心醉的爱情,一下子便从灰心丧气的情绪中,重新激发起对生活的热情,使他觉得"熬累不那么沉重了",又燃起了生活的信心和勇气。他不仅闹了一场"卫生革命",要来改变村子里的落后面貌,而且和巧珍大胆地公开了彼此的爱情,在众目睽睽之下,和巧珍骑着一个车子去逛县城。这对青年人,以一种挑战的姿态,向古老农村

---

① 路遥:《人生》,见《路遥文集》(第一卷),陕西人民出版社1993年版,第50页。
② 路遥:《人生》,见《路遥文集》(第一卷),陕西人民出版社1993年版,第20页。
③ 路遥:《人生》,见《路遥文集》(第一卷),陕西人民出版社1993年版,第50页。

依然残留着的陈旧的传统习俗和传统道德，进行了让乡下人诧异的难以认同的坚决冲击。应该说，高加林身上所反映出来的这些凝聚着时代色彩的新因素，这样一种饱含着青春气息的活力，这样一种力求改变守旧状况的渴望，是闪耀着光彩和魅力的。

高加林的种种作为中，当然也流露着他性格中的某些弱点，如虚荣、好胜、狂热甚至报复的心理。如果说他性格中的新因素能得以健康发展的话，那么是可以成为推动生活前进的一种力量的。也正是因为这样，霸道的大队支书高明楼也不能不感到一种威慑，不能不感到"将来村里真正的能人是他！"这就是这个人物引起同情又令人觉得可爱的原因。但是，高加林是复杂的，作者的严谨的现实主义精神的开掘和准确的描写，又使我们看出，高加林这种种作为，并没有坚实的基础，也缺乏从坚定信念而来的自觉性。他始终渴望到大城市去，渴望施展"抱负"，根本目的是什么呢？是仅仅为了追逐个人的发展，还是为了整个事业的发展？这在高加林的思想上显然是相当模糊的，这就潜伏着他在环境、条件变化后，走上歧途的可能性。高加林后来在人生道路上的变化和发展，也正是如此。

在作品的下篇，高加林的叔父突然复员回到本地区当了劳动局长以后，在那些利禄熏心之徒如马占胜之流看来，高加林的身价顿然就不同了，于是，主动帮他"走后门"，使他转瞬之间由农民变成了县委通讯干事。对于这种做法，他也有过"惴惴不安"的一闪，但是，追求个人施展抱负的强烈欲望压倒了一切，于是马占胜一句"哪个猫都沾腥哩"，就平服了他脆弱的不安。在县城里，他确实是得心应手、一帆风顺的，不仅在抗洪救灾的报道活动中干得很出色，就是其他方面的才能也"很快在这个天地里施展开了"。然而他显然是并不清醒的。作品对他这时的精神状态有深刻的揭示和剖析："他内心里每时每刻都充满了一种骄傲和自豪的感觉，自尊心得到了最大的满足。有时候也由不得轻飘飘起来……"但是，"有时他又满头大汗对这种身不由己的冲动，进行严厉的内心反省，警告自己不要太张狂：他有更大的抱负和想法，不能满足于在这个县城所达到的光荣；如果不注意，他的前程就可能要受挫折"。①作者的观察是严峻而准确的。高加林的所谓个人抱负和个人前程，始终是他内心深处最萦绕关注的东西，这有时似乎在推动他做出出色的成绩，但是在生活的岔道口上，正是这个日夜困扰着他内心的幽灵，指使着他走错一步，再走错一步。人生的道路是复杂的，社会矛盾也是错综的，然而决定一个人的性格面貌的，毕竟是一个人思想、情操、境界的高度。当他和黄亚萍旧情复萌、重新恋爱，以及在这种爱情矛盾的利害权衡中，"远走高飞，到大地方去发展自己的前途"成为最重要、最有分量的砝码，于是"权衡了一切以后"，他"决定要和巧珍断绝关系，跟亚萍远走高飞了"。请看高加林在生活的十字路口抉择时的心理活动吧：抛弃那个有金子般纯洁的心，用整个身心挚爱着他的农村姑娘巧珍，他的良心非常不安，甚至自我嘲弄地骂自己是"混蛋！"但是，一想到同巧珍的结合，将会被拴在这个县城，将会影响到大地方去发展自己，他的心变硬了，变狠了，他这样咬牙切齿地警告自己："不要反顾！不要软弱！为了远大的前途，必须做出牺牲！有时对自己也要残酷一些！"②纯真的爱情终于陷进个人利害的精明计算，他无情地抛弃了巧珍这个天真纯洁姑娘赤诚如火的爱情，卑劣地伤害了一颗纯正坦直的心，也暴露出他那灵魂深处潜伏着的很不美妙的污垢。这是很难用什么没有文化没有情趣之类的遁词来加以遮掩的。当一个人把自己的发展建立在牺牲别人的基础上的时候，他在人生的道路上怎能不跌跤呢？当一个人为了自己的前途，不惜把道德、社会责任等都踩在脚下，他心中那"希望"的灯火，怎能不把他引向岔道呢？可悲的是，所谓有文化、有情趣的黄亚萍，却不过是个只能与他在城市里同享乐、却难以陪他在农村中共艰苦的角色，这一点甚至高加林自己也很明白。因此，当风浪骤起，走后门的事被揭发，他突然又一次被退回农村时，破灭了的不仅有他那远走高飞

---

① 路遥：《人生》，见《路遥文集》（第一卷），陕西人民出版社1993年版，第129—131页。

② 路遥：《人生》，见《路遥文集》（第一卷），陕西人民出版社1993年版，第148页。

的梦幻，也有他与黄亚萍那并不牢靠的"爱情"，而曾经热烈地献给他一片天真和痴情的巧珍，他却永远地失去了。对高加林致命一击的是克南妈出于报复，使他的生活来了个急转弯，事业、爱情的虹彩倏地消失，这完全是偶然。倘若没有这晴空霹雳，他顺利地过了这一关，还是用他为了自己的发展不惜牺牲别人的哲学处世，在今后的道路上又将怎样呢？高加林自己是这样总结教训的："如果他就这样下去，他躲过了生活的这一次惩罚，也躲不过去下一次惩罚——那时候，他也许就被彻底毁灭了……"①

在波涛起伏、曲折不平的人生道路上，高加林就是这样悲惨地败北了。当他孤魂般地走在大马河川道上时，山坡上飘来的是孩童们辛辣而直率的信天游歌声："哥哥你不成材，卖了良心才回来……"这种利剑般闪射着冷峻真理光辉的古老歌谣，动魄惊心，直戳心灵。只有在这时，他才如梦初醒，有了五内俱焚的痛悔。

罗曼·罗兰说："道德面貌渺小的地方，不会有伟大的人物出现。"但是当一个人认识到自己的缺陷时，不加隐讳和掩饰，而感到痛悔，就有改变的可能。知耻近乎勇，这撕心裂魄的痛悔，或许就是高加林新的、更健康的生命征程的开始，何况在他身边还有那些给他以温暖的乡亲。

《人生》是一部具有现实主义深度的作品。在这幅具有时代特色，触及了社会的、道德的、文化的、心理的各种矛盾的图画中，作者既深入地开掘了生活中所包含的富于诗意的美好内容，也尖锐地、毫不隐蔽地坦露了生活中的丑恶与庸俗。在高加林这个人物的创造上，也是如此。作者是真实地忠于生活，忠于人物所处的环境和性格的逻辑的。对于高加林精神上的病症和弱点，作者没有特别渲染或故意贬斥，然而，不加掩饰的忠实而真切的描写，却往往比浅露的攻击有力得多，令人深思得多。作者的爱憎倾向是包含在他的全部构思与整体结构中的。因此，高加林在人生道路上的曲折和失误，既有他自己思想感情上的原因，还有特定社会条件的原因。诚如作者所言：

---

① 路遥：《人生》，见《路遥文集》（第一卷），陕西人民出版社1993年版，第194页。

这部书的故事发生在我国一个特殊的历史时期——"四人帮"刚刚覆灭，中国的改革还没有大规模展开的时候。那时，中国一个恶梦般的时代结束了，而新的生活还处于酝酿和探索之中；长期积累起来的各种矛盾在中国社会生活中已经处于最复杂最深刻的状态。悲剧的主人公就是中国这个时期的产儿——他们的悲剧当然有着明显的社会和时代的特征。

但这同时也是青春的悲剧。在我看来，只要是青年，不管他们生活在什么样的时代和什么样的国度，在他们最初选择生活道路的时候，往往不会一帆风顺。我自己就是从一条坎坷的生活道路上走过来的。因此我完全理解那些遭受痛苦与挫折而仍然顽强地追求生活的青年。我永远怀着巨大的同情心关注他们的命运；即使我为他们的某种过失而痛心的时候，也常常抱有一种兄长般的宽容态度。①

是的，正是由于我们经历了"文革"十年内乱，正处于新旧交替的时期，社会生活中还存在着许多矛盾，人生道路上并非没有急流险滩、骤雨狂风，因此，在这条道路上，特别是在岔道口上，要不致迈错步子，就更需要以正确的世界观和人生观，把握住人生的航程。高加林这个具有丰富内涵和典型意义的形象，无论他的逆境、顺境、长处、弱点、教训和悲剧，都具有发人深省的鉴戒的力量。②而作品深刻的认识价值和审美价值不仅使路遥超越了自身，而且远远地超越了当时流行的伤痕文学与反思文学的审美范畴。

《人生》确立了路遥在新时期文坛上的地位，它给作家带来了空前的成功和巨大的声誉。1983年3月，该作获得第二届全国优秀中篇小说奖，并由路遥亲自改编成电影，再次获得成功，引起全社会的震动和巨大反响。不仅如此，《人生》又迅速被译成法文、俄文等出版，走向了世界。而高加林、巧珍

---

① 路遥：《〈人生〉法文版序》，见《路遥文集》（第二卷），陕西人民出版社1993年版，第421—422页。

② 参见唐挚：《艺文探微录》，花山文艺出版社1985年版，第66—70页。

等形象已步入代表新时期小说发展水平的人物形象之列。路遥成了新时期作家中的佼佼者。

五、再度创作的辉煌

路遥是一个勤奋、沉稳而扎实的作家,从他的小说中,很难发现那种追时髦、赶潮头的应时之作,也很难发现那种为赚钱而不顾作家良知的"玩文学""商文学"。因此,《人生》之后,他沉寂了四五年时间。他不属于那种"一发而不可收"的高产作家,而属于那种善于思考、不断追求,在"沉默"中创造精品的作家。路遥曾说:

> 作为一个当代作家是幸运的,因为我们创造天地无疑比过去年代的作家们广阔得多。但同时,我们的工作也更加困难,因为我们面临的是一个更加复杂而又正在发生巨大变化的社会。深刻而有力地反映我们时代的生活面貌,要求当代作家具有更先进的思想水平和认识能力,更宽阔的生活眼界和深厚的艺术修养。因此,我们首先得和自己的浅薄作斗争……①

这种思考和认识将他引向对当代中国历史走向与现实变动的更深刻的观察和分析,并力图从整体上对其作出艺术的展现。那么,他能不能迸发再度创作的辉煌呢?路遥艰难地跋涉着,人们也期盼着……

> 一部《人生》,人民给了我很高的殊誉。但《人生》不应是我艺术道路的最高点,我应从作品的深度、广度、力度上比《人生》更高一层。②

---

① 路遥:《需要什么?》,见《路遥文集》(第二卷),陕西人民出版社1993年版,第437页。

② 路遥:《写作是心灵的需要——在〈女友〉杂志社举办的"'91之夏文朋诗友创作笔会"上的讲话》,见《早晨从中午开始》,西北大学出版社1992年版,第24页。

我在年轻的时候就有过一个幻想：一生中要完成一部规模宏大、篇幅最长而且很成功的作品，时间必须在40岁之前。《人生》发表后不久，以前的这个想法突然冒出来，而且很强烈。当时我没有急于促成这个念头，尽量抑制住创作欲望，待头脑冷静后，我来到陕北老家一片大沙漠上。过去就有这个习惯，精神危机时就到这儿来。我躺在沙丘上想，要完成这一重大使命，必须有两方面的精神准备。一是能忍受寂寞，须把自己长期封闭在一个孤独的世界里，排除一切干扰，全身心地投入进去；二是只能成功，不能失败，这段年华是自己的"黄金"时期，如果失败或拿出平庸的作品来，就等于亵渎和践踏自己的人格。如其不然，就把这次创作做为人生的一次抵押吧！结论出来了，精神也就轻松了。环视周围，眼望天空，沙漠荒芜，仿佛整个世界不存在了，就剩下我一个人。①

这是一个"难产"的过程，一个需要艺术家的勇气并不断检视自身创作道路的过程，一个需要将生命"抵押"上去的没有退却之路的"别无选择"。②一切的说明似乎都成了多余，还是让我们再看作家心灵的告白吧。

那么，我应该怎么办？

有一点是肯定的：眼前这种红火热闹的广场式生活必须很快结束。即是变成一个纯粹的农民，去农村种一年庄稼，也比这种状况于我更为有利。我甚至认真地考虑过回家去帮父亲种一年地。可是想想，这可能重新演变为一种新闻话题而使你不得安宁，索性作罢。

但是，我眼下已经有可能冷静而清醒地对自己已有的创作作出检讨和反省了。

---

① 路遥：《写作是心灵的需要——在〈女友〉杂志社举办的"'91之夏文朋诗友创作笔会"上的讲话》，见《早晨从中午开始》，西北大学出版社1992年版，第21—22页。

② 路遥：《写作是心灵的需要——在〈女友〉杂志社举办的"'91之夏文朋诗友创作笔会"上的讲话》，见《早晨从中午开始》，西北大学出版社1992年版，第22页。

换一个角度看，尽管我接连两届获全国优秀中篇小说奖，《人生》小说和电影都产生了广泛影响，但实际上并没有什么。作家的劳动绝不仅是为了取悦于当代，而更重要的是给历史一个深厚的交代。如果为微小的收获而沾沾自喜，本身就是一种无价值的表现。……

劳动，这是作家义无反顾的唯一选择。

但是，我又能干些什么呢？当时，已经有一种论断，认为《人生》是我不能再逾越的一个高度。我承认，对于一个人来说，一生中可能只会有一个最为辉煌的瞬间——那就是他事业的顶点，正如跳高运动员，一生中只有一个高度是他的最高度，尽管他之前之后要跳跃无数次横杆。就我来说，我又很难承认《人生》就是我的一个再也跃不过的横杆。

在无数个焦虑而失眠的夜晚，我为此而痛苦不已。在一种几乎是纯粹的渺茫之中，我倏忽间想起已被时间的尘土埋盖得很深很远的一个早往年月的梦。也许是二十岁左右，记不清在什么情况下，很可能在故乡寂静的山间小路上行走的时候，或者在小县城河边面对悠悠流水静思默想的时候，我曾经有过一个念头：这一生如果要写一本自己感到规模最大的书，或者干一生中最重要的一件事，那一定是四十岁之前。

我的心不由为此而颤栗。这也许是命运之神的暗示。真是不可思议，我已经埋葬了多少"维特时期"的梦想，为什么唯有这个诺言此刻却如此鲜活地来到心间？

……

经过初步激烈的思考和论证，一种颇为大胆的想法逐渐在心中形成。我为自己的想法感到吃惊。一切似乎是不可能的。

但是，为什么又不可能呢！

> 我决定要写一部规模很大的书。①

这部"规模很大的书"就是《平凡的世界》。路遥是怀着"初恋般的热情和宗教般的意志"②来构造这一宏大工程的。

"准备工程平静而紧张地展开。狂热的工作和纷繁的思考立刻变为日常生活。作品的框架已经确定:三部,六卷,一百万字。作品的时间跨度从一九七五年初到一九八五年初,力求全景式反映中国近十年间城乡社会生活的巨大历史性变迁。人物可能要百人左右。"③

用什么方法来完成作品?准确的回答是:现实主义。

为什么要以1975年到1985年这十年间中国城乡广泛的社会生活作背景呢?原因是:"这十年是中国社会的大转型期,其间充满了密集的重大历史性事件;而这些事件又环环相扣,互为因果,这部企图用某种程序的编年史方式结构的作品不可能回避它们。当然,我不会用政治家的眼光审视这些历史事件。我的基本想法是,要用历史和艺术的眼光观察在这种社会大背景(或者说条件)下人们的生存与生活状态。作品中将要表露的对某些特定历史背景下政治性事件的态度,看似作者的态度,其实基本应该是那个历史条件下人物的态度;作者应该站在历史的高度上,真正体现巴尔扎克所说的'书记官'的职能。但是,作家对生活的态度绝对不可能'中立',他必须做出哲学判断(即使不准确),并要充满激情地、真诚地向读者表明自己的人生观和个性。"④

再看具体的史料准备:

> 首先是一个大量的读书过程。有些书是重读,有些书是新读。……

---

① 路遥:《早晨从中午开始——〈平凡的世界〉创作随笔》,见《路遥文集》(第二卷),陕西人民出版社1993年版,第4—6页。
② 路遥:《早晨从中午开始——〈平凡的世界〉创作随笔》,见《路遥文集》(第二卷),陕西人民出版社1993年版,第10页。
③ 路遥:《早晨从中午开始——〈平凡的世界〉创作随笔》,见《路遥文集》(第二卷),陕西人民出版社1993年版,第10页。
④ 路遥:《早晨从中午开始——〈平凡的世界〉创作随笔》,见《路遥文集》(第二卷),陕西人民出版社1993年版,第20页。

其间我曾列了一个近百部的长篇小说阅读计划,后来完成了十之八九。同时也读其它杂书,理论、政治、哲学、经济、历史和宗教著作等等。另外,还找一些专门著作,农业、商业、工业、科技以及大量搜罗许多知识性小册子,诸如养鱼、养蜂、施肥、税务、财务、气象、历法、造林、土壤改造、风俗、民俗、UFO(不明飞行物)等等。那时间,房子里到处都搁着书和资料;桌上、床头、茶几、窗台,甚至厕所,以便在任何时候任何地方随手都可以拿到读物。

在我所有阅读的长篇长卷小说中,外国作品占了绝大部分。

在现当代中国的长篇小说中,除过巴金的《激流三部曲》,我比较重视柳青的《创业史》。他是我的同乡,而且在世时曾经直接教导过我。《创业史》虽有某些方面的局限性,但无疑在我国当代文学中具有独特的位置。这次,我在中国的长卷作品中重点研读《红楼梦》和《创业史》。这是我第三次阅读《红楼梦》,第七次阅读《创业史》。[①]

如果这一切还属于精神准备的话,那么,更繁重的任务还在于付出体力的代价。对十年间中国"不仅是宏观的了解,还应该有微观的了解,因为庞大的中国各地大有差异,当时的同一政策可能有各种做法和表现。这十年间发生的事大体上我们都经历过,也一般地了解,但要进入作品的描绘就远远不够了。生活可以故事化,但历史不能编造,不能有半点似是而非的东西。只有彻底弄清了社会历史背景,才有可能在艺术中准确描绘这些背景下人们的生活形态和精神形态"[②]。那么,如何才能"彻底弄清"呢?以最"笨拙"但是又

[①] 路遥:《早晨从中午开始——〈平凡的世界〉创作随笔》,见《路遥文集》(第二卷),陕西人民出版社1993年版,第18—19页。
[②] 路遥:《早晨从中午开始——〈平凡的世界〉创作随笔》,见《路遥文集》(第二卷),陕西人民出版社1993年版,第21页。

必须进行的方式，"查阅这十年间的报纸——逐日逐月逐年地查"。"于是，我找来了这十年间的《人民日报》，《光明日报》，一种省报，一种地区报和《参考消息》的全部合订本。"①

房间里顿时堆起了一座又一座"山"。

我没明没黑开始了这件枯燥而必需的工作。一页一页翻看，并随手在笔记本上记下某年某月某日的大事和一些认为"有用"的东西。工作量太巨大，中间几乎成了一种奴隶般的机械性劳动。眼角糊着眼屎，手指头被纸张磨得露出了毛细血管，搁在纸上，如同搁在刀刃上，只好改用手的后掌（那里肉厚一些）继续翻阅。

用了几个月时间，才把这件恼人的工作做完。以后证明，这件事十分重要，它给我的写作带来了极大的方便——任何时候，我都能很快查找到某日某月世界、中国、一个省、一个地区（地区又直接反映了当时基层各方面的情况）发生了什么。②

路遥就这样"沉默"地准备着。他拒绝了所有的文学活动和其他方面的社会活动，用他的话说，"生活处于封闭状态"。

当浩繁的"室内"工作暂时告一段落后，他立刻投入另一个更大规模的"基础工程"——到实际生活中去再体验、再深入。因为"从一九七五年到一九八五年中国大转型期的社会生活发生了巨大的变化。各种社会形态、生活形态、思想形态千姿百态且又交叉渗透，形成比以往任何一个时期都更为复杂的局面。而要全景式反映当代生活，'蹲'在一个地方就不可能达到目的"，所以，"必须纵横交织地去全面体察生活"。③

我提着一个装满书籍资料的大箱子开始在生活中奔波。一切方

---

① 路遥：《早晨从中午开始——〈平凡的世界〉创作随笔》，见《路遥文集》（第二卷），陕西人民出版社1993年版，第21页。
② 路遥：《早晨从中午开始——〈平凡的世界〉创作随笔》，见《路遥文集》（第二卷），陕西人民出版社1993年版，第21—22页。
③ 路遥：《早晨从中午开始——〈平凡的世界〉创作随笔》，见《路遥文集》（第二卷），陕西人民出版社1993年版，第23页。

面的生活都感兴趣。乡村城镇、工矿企业、学校机关、集贸市场；国营、集体、个体；上至省委书记，下至普通老百姓；只要能触及的，就竭力去触及。……

春夏秋冬，时序变换，积累在增加，手中的一个箱子变成了两个箱子。

奔波到精疲力竭时，回到某个招待所或宾馆休整几天，恢复了体力，再出去奔波。走出这辆车，又上另一辆车；这一天在农村的饲养室，另一天在渡口的茅草棚；这一夜无铺无盖和衣躺着睡，另一夜缎被毛毯还有热水澡。无论条件艰苦还是舒适，反正都一样，因为愉快和烦恼全在于实际工作收获大小。

……

在这无穷的奔波中，我也欣喜地看见，未来作品中某些人物的轮廓已经渐渐出现在生活广阔的地平线上。①

这里，我们不厌其烦地一再引述路遥交给我们的第一手资料，其意义并不在于过分夸大和任意拔高一个作家对自身创作经历的表述，而在于切切实实地向人们呈示在这百万字巨著后面，路遥是怎样用生命来构建他的文学世界的。而这一切还仅仅只是开始，更艰苦的创作历程是在那数千个难以成眠的日日夜夜……

《平凡的世界》是路遥对自身文化与文学视野的重大超越，是他创作的高峰，是他全部生活、生命的艺术结晶，蕴含着他对当代中国政治、经济、文化心理、伦理道德、社会风尚、民情风俗，特别是城乡"交叉地带"种种复杂面貌深沉的理性思考。它是作家创作激情的大喷射，也是作家审美理想的总实现。

《平凡的世界》是一部具有内在魅力和激情的现实主义力作。它以1975—1985年中国广阔的社会生活为背景，描写了中国农民的生活和命运，是一幅展

---

① 路遥：《早晨从中午开始——〈平凡的世界〉创作随笔》，见《路遥文集》（第二卷），陕西人民出版社1993年版，第23—24页。

示当代农村全景性的图画，是对"文革"十年浩劫历史生活的总体反思。如果说历史学家已经并继续在自己的著作中记录下这期间密集的一个个影响中国前途和命运的事件的话；那么，这也是以这段历史时期为背景的现在和未来的一切文学作品所必须面对的，因为覆盖当时大大小小的各种历史事件都极大地影响了千千万万普通人的心灵和生活。在新时期作家中，路遥是很敏锐的，他较早地认识到这段历史独有的诗学价值。在《平凡的世界》中，他自觉地扮演了一个诗学历史家的角色，按照时间的序列，记载了"四人帮"加紧篡党夺权的"批宋江""批邓""反击右倾翻案风"，周恩来、朱德、毛泽东等老一代无产阶级革命领袖的逝世，"四人帮"的覆灭等，具体地描写了从一个村庄、一个公社到一个县、一个地区"以阶段斗争为纲"的极左路线和以抓生产提高人民生活的务实路线的对立、斗争，以及与全国两大政治力量相联系的、基层党和政府组织中两条路线的较量和力量的消长。同时，作品对十一届三中全会以后中国农村步入现代化的艰难历程和巨大变迁，对农民命运的当代性审视，都达到了相当的深度和高度。而在事件和人物之间，作家更着力表现新旧交替时期中国农民特有的文化心态，试图探寻中国当代农民改变自身命运的历史和走向未来的面影，在新时期文学中具有独特的美学价值。

《平凡的世界》以黄土高原上孙、田、金三个家族的命运遭际、矛盾纷争为结构中心，在宏阔的历史背景下，塑造了几十个具有不同性格和人生道路的血肉丰满的艺术形象。

首先是一批处于时代风云变幻中的农村青年，孙少安、孙少平是他们的代表。孙少安精明、能干、诚挚而又务实，他不安于贫困的处境，时时从心底呼喊着"生活不应该是这样的"愤激的抗议。为改变农民自身的命运，他决心"要在双水村做一个出众的庄稼人"。由于"他的精明强悍和可怕的吃苦精神"，在十八岁那年，就当上了农村的基层干部，过早地承担起家庭和全村人的生活重担。他有优良的品质与宽广的胸怀，在双水村解决家庭纷争与推动农村改革中，都发挥着重要作用。当历史的脚步迅疾向前迈动时，他审时度势地搞起责任制，办起砖瓦厂，带领全村奔共同富裕的道路。新一代农民的强烈使命感驱动着他,要把全部生命的能量奉献给生他养他的这块土地,因为"他一生的苦难、幸福、屈辱、荣耀,都在这个地方",他要做双水村这个古老村庄的"新一代领袖来统帅它进入新的时代"!孙少安最后用自己的收益捐助农村教育事业,进一步谱写着他的人生乐章。

孙少平的人生历程在小说中占有特殊的位置,作家是将孙少平作为一个时代的超前型的新一代农民来描写与塑造的。他有农民的底色:善良、质朴、勤劳、韧性,富于同情心,珍视友谊,尊重他人。但他更多地在于接受了外部世界改革意识和现代文化的影响,不甘于农民对土地的依赖和迷恋,而是自觉地扩大自己的生活天地,进入另一个社会的大世界。与此同时,他也进入了另一个精神的大世界。他抛弃传统的农民人格中的弱点,建立现代意义上的人生理想、价值观念,追求更丰富、更充实的人生。正如他自己所说:"我们出身于贫困的农民家庭——永远不要鄙薄我们的出身,它给我们带来的好处将一生受用不尽;但我们一定又要从我们出身的局限中解脱出来,从意识上彻底背叛农民的狭隘性,追求更高的生活意义。"[①]至此,一种健全的新的农民文化人格形成了。孙少平从农民这个平凡的世界走向煤矿这另一个平凡的世界,一方面反映着新一代的青年农民积极追求在"乡土"以外的世界中,实现自己的人生价值;另一方面,也反映着在改革的时代洪流中,首先觉醒的中国农民对背负着沉重因袭的自身历史命运的审视以及对新的人生道路的探索。

路遥在创造孙少安、孙少平等农村青年形象时,将社会历史的规定性和个人选择的能动性统一起来,使人们看到人物命运的时代影响,也看到时代背景中人物自身的可贵努力。也正是从孙少安、孙少平们在创造、追索着的新的人生道路中,人们看到了他们与高加林不同的奋斗面影,他们已和整个时代的巨流紧紧融汇在一起了。这是路遥笔下人物形象的又一次超越。

《平凡的世界》除了着力刻画青年农民形象以外,还构织了一个众多的人物形象网络:上至省、地、县各级领导人物,下至普通村民,能给人留下鲜

---

① 路遥:《平凡的世界》(第二部),见《路遥文集》(第四卷),陕西人民出版社1993年版,第365页。

明印象的人物就多达二十多个。特别是对农村基层干部田福堂、县委领导干部冯世宽等的塑造颇有特色。田福堂既受传统文化的约束,又受"左"的思想路线的毒害,是一个典型的在传统宗法意识和极左的思想政治杂交形成下的农民"土政治家"。路遥不无同情地写到,当他在几十年中已经适应了的"左"的一套结束后,他那个世界永远消失了,他痛苦过、失望过,但终于向现实艰难地认同了。作家忠实而细腻地写出了他心理的变化和认同过程。冯世宽作为改革的反对力量,也与田福堂一样,心灵世界是有所发展的。路遥在创造这两个人物时显示出生活的丰厚,不流于一般化、概念化,既写他们的原来面貌,又写在时代的浪潮冲击下,他们对现实的认同与内心世界的变化过程,显示出对历史变化的独特理解和把捉。

由于路遥对他所塑造的人物的偏爱,《平凡的世界》虽然写的是农民及其家庭在大时代中的变化,但依然对民族的传统美德心向往之,在人物创造与情节展开中流露出掩饰不住的赞美之情。小说写了孙少安和田润叶、秀莲的爱情婚姻纠葛。孙少安珍视爱情,更珍视他人的幸福,他爱田润叶,更义无反顾地对秀莲承担起丈夫的责任。李向前和田润叶的婚姻是从没有爱情开始的,可是当向前残废后,田润叶发现向前善良美好的心灵,终于与他相亲相爱了。其他如润生、孙玉厚、兰香、田晓霞、郝红梅等众多人物在对家庭、爱情、劳动与物质生活的态度方面,都表现出民族的传统美德,这不仅是小说具有感人肺腑的艺术力量的原因之一,而且体现着作家对民族传统文化在走向现代文明进程中的深沉思考。

《平凡的世界》以写人物构成社会,写命运展现时代而见长。小说中几十个不同背景、性格和人生道路的鲜明艺术形象,体现着中国改革时代的历史。无论是从孙少平走向广阔的人生世界形成新的文化人格,还是孙少安在继承民族传统美德的基础上于故土创造新的人生,更加走向成熟,我们都能感受到他们赖以生存与发展的黄土高原的泥土芬芳和扑面而来的时代气息。在爱情描写中,田晓霞由纯情少女成长为精明能干的记者直到在洪水中为抢救群众生命而献身,润生和郝红梅在困境中互相理解到结合,我们都能感受到,是改革的历史浪潮给予他们勇气和力量,赋于他们崇高的美的心灵。他们的一举一动和心理变化,都是属于这个特定的时代的。改革的春雨滋润着黄土地,黄土地上成长起一批新的农民,又体现着我们时代的希望。

《平凡的世界》追求的是着意表现社会生活中一些最普通的人的最平凡的生活,这些人物及他们的日常生活是容易被人忽视的,但是他们是历史的创造者和历史的推动者,通过这些人物的命运变化,会从更深的层次上揭示出社会生活发展的内在规律。在这个推动历史前进的主体中,有许多美的东西,永恒的东西。正因为作家有这种追求,所以作品在结构上,在事件的选择上,在人物性格的刻画上,都不追求过分戏剧化的东西。作品基本上不写大开大合的情节,大起大落的波涛,大悲大喜的情绪,而主要是通过一些日常生活的描写,寓不平凡于平凡之中。作品看起来写的都是一些普通平凡的人的事情,而实际上从总体上构筑起了一个极不平凡的艺术世界。作品对人物心态和性格的描写,真实感人而不矫饰,具有很强的艺术张力。如作品中李向前向润叶求婚的那一个场面,孙玉亭临走时从他哥哥烟袋里挖走一袋烟的那个细节,这些具有巨大内涵的生活枝叶,作者写得是那样从容,那样平静,那样不动声色,那样至情,以其深厚的内在意蕴形成了一个令人神往的境界,显示出作家深厚的艺术功力。

作为一个从农村走进城市的知识分子,路遥的生活道路具有这部分人的普遍特征和意义,而他从这一特定的角度观察当代农民的文化性格、心理结构及其历史命运,使他的身上带着城市和农村两种文化层次的烙印,他是以对农民的深情厚谊,对中国农民文化传统和中国农村的现状进行观照的,并以此为基调,来辐射当代中国的城乡。路遥的作品有一个主旋律,就是对农民的深挚理解,对他们生活状况的焦灼与痛苦,以及农村中小知识分子对于幸福生活的追求、人格解放的渴望和对于现代文明的接受和向往。这个主旋律始终贯穿在从《人生》开始,到《在困难的日子里》,并且在《平凡的世界》中进一步提升和强化了。

路遥是一个忠实于生活的作家,《平凡的世界》所描写的内容,所表现出的形式，所采用的艺术手法，所选择的叙述语言，都是生活本身所要求的结果。小说给人印象至深的感受就是它所包容的生活分量的厚重。这种厚重的生活分量，有时候可以超越作者的观念，而在相当长的时期里，给人留下强烈的审美感应和认识价值，而且这种再现性的作品所产生的审美效果，同样不低于有些表现性作品所产生的审美效果。它的审美力量和认识价值同样都是深久的、富有感染力的、经得起历史考验的。我们在《平凡的世界》里看到的是一个世界，一个平凡的活生生的世界，看到的是中国陕北黄土高原上那些褶皱中、窑洞里的农民的众生相，这幅众生相，是社会的全景图画，但更是人物的生命图像。路遥笔下的这些人物，不仅是时代的符号，而且是民族的文化的积淀。《平凡的世界》的价值不仅在于让读者从中了解到特定历史时期的中国政治、经济生活，这当然是作品的一个方面，但如果仅仅从这个方面来理解作品，从表层的对现实的反映这一层次来观照作品，那就会忽视作品更深一层的意义。路遥是一个有深厚历史感的作家，他是思考整个中国社会问题的作家，在这一点上，他颇似1930年代的"社会剖析派"作家（如茅盾、沙汀、吴组缃等）。他以一个社会学家的姿态和眼光，在《平凡的世界》中写了中国当代的矛盾、变革，但又绝不仅仅到此为止，他深入揭示中国农民深层的文化心理的层次，剖析和开掘出背负着沉重历史因袭的中国农民在时代巨浪的冲击下的心理动态以及不断变化的过程，从而使作品具有深沉的心理现实主义的底蕴。

  对于一部具有宏富容量的长篇小说所产生的影响和它本身价值的认识，仅仅放在它出现的当时是远远不够的，还应该从文学史发展的宏观方面考察其文本意蕴，才能更充分地认识它的价值和意义。如果就中国现当代文学的纵向发展来看，在长篇小说创作方面似乎存在着这样一种现象，往往十年左右就会出现一个长篇小说的高潮。在现代文学史上，从1927年到1930年代初，出现了《子夜》（茅盾）、《骆驼祥子》（老舍）、《家》（巴金）等一批优秀的长篇小说，形成了中国现代文学史上第一个十年之后的第一个长篇小说高潮期。在当代文学史上，1950年代末至1960年代初，也就是在新中国第一个文学十年之后，出现了《创业史》（柳青）、《红旗谱》（梁斌）、《青春之歌》（杨沫）等一大批优秀的作品，形成了当代文学中的第一个长篇小说高潮。而1986年，正好是新时期文学的第十个年头，仅这一年里，据不完全统计，发表的长篇小说就达三十余部。可以说，1986年让我们真正意识到了新时期长篇小说第一个高潮期的到来。而路遥的《平凡的世界》则是1986年长篇小说中一部相当有力度、相当突出的优秀作品，它同其他优秀作品如《古船》《活动变人形》等一起，构成了这一年长篇创作的总体高度，并且预示着新时期第二个十年长篇小说创作将会出现的良好势头。一个国家、民族的文学水平，归根结底是要由长篇体现的，中国当代作家已经意识到了这一点，并且已开始攀登这样的文学高度。路遥经过充分的准备，推出了《平凡的世界》，这反映出作家创作思想的成熟，文学意识的自觉。

新时期的长篇小说创作中，全景性地反映当代农村生活、农民命运的优秀作品并不多见。在前两届获茅盾文学奖的九部作品中，只有三部是以农村生活为题材的。《黄河东流去》（李準）写的是农村的历史生活，反映的是大革命时期冀中平原上的农民革命斗争；《许茂和他的女儿们》（周克芹）的题材背景是1975年邓小平同志主持中央工作期间二十天左右的农村生活，通过生活在四川沱江流域偏僻山村葫芦坝的普通农民许茂一家的悲欢离合，高度概括了1970年代中期这一特定历史时期农村尖锐复杂的矛盾和斗争；《芙蓉镇》（古华）所反映的农村生活的侧重点则是在新时期以前，它是对"文革"期间农民命运的历史回顾和反思，揭露那个荒谬年代的人性的种种变异和复杂。可以说，在新时期这一阶段的长篇小说创作中，中国农村1975年到1985年这十年间的历史，就是从积聚了大量社会矛盾的黎明的前夜，到转折变革的岁月，到农村发生巨大变化的时期，还没有得到充分的概括反映。这一时期，是20世纪中国历史上的一个特殊时期。如果说中国文学的现代化是从"五四"时期就开始的话，那么，农业等其他领域的现代化则是从1970年代末期才开始的，这是一个真正的大转折时期。《平凡的世界》表现出了作家的一种创作追求，就是全景式地把握一个大转折时期中国农村的面貌、中国农民的命运历程、中国社会的现实运动及未来走向。作者着力写中国农民的命运，急切关注当代中国最重要的"三农"问题,不是通过几个农民,而是通过一群农民,各个年龄层次的农民,各种思想层次的农村干部,写出了农民的群像。而作品又是通过各种婚姻状态,不同文化层次的农民的人生道路选择和理想,各种矛盾纠葛来展示农民命运的。这反映出路遥敏于思考重大现实问题的特点,也体现出他的文化视野的阔深以及作品构思的博大、气魄恢宏的特点。从总体上看,《平凡的世界》是一部史诗性的作品,作家的当代意识和美学追求赋予了这部作品以史诗性的品格。

1991年3月,《平凡的世界》获中国第三届茅盾文学奖,在颁奖仪式上,路遥是这样说的:

> 获奖并不意味着作品的完全成功。对于作家来说,他们的劳动成果不仅要接受当代眼光的评估,还要经受历史眼光的审视。
>
> 以伟大先驱茅盾先生的名字命名的这个文学奖,它给作家带来的不仅是荣誉,更重要的是责任。我们的责任不是为自己或少数人写作,而是应该全心全意全力满足广大人民大众的精神需要。我国各民族劳动人民创造了辉煌的历史壮丽的生活,也用她的乳汁养育了作家艺术家。人民是我们的母亲,生活是艺术的源泉。人民生活的大树万古常青,我们栖息于它的枝头就会情不自禁地为此而歌唱。只有不丧失普通劳动者的感觉,我们才有可能把握社会历史进程的主流,才有可能创造出真正有价值的艺术品。因此,全身心地投入到生活之中,在无数胼手胝足创造伟大历史伟大现实伟大未来的劳动人民身上领悟人生大境界、艺术的大境界应该是我们毕生的追求;因此,对我们来说,今天的这个地方就不应该是终点,而应该是一个新的起点。①

---

① 路遥:《在茅盾文学奖颁奖仪式的致词》,见《路遥文集》(第二卷),陕西人民出版社1993年版,第374页。

六、创作是一种"不潇洒的劳动"

路遥是一个充满忧患意识和负有强烈使命感的作家,自觉的文学参与精神和理性追求促使着他总是把自己与时代、与人民大众紧紧地融为一体,为他们而创作,为他们而歌哭。他这样认为:"社会是由普普通通的人民组成的,是他们平凡而又伟大的活动,构成了人类一幕幕彩色斑斓的画卷,也使得人类生生不息,向文明进化。作家写他们,他们又给作家以荣誉。这种相互交融的鱼水关系,注定了生活在他们中间的作家只能为他们高歌吟唱。"[①]因此,在创作过程中他坚持始终"与当代广大的读者群众保持心灵的息息相通,是我一贯所珍视的"[②]。这种积极地把自我价值和社会、民族的前途融合在一起的自觉意识,是作家的主体意识在文学中的充分体现。以文学的形式积极参与社会的变革,促进民族的进步,是"五四"新文学革命以来的一个可贵传统。鲁迅、郭沫若、茅盾、巴金等新文学革命的旗手和闯将,无不以文学作为对社会的参与,在他们的作品中表现出对国家现状、民族前途的热切关注。路遥自觉继承了自"五四"以来我国新文学运动的优秀传统,他可以称得起是我们时代的一位艺术家,他身上承担着双重使命——艺术的使命和时代的使命。在这个新与旧激烈交替的变革年代,正是出于对人民、对生活的强烈的爱,出于振兴国家、振兴民族的高度责任感,他以全部生命的激情构建起自己文学世界的辉煌。

路遥是幸运的,也是不幸的。他怀着一个作家的无比真诚和对文学事业的执着追求,在短短的十年间,就以数百万字的文学作品引起国内外的广泛注目,并一举摘取了中国当代文学桂冠——茅盾文学奖,赢得了巨大的声誉。然而,长期超负荷的精神劳动和体力消耗过早地夺去了他的生命,这让人们感到

---

① 路遥:《写作是心灵的需要——在〈女友〉杂志社举办的"'91之夏文朋诗友创作笔会"上的讲话》,见《早晨从中午开始》,西北大学出版社1992年版,第25页。
② 路遥:《生活的大树万古长青》,见《路遥文集》(第二卷),陕西人民出版社1993年版,第375页。

无比的哀伤。也许有人会说,"他活得太累",累得"执迷不悟",在这个文学贬值的时代,又有几个人去看他写的那些东西呢?他是在用自己的生命作赌注,值得吗?是的,路遥活得很累,而且太累了,他的写作是以生命作抵押的。然而试想一下,如果没有这样一批无私奉献的精神劳动者,没有他们所创造的精神财富,我们的时代、我们的民族又会变成个什么样子?这个国家还有什么希望?对此,路遥也早已有自己的回答:"文学创作是勤奋者的一种不潇洒的劳动,而且在心理和精神上要有一种思想准备,准备去流血,流汗,甚至写得东倒西歪不成人样,别人把你当白痴。如果你越写越年轻,越写越潇洒,头发越写越黑,成功的可能性就会越来越小。"①路遥正是抱着这种"流血、流汗"的精神从事文学创作的。

路遥是一个充满激情的理想主义者。理想主义是他创作的强大精神支柱,是促使他前进的永恒动力。他以理想之光辉照世界。他认为:"我认为所谓理想首先包含一种崇高的性质。不仅包含着达到个人的某种目的,更重要的是意味着要做出某种牺牲和奉献,理想不能纯粹局限于个人琐碎的欲望中。不要把理想和琐碎欲望混为一谈,因为这是有本质区别的。一个真正有理想的人,他所从事的一切劳动、工作和努力不仅仅是满足个人的一些欲望,而是要为他身处的大环境,为整个社会做出贡献。这样,他才可能会感到更幸福一些。"②理想的辉光使他没有给现实世界涂上炫目的光圈,而是在理想的光照下,更加清醒地看到了现实的不足,看到了生活中存在的种种弊病。特别是,"在现在的青年身上是存在一种追求实惠的倾向,理想的光芒有些暗淡。我们现在发展经济建设,这个过程中必然要影响到人们的意识。人们计较一些个人的实际问题,讲究实惠,也可以理解。但是我认为这并不是要以牺牲自己的理想作为代价的。尤其是这几年,老是感觉到我们的生活中缺一种什么东西。

---

① 路遥:《写作是心灵的需要在——在〈女友〉杂志社举办的"'91之夏文朋诗友创作笔会"上的讲话》,见《早晨从中午开始》,西北大学出版社1992年版,第17页。
② 路遥:《答陕西人民广播电台记者问》,见《路遥文集》(第二卷),陕西人民出版社1993年版,第460页。

我想是缺少了一点罗曼谛克精神。现在青年人的罗曼谛克精神太少了。……我觉得在青年人身上应该有一种罗曼谛克的东西,尤其是在一个太世俗、太市民化的社会中,罗曼谛克能带来一种生活的激情。想想战争年代,那时候男女青年有什么物质的享受?但他们那么年轻,有的人在二十来岁就牺牲了自己的生命。他们为一种理想,为一种精神,而使青春激荡。这种活法,是非常令人激动和感奋的。如果一个人在精神生活上没有光彩,即使他有好多钱,仍然是贫困的——和贫困一样可悲"①。路遥清醒地认识到,在理想的天平上,现实总是发生倾斜,从物质基础到经济结构,从人伦关系到社会的精神状态,从思维方式到人们的具体观念,大到国家体制,小如啐痰骂人,问题重重,困难重重。而他对现实切进得越深,认识得越具体,就越激发出一种在困境中寻找光明和理想的欲望和勇气,因此,他总是在自己的作品中写时代的激变,写在这种激变中的人生的追求,写崇高的人生理想以及与这种理想相抵触的种种社会现象。

皮萨列夫认为:"一个真正的、'有用的'诗人应当知道和了解目前使他的时代和他的人民的最优秀、最聪明、最有学问的代表们发生兴趣的一切。诗人,作为一个热情的、敏感的人,一方面要了解社会生活的每一次脉动的十分深刻的意义,同时也一定要用全力来爱他认为是真、善、美的东西,……对于一个真正的诗人来说(作者注:这种真善美的东西),它构成并且一定要构成他灵魂的灵魂,构成他整个存在和他整个活动的唯一的、最神圣的目的。"②路遥文学创作的主导精神是追求真善美的东西,这种真善美的追求,充分体现为对历史发展趋势的坚定信念,坚信人类美好未来的理想精神。他认为:"把理想变为现实实际上就是人生的全部内容。人活着就是要把自己无数的梦想和理想变为现实。"③理想精神使他把文学创作视为生命价值的体现、

---

① 路遥:《答陕西人民广播电台记者问》,见《路遥文集》(第二卷),陕西人民出版社1993年版,第461—462页。
② [俄]皮萨列夫:《现实主义者》,叶水夫译,见伍蠡甫主编:《西方古今文论选》,复旦大学出版社1984年版,第333—334页。
③ 路遥:《答陕西人民广播电台记者问》,见《路遥文集》(第二卷),陕西人民出版社1993年版,第461页。

人生追求的继续。他在作品中总是按生活发展的逻辑去展示那可能美好的未来，给人以希望，给人以信心，给人以鼓舞的力量。高加林虽然在人生的道路上遇到了挫折，但他仍在思索、追求；孙少平、孙少安为追求自己的理想付出了沉重的代价，但他们从不失望，一直朝着自己的目标坚定地向前走去。路遥总是通过那些有着赤子般纯真的心地，执着地追求理想，坚定地维护正义的人们，来展示人与人之间的美好，生活的温暖，使我们看到在平凡的世界中那些平凡人灵魂的高洁和由他们展示的未来中国的希望。路遥是用一种"最纯洁、最健康的心理状态"来塑捏他笔下的美的人和事的。他说，他是"要为一个明确的目的而付出，哪怕是燃烧自己。这样，可能会使身体累垮，有可能让你丧失许多生活中美好的东西，但作家必须这样做"①。理想是动情的、诱人的、美好的、壮丽的，但要实现理想，却是不潇洒的，甚至是极其痛苦的，需要付出巨大牺牲的。路遥说得真挚，做得更真诚。为了实现自己的理想，他在文学创作这种极"不潇洒的劳动"中，用超人的毅力攀登着最高峰，直到燃烧尽生命的最后一息。

在这里，似乎任何的评说都难以表达这样一种牺牲精神，还是让我们进入作家的内心，看看他为实现自己崇高的目标，以及在他成功的背后，究竟付出了什么样的代价。

激奋与凄苦交织在一起。

对待自己的工作，不仅严肃，而且苛求。……能充满责任感与使命感，从事一种与千百万人有关系的工作，这是多么值得庆幸。因此，必须紧张地抓住生命黄金段落中的一分一秒，而不管要付出什么样的代价。……

……

我的难言的凄苦在于基本放弃了常人的生活。没有星期天，没有节假日，不能陪孩子去公园，连听一段音乐的时间都被剥夺了，

---

① 路遥：《写作是心灵的需要——在〈女友〉杂志社举办的"'91之夏文朋诗友创作笔会"上的讲话》，见《早晨从中午开始》，西北大学出版社1992年版，第17页。

更不要说上剧院或电影院。每逢星期天或节假日，机关院子里空无一人，在这昏暗的房间里像被抛弃了似的龟缩在桌前，毫无意识之中，眼睛就不由潮湿起来。

除过劳累，仍然存在一个饥饿问题。没想到在煤矿没啥可吃，回到城里工作还是没啥可吃。不是城里没有吃的——吃的到处都是。主要是没有时间正点吃饭。生活基本得靠自己料理。有时一天只吃一顿饭，而且常常拖在晚上十点钟左右（再迟一点夜市就关闭了）。

……我不止一次吃遍几乎所有能吃的小摊子，只是人们不知道我是干什么的。我想，从外貌上和那种狼吞虎咽的吃相，他们大概会判断我是蹬三轮车的师傅。……

有时候，因为顺利或者困难，不知不觉就到了夜间十二点钟。夜市去不成了，又无处寻觅吃的东西，只好硬着头皮到没有入睡的同事家里要两个冷馍一根大葱，凑合着算吃了一顿饭，其狼狈如同我书中流落失魄的王满银。[①]

在《平凡的世界》的创作过程中，我经常是处在各种环境里。煤矿一待就是一个冬天，三四个月不出山。进山的时候，还是满山翠绿，出来时，已经是白雪皑皑，一片绿叶子都看不见了。只有屋子里的窗户，变换着一年四季的风景。一天工作十七八个小时，每天睡觉的时候，就感觉第二天早晨再也爬不起来了。但睡上五六个小时，稍微恢复体力后，又开始了工作。

刚开始，由于写得特别吃力，精神和体力都高度紧张，紧张得连上厕所手里也拿着书和笔记本，就像傻瓜一样。到了厕所门前，才发现手占着，然后把东西送回桌上后，再上厕所。

[①] 路遥：《早晨从中午开始——〈平凡的世界〉创作随笔》，见《路遥文集》（第二卷），陕西人民出版社1993年版，第75—76页。

……

一个人待在房子里写作,别人也不来打扰,两三个月里很难和别人说上一句话。有时候总想哭,当然也有高兴的时候。特别是有一章节写得很好时,高兴得总想给人家说,可说给谁呢?……有时候突然觉得该有个人来看一下,不管是男的,女的,老的,少的,都行。就不由自主地丢下笔,去到火车站或者汽车站转一圈。

就这样,一个冬天过去了,当我坐着吉普车出山的时候,手里已经拿着二十一万字的稿子,这就是唯一的收获。沿途道路边上一片肃穆,坐在车前的我,什么都说不出来,就是流眼泪。到了铜川市,我感觉这里就像纽约或华盛顿似的,特别繁华。特别看到两边摊点上,饼干、面包到处都是,就想到如果煤矿上要有这么多好吃的,我就不会受那个饿了。①

这些出自灵魂深处的叙说,把我们引向一个与作家共同创造理想的境界。人生是什么?生命是什么?只有不断地创造,不断地燃烧,才能构织那壮丽的生命乐章,才能实现那人生的辉煌;而这种创造的过程,本身就是诗——一首沉郁的、激越的、令人颤动的诗篇。"真正的作家一旦显现出独创性思维的轨道,他都会沿着这轨道迅猛驰骋;由于这种迅速的运动,他的热情变得更加炽热。这种迅疾运动给他点燃了热情的烈火,有如马车的轮子迅速转动而燃烧起来,……这种运动越来越快,直至心灵被它充满,并上升为狂喜之情。作家的热情之火就以这种方式,有如一阵神来的冲动,使心灵升高,仿佛受到超自然神灵的感召一般……激情使作家充满活力,并驱使它行动起来,欣然去搜寻表达这激情所必需的观念,直至到达理想的彼岸。"②路遥在继续创造,继续燃烧,继续沿着他的"运动轨道"向"理想的彼岸"拼力求索。他在与死神

---

① 路遥:《写作是心灵的需要——在〈女友〉杂志社举办的"'91之夏文朋诗友创作笔会"上的讲话》,见《早晨从中午开始》,西北大学出版社1992年版,第17—19页。

② 转引自[美]M.H.艾布拉姆斯:《镜与灯——浪漫主义文论及批评传统》,郦稚牛、张照进、童庆生译,北京大学出版社1989年版,第301页。

抗争,请看:

> 写第二部时,由于体质下降,身体已开始支撑不住了。有时就爬在桌子上,头枕一本书。就这样艰难地写完了第二部。①

其实在最后的阶段,我已经力不从心,抄改稿子时,像个垂危病人半躺在桌面上,斜着身子勉强用笔在写。几乎不是用体力工作,而纯粹靠一种精神力量在苟延残喘。

稿子完成的当天,我感到身上再也没有一点劲了,只有腿、膝盖还稍微有点力量,于是,就跪在地板上把散乱的稿页和材料收拾起来。

终于完全倒下了。

身体软弱得像一摊泥。最痛苦的是每吸进一口气都特别艰难,要动员身体全部残存的力量。在任何地方,只要坐一下,就睡着了。有时去门房取报或在院子晒太阳就鼾声如雷地睡了过去。坐在沙发上一边喝水一边打盹,脸被水杯碰开一道血口子。

我不知自己患了什么病。其实,后来我才知道,如果一个人三天不吃饭一直在火车站扛麻袋,谁都可能得这种病。这是无节制的拼命工作所导致的自然结果。

我第一次严肃地想到了死亡。我看见,死亡的阴影正从天边铺过来。我怀着无限惊讶凝视着这一片阴云。我从未意识到生命在这种时候就可能结束。

…………

死亡!当它真正君临人头顶的时候,人才会非常逼近地思考这个问题。这时候,所有的人都可能变成哲学家和诗人——诗人在伤

---

① 路遥:《写作是心灵的需要——在〈女友〉杂志社举办的"'91之夏文朋诗友创作笔会"上的讲话》,见《早晨从中午开始》,西北大学出版社1992年版,第19页。

感地吟唱生命的恋歌，哲学家却理智地说，这是自然法则的胜利。

但是，我对命运的无情只有悲伤和感叹。

是的，这是命运。

在那些苟延残喘的日子里，我坐在门房老头的那把破椅子里，为吸进去每一口气而拼命挣扎，动不动就睡得不省人事，嘴角上像老年人一样吊着肮脏的涎水。有的熟人用好笑的目光打量着我，并且正确地指出，写作是绝不能拼命的。而生人听说这就是路遥，不免为这副不雅相大惑不解：作家就是这个样子？

作家往往就是这个样子。这是一种并不潇洒的职业。它熬费人的心血，使人累得东倒西歪，甚至像个白痴。

痛苦。不仅是肉体上的，主要是精神上的。

产生了一种宿命的感觉——我说过，我绝非圣人。

这种宿命的感觉也不是凭空而生——这是有一定"依据"的。

我曾悲哀地想过，在中国，企图完成长卷作品的作家，往往都死不瞑目。伟大的曹雪芹不用说，我的前辈和导师柳青也是如此。记得临终之前，这位坚强的人曾央求医生延缓他的生命，让他完成《创业史》。

造成中国作家的这种不幸的命运，有属于自身的，更多的是由种种环境和社会的原因所致。试想，如果没有十年"文化革命"的耽搁，柳青肯定能完成《创业史》的全部创作。在一个没有成熟和稳定的社会环境中，无论是文学艺术家还是科学家，在最富创造力的黄金年华必须争分夺秒地完成自己一生中最重要的工作，因为随时都可能风云骤起，把你冲击得连自己也找不见自己。等这阵风云平息，你已经丧失了人生良机，只能抱恨终生或饮恨九泉了。此话难道是危言耸听？我们的历史可以无数次作证。老实说，我之所以如此急切而紧迫地投身于这个工作，心里正是担心某种突如其来的变异,常常有一种不可预测的惊恐,生怕重蹈先辈们的覆辙。因此,在奔向目标的途中不敢有任何怠懈,整个心态似乎是要赶在某种风暴到来之前将船驶向彼岸。

....

出于使命感,也出于本能,在内心升腾起一种与之抗争的渴望。一年中,我曾有过多少危机,从未想到要束手就擒,为什么现在坐在这把破椅子里毫无反抗就准备缴械投降?[①]

也许是由于路遥太真诚、太执着了,迫使死神也不得不在他面前暂缓一步;也许是他的毅力和精神感化了上帝,注定要他在四十岁之前完成百万字《平凡的世界》的创作;也许是故土深厚的情谊再一次呼唤他的灵性,给了他巨大无比的精神力量……路遥再一次从死神的魔爪下挺过来了——生命出现了奇迹。当他在故土接受了一位姓张的老中医的精心治疗,身体稍有恢复的时候,心潮又开始澎湃起来:

我的整个用血汗构造的建筑物(按:指《平凡的世界》)在等待最后的"封顶"。

……

我也知道,我目前的身体状况仍然很差,它不能胜任接下来的工作。第三部无疑是全书的高潮,并且所有的一切都是结局性的;它要求作者必须以最饱满最激昂的精神状态完全投入,而我现在稍一激动,气就又吸不进去了。

是否应该听从劝阻,休息一年再说?

不行。这种情绪上的大割裂对长卷作品来说,可能是致命的。

那么,还是应该接着拼命?

自我分裂。这种情况时常会出现,不过眼下更为突出罢了。

……

[①] 路遥:《早晨从中午开始——〈平凡的世界〉创作随笔》,见《路遥文集》(第二卷),陕西人民出版社1993年版,第77—82页。

我当时是这样"教导"我的：……如果不抓住命运所赐予的这个机遇，你可能真的要重蹈柳青的覆辙。这就是真正的悲剧，永远的悲剧。是的，身体确实不好；但只要能工作，就先不应顾及这一点。说穿了，这是在死亡与完成这部作品之间到底选择什么的问题——这才是实质所在。……

但在当前，只能在这二者之间选择。

……

"哈姆雷特现象"开始退出思想的舞台。

两个分裂的自我渐渐趋向于统一，开始重新面对唯一的问题了，那就是必须接着干。

蓬勃的雄心再一次鼓动起来。

这将是一次带着脚镣的奔跑。

但是，只要上苍赐福于我，让我能最后冲过终点，那么永远倒下不再起来，也可以安然闭目了。

这样决定之后，心情反而变得异常宁静。这也许是一种心理上成熟的表现。对此感到满意。是的，这个举动其实又是很自然的，尽管这是一次近距离的生命冒险。①

路遥"带着脚镣"，艰难地实现着他苦难的理想，他在与生命作最后的赌注，向死神作最后的挑战。"这一切并不是因为虚荣心受到压抑，而是诗人的性情本身所致，因为这个社会本是为性格更为坚强的人所安排的；在这个世界中，除了没有感受力的人以外，谁也不会得到满足和安宁，除非进行许多艰苦的奋战。"②

当《平凡的世界》第三部接近尾声时，路遥给自己设置了一个戏剧性的

---

① 路遥：《早晨从中午开始——〈平凡的世界〉创作随笔》，见《路遥文集》（第二卷），陕西人民出版社1993年版，第84—86页。

② [美]M.H.艾布拉姆斯：《镜与灯——浪漫主义文论及批评传统》，郦稚牛、张照进、童庆生译，北京大学出版社1989年版，第159页。

情节，仿佛觉得有一种神秘的感召力在呼唤，他再一次回到写《人生》的那个县城（甘泉）的招待所，来完成这部百万字作品的最后一章。过分的激动使他写字的右手整个痉挛了，五个手指头像鸡爪子一样张开而握不拢，他用毛巾把手捂住泡在烫水里，手才慢慢展开……终于把最后一页写完了，这时：

> 我来到卫生间用热水洗了洗脸。几年来，我第一次认真地在镜子里看了看自己。我看见了一张陌生的脸。两鬓竟然有了那么多的白发，整个脸苍老得像个老人，皱纹横七竖八，而且憔悴不堪。
> 我看见自己泪流满面。
> 索性用脚把卫生间的门踢住，出声地哭起来。……
> ……
> 在这一刻里，我什么也没有想，只记起了杰出的德国作家托马斯·曼的几句话："……终于完成了。它可能不好，但是完成了。只要能完成，它也就是好的。"①

《平凡的世界》耗尽了路遥的全部生命。在这部巨大工程的营造中，我们看到了一位真正属于这个时代的文人战士奋斗不息的面影。他不属于"伟大""巨人"之列，他是平凡的——一个再平凡不过的作家，然而，他却用充实的劳动完成了自己的生命过程，实现了自己的人生价值。对此，路遥是极为清醒的、真诚的："我在稿纸上的劳动和父亲在土地上的劳动本质上是一致的。由此，这劳动就是平凡的劳动，而不应该有什么了不起的感觉；由此，你写平凡的世界，你也就是这平凡的世界中的一员，而不是高人一等……"②作为一个作家，路遥"在塑造艺术形象的过程中，同时也塑造自己。艺术创作这种劳动的崇高决不是因为它比其它人所从事的劳动高贵。它和其它任何劳动一样，需要一种实实在在的精神。我们应该具备普通劳动人民的品质，永远也不

---

① 路遥：《早晨从中午开始——〈平凡的世界〉创作随笔》，见《路遥文集》（第二卷），陕西人民出版社1993年版，第96页。
② 路遥：《早晨从中午开始——〈平凡的世界〉创作随笔》，见《路遥文集》（第二卷），陕西人民出版社1993年版，第95页。

丧失一个普通劳动者的感觉,像牛一样的,像土地一样的贡献。"①路遥正是把这样一种牛的奉献精神付诸他的全部生命和艺术实践,塑造着自己的形象。

榨取脑汁的精神劳动者给人类创作了巨大的财富,使人类受惠不尽,然而,当人们受惠的时候,似乎从来不大思考作者创作的背后所付出的代价。特别是在我们这样一个一切都趋于"商化"的时代,又有几个人去关注一个作家的死活呢?而精神劳动对人体的伤害又是令人难以置信的。完成《平凡的世界》以后,人们也许不会想到路遥变成了什么样子:

> 我的精神疲惫不堪,以致达到失常的程度,智力似乎像几岁的孩子,走过马路都得思考半天才能决定怎样过。全凭天乐(按:路遥弟弟)帮助我渡过了这些严重的阶段。的确,书完后很长一段时间,我离开他几乎不能独立生活,经常像个白痴或没经世面的小孩一样紧跟在他后边。我看见,这个世界上所有的人都比我聪敏。我常暗自噙着泪水,一再问自己:你为什么要这样?你怎么搞成了这个样子?②

人们看到路遥在院子里蹒跚走动,面色暗淡无光,两只眼睛失去了往日的光神,真不敢想象他们面前这位年仅四十二岁的著名作家,一下子怎么变得这么苍老,看上去好像是六七十岁的老人。

死神在向他一步步逼近,然而,他仍然十分乐观,"我刚跨过四十岁,从人生的历程来看,生命还可以说处在'正午'时光,完全应该重新唤起青春的激情,再一次投入到这庄严的劳动之中"③。

路遥在生命的最后一年里,一气呵成地完成了近七万字的创作札记《早晨从中午开始》,又编选了自己的五卷本文集……他似乎有一种预感:故乡在

---

① 路遥:《作家的劳动》,见《路遥文集》(第二卷),陕西人民出版社1993年版,第380页。
② 路遥:《早晨从中午开始——〈平凡的世界〉创作随笔》,见《路遥文集》(第二卷),陕西人民出版社1993年版,第32页。
③ 路遥:《早晨从中午开始——〈平凡的世界〉创作随笔》,见《路遥文集》(第二卷),陕西人民出版社1993年版,第98页。

呼唤自己的儿子……于是，急匆匆地最后一次回到陕北，他希望把自己化作黄土之魂。

路遥在创作中从来没有过早晨，他的早晨是从中午开始的，而他的创作激情也如同中午的时光那样炽烈和富有火一般的热能。

然而，路遥走了。

生命从中午消失。

——当你完成使命之死，这种死激励活着的人，这种死将成为活着的人的动力。

——当你把人们引向那最平凡的世界并刚刚显露出它的意义时，死却在你那里出现了。这死不是"一般的死"，而是"巨大的死"，因为你用不可重复的个体生命的创造完成和作出了一项别人所无法替代的特殊的文学工程。

——当浓缩的生命以他最纯净的形式，需要以死来作献祭，这就是：个体生命创造出激扬、闪光的人生，创造出一种真正富有人的魅力和震醒人的价值的意义，也就是在生命过程中创造出了一种不朽的形式，即"无时间的本质形式"。在此形式中，个体的生命形态虽然消亡了，但是，生命本身却因"无时间的本质形式"而永恒。

第二章

路遥创作的城乡视角

一、城乡交叉：文化意义的阐释

"物质劳动和精神劳动的最大的一次分工，就是城市和乡村的分离。城乡之间的对立是随着野蛮向文明的过渡、部落制度向国家的过渡、地方局限性向民族的过渡而开始的，它贯穿着全部文明的历史并一直延续到现在。"[①]人类社会在历史发展中形成了各个不同阶段的形态，从原始社会到奴隶社会到封建社会、资本主义社会等，各种不同的社会形态是由人类社会中人与人之间、集团与集团之间、阶级与阶级之间的社会政治关系的不同结构而产生的。如果从人类社会的生存形式上来看，人类社会则可以分成相对不同的两大类，这就是乡村社会和城市社会。

那么，城市与乡村的异质和区别表现在哪里呢？

从自然结构上来看，正如城市从乡村中分化出来但又与乡村相对立一样，文化与自然相对也是从自然中产生出来：人与自然发生关系就产生文化。城市社会的自然结构与乡村自然结构的相异性特征在最基础的层次上决定着两种文化的异质。城市自然生态在结构上与乡村的区别，主要表现在城市人和乡村人对其环境不同的选择、分配、调节的能力和目的上。最根本的是城市人对土地的利用和空间的组织的非农业化——居住化、商业化、工业化。它是更高效力的，更人化的。这使得城市自然结构比乡村更为集中。这种高度密集的生存方式是人类生态的一个奇迹，从而也是人对自然占有程度进步的表现。这种人类生态同原始的自然生态相比，尽管带来不少生态危机因素，如拥挤、噪音、污染等日趋严重的城市环境问题，但在总体上它是人类生存的新的理想之所。正是在这种以集中为主要特征，合理效用为主要目的的城市自然结构之上，形成了生存其中的城市人与分散的原生的乡村迥异的社会组织形式。

从社会结构上来看，较早的社会学家在对城市社会关系的研究中认为：乡村是一个"通体社会"。这种社会以具体村社和该村社周围的居民共同耕作

[①] [德]马克思、恩格斯：《德意志意识形态》（1845—1846），见《马克思恩格斯选集》（第1卷），人民出版社1972年版，第56页。

土地为基础，使之在实质上有一致的目标。人与人之间是以具有共同利益的家庭和邻里部落为纽带无意识地联系在一起。彼此所在的家庭、部落或村镇相对来说是自足的，不依靠其他群体就能使生活需要得到满足。所以有人把这种社会结构称为"机械团结"。与此相对，把城市社会称作"联组社会"。这里，人们不相信有什么共同利益，家庭邻里的纽带没什么意义。在城市生活方式中，人们从群体变成了个体，这里是一个以人与人之间的差别为基础的社会秩序，彼此间不是自足的而是以复杂的分工合作为依赖的，只有靠别人才能满足自己的生存需要。这种社会结构具有必然的聚合力。所以，埃米尔·迪尔凯姆称这种城市社会结构为"有机团结"。这种社会结构综合起来具有两大方面的特征：在物质生活关系上，与自给自足的农村社会经济结构相比，城市社会是一种商业结构。美国城市社会学家由此认为，城市的存在完全是因为市场的存在。每一个城市人受市场的统治，正如马克思所说"受经济规律制约"；货币是城市社会物质关系的物化。其次，在社会组织形式上，城市是以正规结构为其特征的，庞大的官僚机构就是这种结构的集中体现。政治、法律、慈善团体、福利机构等制度把城市社会结构固定下来，就连走路都有交通规则。所以我们说，乡村社会关系是建立在亲缘乡土关系基础上的，如亲戚、老乡之类；而城市社会关系则是建立在人们由于劳动分工而有意合作又相互制约基础上的社会秩序。这样，乡村社会的基本单位是家庭，城市社会则是个人；乡村社会是分散的、无机的，然而是平和的；城市社会则是共生的、有机的，然而是紧张竞争的。

从文化结构上来看，在物质关系和社会组织之上的城市文化，就自然具有一种反传统乡村的性质。社会文化生态学家认为，人与人、人与环境的相互作用产生了文化并导致了文化的改变。在这一意义上，城市社区就不只是生态学上的自然区域，而同时属于"宗教团体""民族""种族"等等这样的文化范畴了。城市"有机团结"中人与人之间不再是像乡村那样的以宗族家庭的血缘情感为基本性质的关系，而是以非个人性的、非情感的规范分工化的人际交往形式。这种交往只以需要为限。不以人本身，而以人的作用（职业功能及职业利益）彼此发生关系。这是因为在城市，尤其是现代城市中，大量的不同地域、不同民族、不同文化背景的人居住在一起，人们素不相识，人口密集又利益各异，因此只能以"次属关系"相交往。这是一种不同于乡村的以自我生存为前提，以利益为最根本目的的理性化的生存方式。在此之上必然产生诸如非人格化的功利主义、商品主义、理智主义等类型的城市文化。

这种城市文化首先表现为功利主义。城市的建立本身就是人类功利活动的产物，是先进生产力的结果。同劳动效力低下、物质匮乏的乡村相比，城市中更讲究效果和功利。生产方式直接与生产效果联系起来，复杂的分工使社会生产率空前提升，物质日益丰富。而对于整个社会来说，这种功利主义使人类走向物质文明；同时对个人来说，却产生了一系列唯利主义的价值观。

其次，与乡村不同的是，城市文化的主要特征是商品主义文化。当劳动产品参与全社会的交换时，劳动的价值就会被社会承认。所以整个城市是高度商品化了的。产品不用说，就连生产者及劳动本身也成为商品。这使整个人类社会充分发挥了人自身的价值。所以城市社会的意识形态也相对带上了商品主义特征，连非功利的艺术也不能避免。这使城市文化在促发人类劳动价值率的同时，部分地成了商品的奴隶，拜物主义和拜金主义由此产生，人被金钱控制、异化。而这一切又成为20世纪东西方文学史上一种反复表现的主题类型。

再次，城市文化与乡村文化相比，更具有理智主义性质。乡村社会讲究情感，讲究道义、良心，而城市则更多地讲究理性和智性。物质关系和社会组织形式使城市"冷酷"，变得"铁面无私"。尤其在科学技术日益发达的现代城市中，一切都不可能像乡村人那样凭着人的感情行事。这种城市文化在具体的城市人身上就形成了一种区别于乡村人的意识结构。这种意识结构不仅是心理学范畴的，同时也是文化学范畴的。

自然，城市意识也是相对于乡村意识而言的。乔治·齐美尔在《大都市和精神生活》中说："大都市型个性的心理学基础是由神经刺激的强化而形成的，这种强化是外部刺激和内部刺激不停顿的流动和变化的结果。……作为差异创造物的人在大城市中的意识比在农村中要复杂得多。"①齐美尔把城市生活和农村生活进行比较后认为，城市的本质是创造了独特的城市个性，这主要是由于社会的心理刺激的量和类型不同。乡村中变化缓慢，节奏平和，环境没有压迫感和强烈急剧的刺激。"农的生活方式是顺乎自然的。他们赞美自然，谴责人为，于其纯朴天真之中，很容易满足。他们不想变化，也无从想象变化。"②城市则不同，由于人口众多且密集，各种符号、意象、声音在人的四周同时袭扰，使人时时有被湮没的可能。因此，城市人为了学会适应城市，不仅在心理上、自我意识上作出相应的调整，而且在生活方式、行为规范及价值观念和精神信仰上也同样不得不具有城市人的文化意识。他们不得不合理地动用时空，并对生存方式作一系列规范。在生活行为上，城市人形成了有别于乡村的道德准则、伦理观念；在价值体系上，他们形成一种以功利、实用、公平为原则的公认的观念；在精神信仰上，他们也许崇拜上帝，或信仰宗教，但他们同时相信科学和竞争。这种文化意识在城市中是彼此确认的，但当城市人进入传统的信奉平和、崇尚情义、恪守习惯的乡村文化圈，就会体现出这种新型文化意识与乡村文化的格格不入。而乡村人进入城市，往往对城市文化或一时或在更长时间内难以认同，难以适应。值得一提的是，现代城市人在形成一系列积极的、功利的、科学的行为规范、价值观念和精神信仰的同时，另一方面也会由于城市本身的特征如人口众多、生存的竞争、商品的主宰而产生对城市的不适应感，出现城市病态的心理意识和文化意识。如时空危机感、错乱和反常、金钱病、空虚症、幻灭感等非人格的异化意识。这就是为什么在20世纪东西方文学史上会反复出现现代人对都市"文明病"的揭示与表现的原因之所在。

人类文化从乡村型到城市型的过渡既是野蛮向文明、落后向先进的过渡，同时也是自然向人为、人格化向非人格化的过渡。这种文化的过渡不是干净利索的跳跃，而往往是在母体的血缘基础上的进化和新生，即它是从乡村的

---

① 转引自康少邦、张宁等编译：《城市社会学》，浙江人民出版社1986年版，第161页。

② 冯友兰：《三松堂全集》（第六卷），河南人民出版社2000年版，第26页。

母体中脱胎并不断进化的。特别是当代中国的城市文化，最典型地呈现出母体——传统的农业文化中的这种"分娩状态"。

上述对城市文化与乡村文化的比较区分，旨在为介于城市与乡村之间的"交叉地带"提供一种文化意义上的参照，提醒我们注意这一"交叉地带"特殊的社会结构和文化构成。由此，人们便会不难发现，这种"交叉地带"正是带有城市与乡村共有的一些文化基因，但是，它又不同于完全意义上的城市或乡村。从严格意义上讲，它是城镇，是乡村走向城市的过渡带。特别是在当代中国，这种"交叉地带"从社会结构上看，其基本构成群体是农民，其行政机构是县、乡（过去是公社），而行政机关的干部又大多数是从农民中产生的，不像城市中具有较高文化层次的干部，他们工作的主要对象是农民。而从文化形态上看，它更多的是带有乡村文化的特征，它与乡土有割舍不断的血脉联系，或者说它本身就滋生在乡土中，是乡土社会的组成部分。另一方面，它又是乡村文化的聚集地，是通往城市的桥梁，尤其是新时期以来的中国城镇，也逐渐经历着一个从未有过的使乡村文化向城市文化的转换过程。今天的乡土中国，已经完全失去了它原来的意义，它所呈现的是经由城市热浪过滤的中国式城市文化和古老传统农业文化的冲击和渗入所形成的社会（文化）状态。

路遥的笔触正是伸向这一特殊的中国文化区域的。

二、视角：从这里走向成熟

一个走向成熟的作家，在他的创作旅程中，总是选择自己创作的最佳角度，不断地向着自己最熟悉的创作区域挺进、开掘，总是自觉或不自觉地长期耕耘于自己这块得天独厚的土壤。在中国现当代文学史上，每一个有着显著成就的作家，都有自己独特的创作区域：一走进茅盾的文学世界，扑面而来的首先是中国都市的生活面影，以及都市人在现代社会中特有的文化心理，并从中体现着现代都市的时代脉搏;而在老舍那里,我们又首先看到的是城市市民阶层的沉沦与挣扎,以及在这一阶层中所体现的市民心态;在沈从文的视界内,首先是从"湘西"这块独特的文化区域中向人们尽情展露的现代文明与原始文明之间的冲撞,以及在现代社会中文化的迷途与重构,从而蕴含着作家深刻的文化忧思;在高晓声笔下,我们又看到中国当代农民在新时代文化重构中的复杂心态,以及他们不断刷去旧有的文化尘垢和向时代巨流汇入的痛苦艰难过程。所有这一切,都可以这样说,作家创作所选择的最佳角度或最熟悉的区域,往往体现着一个作家特有的艺术风格、个性气质和美学追求,表现着他透视社会生活的视角,解剖人生的切面,感触世界的神经、脉搏……

城乡"交叉地带"便是路遥瞭望社会人生的窗口,这个区域包蕴于他的生活经历之中。在这里,他曾洒下了汗水,洒下了血泪,留下了辛酸、迷惘、痛苦、欢乐和奋斗的足迹。他的个性在这里磨砺过,他的理想在这里灼烧过,他的苦涩在这里浸泡过,他思考的笔触也终于在这里苏醒了、抖动了。路遥曾说过:

> 我是一个血统的农民的儿子,一直是在农村长大的,又从那里出来,先到小城市,然后又到大城市参加了工作。农村可以说是基本熟悉的,城市我正在努力熟悉着。相比而言,我最熟悉的却是农村和城市的"交叉地带",因为我曾长时间生活在这个天地里,现在也经常"往返"于其间。我曾经说过,我较熟悉身上既带着"农村味"又带着"城市味"的人,以及在有些方面和这样的人有联系的城里人和乡里人。这是我本身的生活经历和现实状况所决定的。我本人就属于这样的人。[①]

作家最熟悉的区域可以成为创作敏感区,但作家又总是从属于自己的时代,其创作总是打上时代的印痕。因此,作家的敏感区又必须和时代的敏感区相暗合。这样,作品才会有一种更为广阔的时代背景,才会产生强烈的社会

---

① 路遥:《关于〈人生〉和阎纲的通信》,见《路遥文集》(第二卷),陕西人民出版社1993年版,第401页。

效果和高层次的审美认识价值。正如分散的溪流,只有汇入江河,才能涌向大海。对作家来说,由于其敏感区域处于整体社会结构的不同位置,其间所感触的时代和社会的脉搏有强弱之别,作家只有感触于脉搏强烈的生活区域,才能使他对社会人生作出站在时代和历史高度的审美反映。我们看到,在农村与城市的"交叉地带"中,路遥就敏感地捕捉到了历史进程奔突激越的脉搏跳荡。他是这样来认识自己的敏感区域的:"我国当代社会如同北京新建的立体交叉桥,层层叠叠,复杂万端。而在农村和城市'交叉地带'……,可以说是立体交叉桥上的立体交叉桥。……由于现代生产力的发展,又由于从本世纪六十年代中期开始,在我国广阔的土地上发生了持续时间很长的、触及每一个角落和每一个人的社会大动荡,使得城市之间,农村之间,尤其是城市与农村之间相互交往日渐广泛,加之全社会文化水平的提高,尤其是农村的初级教育的普及以及由于大量初、高中毕业生插队和返乡加入农民行列,城乡之间在各个方面相互渗透的现象非常普遍。这样,随着城市和农村本身的变化与发展,城市生活对农村生活的冲击,农村生活对城市生活的影响,农村生活城市化的追求倾向;现代生活方式和古老生活方式的冲突,文明与落后,现代思想意识和传统道德观念的冲突等等,构成了当代生活的一些极其重要的方面。这一切矛盾在我们社会的政治、经济、文化、思想意识、精神道德方面都表现了出来,又是那么突出和复杂。"[①]路遥是要透视我们整体现实生活下的农村,又力图从城乡的交叉角度去捕捉嬗替着的时代的脉搏。这种可贵的自觉性和独特的个人经历,促使他找到了"交叉地带"——这个他最为熟悉和敏感的"立体交叉桥"。正是在这个体现着中国当代生活本质和主流的"立体交叉桥"上,路遥有力地雕刻出高加林、孙少平等复杂的艺术形象。在他们身上,折射出中国当代城乡的各种复杂矛盾,概括凝聚了深厚的社会历史内容,表现出个性与历史进程的尖锐冲突以及时代的流向。

实际上,世界各国都存在着这样一种"交叉地带",而且并不是从现代

[①] 路遥:《关于〈人生〉和阎纲的通信》,见《路遥文集》(第二卷),陕西人民出版社1993年版,第400—401页。

开始的。在古典作品中，我们看到许多伟大的作家早已经看出了这一地带矛盾冲突所具有的突出的社会意义。许多人生的悲剧也正是在这一地带演出的。许多经典作品已经反映过这一地带的生活。例如，在西方的哈代、劳伦斯、福克纳，以及中国的茅盾、沈从文等笔下，无不尽情地展露了"交叉地带"中现代性与传统性的冲突，以及表现于其中的人性变异和作家的文化忧虑。可以说，这一地带的生活对作家的吸引力经久不衰，并足以证明这一生存生活空间是多么丰富多彩，它们包含的社会和文化的意识又是多么重大。当然，在当代中国社会中，这一生活空间的矛盾冲突所表现的内容和性质又完全带有新的特征。路遥也正是在这一特殊的创作空间中构筑起自己的文学世界，并不断地走向创作的成熟。

三、矛盾交叉的人生形式

综观路遥的小说创作，我们会发现他是不断向"交叉地带"拓进的。在黄土高原封闭式的地理环境中，他找到了这块最能反映时代风云的敏感区域。这儿，开拓了他的视野，呈现出纷繁复杂的生活形态，也吸引着他的思考，使他的创作不断地向着生活的深度和广度跃动。我们知道，路遥主要是以几部中篇以及长篇《平凡的世界》爆响文坛的，他的大多数短篇虽也有其艺术上的可取之处，但在作品的思想容量和形象深度上，都远远不及后来的几部中篇和长篇。尽管如此，我们还是可以循着他的创作历程，看到他一步步深入"交叉地带"的轨迹。

路遥是来自农村的作家，但他的创作区域与许多写农村题材的作家有明显的区别。如果我们把同是写城乡"交叉地带"的当代作家高晓声和路遥作一简略的比较，便可看出他们之间在创作上的不同特征。

高晓声笔下的农村，是正宗和地道的土气的，他们不像路遥笔下的农村知识青年。高晓声对农民历史命运的思考，由外在的生活命运，进入内心的矛盾冲突。"扎根于历史的、现实的社会生活之中"①的农民灵魂，如大树的年轮，清晰地记下了农民几十年间的生活命运，以及几千年的历史阴影。而路遥笔下的高加林们，是在一个特定的历史转折时期的产物，他们身上缺少深厚的文化积淀，并不像老一代农民背上负载着沉重的枷锁，他们是在新的时期自主选择安排自身命运的新型农民。陈奂生由"漏斗户主"到队办工厂的采购员，外在命运的变化打破了精神世界的平衡，困顿时的麻木沉默，中兴后的得意，对吴楚的感激与崇拜，对社队干部高于父母的恭顺，对自身命运的隐隐慨叹，对城市生活的强烈印象，对土地的恋情，对现实经济关系的惶惑，以及愚钝的精明和阿Q式的精神胜利法，既是他几十年贫困生活的纪实，也是他命运转折精神复苏的开始。这一切，既反映了农民在现实关系中的真实地位，也记载了几千年封建蒙昧的沉重阴影。劳动者的朴实忠厚与小生产者的奴性，有机地统一在高晓声笔下的农民性格气质和精神状态中。"它受历史和社会生活的制约，但又无时无刻不想突破这种制约前进"②，这种辩证的历史与现实关系构成了高晓声小说中人物高度的典型意义。而路遥小说中的青年农民高加林、孙少平们，一旦确立自己的人生目标，就不顾一切地拼力追求，他们要靠自身的奋斗实现人生价值，即使在现实面前碰得头破血流，也决不后退。他们生于土地，长于土地，而一旦离开土地，就不像陈奂生、李顺大们在某种程度上仍留有小生产者的奴性。这是高晓声与路遥创作中的人物形象最明显的也是最重要的区别。

同样，在高晓声的小说中，城市与乡村的联系变得非常密切，不仅物质文明冲击着乡土人物古老的生活方式，政治思潮的影响，生产合作幅度的扩大，都使封闭的农村日益走向开放。三里湾（赵树理《三里湾》）的人们梦想的拖拉机是李顺大（高晓声《李顺大造屋》）早已熟悉的普通农业机械；万宝全（《三里湾》）父子的全部聪明才智都用于务农，而老实如青鱼的陈奂生（高晓声《陈奂生上城》）稍有余粮便可以进城卖油绳了，还因为吴楚书记的

---

① 高晓声：《且说陈奂生》，载《人民文学》1980年第6期。
② 高晓声：《且说陈奂生》，载《人民文学》1980年第6期。

高级关心而住上了五元钱一天的客房；小飞蛾（赵树理《登记》）到几里地远的娘家还需要与丈夫"相跟"了去，而刘玉梅（高晓声《柳塘镇猪市》）二十几岁的姑娘，竟作了社办工厂的采购员；崔全成（高晓声《崔全成》）坐茶馆得来的知识，足以武装一个农民的头脑，老实巴交的江坤大（高晓声《大好人江坤大》）也在几百里外的亲戚家学会了栽培银耳的技术……何况陈奂生拉板车的力气反倒不如搞到几吨稀有原料的奖金容易兑现。

在高晓声笔下，落后封闭的乡村开始变得有生气，朴实的乡土人物也开化了，一生俭省本分的李顺大也懂得用烟卷去"贿赂"掌管物质供销的人员，陈奂生懂得了出门靠朋友的道理，柳塘镇的猪市也开始有了向更高的商品形式过渡的规划。这是一幅丰富多彩欣欣向荣但不够纯朴的现实城乡凡俗画：

> 在苏南东部平原上，纵是冬天，也早已丧失了荒凉的感觉。本来已经很稠密的村庄，这几年一直在扩大，扩大……村与村之间，空隙在缩小，距离在拉近。新起的住房在向高处发展，青的砖，白的墙，一幢又一幢；冒烟的大烟囱，丁字式架起的胖水塔，以及带有长围墙、日夜轰轰响的大厂房，一天天多起来，工业化的味道越来越浓。站在田野里环顾四周，竟疑身居在城围之中，牧歌式的生活早已结束。[①]

农民处于这前所未有的时代潮流中，面临着新的命运转折，他们的心理感受也变得更加复杂。陈奂生利用出差之便，"去那百货公司、食品公司细细看了一遍；只见吃的、穿的、用的，五花八门，种类繁多，眼也看花了，心也看野了。想着这世界上竟有这么多好东西，可叹自己辛辛苦苦做了一生，也不曾能买得几样，真是苦哇！"[②]

城乡环境交叉化入人物的典型环境，是高晓声小说人物性格丰满的重要原因。这里既有城乡关系的时代特征，也同样体现着作家探索农民命运的独到思考。高晓声认为，要克服农民身上的弱点只有两条现实道路，"从经济上进

---

① 高晓声：《水东流》，载《天涯》1992年第4期。
② 尹骐编：《高晓声代表作》，黄河文艺出版社1987年版，第96页。

一步解放他们的生产力"和"责无旁贷"地对他们进行"启蒙工作"。城乡经济的发展,展示了农民的光明前途,物质生活的改善带来了农民精神面貌的转变。毋庸置疑,作者对农民的历史命运充满了信心和希望。但面对现实的花花世界,他也和陈奂生一样,在喜悦中潜藏着隐隐的惶惑,这也可以说是高晓声独特的诚实与敏感吧。

正如前面已经提到,与高晓声比较,路遥作品里的主要人物,大多是有文化的农村青年。这些人一般地说在乡村中带有精神上的优越感,可在城市人中间又有一种压抑和自卑感。他们身上或多或少都显示出"交叉"的矛盾。路遥曾说,他最熟悉那些身上既带"城市味"又带"农村味"的人物,这不仅在其早期创作中反映出来,而且在长篇小说《平凡的世界》中将这种"交叉型"人物提升到一种新的艺术境界。

在路遥早期的短篇《姐姐》和《月夜静悄悄》中,人物小杏和兰兰都是高中毕业生,她们在落后的陕北山村算是不大不小的文化人,前者恋上了来自省城的插队知青,演出了一场"痴情女子负心汉"的悲剧;后者嫁给了城里的汽车司机,走出了闭塞贫穷的土地,却也留下了令人心酸的惆怅。她们的爱情经历,虽都不无真情,可更多的是建立在一种要改变自己命运的愿望上,希望借着婚姻的纽带走出农村。她们对文明生活的向往还是寄托在物质环境的改变上,还缺乏精神的追求。但应该看到,蕴藏在这背后的却是生活发展中新旧交替的复杂矛盾在人们心灵上的折光,虽然这种折光还是微弱的、潜在的。在《风雪腊梅》里,路遥以较为细腻的心理描写,展示了农村姑娘冯玉琴的意识流动和感情跌宕。这是一个同兰兰性格迥然相异的女子,她本可以同兰兰一样,嫁给城里干部的儿子,成为一个城里人。可路遥为她安排了另一条路,让她为了维护自己的人格和尊严,又从城市返回农村。这个精神境界较高并有自己独立的人生信念的女性,没有欺骗自己的良心,忠贞于纯朴而真挚的爱情梦想,可这梦想被那个庸俗软弱的康庄击碎了。康庄是个为进城甘愿出卖爱情的农民,在精神上同冯玉琴是格格不入的,为了在城里"吃上公家一碗饭",他完全失去了庄稼人的本色,变成了一个"工不工农不农"的懦弱的人。通过鲜明的对比，路遥鞭笞了为利欲所熏心的世俗恶习，赞美了具有纯朴高尚情操的冯玉琴的坚贞意志，寄托了理想主义精神。

以上这些作品中表现出来的作者的思想感情是明朗而单纯的，爱憎是鲜明的。但在对人物的塑造上，却不够深邃丰满，人物性格缺少内在的底蕴和力度。这主要还在于作者未能站在历史和时代的高度，去发掘隐蔽在人物背后的广阔生活背景和文化心理积淀，未能深入人物深层精神结构。这正是路遥早期一些作品的缺陷，或者说，他缺少高晓声那种严峻深刻地剖析农民在过渡交替阶段的复杂心理变化以及在这种变化中滑稽而痛苦的精神转换过程。因此，要说路遥的这些作品是"交叉地带"的收获，那当然是牵强的。但不能否认，在路遥以《人生》开始切入这块敏感区的深处前，他很早就已经在"交叉地带"的浅水区里徜徉了。尽管在早期作品里没有出现像高加林、孙少平那样具有立体交叉性格的艺术典型，但"交叉地带"的环境背景的确是隐约可见端倪的。

真正显示着向"交叉地带"的深层领域挺进的，是路遥后来的几部中篇小说。其中，除《人生》外，《在困难的日子里》《黄叶在秋风中飘落》《你怎么也想不到》也都是写农村青年生活的，而且主要是"交叉地带"上的青年生活。在这些作品中，不仅人物活动的背景呈现出不同程度的立体交叉，而且人物的精神心理、思想感情、性格成长也都是在矛盾交织的过程中显示出来的。他的中篇，不再是对生活作简单肤浅的反映，而是向生活的纵深发展，呈现出复杂广阔的风貌。这些作品的主要人物身上，都不同层次地反映着高加林的性格素质。我们从马建强这个在苦难中奋争的青年身上，看到了灵与肉的搏斗，看到了自强不息的意志和青春的活力，也看到了未来的高加林的性格雏形。而《黄叶在秋风中飘落》里的刘丽英，在婚姻上的一波三折，精神世界中利欲与良心之间的剧烈冲突，心灵的颤悸和动荡，也够得上是一个女性的"高加林"了。刘丽英，曾经是一个乡下小学教师的妻子，在变成了乡教育局副局长的夫人以后，她是多么风光，又是多么自鸣得意，你看她，"容光焕发，爱说爱笑，走路轻捷而富有弹性，很少有恼火的时候，就像她当年在派性文艺宣传队一样"①。她对身居县教育局副局长的后夫有一种敬畏，觉得他是那么高深。她在丈夫面前感到胆怯和拘束，时刻意识到他不仅是个丈夫，也是个领导。她炒菜做饭，生怕卢若华（副局长丈夫）不爱吃，对待他前妻留下的独生女玲玲，也尽量使她满意——她关心玲玲，绝不像个母亲，也不像个阿姨，好像玲玲也是个什么高贵的人，她都得小心翼翼地对待。

　　路遥在作品中充分揭示了城市物质文明对乡下人的诱惑。当刘丽英抛弃了她的家庭，来到"新家"以后，"在物质方面当然是富裕而舒适的。别说其它，三个人光被子就有十来条。时兴家具也齐备；'红灯'牌收音机，'日立'牌电视机……"丈夫这么年轻，"就当个副局长！副局长，虽带个'副'字，但在这个偏僻的县城里，权力可不小，全县所有的学校都归他领导！"因此，刘丽英根本不敢梦想她能和这样的男人一块生活。一旦有了这种希望，"她想自己就是付出任何代价和牺牲，也要让它变成现实！"更何况，靠着丈夫的权力，她能去城关幼儿园上班——上班，这对她来说是无比新鲜的事情，这意味着她也成了"工作人"。然而，身居副局长的卢若华仅仅看重的是她美丽诱人的外貌，他需要的是有一个体面的女人支撑门面，他喜欢朋友恭维自己找了个"第一流"，更何况他是决不允许自己的女人去想念和牵挂她的亲生儿子的，不允许属于"她身体和灵魂的一部分，或者说就是她本身的另外一种存在形式"②。这个乡下女人在城里风光和舒适了一时，最终又回到了前夫与自己孩子的身边。作品给我们的启示是，处于城乡"交叉地带"的人们，其自身命运、精神、性格的缺陷本身就反映着变革时代社会生活的矛盾，而又具有活的节奏与动律。

　　在《你怎么也想不到》中，作者对薛峰这一形象的处理，则更是对上述人物内心矛盾的进一步深化。如果说，作品中另一个人物郑小芳是理想化的，

---

① 路遥：《黄叶在秋风中飘落》，见《路遥文集》（第一卷），陕西人民出版社1993年版，第251页。
② 路遥：《黄叶在秋风中飘落》，见《路遥文集》（第一卷），陕西人民出版社1993年版，第250、251、253页。

那么，薛峰则是处在城乡交叉矛盾中的一个实实在在的人物。作为一个农民的儿子，薛峰对故乡的山水和那里的乡亲永远抱有深情，但大学毕业时他的内心逐渐矛盾起来，在"向过去这样一些视为神圣的东西告别"时，他是很痛苦的。他要使自己制作的"一叶理想的风帆"转向，"转到现实生活逻辑所铺成的航道上来，而不应该再在理想的王国里任意飘游了"。他想当一名诗人，而不打算再去乡下做一名教师。"诗人应该听交响乐，看芭蕾舞，进行广泛的交游，才能获得灵感。可是，沙漠里只能听蒙古风粗野的吼叫，看一望无际、没有任何生命的黄沙丘。几十里路上甚至连人影都找不见，写什么呢？"①就这样，他留在了城里一家文学杂志社，开始了他的诗人生涯。然而，薛峰又是矛盾的，甚至是痛苦的，他对自己的这种变化"感到无比羞愧"。尤其是当他每次见到小芳的时候，"她站在我面前，就像一个巨大的惊叹号一样叫我的心不由得猛烈地颤动起来。她身上似乎永远带着一股清新的风，一下子就吹醒了我乱哄哄的头脑"。到后来，他慢慢对两个世界（城市与乡村）都适应了。他"甚至想在这两个世界中间取长补短，把自己塑造成另外一种人"。②并且，他时时为自己寻找辩解的理由：

> 我留在这城市，并不是干坏事。我在这里也许要比在沙漠里更能充分施展自己的才能，这同时不也就对社会的贡献更大吗？再说，充分发挥知识分子的聪敏才智，也是现代我们国家所提倡的政策。这有什么可以称之为卑下呢？
>
> 我在内心已经不知这样为自己辩解了多少次。当然，我也承认，城市优裕的生活条件也是一个重要的吸引力。但人们活着，不是应该生活得更好一些吗？世界上有谁反对这一点呢？
>
> 我现在感到惊讶的是，我怎么能一下子就改变得这样快呢？我

---

① 路遥：《你怎么也想不到》，见《路遥文集》（第一卷），陕西人民出版社1993年版，第327—328页。

② 路遥：《你怎么也想不到》，见《路遥文集》（第一卷），陕西人民出版社1993年版，第331—332页。

又感到惊讶的是,小芳怎么能这么长时间一点也没有改变呢?

我相信她也会改变的。只要留下来,城市生活的巨浪会慢慢冲刷掉她思想中那些沉积已久的沙丘——这句话简直是一行绝妙的诗。①

但是,对于郑小芳来说,坚持去沙漠林场并以自己的实际行动实现其理想的愿望是执拗的,在她看来,更重要的"还不是留不留城市的问题,而是像通常人们说的:应该怎样做人"。她认为,一种有害的东西已渗入了薛峰的意识,"这样下去,他说不定将来会变成一个投机钻营、玩世不恭的市侩!"②在城市与沙漠之间的选择中,这两个本来真心相爱的年轻人,一道鸿沟已经明显地横在了他们中间,很难再像过去那样心碰心地交流思想和感情了。他们终于一个去了沙漠,一个留在了城市,尝试着复杂而痛苦的人生旅程。而且,在这人生旅程上,谁也无法改变谁。

《你怎么也想不到》的成功之处在于,作者以对当代青年心理动因及其变异的深刻观察,生动地揭示出他们在城乡交界处,在物质与精神方面追求的矛盾处境,这是一个带有普遍意义的生活主题。在他们面前,现实与理想发生着强烈的撞击:当那种与世俗相对立的崇高献身精神再次面临挑战时,当人们普遍慕往现代文明的大城市生活时,作者苦心孤诣地不断向人们叙说过去那种美好的并且在目下面临失落的人生理想。这说明,一方面,城乡现实生活的巨大差别对人们心灵的冲击力;另一方面,作者无论对时代变革的理解,还是就其对人自身的认识,都在向生活的深处和人物心灵的深处进一步开掘。

在城乡"交叉地带"中,薛峰则更像一个进入城市的"高加林"的继续。尽管此作品还未达到《人生》那样的"交叉"密度,那种对人物命运的内外因素的深广探视,那种强烈的时代感和沉重的历史感,但可贵的是,路遥已经能够有意识地将自己的生活体验,"放在时代的、社会的大背景和大环境中

---

① 路遥:《你怎么也想不到》,见《路遥文集》(第一卷),陕西人民出版社1993年版,第337页。
② 路遥:《你怎么也想不到》,见《路遥文集》(第一卷),陕西人民出版社1993年版,第345—346页。

加以思考和检验"①,"通过塑造人物(典型)把我们时代最重要的社会的、道德和心理的矛盾交织成一个艺术的统一体,把具体性和规律性,持久的人性和特定的历史条件、个性和普遍的社会性都结合起来——也就是说,应该向深度和广度追求"。②基于这种自觉的追求,路遥才不断地深化着自己的现实主义创作,并通过反复实践,才凝聚出高加林这个"交叉地带"上的艺术典型。

对高加林这个形象,路遥曾有自己的解释:"我写的是一个农村和城市交叉地带中,在生活里并不顺利的年轻人的形象,不应该离开作品的环境要求他是一个英雄,一个模范,也不应该指责他是一个落后分子或者是一个懦夫、坏蛋,这样去理解就太简单了。"③不难看出,作者是要向人们展示一个历史转折过程中经得起咀嚼的复杂艺术形象。

《人生》执意取城乡"交叉地带"这样一个地域来反映社会主义嬗蜕时期开初阶段生活所呈现出来的新趋势,但路遥并没有仅仅从政治、经济和社会伦理的角度来考量。路遥还明确解释过,《人生》所涉及的那部分生活内容,是"城市和农村本身的变化发展,城市生活对农村生活的冲击,农村生活城市化的追求意识,现代生活方式和古朴生活方式的冲突,文明与落后,资产阶级意识和传统美德的冲突等等"④。也就是说,不但反映中国当代政治经济和社会观念的变化,同时还要反映生活方式、文明程度,亦即文化心理的变化。

本来,在那条陕北的山沟里,封闭的人文环境决定着在社会舆论、伦理思想观念以及双方家庭等方面,都有利于巧珍坚持自己的婚姻追求;结果,她在高加林的变心面前,几乎未作任何反抗就败下阵来,败得那么惨。她不是败于思想道德,而是败于城市文明,在外面世界的冲击下她没有任何抵抗力,尽

---

① 路遥:《答〈延河〉编辑部问》,见《路遥文集》(第二卷),陕西人民出版社1993年版,第394页。
② 路遥:《关于〈人生〉和阎纲的通信》,见《路遥文集》(第二卷),陕西人民出版社1993年版,第399—400页。
③ 路遥:《关于〈人生〉的对话》,见《路遥文集》(第二卷),陕西人民出版社1993年版,第413页。
④ 路遥:《面对新的生活》,载《中篇小说选刊》1982年第5期。

管她也有对文明的向往和追求。巧珍的意识里，有明显的小生产思想，这表现为她有一种"被拯救者的心理"。她总是让英雄来代表自己、拯救自己（高加林是她心目中的英雄），而意识不到自己也有解放自己、拯救自己的力量。这种心理在有着新的生活追求的巧珍身上播下了种子。她的幸福，她的人生的追求和作为人的价值全部系在高加林身上。当她心目中的英雄一旦抽身而去，精神支柱便倾塌了，丧失了"自己救自己"的任何意识和勇气。这使我们从巧珍的命运中，又看到了传统文化心理无处不在的影子。这个阴影使巧珍在新生活潮头即将到来时，不得不缩回到了祖祖辈辈妇女的精神圈子里。因此，巧珍的命运悲剧在于她处于城乡两种文化的交叉冲撞中，虽然有了对文明的向往，却没有独立地走向新生活的现实可能性。她只好把对文明生活的向往寄托在对高加林的爱情上，而后者则为了自己的向往牺牲了对她的感情。她徒有反抗旧习俗的勇气却没有走向新生活的条件，最后只好退回到旧的生活方式中去，在无望的幻灭中耗尽自己的生命。

如果说，巧珍是现代文明面前的失败者，同样，高加林最终也在通向"文明"的路途上败下阵来，当然，这在他的身上表现得更复杂，包含着社会、政治等诸方面的原因。

高加林是一个处在能呼吸到城市文明之风却又保留着古老落后习俗的城镇"交叉地带"的农村知识青年。作为世代拘囿于土地圈子的血统农民的后代，他因袭着历史和道德的沉重负荷，他身上既有变革时代召唤起来的向往进步的情绪，又有生活环境和历史进程对他的种种制约。这种矛盾事实上也是我国历史发展到当时阶段必然会有的现象。因此，这个在某种意义上感知到了社会变革浪潮的信息，而本身又带着难以克服的局限的人物，他的人生旅程，将是在理想和现实之间，进步与落后之间，现代与传统之间踯躅徘徊、摇摆不定的。我们看到，高加林自始至终内心充满着复杂的矛盾，在他短暂而曲折的一段人生旅程中，梦想和现实交替变幻，命运的反复升沉和打击，使他思想剧烈地动摇，应接不暇。在他貌似强者的外表下，潜藏着一个软弱、自卑和不稳定的自我，他胸中燃烧的幻想和欲望之火，往往化不成现实的真正动力；他能在顺境中驰骋想象，却不能在逆境中脚踏实地。在同刘巧珍和黄亚萍的两次恋爱中，他常常是犹豫彷徨的，忧郁的、自私的甚至是被动的。他在对爱情的态度上也受着自己无法把握的命运的摆布，受着他无法控制的环境力量的左右。在这一点上，不由得使我们想起中国现代文学巨匠茅盾在《动摇》中对方罗兰等"革命人物"以及"时代女性"的生动描写，他们在事业上是动摇的，在爱情上也是"东张西望，张皇失措"的，只不过由于茅盾反映的是大革命时代的青年知识者的生活，使其涂上了那个时代浓烈的时代色彩罢了。而对于高加林来说，从本质上看，他仅仅具有一种自我向上的意识，他的能力只是用来支撑自己的精神，还达不到冲破周围环境力量的羁绊。而在这个政治、经济、思想文化又不健全的转换时期，他精神上的奋进怎能不是在层层禁锢中孤独痛苦的跋涉呢？

突出的个性气质和才华，使高加林在意识上不断向传统的保守观念挑战。他企图冲破落后的环境约束，同时，他很难摆脱更大多数的乡村社会的人们。而时代的文明之风还只是刚刚微弱地波及"交叉地带"，便已造成他内心世界的焦灼，他盲目地感到命运的不公。这正是他还无法理解的悲剧渊薮。

然而，尽管高加林的奋斗还限于自身，可他那种悲剧性的人生追求又超越了自身。他的悲剧正孕育着新的历史追求，是时代向前迈进的一个前奏。虽然生活的发展还需要时间上的准备，但高加林作为一个响应着新生活召唤的青年，他的奋斗本身就显示出了人生的意义。这便是高加林这个形象身上那进步的属于未来的主导因素，也是这个典型人物所标示着的社会变革的历史趋向。而路遥的《人生》，在城乡"交叉地带"青年人的生活道路中，发掘出这个变革时代人生悲剧的复杂社会因素和文化结构，使人们感到历史车轮的转动实在还显得过于缓慢，而时代的变动又是一个彼此重叠、交叉渗透、回环演进的过程。正如马克思所说"历史不断前进，经过许多阶段才把陈旧的生活形式送进坟墓"[①]。自然经济向商品经济的过渡需要一个漫长的过程，农业文明向工业

[①] 《马克思恩格斯选集》（第1卷），人民出版社1975年版，第5页。

文明的发展也不是一朝一夕的事情，旧的生活方式的瓦解除根本的经济因素外，还需要许多精神文化的措施。悲剧的因素并没有完全消逝，它和喜剧的因素渗透在一起，还会持续一个很长的时期。

泰纳说："如果一部文学作品内容丰富，并且人们知道如何去解释它，那么我们在这作品里所找到的，会是一种人的心理，时常也就是一个时代的心理"[①]。路遥的《人生》，便是达到了这样的境界；而"交叉地带"这个典型环境和高加林这个典型形象，是路遥为当代中国文学作出的突出贡献，也是他在自己的创作敏感区所取得的最重要的收获。

四、向交叉地带的深处开掘

路遥并没有把自己拘泥于《人生》的制高点上，而是进一步向前掘进，力图以全景式的文学画卷展示当代中国城乡的交叉走势，把捉中国社会的现实运动及变革趋向。

从某种意义上看，《平凡的世界》最突出的成就是它所展现的城乡密网式的社会景象和人生形态。在这部长篇小说中，路遥以他宏阔的文化视野，对处于历史转换时期的中国当代城乡的巨大嬗变作了美学的动态反映。而长篇的艺术价值在于，它打破了单一的人文环境和时空背景，在纵横交叉的城乡地带，构筑起一个真正由人民群众推动历史变革的"平凡的世界"。

路遥理解的人生不限于个人的经历，而是无数普通人的命运。当然，个人的苦乐得失是理解普通人生的基础，两者并不矛盾。他透过历史表层轰轰烈烈、风云变幻的政治以及时代变革的场面，注视着社会最底层那些普通劳动者的生活命运和精神情感。这不仅使其作品充满了浓郁的生活情趣，也体现了他思考历史的独特方式。他在对这些最普通最广大微小人生的体察中，洞悉着人

---

① ［法］泰纳：《〈英国文学史〉序言》，见伍蠡甫、蒋孔阳、秘燕生编：《西方文论选》（下卷），上海译文出版社1979年版，第241页。

类基本历史活动的深刻意蕴，表达出对历史的朴素理解。也就是说，他思考历史的时候，选择的是人生的角度，他是以人生为视角洞察历史的。

在《平凡的世界》中，这种以普通人的生存方式展示历史走向的思考，是通过"城乡交叉"的相互参照来实现的。它高度集中在孙少平这一人物身上。

与路遥绝大多数作品的主要人物一样，孙少平也是一个农村知识青年。作品一开始，就把他置于"城乡交叉"这一特定的文化背景上。他是一个贫困的农家子弟，"父母亲一辈子老实无能，老根子就已经穷到了骨头里"[①]。多少年来，庄稼人苦没少受，可年年下来，常常是两手空空。穷困的生活境况使孙少平自卑而又过分地自尊，为了改变自身的环境，他奋发读书，考上了县城的最高学府——县立高中。这是孙少平第一次从农村走向城市。县城，毕竟是一个与山乡圪崂截然不同的"大世界"，他在这里"获得了无数新奇的印象，甚至觉得弥漫在城市上空的炭烟味闻起来都是别具一格的"[②]。当然，对于许许多多新的所见所识他还不能全部理解，但所有的一切无疑都在他的精神上产生了影响。透过城市生活的镜面，他似乎更清楚地看见了他已经生活过十几年的村庄——在那个他所熟悉的古老的世界里，原来许多有意义的东西，现在看起来似乎有点平淡无奇了。而黄土地上许多本来重要的事物，过去他却并没有过多地留心，来到城市后倒突然如此鲜活地来到了他的心间。

革命理想主义的熏陶，使孙少平这个农民的后代不断清除着身上的"土气"。他常常漫游于自己设计的未来精神空间，尽管这些思绪是散乱而飘浮的，然而又是幽深而莫测的。他感觉到，"在他们这群山包围的双水村外面，有一个辽阔的大世界。而更重要的是，他现在朦胧地意识到，不管什么样的人，或者说不管人在什么样的境况下，都可以活得多么好啊！在那一瞬间生活的诗情充满了他十六岁的胸膛。他的眼前不时浮现出保尔瘦削的脸颊和他生机

---

① 路遥：《平凡的世界》（第一部），见《路遥文集》（第三卷），陕西人民出版社1993年版，第9页。
② 路遥：《平凡的世界》（第一部），见《路遥文集》（第三卷），陕西人民出版社1993年版，第11页。

勃勃的身姿。他那双眼睛并没有失明，永远蓝莹莹地在遥远的地方兄弟般地望着他。当然，他也永远不能忘记可爱的富人的女儿冬妮娅。她真好。她曾经那样地热爱穷人的儿子保尔。少平直到最后也并不恨冬妮娅。他为冬妮娅和保尔的最后分手而热泪盈眶。他想：如果他也遇到一个冬妮娅该多么好啊！"①这个正处于人生的"火山活跃期"的青年，幻想着未来的某一天，"他已经成了一个人物，或者是教授，或者是作家，要么是工程师，穿着体面的制服和黑皮鞋，戴着眼镜，从外面的一个大地方回到了这座城市，人们都在尊敬亲热地和他打招呼……"②这种富有浪漫色彩甚至有些虚浮的幻想，对于一个初涉人生之途的青年来说，都绝不过分。不仅如此，它同时构成了孙少平精神世界的强有力的支柱。

现实与理想总是相矛盾的，如果一个人总是生活在理想之中，那么，这种理想也许永远是一个虚构的幻境；同样，一个人如果没有理想，那么，他将永远会变成一个庸俗的无可追求之人。孙少平毕竟是一个普普通通的人，他理智地时时提醒自己，"应该按照普通人的条件正正常常的生活，而不要做太多的非分之想。当然，普通并不等于庸俗。他也许一辈子就是个普通人，但他要做一个不平庸的人……"他要在最平常的生活中"显示出一个人人格的伟大来！"③就这样，他的灵魂开始在一个大世界中游荡——尽管带有很大的盲目性。他尽力汲取各种知识，包括阅读大量中外名著，所有这些，都给他精神上带来了从未有过的满足。"他现在可以用比较广阔一些的目光来看待自己和周围的事物，因而对生活增加了一些自信和审视的能力，并且开始用各种角度从不同的侧面来观察某种情况和某种现象了。当然，从表面上看，他目前和以前没有什么不同，但他实际在很大程度上已不再是原来的他了。他本质上仍然是

---

① 路遥：《平凡的世界》（第一部），见《路遥文集》（第三卷），陕西人民出版社1993年版，第13页。

② 路遥：《平凡的世界》（第一部），见《路遥文集》（第三卷），陕西人民出版社1993年版，第149页。

③ 路遥：《平凡的世界》（第一部），见《路遥文集》（第三卷），陕西人民出版社1993年版，第154页。

农民的儿子,但他竭力想挣脱和超越他出身的阶层。"①

"城市"的学校生活教给了孙少平难得的书本知识,扩大了他看待世界的视野,但并不能解决他实际的生活出路。同千千万万个农家子弟一样,在那个特定的历史年代,高中毕业后,他又要回乡当农民了。但是孙少平无法自主地从城市向乡村回归:

> 说心里话,他虽然不怕吃苦,但很不情愿回自己的村子去劳动。他从小在那里长大,一切都非常熟悉。他现在觉得,越是自己熟悉的地方,反倒越没意思。他渴望到一个陌生的世界去!他读过不少书,脑子保持着许多想象中的环境。他甚至想:唉,我在这世界上要是无亲无故、孤单一人就好了!那我就可以无牵无挂,哪怕漫无目的地到遥远的地方去流浪哩……②

当然,这只是一种少年的幼稚幻想罢了。孙少平超越不了严峻的现实,也不可能把一种纯粹的堂吉诃德式的浪漫想法付诸行动,实际上,他又是一个冷静而不浮躁的人。在这一点上,他比高加林稳健实际。

即便是在回乡务农时,孙少平也一直关心和注视着双水村以外广阔的大世界。对于村里的事情,他决不像哥哥孙少安那样热心。对于他二爸孙玉亭跑烂鞋地"闹革命",他在心里更是抱着一种嘲笑的态度,常讥讽他那"心爱的空忙"。他自己身在村里,思想却插上了翅膀,在一个更为广大的天地里恣意飞翔。但是,孙少平并不因此就自视为双水村的超人。他心里明白,自己归根到底是农民的儿子,深知自己在这个天地里所处的地位。在日常生活中,他严格地把自己放在"孙玉厚家的二小子"的位置上。在家里,他敬老、尊大、爱小;在村子中,他又按世俗的观点来有分寸地表现自己的修养和才能,人情世故,滴水不漏。他懂得,在农村,首先要做一个一般舆论上的"好后生"。孙

---

① 路遥:《平凡的世界》(第一部),见《路遥文集》(第三卷),陕西人民出版社1993年版,第207页。
② 路遥:《平凡的世界》(第一部),见《路遥文集》(第三卷),陕西人民出版社1993年版,第354页。

少平在农村长大,他深深懂得这黄土地上养育出来的人,尽管他们穿戴土俗,文化粗浅,但精人能人如同天上的星星一般稠密。

在这个世界里,自有另一种复杂,另一种智慧,另一种哲学的深奥,另一种行为的伟大!这里既有不少呆憨鲁莽之徒,也有许多了不起的天才。在这厚实的土壤上,既长出大量平凡的小草,也长出不少栋梁之材——像毛泽东这样的巨人,也是在这样的土壤上生长起来的……

这样,孙少平的精神思想实际上形成了两个系列:农村的系列和农村以外世界的系列。对于他来说,这是矛盾的,也是统一的。一方面,他摆脱不了农村的影响;另一方面,他又不愿受农村的局限。因而不可避免地表现出既不纯粹是农村的状态,又非纯粹的城市型状态。在他今后一生中,不论是生活在农村,还是生活在城市,他也许将永远会是这样一种混合型的精神气质。①

正是这种混合型的精神气质,促使着像孙少平这样的青年,不甘心在农村度过自己的一生。即便是外面的世界充满了风险,他也愿意出去闯荡一番——这动机也许根本不是为了金钱或荣誉,而纯粹出于青春的激情……

于是,出于一种对自己生命价值的确认,怀着创造人生的强烈愿望,孙少平再一次离开故土,走向城市。

在路遥笔下,孙少平虽然出生在农村,但他的心态却是一个城市人。在乡村这个虽然贫穷、落后、愚昧但善良、无私、平和温暖的社会环境里,他度过了人生最艰难的岁月;然而,他又是带着城市给他的遍体鳞伤接受了城市文化的抚育。他的心绪始终处于这种"城乡交叉"的文化结构地带:

刚从寂静的山庄来到这里,城市千奇百怪的噪音听起来像洪水一般喧嚣。尽管满眼都是人群,但他感觉自己像置身于一片荒无人烟的旷野里。一种孤单和恐慌使他忍不住把眼睛闭起来。现实的景

---

① 路遥:《平凡的世界》(第一部),见《路遥文集》(第三卷),陕西人民出版社1993年版,第447—448页。

象消失了。他通过心灵的视觉,却看见了炊烟袅袅的双水村;看见夕阳染红的东拉河边,饮饱水的黄牛抬起头来,静静地凝视着远方的山峦……"①

当孙少平从乡村之梦中清醒过来的时候,"严酷的现实立刻便横在这个漂泊青年的面前。他既没有闯世的经验,又没有谋生的技能,仅仅是凭着一股勇气就来到了这个城市"。在乡村与城市之间,他也曾产生过剧烈的思想斗争,要么"返回双水村",这很容易;要么使自己振作起来,在逆境中磨炼自己。"他想,他本来就不是准备到这里享福的。他必须在这个城市里活下去。一切过去的生活都已经成为历史,而新的生活现在就从这大桥头开始了。他思量,过去战争年代,像他这样的青年,多少人每天都面临着死亡呢!而现在是和平年月,他充其量吃些苦罢了,总不会有死的威胁。想想看,比起死亡来说,此刻你安然立在这桥头,并且还准备劳动和生活,难道这不是一种幸福吗?……幸福不仅仅是吃饱穿暖,而是勇敢地去战胜困难……是的,他现在只能和一种更艰难的生活比较,而把眼前大街上幸福和幸运的人们忘掉。忘掉!忘掉温暖,忘掉温柔,忘掉一切享乐,而把饥饿、寒冷、受辱、受苦当作自己的正常生活……"②

为了活下去,而且活得有意义,孙少平开始了他在城里的打工生活。他背着一百多斤的大石块,从陡坡上爬上去,人简直连腰也直不起来,劳动强度如同使苦役的牛马一般。

> 每当背着石块爬坡的时候,他的意识就处于半麻痹状态。沉重的石头几乎要把他挤压到土地里去。汗水像小溪一样在脸上纵横漫流,而他却腾不出手去揩一把;眼睛被汗水腌得火辣辣地疼,一路上只能半睁半闭。两条打颤的腿如同筛糠,随时都有倒下的危险。

---

① 路遥:《平凡的世界》(第二部),见《路遥文集》(第四卷),陕西人民出版社1993年版,第111—112页。

② 路遥:《平凡的世界》(第二部),见《路遥文集》(第四卷),陕西人民出版社1993年版,第112页。

这时候，世界上什么东西都不存在了，思维只集中在一点上：向前走，把石头背到箍窑的地方——那里对他来说，每一次都几乎是一个不可企及的伟大目标！

三天下来，他的脊背就被压烂了。他无法目睹自己脊背上的惨状，只感到像带刺的葛针条刷过一般。两只手随即也肿胀起来，肉皮被石头磨得像一层透明的纸，连毛细血管都能看得见。这样的手放在新石茬上，就像放在刀刃上！

第三天晚上，他睡下的时候，整个身体像火烧着一般灼疼。他在睡梦中渴望一种冰凉的东西扑灭他身上的火焰。他梦见下雨了，雨点滴嗒在烫热的脸庞上……一阵惊喜使他从睡梦中醒了过来。真奇怪！他感觉自己脸上真有几滴湿淋淋的东西。下雨了？可他睡在窑里，雨怎么可能滴在脸上呢？

他睁大眼，发现他旁边的一个石匠正光着屁股往被窝里钻。他感到一阵发呕，赶忙用被子揩了揩脸——他知道，这是那个撒完尿的石匠从他身上跨过时，把剩下的几滴尿淋在了他的脸上。没有必要发作，揽工汉谁把这种事当一回事！

…………

以后紧接着的日子，一切都没有什么变化。他继续咬着牙，经受着牛马般的考验。这样的时候，他甚至没有考虑他为什么要忍受如此的苦痛。是为那一块五毛钱吗？可以说是，也可以说不是。他认为这就是他的生活……①

孙少平终于用坚强的毅力习惯了他"实实在在"的城市生活。在城市，"他是在社会的最低层挣扎，为了几个钱而受尽折磨；但他已不仅仅将此看作是谋生活命——职业的高贵与低贱，不能说明一个人生活的价值。恰恰相反，他现在倒很'热爱'自己的苦难。通过这一段血火般的洗礼，他相信，自己历

---

① 路遥：《平凡的世界》（第二部），见《路遥文集》（第四卷），陕西人民出版社1993年版，第123—124页。

经千辛万苦而酿造出的生活之蜜,肯定比轻而易举拿来的更有滋味——他自嘲地把自己的这种认识叫做'关于苦难的学说'……"①

在生活的磨难中,孙少平变了。这变化不仅是指他的外表,而更重要的是指他的精神。和过去不同的是,他已经开始独立地生活,独立地思考,并且选择了一条艰难的奋斗之路。像孙少平这样的农村青年,因为种种原因,他们不能进入大学的门,又进入不了公家的门,在严酷的现实环境中,即使性格非凡,天赋很高,很可能仍然被环境征服。当然,不是说农村就一定干不出什么名堂,主要是他们的精神境界很可能被小农意识的汪洋大海湮没了。

孙少平在我们的时代属于这样的青年:有文化,但没有幸运地进入大学或参加工作,因此似乎没有充分的条件直接参与到目前社会发展的主潮之中。而另一方面,他们又不甘心把自己局限在狭小的生活天地里。因此,他们往往带着一种悲壮的激情,在一条最为艰难的道路上进行人生的搏斗。他们顾不得高谈阔论或愤世嫉俗地忧患人类的命运。他们首先得改变自己的生存条件,同时也不放弃最主要的精神追求;他们既不鄙视普通人的世俗生活,这不仅因为他们本身就是普通人的一员,而且他们的精神境界也达到了这种层次,并竭力使自己对生活的认识达到更深的程度。用孙少平恋人田晓霞的话来说,他们属于"另外一种类型的同龄人";田晓霞兴奋的是,"孙少平为她的生活环境树立了一个'对应物',或者说给她的世界形成了一个奇特的'坐标'"。②

就在孙少平拼搏在城市社会的底层,为实现自己人格的健全而不顾一切奋斗的时候,黄土高原乃至整个中国发生了前所未有的变化。许多不久前人们连想也不敢想的事,现在却成了我们生活中最一般的现象。中国的变化不仅震动了全世界,也震动了中国自己。阐述这个变化的深远历史意义也许不是小说家和评论家所能胜任的。我们只是在描绘这个历史大背景下人们的生活时,不

---

① 路遥:《平凡的世界》(第二部),见《路遥文集》(第四卷),陕西人民出版社1993年版,第189页。
② 路遥:《平凡的世界》(第二部),见《路遥文集》(第四卷),陕西人民出版社1993年版,第193、195页。

由地感叹：这一代人是怎样经历了如此深刻而又富于戏剧性的历程！现在还是孩子的人们，用路遥的话来讲，也许将不会全部理解我们这代人对生活的那种复杂的体验和感受。

是的，我们经历了一个大时代。这是一个真正大阵痛大裂变的时代。中国的历史正在穿越空前的暴风骤雨，上至领袖人物，下至普通百姓，身上和心上都不同程度地留下了伤痕。也许一代人甚至几代人在他们的生命结束之前，还看不到这个社会的完全成熟，而大概只能看出一个大的趋势来，但人们仍然有理由为自己生活过创造过的土地和岁月而感到自豪！人们用经验、教训、泪水、汗水和鲜血掺和的混凝土，为中国光辉的未来打下了一个坚实的基础。毫无疑问，在这一历史进程中，中国人民付出了最沉重的代价，这种代价遍及中国城乡的各个角落。

孙少平无疑是属于这付出沉重代价的一代。他涌动着的生命激情总是促动着他不断地向生活的新领域挺进，他要用新的生活方式证实自己的存在价值。这个农民的儿子，"并不指望入公家的门。他知道这是不可能的。但他要在这短短的时间里，证明他并不比某些自以为高人一头的城市青年更逊色！"①于是，带着烧炼和锻打了自己的体魄和灵魂，告别了曾给予他生活的力量和包容苦难与忧伤的黄原城市，孙少平来到了铜城煤矿。

煤矿，是路遥为孙少平精心设计的一个特殊的城乡交叉领地。从地理位置上来看，煤矿大多处于离城市较远的山区或城市的边缘地带，由于它属于重工业生产区，实际上构成了一个独立自足的地方，矿山繁忙的生产景象和人们紧张的生活步调比繁闹喧嚣的都市毫不逊色。而从矿工的队伍构成上来看，绝大多数是来自各地农村的青年，他们体格健壮，思想单纯，既具有乡民的敦厚质朴，又具有吃苦耐劳的精神，"活着干，死了算，多为国家出煤炭"，是他们发自肺腑的誓言，也是他们义无反顾的行动指南。这里，又不乏高层次的科技和文化管理人才。在矿区，可以说工人与农民交叉，现代化的生产设备与原

---

① 路遥：《平凡的世界》（第二部），见《路遥文集》（第四卷），陕西人民出版社1993年版，第463页。

始的未开垦的处女地交叉，城乡文化意识交织，高层次的文明与粗蛮的人性混合……孙少平来到的这个煤矿，便是这样的一个特异的生活与文化环境：

傍晚，当暮色渐渐笼罩了北方连绵的群山和南方广阔的平原之后，在群山和平原接壤地带的一条狭长的山沟里，陡然间亮起一片繁星似的灯光。

这便是铜城。

……

这城市没有白天和夜晚之分，它一天二十四小时都在激动不安地喧腾着，像一锅沸水。

……

正因为这里有煤，气贯长虹的大动脉陇海铁路才不得不岔出一条支脉拐过本省的中部平原，把它那钢铁触角延伸到这黑色而火热的心脏来。

无疑，铁路给鄂尔多斯地台南缘这片荒僻的土地带来了无限生机。同时，也带来了成千上万操各种口音的外地公民。如今，杂居在这座煤城的就有全国二十四个省市籍贯的人……

…………

这城市四周全是山梁土峁。山上石多土薄，不宜耕作，农业人口远比不上黄土高原腹地稠密，更不要说和拥挤不堪的中部平原相比了。因为事农者甚微，加之此地又不缺乏燃料，这些山山峁峁竟然长起了茂密的柴草，甚至还有一些树木梢林，显得比黄土高原其它地方更有风光。每当入秋之时，有些山上红叶如火，花团锦簇似的夺人眼目……

山梁土峁间，由于地层深处挖掘过甚而形成空洞，地表时有下陷，令人触目惊心的大裂缝往往撕破了几架山梁，甚至大冒顶造成整座大山崩塌陷落，引起周围里氏三级左右的地震。大山以北一二百华里处就是黄河，它带着成千上万吨泥沙沉重地喘息着淌向东方……

城市在这条狭长的山沟里只能摆下一条主街。那商店铺面,楼房街舍,就沿着这条蜿蜒曲折的街道,沿着铁路两侧,沿着那条平时流量不大的七水河,鳞次栉比,层层叠叠,密集如蜂房蚁巢,由南到北铺排了足有十华里长。

……

火车从这里向南,穿越绿色的中部平原,五六个小时就可以抵达省城。而向西,向东,向北,都有公路伸出,一直可以通往邻近几个省份。……

从陇海铁路岔出来的这条支线,它的最后一节铁轨并没有在这个车站终止。这钢铁阶梯又在这里岔出两股,一路爬坡穿洞,沿途串起了东西两面二十多个矿区。

……

当你沿着铁路支线拐进这些山沟,便会知道那里有着多么庞大的世界。这些相距只有十来里路的煤矿,每个矿区都有上万名工人,连同他们的家属,几乎都超过了一个山区县城的规模。密集的人口,密集的房屋,高耸的井架,隆隆的机声,喧嚣的声浪,简直使人难以置信这些小小的山沟山湾,怎么能承载了如此大的负荷?

可是,你看到的还仅仅是这世界的一半。它的另一半在大地几百米深处。在那里,四通八达的巷道密如蛛网,连接成了别一个世界。大巷里矿车飞奔,灯火通明;掌子面炮声轰响,硝烟弥漫;成千上万的人二十四小时三班倒,轮番在地下作业。他们在极端艰难的条件下,用超强度的体力劳动,把诗人们称之谓"黑金"的东西从岩石中挖掘出来,倒腾在飞速转动的煤溜子上。于是,这黑色的河流就源源不断从井下流到井上,从地面流进车厢,流向远方……

我们也许根本不会想到在这样一些荒凉的山沟里,在几百米深处的地下,这些流血流汗、黑得只露两排白牙齿的黑人为我们做了些什么。他们的创造是多么惊人!远的不说,仅铜城矿务局三十年间掘进的巷道,就相当于三条从铜城到北京的地下隧道;所开采的煤炭装上三十吨位的火车皮,可以绕地球赤道两圈还多——而每百万吨煤同时要献出两三条人命啊!

……………

铜城及其周围的矿区,就是这样一片喧腾不安、充满无限活力的土地。它的街道、房屋、树木,甚至一棵小草,都无不打上煤的印记;就连那些小鸟,也被无处不有的煤熏染成了烟灰色……①

路遥以他对矿山和矿工生活的深刻了解,生动地描绘了这个处于城市和乡村文化密织交叉在一起的特殊人文区域。他将孙少平这一最心爱的人物置于这个环境,开掘其性格的内涵,并使其不断走向成熟。

对于孙少平来说,由农民成分变成工人成分,是他人生历程上的一大转折。这真正意味着他已离开了土地(当然,在精神上他与乡土仍然有着割不断的联系),并从此与生他养他的乡土社会告别。这无疑令一个有文化并经过生活磨难的农村青年激动不已,"别了,黄原!我将永远记着这里的一切;你留在我心间的无论是忧伤还是欢乐,现在或将来对我来说都已是甜蜜;为此,我要永远地怀恋你,感谢你……"②在孙少平看来,煤矿的状况比他原来想象的还要好。他当然想不到矿区会那么庞大那么有气势:"建筑物密密麻麻挤满了偌大一个山湾,街道、商店、机关、学校,应有尽有。雄伟的选煤楼,飞转的天轮,山一样的煤堆,还有火车的喧吼。就连地上到处乱扔的废钢烂铁,也是一种富有的表现啊!是的,在娇生惯养的人看来,这里又脏又黑,没有什么诗情画意。但在他看来,这却是一个能创造巨大财富的地方,一个令人振奋的生

---

① 路遥:《平凡的世界》(第三部),见《路遥文集》(第五卷),陕西人民出版社1993年版,第3—7页。

② 路遥:《平凡的世界》(第三部),见《路遥文集》(第五卷),陕西人民出版社1993年版,第10页。

活大舞台！"①

孙少平的这种想法是很自然的，因为与此相比较的，是他已经经历过的那些苦难岁月和无比艰难的生活场景。

然而，煤矿工人的艰苦生活是一般人难以想象的。一进入井下，"完全像远离人世间的另一个世界。当阿姆斯特朗第一脚踏上月球的时候，他的感受也许莫过于此"②。在这里，没有人和人之间的相互帮助，是无法生存的。且看，"刚放完头茬炮，硝烟还没有散尽。煤溜子隆隆地转动着。斧子工正在挂梁，攉煤工紧张地抱着一百多斤的钢梁铁柱，抱着荆笆和搪采棍，几乎拼命般地操作。顶梁上，破碎的矸石哗哗往下掉。钢梁铁柱被大地压得吱吱嚓嚓的声响从四面八方传来……天啊！这是什么地方！这是什么工作！危险、紧张，让人连气也透不过来。光看一看这场面，就使人不寒而栗！"③这就是煤矿，这里需要的是吃苦、耐劳、勇敢和无畏的牺牲精神；这不是弱者的职业，要的是吃钢咬铁的男子汉！"更困难的是，在这密匝匝乱糟糟的梁柱煤堆下面，危险的、暗藏杀机的煤溜子还在疯狂地转动着。在紧张、快速、沉重的劳动中，人们在低矮的巷道里连腰也直不起来；东躲西避倒腾一百多斤重的钢铁家伙，大都在身体失去平衡的状态下进行；而且稍有不慎，踩在残暴无情的溜子上，瞬息间就会被拉扯成一堆肉泥。……一天的时光就在这样紧张而繁重的劳动中缓慢地流过。一般情况下，（一个倒班）八小时很难结束工作，常常得干十来个小时才能上井。"④

孙少平就是在这种超乎常人的劳动中度过的，并且，他对这种劳动，产

---

① 路遥：《平凡的世界》（第三部），见《路遥文集》（第五卷），陕西人民出版社1993年版，第15页。
② 路遥：《平凡的世界》（第三部），见《路遥文集》（第五卷），陕西人民出版社1993年版，第30页。
③ 路遥：《平凡的世界》（第三部），见《路遥文集》（第五卷），陕西人民出版社1993年版，第31页。
④ 路遥：《平凡的世界》（第三部），见《路遥文集》（第五卷），陕西人民出版社1993年版，第33—34页。

生了从未有过的巨大热情,这种热情出自他心灵深处对故乡、对黄土地的一片真情,他要给故乡一个证明,"证明他孙少平决不是一个没出息的人!"[①]正因为这样,他舍不得误一天工;甚至有时精神上的某种危机,也要靠高强度的体力劳动来获得解脱。同时,他时时刻刻在灵魂深处惦念着故乡的父老兄弟,他要用劳动血汗所换来的代价(物质的、精神的)改变他们的贫困境遇。他的理想尽管不是那样浪漫动人,但却是那样富有生命的活力和充满生活的哲理。从他讲给情人田晓霞的一席话中,我们可看到他内心世界的真实信念:

我准备一辈子就在这里干下去……

……

我没有考虑那么多,我面对的只是我的现实。无论你怎样想入非非,但你每天得要钻入地下去挖煤。这就是我的现实。一个人的命运不是自己想改变就能改变了的。至于所谓理想,我认为这不是职业好坏的代名词。一个人精神是否充实,或者说活得有无意义,主要取决于他对劳动的态度。当然,这不是说我愿意牛马般受苦。我也感到井下的劳动太沉重了。但要摆脱这种沉重是不可能的。再说,千百万人都这样沉重。你一旦成为这个沉重世界里的一员,你的心绪就不可能只关注你自身……

……

还有……一两年后,我想在双水村箍几孔新窑洞。

……

不,不是我住。我是为父亲做这件事。……对我来说,这却是实现一个梦想,创造一个历史,建立一座纪念碑!这里面包含着哲学、心理学、人生观,也具有我能体会到的那种激动人心的诗情。当我的巴特农神庙建立起来的时候,我从这遥远的地方也能感受到它的辉煌。瞧吧,我父亲在双水村这个乱纷纷的"共和国"里,

---

① 路遥:《平凡的世界》(第三部),见《路遥文集》(第五卷),陕西人民出版社1993年版,第54页。

将会是怎样一副自豪体面的神态!是的,我二十年来目睹了父亲在村中活得如何屈辱。我七八岁时就为此而伤心得偷偷哭过。爸爸和他的祖宗一样,穷了一辈子而没光彩地站到过人面前。如今他老了,更没能力改变自己的命运。现在,我已经有能力至少让父亲活得体面。我要让他挺着胸脯站到双水村众人的面前!我甚至要让他晚年活得像旧社会的地主一样,穿一件黑缎棉袄,拿一根玛瑙嘴的长烟袋,在双水村的"闲话中心"大声地说着闲话,唾沫星子溅别人一脸!①

在这里,也许我们没有任何理由把孙少平的这种"务实"精神和"窑洞"理想误以为是一个小生产者的狂傲自大。尽管在他身上还没有脱尽小生产者的思想意识。因为,中国的农民太贫穷了,特别是在这黄土地上劳作的农民,他们世世代代如牛马般地生活,也总是摆脱不了困苦的境遇。"虽说新社会二十多年了,但一般村民要箍窑盖房,简直连想也不敢想。"②当社会生活的整体变动给旧的生活方式注入了新的经济因素,农民也向往着过人的起码的生活时,孙少平的"务实"精神和"窑洞"理想虽然谈不上远大,但也不显得低俗,它显示了一个穷苦农民的后代为改变自身和父辈生活命运的迫切愿望,以及这种愿望的指日可待。

孙少平的社会地位和生活道路决定了他永远是这样一种人:既不懈地追求生活,又不敢奢望生活过多的酬报和宠爱,必须理智而清醒地面对着现实。这也许是所有从农村走出来的知识阶层所共有的一种心态。在和田晓霞的热恋中,他总是这样想:"身处都市的田晓霞生活一定是满地鲜花,一片流彩飞霞;转而想想自己,现在仍然是满脸煤黑,一身臭汗,在阴暗的井下牛马般干苦力活。如果没有晓霞的存在,他在他的环境中就会心平气静,用煤矿工人

---

① 路遥:《平凡的世界》(第三部),见《路遥文集》(第五卷),陕西人民出版社1993年版,第81—83页。
② 路遥:《平凡的世界》(第一部),见《路遥文集》(第三卷),陕西人民出版社1993年版,第49页。

一天中的喜怒哀乐来组成自己的全部生活。可现在，他却不能不从自己心灵的湖水中一次次腾升起浪漫的彩虹，企图探寻和连结一个飘渺的世界。"他总是这样提醒自己："你可不能沉醉于一种现在还说不来的幻想之中；你必须凝视着你双脚踩踏的土地。大牙湾的一切对你才是真实可信的。无论这里有多么艰苦，但这里的生活是真正属于你的。你只能在这黑色世界里，寻找你生存的价值。……想想看，当初你漂泊黄原，在那样的境况中，你都从没失去昂扬的意志；而现在，正如你已经感受到的那样，生活才真正算走上了大路。你应该感谢命运给予你的机遇。你有了工作；你不再为吃饭和睡觉而熬煎；你还有可以自由支配的金钱。话说回来，就是你和她的爱情，也许还不全是你所想象的一道稍现即逝的彩虹……那么，你，又有什么可伤感的呢？"[1]这种对现实、对爱情的理智态度是他比同样是从农村走出来的"知识者"高加林思想成熟的地方。高加林虽然也不乏工作的热情，但他更多的是处在空幻的理想中，他难以抵挡城市文明的诱惑，一旦在现实面前碰壁，便显得不堪一击；他的理想与严酷的现实环境总是显得那么格格不入。而孙少平则不同，他有理想，但这种理想是建立在现实的基础之上的。他要在平凡的劳动中实现自己的理想，即便是对爱情的追求，也是要通过劳动创立自己的幸福，这使他始终对劳动充满着巨大的热情。每当他抬头望见巨塔般雄伟的选煤楼和小山一般的煤堆，或耳听火车和煤溜子隆隆不息的喧吼声，他便会忘记一切焦虑和痛苦，周身的血液由不得沸扬激荡起来。"有时候，在黑暗的井下，他和同伴们在死亡的威胁中完成了一天的任务，然后拖着疲惫的双腿摇摇晃晃走出巷道，升上阳光灿烂的地面，他竟忍不住两眼泪水濛濛。是啊，他们有理由为自己的劳动自豪。尽管外面的世界很少有人想到他们的存在，但他们给这世界带来的是力量和光明。生活中真正的勇士向来默默无闻，喧哗不止的永远是自视高贵的一群。只不过，这些满脸黑汗的人，从来不这样想自己，也不这样想别人。劳动对他们来说是一件惯常的事：他们不挖煤叫谁挖呢？而这个世界又离不开这些黑东

---

[1] 路遥：《平凡的世界》（第三部），见《路遥文集》（第五卷），陕西人民出版社1993年版，第139—140页。

西……"①因此，不管在生活中遇到多大的痛苦和挫折，只有劳动，才能够成为他精神上的强大支柱。

在由乡及城的平凡劳动生活中，孙少平对煤矿有了一种难以割舍的感情，大牙湾成了他生活中的"恋人"，他深沉地爱着这个"黑皮肤的姑娘"。当他的脸上留下了一道永远不能消失的疤痕时（在井下负了重伤），他有条件留在大城市工作，但他自己并不愿意来到大城市生活。这并不意味着他对大城市和生活在其间的人们有丝毫的鄙视情绪，恰恰相反，在他的心灵深处，他永远渴慕向往着更高层次的都市文明，只不过对于孙少平来说，他觉得大牙湾煤矿更适合他的存在，这里有他的泪水、汗水和血迹斑斑的足迹，有他的欢乐和忧伤，他要把青春和生命献给这一方土地。如果说《人生》中的高加林对大城市文明的向往，主要来自他对个人利益的考虑和虚荣心的支使的话；那么，孙少平则是把自己融入了整个时代的激流，他的命运和最广大普通民众的命运紧密联结在一起，他是这个伟大变革时代中真正的青年奋斗者的典型。

五、全景式交叉风貌的展示

从某种意义上说，路遥的小说世界是在城乡"交叉地带"中构建并显示着他与众多当代作家不同的书写视角和艺术境界的。也许，这样一个特殊的社会生活空间，才能最全面地展现我们这个转变时代种种复杂的历史内容以及社会生活的整体走向，展示人们种种的生存方式以及他们动荡着的心理和情绪。路遥不同于古华等乡土作家，处身于古老生活方式的习俗氛围中，急切地呼唤现代的物质和精神文明；也不同于李陀等城市作家，着眼于现代化的历史趋向，嘲笑旧的生活方式养育着人物精神的鄙陋，表达单纯明朗的现代意识。他立足于当代现实生活的高度，开阔的视野使之在人生、社会、城市、乡村两

---

① 路遥：《平凡的世界》（第三部），见《路遥文集》（第五卷），陕西人民出版社1993年版，第140页。

种生活方式的交叉比较参照中，表现出更复杂的审美情感。他从至善至美的理想出发，区别社会人性的外部形式（生活方式的物质表象）与社会人性的内容（道德的或称人道的精神），对现实的差异持辩证的态度和冷静的思考，并执着地寻找着两种生活方式中内在的联系。

这种联系的覆盖面几乎渗透在路遥的文学世界的各个角落，不仅通过他最熟知的人物，如高加林、孙少平等，而且也广泛涉及城乡各个阶层不同年龄不同身份的人物，从而体现着他全景式透视当代中国变革的历史趋向。透过他给我们展示的艺术图景，我们看到的是一幅当代中国蜕变猛进的形象景观。

1984年，中国现代化工程的总设计师邓小平在总结和展望改革的宏伟目标时指出，中国的改革"是一场革命"，它"首先从农村着手。中国有百分之八十的人口在农村。中国社会是不是安定，中国经济能不能发展，首先要看农村能不能发展，农民生活是不是好起来"。"与此同时，我们开始了城市改革的试验。当然，农村这一套不能完全搬到城市，因为城市比农村复杂得多，它包括工业、商业、服务业，还包括科学、教育、文化等领域。……农村改革经过三年就见成效。城市改革大体上也要三年至五年才能够看到显著的变化。"这"意味着中国将出现全面改革的局面"。[①]

艺术家的表现与政治家的高瞻远瞩相一致。路遥笔下，正是展现了这样一种历史变迁的潮动：古老的黄土地正在洗去它沉重的历史伤痕，向着前所未有的文明阶梯迈进。而这一切，又是通过诸种"交叉"性的社会震荡及其文化冲突构成的巨大张力，在普通人的生活世界中来完成的。

中国乡土社会的巨变，无疑也表现在农民精神世界的变化。农民也要把自己从传统文化心理的禁锢中解放出来，不断清刷农业文化意识的束缚。对此，商品经济对农村的冲击和渗透，是最具城市与乡村文化"交叉"和冲突的表现与实践特征的。路遥的文学世界，对这种表现与实践的过程给予了深切的关注，他以一个作家的敏感对中国当代农村刚刚起步的商品经济浪潮，以及它

---

① 邓小平：《我们的宏伟目标和根本政策》，见《邓小平文选》（第3卷），人民出版社1993年版，第77—78页。

对人们精神的种种影响进行了探掘。

当双水村农民第一次真正有了自己的土地以后，他们是多么的激动兴奋。你看，他们"像发了疯似的，起早贪黑，不光把麦田比往年多耕了一遍，还把集体多年荒芜了的地畔地楞全部拿镢头挖过，将肥土刮到了地里。麦田整得像棉花包一般松软，边畔刮得像狗舔了一般干净。哈呀，这些家伙是种地哩还是绣花哩？瞧，所有的秋田不仅锄了三遍草，还又多施了一次化肥！不得了！这样干下去，用不了几年，田家圪崂许多人家要发得流油呀！金家湾的人眼发红，手发痒，心里像钻进去些毛毛虫……"往日，吵吵闹闹的集体大锅饭的"红火"情景再也看不见了，村子里一整天鸦雀无声，也看不到什么闲散人，"甚至连女人和娃娃都到地里拼命去了！"①

农民的梦想变成了现实，一群人穷混在一起的日子终于结束了，庄稼人的光景从此有了新的奔头。而最使农民畅快的是，"农活忙完，人就自由了，想干啥就能干啥；而不必像生产队那样，一年四季把手脚捆在土地上，一天一天磨洋工，混几个不值钱的工分。庄稼人也愿意活得自由啊！谁愿意一年到头牛马般劳动而一无所获呢？人们在土地上付出血汗和艰辛，那是应该收获欢乐和幸福，而不是收获忧愁和苦痛……"②他们在解决了温饱以后，又有了新的设想，有些农民已经开始脱离土地，向外地和城镇流去，用自己的力气和手艺挣钱；他们要彻底甩掉贫困，过富裕的日子。作为双水村的"冒尖户"孙少安，当他参加了"夸富"大会时，才觉得自从降生到这个世界上，第一次感到了"作为人的尊贵"。土头土脑的农民，不仅在经济上翻了身，也开始学会了做生意。"他们提着黑人造革皮包，带着好烟好酒，从乡下来到城里，看起来动作迟笨，一脸忠厚，但精明地不会放过任何一个可以打开的'缺口'。"③

---

① 路遥：《平凡的世界》（第二部），见《路遥文集》（第四卷），陕西人民出版社1993年版，第54页。
② 路遥：《平凡的世界》（第二部），见《路遥文集》（第四卷），陕西人民出版社1993年版，第57—58页。
③ 路遥：《平凡的世界》（第二部），见《路遥文集》（第四卷），陕西人民出版社1993年版，第357页。

孙少安虽然不能同胡永合（《平凡的世界》中的农民"冒尖户"）相比，但身上也有一些明显变化：

>比如说他现在的衣着装束，就今非昔比了。如今他只要外出办事，就会换上那套"礼服"：贴身一套红线衣，外面是一身廉价混纺毛料制服；足登"力士"牌球鞋，头上戴一顶深蓝的卡单帽，手里像其他生意人一样提着黑人造革皮包（也可斜着大背在身上）。当然，这身打扮在城里人看来仍然是个土包子，但在农村，就算很"洋"了。……
>
>现在，孙少安就是这么一副装束，坐在原西县国营食堂的小餐厅里。
>
>他正在这里请客吃饭——当然是为了销售他的砖。①

这种变化是在短短一两年中发生的。要知道，我们曾几十年鸣雷击鼓搞农业，不仅没有能解决农民的吃饭问题，而且越搞越穷。如今，农民不再为吃饭问题发愁。而钱，却成了人们经常挂在嘴上的一个字眼，为了钱，庄稼人不得不把囤里积攒下的粮食，扛到集市上去卖掉。俗话说，这山望见那山高。的确，在农村，人们在刚吃饱饭之后，就又有点不满足了。人们纷纷寻思，怎样才能把日子过得更红火一些？这种心理极其正常——追求更好的生活是人的本性。对于大部分农民来说，只要土地由自己耕种，多收获一些粮食是不成问题的，这是祖传的专业和本领，他们信心十足。但要在土地之外再打点别的主意，也并不是十分容易的事。先富起来的"冒尖户"孙少安当然属于乡村中的先觉者和庄稼汉心目中的能人。他已经远远不是杰出的柳青所描写的那种1950年代的创业者形象，他不但自己要变成农村中的富户，而且，"他永远不会是那种看不见别人死活的人"。因为，"他那辛酸的生活史使他时刻保持着对普

---

① 路遥：《平凡的世界》（第二部），见《路遥文集》（第四卷），陕西人民出版社1993年版，第357页。

通人痛苦的敏感而入微的体会"。①

但是,发家致富并不是一件容易的事,特别是对于一个普通的农民来说,要在大时代的变革浪潮中奋然跃起,那更是极难的。富起来又跌落下来也常常就在朝夕之间。像孙少安这样一些后来被光荣地奉为"农民企业家"的人,在他们的事业的初创阶段是非常脆弱的。一个偶然的因素,就可能使他们处于垮台的境地;而那种使他们破产的偶然性也是惯常的现象。因为中国和他们个人都是在一条铺满荆棘的新路上摸索着前行,甚至碰得鼻青眼肿也是常事——这就是人们面对的现实。

孙少安也遇到过跌倒的时候,但他终于爬起来了。尽管他已碰得头破血流,却再一次挣扎着迈开脚步,重新踏上了创业的征程。人,是脆弱的,也是最顽强的。重新站起来的孙少安"野心"更大,他怀着强烈的冲动,"一辈子真正要在石圪节或者说原西县闹腾它一番世事哩!"②孙少安从双水村走向了石圪节(乡政府所在地),他承包了更大的砖瓦厂。就一个农民而言,这意义就等于说他"冲出亚洲"了,他成了全乡经济活动的首要人物。这个世代农民的儿子,"现在才感到腰板硬了一些。过去,日日夜夜熬煎和谋算的是怎样才不至于饿死;如今却有可能拿出一大笔钱来为这个他度过辛酸岁月的村庄做点事了"。他要用赚来的钱为村里办点实事,重新修建学校。"当然,比起一些干大事的人来说这实在算不了什么;可这是他孙少安呀……总之,就他而言,整整一个历史时期已经结束,他将踏上新的生活历程。"③这个古老的村庄已经要由"新一代领袖来统帅它进入新的时代了!"

路遥曾说:"一个作家,应该看到农村经济政策的改变,引起了农村整个生活的改变,这种改变,深刻表现在人们精神上、心理上的变化,人与人之

---

① 路遥:《平凡的世界》(第三部),见《路遥文集》(第五卷),陕西人民出版社1993年版,第47页。

② 路遥:《平凡的世界》(第三部),见《路遥文集》(第五卷),陕西人民出版社1993年版,第382页。

③ 路遥:《平凡的世界》(第三部),见《路遥文集》(第五卷),陕西人民出版社1993年版,第437页。

间的关系上的变化，而且旧的矛盾克服了，新的矛盾又产生了，新的矛盾推动着体制的不断改革和人们精神世界的变化、人与人之间关系的新的调整。总之，整个农村生活经历着一种新的改变和组合，应该从这些方面去着眼。……作家应向生活的纵深开掘，不能被生活中表面的东西所迷惑。你刚才提到关于交叉地带的问题，就是我在现实生活感受到的一种新的矛盾状态。我当时意识到的是城乡的交叉，现在看来，随着体制的改革，生活中各种矛盾都表现着交叉状态。不仅仅是城乡之间，就是城市内部的各条战线之间，农村生活中人与人之间，人的精神世界里面，矛盾冲突的交叉也是错综复杂的。各种思想的矛盾冲突，还有年轻一代和老一代，旧的思想和新的思想之间矛盾的交叉也比较复杂。作家们应从广阔的范畴里去认识它，拨开生活的表面现象，深入到生活的更深的底层和内部，在比较广阔的范围内去考虑整个社会矛盾的交叉……"[1]在路遥的小说中，由于商品经济对农村的冲击和渗透，使城市与乡村的联系变得非常密切，孙少安奔忙于城乡之间的致富之路反映着不仅物质文明冲击着乡土人物古老的生活方式，而经济的搞活，生产合作幅度的扩大，都使封闭的农村日益走向开放。这里既有城乡关系的时代特征，也体现着作家探索农民命运的独到思考。路遥是着眼于从经济上进一步解放他们的生产力，怀着一个作家的责任感，对他们进行"启蒙"。城乡经济的发展，展示了农民的光明前景；物质生活的改善，带来了农民精神面貌的转变。毋庸置疑，作者对农民的历史命运充满了信心和希望。

作家应该把"自己的生活体验，放在时代的、社会的大背景和大环境中加以思考和检验，看其是否具有时代意义和社会意义。不能将自己的思想情绪误认为时代的思想情绪。一定要从自己的生活体验中寻找到广阔而深刻的社会生活的内涵"[2]。这是路遥告诉读者的。他的作品，大多数都是从正面表现了

---

[1] 路遥：《关于〈人生〉的对话》，见《路遥文集》（第二卷），陕西人民出版社1993年版，第410—411页。

[2] 路遥：《答〈延河〉编辑部问》，见《路遥文集》（第二卷），陕西人民出版社1993年版，第394页。

人民群众已经开始和正在进行的改革实践活动,并容纳了变革时代社会生活的各个层次。路遥扬弃和积累了新时期小说多个分主题的探索和经验,以城乡"交叉地带"为视景,并由此处开掘,无论是就其对历史的认识,对时代变革的理解,还是就其对人自身的认识,都达到了一个新的水平。变革的精神不仅体现为像孙少平、孙少安这样的少数人的社会理想和自觉的活动,也更多地体现为普通劳动者从本能到自觉的要求,存在于他们的日常的生活情态中。因此,在作家笔下,历史的变革是一个闪烁着新的希望,纠缠着旧的梦魇,夹杂着无数挫折、失败、误解、苦恼、惶惑、忐忑不安而又不可逆转的复杂过程。在这个过程中,各式人物彼此交结着的、浸透着悲喜剧因素的命运,所反映的社会生活,都不仅仅是一般的政治经济关系,甚至也不限于伦理观念和社会心理,还包括最基本的生活方式和更久远的文化传统。

孙少平、孙少安们是属于那些首先意识到新的生活方式的人。他们的命运在变革的时代际遇中经历着磨砺。他们是农村中较为自觉地参与时代变革的人,但他们也同样是普普通通的农民,他们从很低的起点开始,对时代变革的敏感首先来自改善自身生活的现实要求。一个在乡土以外的世界里(孙少平)开阔了眼界,首先改变了生活观念;一个则在乡土社会里(孙少安)为改变自身的生存环境而奋力拼搏。他们为改变自身命运的斗争汇入了时代变革的洪流,因此,他们的性格光彩就不仅仅出自个人道德品格的因素,而是来自历史运动的巨大活力。作者没有把他们理想化、道德化,而是写出了他们饱尝生活的辛酸、艰难与屈辱。特别是作者把他们放在城乡文化交叉的整体氛围中,揭示出他们的情感方式、思想观念、文化心理以及所经历的家庭与社会的变动,构织起变革时代的乡村与城市从政治经济、社会伦理、道德、心理,到更隐秘的文化构成这个整体生活的大网,从而也传导出整个民族在变革时代生活方式变化的基本动律。

路遥的作品之所以能取得较高的艺术成就,除了作者认识生活的深度和艺术表现的功力之外,更重要的还在于作家对生活本身的巨大变化和发展的体察和把握。正是在乡村首先开始的经济政策的调整,使中国农民空前启动了变革生活的步伐,在几年的实践中创造出多彩多姿的生活,涌现出新的矛盾、新的故事和新的人物。而作者的长处也在于他对生活的敏感与独特的发现,及时调整了掌握生活的方法和写作的视角,并在由乡及城的"交叉地带"展现出丰富多彩的交叉生活。这一点,我们从他的《人生》直到后来的长篇小说《平凡的世界》中,都可以清晰地看出来。

实际上,如果更准确地评价,路遥是以描写农村题材见长的作家,《人生》《平凡的世界》都是他的呕心沥血之作。在这些作品中,他当然也描写了城市生活的现状,有些人物的刻画也是真实而生动的,如他对省委书记乔伯年(《平凡的世界》中的人物)、地委书记苗凯(《平凡的世界》中的人物)等人物形象的刻画,但多多少少却带有一些斧凿和模仿的痕迹。不仅让人感到在某些当代作品中似曾相识的面孔,而且让人感到这些人物作为艺术形象的雷同化和脸谱化。中国有中国的具体情况,需要我们独到的发现和思考。而这种现象在路遥作品中的出现,或许是在城市改革尚未全面铺开、城市生活本身变动不大的时候,加上作家熟悉生活的不够全面,只能在原有的想象与经验世界中汲取材料塑造他们,因此,难免造成人物性格的模仿与艺术形象的陈旧。农村题材是作家所擅长的,这不仅表现在高加林、孙少平、孙少安等这些农村知识青年群体形象的塑造上,而像孙玉厚、德顺爷爷等老一辈农民形象的刻画,也是很富有生活的厚重和艺术上的深度。这原因不仅在于路遥对农村生活的驾轻就熟,而且,还来自乡土生活本身的可歌可泣:昔日贫穷愚昧、被人看不起的农民,在短短几年中实现了几千年富裕的梦想,不仅开始改变了自己的命运,并且向着现代化的生产和经营方式迈进。农业文明向商业文明过渡,这本身对人们习惯了的思想观念就是一个极大的冲击。更何况他们在生活水平不断升级的实践中充满智慧的新创造,要比仅凭热情和已往的经验设计的任何方案都要实际、丰富得多。孙少安和双水村的乡民们从改善自身生活的要求出发,一步步走上了时代变革的历史舞台。他们遇到了政治上保守势力的阻遏,也遇到了传统的观念和小生产狭隘心理的干扰,其中也包括他们自身的文化因袭。在这种错综复杂的交叉矛盾和斗争中,他们在变革着生活的同时,也变革着自己的精神状态,其中又仍然不免带有传统的影响与制约。他们是以中国农民特有的方式参与着历史的进步,在传统中打破了传统。如孙少安多年的心愿,就是"决心要把父亲住的地方修建得比他自己现在住的那院地方更好。他要瞒着好强的弟弟,再添进双倍的钱,把这院地方搞漂亮。正如少平说的,某种意义上,这是为孙家立一块'纪念碑'"①。他的愿望终于实现了:

> 父母亲已经搬回了新建的家院。少安满意的是,这院地方现在成了双水村最有气派的。新窑新门窗,还圈了围墙,盖了门楼,样样活都精细而讲究。他还打算在他不忙的时候,请米家镇的著名石匠雕打两只石狮子蹲在门楼两边。据村里人回忆,旧社会只有金光亮他爸大门口有过石狮子。而那时,他父亲就在这老地主门上揽工种地。现在,孙玉厚的大门口要有威风凛凛的石狮子了……②

不仅如此,孙少安还要用赚下来的钱去投资拍电视剧《三国演义》。"一年前,他还在破产的泥淖中绝望地挣扎。抹不开胡永合的情面是事实。但在他本人内心深处,也不是没有一些浅薄想法——用钱买个虚名或者企图用小钱赚个大钱。"在他看来,"不管盲目还是失败,只要敢出征的将士,就应该受到敬重"。③孙少安的这些思想意识,也暴露出刚发达起来的农民的一种心态:一方面,过去的贫困一旦转变,使他们像传统的土财主那样急于露富;另一方面,自身长期社会地位的低下,又使他们不甘心寂寞无闻,产生了强烈的出人头地的欲望,他们的理想"乐园"还没有完全摆脱农民文化意识的局限,他们在打破传统的束缚,同时又带着传统的阴影。从中我们可以看到,在生活方式的变革中,与之俱来的文化思想的缓慢更新。而这一点正是这场改革事业之所以深刻而又常常被人们忽视了的地方。因此笔者以为,从孙少安身上,不

---

① 路遥:《平凡的世界》(第三部),见《路遥文集》(第五卷),陕西人民出版社1993年版,第379—380页。
② 路遥:《平凡的世界》(第三部),见《路遥文集》(第五卷),陕西人民出版社1993年版,第420页。
③ 路遥:《平凡的世界》(第三部),见《路遥文集》(第五卷),陕西人民出版社1993年版,第422页。

仅要看到他富起来的艰难足迹，而且也要看到现代文化意识对农民精神的真正渗透，还需要经过历史的不断冲刷，直到他们精神的最终解放。

由此，可看到路遥在城乡"交叉地带"这一独特的社会生活领地，不是孤立地揭示生活的一个层面、一个方面、一个具体的问题，而是在变革时代社会生活的整体状态中表现各式人物充满矛盾的命运、精神、情绪、心理，这是他的作品具有深沉历史感的重要原因。

贯穿于路遥整体创作的基本思想是：在他所有平凡的人生和人性故事中，许许多多的底层人民在艰辛的生活中耗尽一生，没有什么了不起的业绩，也并不那么高大完美。但正是他们有弱点、有缺憾、有矛盾的平凡活动，支撑起历史庞大粗糙的骨架。王满银（《平凡的世界》中的人物）在作者笔下，可以说是一个很不完美的人物形象，他是农村社会中地道的乡土"痞子"：游手好闲，不务正业，以一种小生产者的自私狡猾，做点小生意牟取小利，闯荡南北。在乡亲们眼里，他是一个"二流子"；在孙玉厚老汉心中，他更是一个"坏松"女婿。然而，历史的变迁牵动着每一个人精神世界的变迁，就连王满银这个"天生并不是白痴的逛鬼"，一旦醒悟，也像正常人那样思考问题了，他终于变成了一个自食其力、靠劳动创造幸福生活的人。

如果说像王满银这样的农村流浪汉在变动着的现实面前最终混迹的结果仍然是"两手空空、一无所有"，不得不重回故乡，重新做人，他的精神变化还显得比较单纯的话；那么，要彻底转换像田福堂这样的农村"土政治家"，的确就不是那么容易。作为一个统治双水村近三分之一世纪的农村"土政治家"，田福堂的精明和能干并不比许多平庸的政治人物黯然失色。田福堂身上，有着浓重的靠行使权力坐吃乡土的政治暗影，有着对权力的笃信崇拜，也正是靠着权力，使他统治着双水村的庄稼人。他固信着世事"不会变"的信念。当他做梦也想再当一次陈永贵时，世事却偏偏和他作对，他带领全村人修筑在哭咽河上的大坝，被洪水冲垮了。这一象征他政治前途的大坝的垮掉，不仅意味着当年那几万斤高粱、无数个劳动日和"半脑壳"田二的一条人命，都统统付之东流，而且，他那大干一番事业的劲头也明显地跌落了下来。同时，时代的发展和社会的变化,也使这个固执而自信的农村政治家"吃了一惊又一惊"。当年他曾以大寨和陈永贵为榜样,可现在这两个农村的样板渐渐都销声匿迹了。而且孙玉亭还告诉他,昔阳县委在报纸上都公开作了检查,又据石圪节公社主任徐治功(《平凡的世界》中的人物)说,县上已经把"农业学大寨办公室"也撤销了,他才深深地预感到:世事要变了!

这种世事的变化在田福堂心目中当然是不可理喻的,当年他这个贫下中农的带头人不论干什么都是以阶级出身划线的,而如今要把地、富、反、坏、右的帽子都摘了,而且他们的子女入学、参军、招工、招干和入党入团,一律不受影响,这难道不是和贫下中农平起平坐了吗?再看看,现在到处的集市都开放了——这实际上是把当年的"黑市"变成了合法的自由市场。有的人还跑起了长途贩运,这和投机倒把又有什么两样?最使田福堂想不通的是,一再强调要尊重生产队的自主权,那公社和大队的领导还有什么权?还要他这个大队党支部书记来干啥?他思想中真正产生了危机:"唉,这社会已经全乱套了,竟然提倡人发家致富哩!毛主席老人家生前一贯爱穷人,而今却爱起了富人……"①田福堂在眼花缭乱的社会变化面前,感到他这个一向精明能干的村支书完全成了个"傻瓜"。他越来越摸不着头脑了。他以为眼下这种"乱"只不过是一些人一时的胡闹,过一段时间还会纠正——到那时当然又会有一些人犯路线错误。他甚至预见过这种"胡闹"不会超过半年。可现在不仅没有纠正的迹象,反而却越走越远了……

在田福堂对眼前的变化还没有反应过来的时候,更大的冲击来到了乡村:要搞生产责任制了!这一曾经孙少安等要搞而没有搞成的事,现在竟然要在农村普遍实行!还听说这一举措是升了官的弟弟田福军(《平凡的世界》中的人物)鼓弄搞的,田福堂心里想:福军是新官上任三把火,乱烧一通,他迟早要犯大错误呀!不仅如此,他还以大队党支部权力压制生产责任制,而孙少安"这小子公然不服从大队党支部的决定,简直无法无天了!"当双水村沉浸

---

① 路遥:《平凡的世界》(第二部),见《路遥文集》(第四卷),陕西人民出版社1993年版,第49—50页。

在一片变革的纷乱和激动之中的时候,田福堂回忆这情景只有在土改和合作化时出现过。他太痛苦了,因为当年搞合作化时,他曾怀着多么热烈的感情把左邻右舍拢合在一起;他做梦也想不到二十多年后的今天,大家又散伙了。"随着集体的散伙,他的精神也七零八碎了!"因为没有了集体,也就没有了田福堂。田福堂无法接受眼前的现实,但他也没有能力阻挡这个潮流。是的,历史就是这样,在它经受了巨大的痛苦之后,当人们醒悟过来的时候,再也不愿意返回过去的年代。双水村的生产责任制照样进行着,土地真正到了农民手中。而精明能干方为双水村人上之人的田福堂,竟然被冷落到了一边,这是以前人们谁也不敢想象的事情。

社会在变,家庭也在变。对田福堂打击更大的是,他怎么也想不到独苗儿子田润生竟然恋上了一个已有孩子的寡妇郝红梅。田福堂可以顺应时代大潮流不再徒劳地和时势对抗,他也可以用过去指挥农业学大寨的帅才,再指挥一群他雇来的工匠,到县城当起了包工头,开始走上了"资本主义道路";但他无论如何不能接受儿子找来的寡媳,他认为这是"羞先人哩!"只要他还有一口气,就别想让儿子把这个"丧门星"娶回来。他粗暴蛮横地阻止着儿子的这场婚事,同时陷入了更深的痛苦。他的身体垮了,精神垮了,他觉得,"他田福堂在这世界上活得还有什么乐趣?想不通啊!过去毛主席讲的革命道理他一下子就理解了,但他现在却怎么也理解不了自己儿女的所作所为"[①]。然而,中国的变化叫世人"瞠目结舌",一切都变得那么不可思议而又合情合理,田福堂终于在变化面前不得不接受了既成的现实,他不但"终于彻底回心转意",承认了儿子的这桩婚姻,还把儿子儿媳妇和两个同母异父的孩子都接回了双水村。"福堂像城里离退休的老干部一样,从领导岗位上下来的时候,理直气壮地向组织提出:他可以退,但要安排他的儿媳妇在村中的小学教书。没有人对他的要求提出异议。是呀,无论怎样,福堂在村里当了几十年领导,现在他要下台,这点人情全村人都情愿送他。这样,红梅就当了双水村小学教

---

① 路遥:《平凡的世界》(第三部),见《路遥文集》(第五卷),陕西人民出版社1993年版,第357页。

师。这也给了我们一个情感上的满足——我们多么愿意不幸的红梅能有一个良好的生活开端。现在,丈夫田润生和她热恋如初。福堂两口子也抛弃了世俗的偏见,开始喜爱她了。田福堂拿出全部积蓄,向前和润叶又支援了一千元,给润生买了一辆四轮拖拉机,这小伙现在走州过县搞起了长途贩运……"①

尽管田福堂是带着沉重的历史惰力在慢慢向前移动,但是,他毕竟在变,而且变得和以前大不一样了。路遥是一个对整体变革中的人生有着特殊兴趣的作家,他所描绘的人生都充满了这样那样的缺憾,而意义也恰恰就在这充满缺憾的过程本身。在《平凡的世界》中,类似田福堂这类人物的变化并不是他一个,那个曾经是双水村"无产阶级革命家"的孙玉亭也在变。在孙玉亭身上,我们看到了"革命"将"革命"否定的过程。孙玉亭在双水村是一个"一身三职"(大队党支部委员、农田基建队队长、贫下中农管理学校委员会主任)、有文化、常坐主席台的"人物"。"只有在这社会的大风大浪中,他才把饿肚子放在一边,精神上享受着一种无限的快活。"忠厚的庄稼汉孙玉厚当年没有把他造就成个人物,而革命已经俨然使他成为一个别样的人物了。不论从政治上还是其他方面说,他是当然的"双水村革命事业的接班人",他想要接田福堂的班,"带领双水村人民,继续沿着毛主席的革命路线前进"。作为村里学校的贫管会主任,他一直为贫下中农没有占领教育这块阵地而"痛心",他"庄严"地思考着要改变这种状况,要将"双水村资产阶级把持教育阵地的历史"从他手里结束。当他听到田福堂的"哭咽河畅想曲"(农田基建设想)的"浪漫设想"后,他不仅能借题发挥,长篇论述这件事的"伟大意义",而且,把这"伟大意义"的"本质"用毛主席的两句诗词高度概括:高峡出平湖,神女应无恙。在路遥笔下,孙玉亭是一个极左路线在农村基层的忠实追随者和鼓吹者。在极左方面,他比田福堂有过之而无不及。他是一个一天不革命心里就难受的人物。时代变了,"玉亭对公众事务的热情没有变"。如果说,他过去的"革命热情"不仅多余,而且深有危害的话;那么,现在他

---

① 路遥:《平凡的世界》(第三部),见《路遥文集》(第五卷),陕西人民出版社1993年版,第459—460页。

"热情"的本质却不同了。你看他，在乡土社会愚昧之风蔓延之时，一些乡民大搞"修庙造神"，"村中其他领导对此睁一只眼闭一只眼，唯有玉亭明察暗访，一旦发现谁敬了神鬼，重则批评，轻则讲一通当年'政治夜校'学下的'唯物论'观点……"而以巫神刘玉升和金光亮（《平凡的世界》中的人物）为首的"庙会"，在中途就塌垮了，这塌垮在很大程度上也要归功于孙玉亭，是"共产党员孙玉亭激愤地自己掏钱买车票跑到县上把这些'牛鬼蛇神'告了一状。在乡县有关人员的干涉下，刘玉升等人的建庙活动被制止了"。①对双水村新学校的庆祝会，孙玉亭比一般人更热心，他同自己那位也喜于公众事务的老婆、村民委员兼妇女主任贺凤英，比任何人都奔忙：

> 玉亭夫妇的忙碌，不能不使我们想起十年前在这同一地方召开的那次批判会。我们会想起当年的二流子王满银，死去的老憨汉田二和下山村那个"母老虎"……十年过去了，玉亭夫妇和村民们又在这里忙着准备会场。不过，这里将要举行的不再是批判"资本主义"的大会，而恰恰是为了表彰一个发家致富的人为公众做出的贡献。这完全可以看作是整个中国大陆十年沧桑变迁的缩影。十年，中国的十年，叫世人瞠目结舌，也让我们自己眼花缭乱！②

历史就是以缺憾的形式，在普通人的命运中一次又一次地完成着自己的蜕变。路遥在这些平凡的人生故事中，传递出生活繁复的旋律，其中渗透了对历史运动的理解。历史是无数人活动着的过程，是生活方式的不断延续更新，是文化的生成递嬗，是人性的由恶向善，是文明的不断进步。在这个缓慢的充满矛盾的过程中，多数的个体人生都是微小而有缺憾的，充满了悲剧性和喜剧性的交叉，历史内容和现实演进的交叉。一道"人生和人性"的轨迹，也就体现着一道历史的轨迹。

---

① 路遥：《平凡的世界》（第三部），见《路遥文集》（第五卷），陕西人民出版社1993年版，第460—461页。

② 路遥：《平凡的世界》（第三部），见《路遥文集》（第五卷），陕西人民出版社1993年版，第459页。

像王满银、田福堂、孙玉亭这样的人物形象，他们的性格特点不仅仅来自政治上和道德上的弱点，而是和生活方式的变革中不可避免的文化思想冲突发生着深刻的联系。只有当他们所隶属的文化背景，所赖以存在的生活方式，首先在经济关系上开始动摇瓦解的时候，他们的性格才会逐渐发生转变。而在这个转变过程中，他们所经历的令人感同身受的巨大痛苦，正是时代变革的阵痛所呈现的重要的内容。

显然，路遥是把人民看作无数普通人的集合，而无数普通人的生活命运又是历史的本来形态。这种历史意识使他的作品避免了过去创作中某些作品一直存在的把人民理想化、神圣化，因而也是抽象化的弊病。《平凡的世界》中的冯世宽也是一个不断克服历史惰性而走向成熟的人物。这个曾担任过县革委会主任后又被提升为地委行署专员的领导干部，更是一个处于城乡"交叉地带"的特殊人物。当年，在史无前例的"大革命"中，他是极左路线的忠实随从者和执行者，他和以田福军为代表的县委"右倾机会主义路线"进行过针锋相对的斗争；他是那样真诚地执行着"毛主席的无产阶级革命路线"，不顾一切地领导全县搞"农业学大寨"。无疑，他给本县造成的灾难是深重的。随着时代的巨变，当年身居"第一把手"的冯世宽却戏剧性地变成了他路线上的"死对头"田福军的"副手"。然而，冯世宽却并不耿耿于怀，他毕竟是共产党多年培养出来的领导干部。提起过去的事，他总是心里觉得内疚。他不仅全力支持田福军的工作，而且建立起一种互相信任的新关系。他真正认识到，社会的变化，使他过去的那一套做法完全不行了。"他是个有一定文化程度的人，读书和学习使他能较快地甩掉一些过时的包袱；尽管气喘嘘嘘，但竭力跑着想撵上时代前进的步伐。"[①]而他对工作还是那样的真诚和热情。路遥无意于对这些人物粉饰或者贬抑，或者给这些风云人物脸上涂上英雄的油彩，而是始终抓住他（他们）行为中根源于现实矛盾的内在动机，从而勾勒出一个人命运的主线。

---

① 路遥：《平凡的世界》（第二部），见《路遥文集》（第四卷），陕西人民出版社1993年版，第212页。

恩格斯说:"历史是这样创造的:最终的结果总是从许多单个的意志的相互冲突中产生出来的,而其中每一个意志,又是由于许多特殊的生活条件,才成为它所成为的那样。这样就有无数互相交错的力量,有无数个力的平行四边形,而由此就产生出一个总的结果,即历史变革……"[①]路遥通过城乡"交叉地带"这一创作的特殊视角,对当代中国复杂变化的生活情景和多种人物的生命活动,进行了宏大的史诗性的动态展示,给我们呈现出一部沉郁雄壮的滚滚向前的历史交响曲!

[①] [德]恩格斯:《恩格斯致约·布洛赫》,见《马克思恩格斯选集》(第4卷),人民出版社1975年版,第478页。

第三章 路遥的乡土情结

一、现代中国作家的乡土意识

乡恋、乡情、乡思等诸种乡土情结①作为人类的一种天性,一种心理、情绪,一种情感的寄托和归宿,在自有文学以来的历史上反复地出现和衍变。毋庸置疑,不管人们如何赞美土地,看重土地,依恋乡土,都不过分,因为,人总是"地之子"。自有人类诞生以来,土地便成了满负着人类历史文化的载体,联系着人类生存的最悠长的历史和最重复不已的经验。人类文明进程的每一步履,都粘连和凝结着土地的哀欢,更何况它在文学中又是远远胜于爱情主题的最重要的母题。

人类历史在经历了无数次的劫难和痛苦之后,将土地分割成大大小小的区域,人们有了自己得以栖身的具体的生存空间,有了对某一个地域、一种人生环境的确认,于是,家园意识、乡土意识、爱国意识、民族意识油然而生,既是自然的,又是情感的、情绪的。然而,对于整个人类文明的历史进程来说,这一切并不意味着满足,因为这一切对于人类的前景意义来讲仅仅是其漫长的历史过渡中的一个阶段,它困扰着、折磨着、养育着同时也丰富着人的生存的诸种"甜蜜的痛楚"。这诸种"甜蜜的痛楚"始终成为人属于大地、生命属于世界的有力表征。

人类学家在论证乡土情结时将其追溯到人类的远古阶段,认为原始初民有关人与特定地域之间有一种神秘的感知。"每个图腾都与一个明确规定的地区或空间的一部分神秘地联系着,在这个地区中永远栖满了图腾祖先们的精灵,这被叫做'地方亲属关系'"②。"每个社会集体(例如澳大利亚中部各部族)都感到自己与它所占据的或者将要迁去的那个地域的一部分神秘地联系着……土地和社会集体之间存在着的互渗关系,等于是一种神秘的所有权,这

---

① 乡土情结是指,在人类历史长河中,人们所特有的对自身生存空间的那种内心深处的眷念、固守以及偏爱等诸种情感因素。
② [法]列维-布留尔:《原始思维》,丁由译,商务印书馆1985年版,第84页。

种所有权是不能让与、窃取、强夺的。"①这应是乡土情结的萌发之始。这种神秘的空间体验也与人类祖先的其他文化经验一样,经由精神遗传,影响着此后人们对其生存空间的知觉形态。

哲学家则把乡土情结上升到人类思维和探求世界的本源,认为"哲学原就是怀着一种乡愁的冲动到处去寻找家园"(诺瓦利斯)。哲学家的这个定义之所以能撼动人们的心灵,是因为它把哲学同文化的创造、文学艺术的创作紧密地联系起来,把科学语言说不清、道不明的宽广朦胧情绪领域统统网进了哲学活动的范围。比如,作为一种哲学,宗教的探求就充满了一种朦胧的情绪。音乐、绘画和诗歌的美妙也在于表现这种朦胧的情绪,这些情绪皆可归结到绵绵不绝的乡愁和寻找自己的家园的冲动。从这一意义上讲,我们也可以把乡土情结视为人类在生命进程中为自己寻找归属的愿望在心理上的一种显现。因此,寻找精神上的家园,这也是人类的一种天性,是人类的生命本能。这种寻找摆脱的办法,也就是寻找精神的乐土,寻找失去的家园,寻找遭受惩罚的原因,同时也寻找超脱。

在人类漫长的历史进程中,乡土情结不但作为一种个体生命的心理意识而存在,而且渗透进一种社会文化的内容,成为一个民族群体的历史潜意识的积淀。也就是说,它已经归结成为某种观念、某种情感或情绪的原型,在人类文化史、文学史上反复地显现。明白了这一点,我们就不难理解鲁迅在谈到乡土文学时,为什么要特别指出它与勃兰兑斯所说的侨民文学的区别。因为19世纪法国的侨民文学,大都描写侨居国的风光习俗,多异域情调,而没有乡土文学的乡土灵魂,二者的主题类型是不同的。无疑,鲁迅所说的乡土灵魂是特指那种生存于具体地域空间的人们对本乡本土内在精神的领悟、思考与开掘。

随着自然科学的发展,神话的地位沦落了;随着人文科学的进步,上帝死了;随着历史学的深化,"大同说"也失去了魅力。然而,现代文明的发展也给人类带来了空前的精神危机,人们的心灵在科学的冲击下倾斜了。文明的

---

① [法]列维-布留尔:《原始思维》,丁由译,商务印书馆1985年版,第114页。

进步与人类精神的惶恐间的巨大反差，使人类自身深深感觉到生命的痛楚和人性的压抑，人是多么渴望拥有一片使精神安宁、使灵魂得到抚慰的乐土啊！理解了这一点，我们就不难理解西方自卢梭并历经叶芝、乔治·桑、劳伦斯、哈代、弗罗斯特、T.S.艾略特、福克纳等而形成的一股对人类旧有文化的那种挽歌式的"回归"潮流，更不难理解中国现当代文学中一大批作家乡土情结深沉的文化底蕴和对民族心理结构的思考与重构。

乡土情结并不全是由现代文明引来的人类的逆向文化心态所致，在其现当代意义上，它无疑与人类文明同野蛮的交战、消长相适应。而在20世纪世界文化竞争、融汇的格局中，必然会敦促人们格外重视民族的历史、民族的文化，使人们从历史的深井中去寻找和发掘民族的荣光，以加快人类文明的进程。而乡恋、乡情、乡土意识等诸种乡土情结也是对民族历史文化及其品格的一种富有深刻意蕴的心理情绪的反映，这种反映既是历史的，也是现世的，其文化心理意向是指向未来的。这也是对乡土情结的当代性的一种理解和诠释。

实际上，从某种角度看，人类的现代进程是以都市的形成与发展这样一种社会构体为标志的。那么，与此相应的便是：都市越发达的国家，与乡土的距离也就越大，情感也就越淡；而都市不甚发达的国家，与乡土的距离则相对较近，情感也就更浓。基于这样一种认识，我们就能够理解乡土情结为什么总是在西欧国家和美国等作家作品中不是那么显眼，而在一些比较落后的国家则异常突出。比如黎巴嫩这样的小国，却能产生出纪伯伦这样的乡土文学大师。而在拉丁美洲诸国，更产生出像加西亚·马尔克斯、胡安·鲁尔弗、巴尔加斯·略萨、米格尔·安赫尔·阿斯图里亚斯、克拉林、加尔多斯、阿索林、博尔赫斯、洛尔卡、塞拉、卡蒙斯、聂鲁达、亚马多等一大批享有世界声誉的作家，并在16世纪至20世纪的拉美文坛上接连不断地掀起以拉美本土为题材的美洲主义、印第安主义、地域主义、风俗主义、查罗文学[①]、高乔文学[②]、土著

[①] 墨西哥的文学作品中常以"查罗"为主人公。查罗，是墨西哥高原农民的统称。
[②] 阿根廷作家在作品中着力刻画具有鲜明民族特点的阿根廷草原上的拉普拉塔河畔的牧民——高乔人，从而形成了拉丁美洲文学史上独具特色的文学流派。

小说①、大地小说②，以及浪漫主义、感伤主义、自然主义、现代主义、克里约奥主义③、现实主义、新现实主义、表现主义、魔幻现实主义、创造主义、极端主义、结构现实主义等多种文学流派和思潮。拉美文学的"爆炸"效应不仅令世界为之震惊，而且使我们看到了这样的事实：乡土情结在某些民族的身上表现得相对淡弱，而在另一些民族身上（特别是那些与乡土更贴近的民族）则表现得更强烈、更富有文化穿透力。

中华民族诞生在原始农业社会的摇篮里，从远古时期开始，生命的繁衍和发展便牢牢地维系在土地上，因此，乡土情结在我们的民族心理中得到了充分的强化，从而形成我国民族心理结构的一个重要特点。著名哲学家冯友兰先生认为，"农业性"特征是中国哲学的"总背景"，也是中国文化的根基和前提：

> 中国是大陆国家。古代中国人以为，他们的国土就是世界。
>
> 古代中国和希腊的哲学家不仅生活于不同的地理条件，也生活于不同的经济条件。由于中国是大陆国家，中华民族只有以农业为生。甚至今天中国人口中从事农业的估计占百分之七十到八十。在农业国，土地是财富的根本基础，所以贯串在中国历史中，社会、经济的思想和政策的中心总是围绕着土地的利用和分配。
>
> 在这样一种经济中，农业不仅在和平时期重要，在战争时期也一样重要。……
>
> 中国哲学家的社会、经济思想中，有他们所谓的"本""末"

---

① 安第斯国家和中美洲一些国家中土著居民聚居，这些国家有不少优秀的土著文学作品问世，代表作家有危地马拉作家、诺贝尔文学奖获得者米格尔·安赫尔·阿斯图里亚斯等。

② 20世纪初，拉美作家以农村生活为题材，兴起"大地小说"。作品运用现实主义的手法，或揭露大庄园主的野蛮行径，歌颂印第安农民的反抗精神；或描写人与大自然的英勇搏斗。重要作品有《青铜的种族》《旋涡》《堂娜芭芭拉》《广漠的世界》等。

③ 18世纪末，克里约奥（即土生白人）要求摆脱宗主国束缚，争取民族独立的思潮风起云涌，被称为克里约奥主义，在文学上则表现为描写美洲本土题材的美洲主义。

之别。"本"指农业,"末"指商业。区别本末的理由是,农业关系到生产,而商业只关系到交换。在能有交换之前,必须先有生产。在农业国家里,农业是生产的主要形式,所以贯串在中国历史中,社会、经济的理论、政策都是企图"重本轻末"。

从事末作的人,即商人,因此都受到轻视。社会有四个传统的阶级,即士、农、工、商,商是其中最后最下的一个。士通常就是地主,农就是实际耕种土地的农民。在中国,这是两种光荣的职业。一个家庭若能"耕读传家",那是值得自豪的。

"士"虽然本身并不实际耕种土地,可是由于他们通常是地主,他们的命运也系于农业。收成的好坏意味着他们命运的好坏,所以他们对宇宙的反应,对生活的看法,在本质上就是"农"的反应和看法。加上他们所受的教育,他们就有表达能力,把实际耕种的"农"所感受而自己不会表达的东西表达出来。这种表达采取了中国的哲学、文学、艺术的形式。[①]

正是这种本质上的农的特性,更加深了中华民族与土地的密切联系,从而使我们的一切文化都来自土地。我们知道,黄河流域是中华民族的发祥地,这里土壤松软肥沃,面积广袤,草木丰盛,以农业为主的民族本身由于生产、居住条件的稳定,性格不像游牧民那样剽悍,感情不像游牧民那样奔放,人们的活动范围狭小,把一切希望都系念于土地。这就造成了民族性格的内向性、依附性、闭锁性、自足性。另一方面,由于长期的封建统治,中国的农民与西方中世纪的农民相比,具有相对的自主权,无论是自耕农还是佃农,都具有恩格斯所说的"自由农民"的意味;西方中世纪的农民都是隶农,从属于一个个的封建地主庄园,各方面都受到庄园主的严密控制。这造成了中国农民的农耕生产的主动性、积极性也要充分得多。正是在此基础上,才有了中国封建社会数千年的灿烂辉煌的盛景,才有历来为人们所称道的汉唐气象,才会使马

[①] 冯友兰:《三松堂全集》(第六卷),河南人民出版社2000年版,第17—19页。

可·波罗到达中国时惊叹这是世界上最富裕最先进的国家。

而在民族文化、民族心理方面，其农业特征也是显而易见的，是以农业生产为其潜在的而又强大的历史背景的：从孔子的"知者乐水，仁者乐山。知者动，仁者静。知者乐，仁者寿"①，老子宣扬的小国寡民，"鸡犬之声相闻，民至老死不相往来"，到陶渊明憧憬的"世外桃源"，古风犹存，礼义昭然；从孟子筹划的"十亩之田，五亩之宅"，种桑种粮养畜养禽，到太平天国的口号"耕者有其田"；即便是讲法制、讲帝王术的法家，其基本纲领仍然是重农耕、抑商贾，是以促进农业生产为根本目的的；董仲舒的阴阳五行说，是与农业生产的季候相对应契合的；中国传统文化的重血缘、重伦理，也是以宗法制的农业社会，以家庭为最基本的生产单位的现实为其现实依据和心理依据的。如果再从社会文化的角度来看，即便是到了现代，中国的城市还远远没有发达，它的宗法气息和农业根性实在比现代文明的冲击来得更深，周朴园（曹禺《雷雨》）、吴荪甫（茅盾《子夜》）哪个是真正意义上的"现代资产者"？就是当代今日，中国仍然是一个农业国。纵观世界历史，没有任何一个国家像我们这样一个农业国具有悠久的历史和强大的生命力，这样把农业国度的全部潜能和特性展现得淋漓尽致，这样对历史、现实乃至未来产生不可替代的影响。

因此，不了解"农业性"特征的中国，就难以理解民族的历史和文化，也难以理解中国现当代作家乡土情结的内在精神意蕴。

中国现当代作家的农业文化根性极深。他们中间，有相当一部分来自乡野（路遥更不例外），有深厚的土地之恋——农民式的恋情。这自然也很难说是中国现当代知识分子特有的精神现象，对于所有刚刚摆脱了对土地的单纯依赖的民族，所有刚刚走出土地的人们，都会有类似的感情倾向。而人类的土地之恋也许要与人类的历史共始终的。

  我是生自土中，

---

① 刘宝楠：《论语正义》（上），高流水点校，中华书局1990年版，第237页。

来自田间的,

这大地,我的母亲,

我对她有着作为人子的深情。①

为什么我的眼里常含泪水?

因为我对这土地爱得深沉……②

我爱土地,就像

爱我沉默寡言的父亲

……

我爱土地,就像

爱我温柔多情的母亲

……

我的诗行是

沙沙作响的相思树林

日夜向土地倾诉着

　　永不变质的爱情③

　　这是一种多么深沉、多么固执、多么真挚的爱!这种恋土之情如同土地本身一样蕴含丰厚、令人回味!正是这样一种与乡村、与农民的牢固的精神血缘联系,助成了中国知识分子特有的精神品格、气质,包括那种农民式的固执的尊严感。当路遥呕心沥血完成了他的长篇小说《平凡的世界》的时候,他没有想起别的,而是首先"再一次想起了父亲,想起了父亲和庄稼人的劳动。从早到晚,从春到冬,从生到死,每一次将种子播入土地,一直到把每一颗粮食

---

① 李广田:《地之子》,见卞之琳编:《汉园集》,上海书店出版社1993年版,第82页。

② 艾青:《我爱这土地》,见《艾青诗选》,商务印书馆2016年版,第63页。

③ 舒婷:《土地情诗》,见《舒婷诗文自选集》,漓江出版社1997年版,第76—78页。

收回,都是一丝不苟,无怨无悔,兢兢业业,全力以赴,直至完成——用充实的劳动完成自己的生命过程"①。于是,他以神圣的庄严感把作家的劳动和庄稼人的劳动联结在了一起:

  我在稿纸上的劳动和父亲在土地上的劳动本质上是一致的。
  由此,这劳动就是平凡的劳动,而不应该有什么了不起的感觉;
  由此,你写平凡的世界,你也就是这平凡的世界中的一员,而不是高人一等……②

而这不仅是一种尊严感——农民式的尊严感,你由此不也深刻地领悟到了中国现当代知识分子特有的价值观念吗?"中国现代作家乐于承认、告白他们与农民、与下层人民间的联系,几乎没有司汤达那个著名的小说人物那种关于自己寒微出身的卑屈感,却又大不同于中国古代文人的'布衣'的骄傲。"③

  何止情感、尊严感,只要我们稍加留心,便不难发现在他们中间,有多少人以"乡下人"自命!他们把自己本来就当作农民中的一员。沈从文一向自称"乡下人",而且是那样的执拗。蹇先艾也称自己是"乡下人"④。芦焚说过:"我是从乡下来的人,说来可怜,除却一点泥土气息,带到身边的真亦可谓空空如也。"⑤李广田则说自己:"我是一个乡下人","虽然在这座大城里住过几年了,我几乎还是象一个乡下人一样生活着,思想着……"⑥更不要

---

① 路遥:《早晨从中午开始——〈平凡的世界〉创作随笔》,见《路遥文集》(第二卷),陕西人民出版社1993年版,第94页。
② 路遥:《早晨从中午开始——〈平凡的世界〉创作随笔》,见《路遥文集》(第二卷),陕西人民出版社1993年版,第95页。
③ 赵园:《关于中国知识分子的随想》,见《艰难的选择》,上海文艺出版社1986年版,第352页。
④ 蹇先艾:《〈乡间的悲剧〉序》,见《蹇先艾文集》(三),贵州人民出版社2004年版,第373页。
⑤ 芦焚:《〈黄花苔〉序》,见师陀:《师陀全集》(第3卷　上　散文卷),河南大学出版社2004年版,第3页。
⑥ 李广田:《〈画廊集〉题记》,见《李广田文集》(第1卷),山东文艺出版社1983年版,第108页。

说"恂恂如农村老夫子"①的赵树理,差不多就是一个地地道道的农民。而路遥也称自己像个农民,生活"习惯和一个农民差不多"②……这种固守"乡下人"或"农民"身份的执着认同,映现着多重的文化内涵,也反映着他们的文化个性。

与农民、乡村、土地的联系,也的确影响到他们的思维方式,以至他们达到真理的独特道路。冯雪峰由艾青的诗中发现了"农村青年式的爱和理想"。在他看来,作为诗人的艾青,"他的诗的外表自然是极知识分子式的,但他的本质和力量却建筑在农村青年式的真挚、深沉,和爱的固执上,艾青的根是深深地植在土地上"③。这不仅对于艾青来说是这样的,而之于路遥,也是很恰当的。

二、乡恋:童年之梦

乡情、乡恋、乡思,在路遥的小说世界中,构成了重要的审美内容。作为一个在陕北黄土地上长大的、充满了农民的乡土观的年轻人,陕北黄土地的一切是渗透到路遥的每一个毛孔之中的。他曾说:"作为一个农民的儿子,我对中国农村的状况和农民命运的关注尤为深切。不用说,这是一种带着强烈感情色彩的关注。"④路遥的关注,不是爱与恨的交织、怨与哀的诅咒,而是以赤子之心的依恋,把自己融入生于斯长于斯的黄土地的。在此,我们不妨把莫言和路遥作一比较,可看出他们的乡土情感基调的不同。莫言对故乡的感受是

---

① 孙犁:《谈赵树理》,见《晚华集》,山东画报出版社1999年版,第160页。
② 路遥:《早晨从中午开始——〈平凡的世界〉创作随笔》,见《路遥文集》(第二卷),陕西人民出版社1993年版,第76页。
③ 冯雪峰:《论两个诗人及诗的精神和形式》,见《冯雪峰论文集》(上),人民文学出版社1981年版,第165页。
④ 路遥:《生活的大树万古长青》,见《路遥文集》(第二卷),陕西人民出版社1993年版,第376页。

复杂的,在离开农村十年之后,他这样写道:

> 我无法准确地表达我对故乡那片黑土大地的复杂情感,尽管我曾近乎癫狂地喊叫过:高密县无疑是地球上最美丽、最超脱、最圣洁、最英雄好汉、最能喝酒最能爱的地方,但喊叫之后,我依然、甚至更加悒郁沉重。我在那里生活了整整二十年,那里留给我的颜色是灰黯的,留给我的情绪是凄凉的——灰黯而凄凉,是高密留给我的印象。
>
> 离开故乡之后,我的肉体生存在城市的高楼大厦里,我的精神却依然徘徊游荡在高密荒凉的大地上。对高密的爱恨交织的情愫令我面对前程踌躇、怅惘。①

这也许是莫言对故乡爱得太深,所以,恨得太切。他显然是以一个知识者的心态,站在一定的现代文明的高度,反视乡土的;他依恋家乡,然而家乡的荒凉灰暗却使他感到无法忍受,他欲逃离这一切,也果真逃进军营,逃进城市,却发现,在新的生存环境中,他竟是这样格格不入,决然对立,不禁又急切地思念起家乡。然而,一旦踏上家乡的土地,他就又为新的幻灭感所俘获,急欲逃离……翻来覆去,不得安宁。这简直是一个怪圈,在无始无终的循环中,碾压着作家的敏感而忧伤的心灵。这已远远不是什么淡淡的忧愁,而是那种难言难诉、难解难分的切肤之痛在折磨着他:

> 去年暑假里,你在愤怒中无声地吼叫:我不赞美土地,谁赞美土地谁就是我的不共戴天的仇敌;我厌恶绿色,谁歌颂绿色谁就是杀人不留血痕的屠棍。……现在原野上是繁茂的、不同层次的绿,象不同层次的感情和不同层次的感情需要,象一个伪君子的十几副面孔。
>
> ——莫言《欢乐》

对于土地,对于生命的绿色,我们听惯了对它们的赞美,我们也许会想到郭沫若写作《地球,我的母亲》时,赤着双足,扑到地上,想与大地母亲亲

---

① 莫言:《高密之光》,载《人民日报》1987年2月1日。

热的狂态；我们也许会想到古人"池塘生春草，园柳变鸣禽"和"有风南来，翼彼陇亩"的欢喜。因此，当你读到上面这一段话，会令你大吃一惊，令你气愤不止，这里表现的是一种什么样的情感？

你当然完全可以说，这种感情太不健康、太颓唐、太灰暗了，可它之于莫言，却出自一种特定的心境。莫言的身心并不是健康地成长起来的，他从小是在极度的压抑和悒郁中生活的；说他有一点儿病态，有一点儿近乎绝望的颓唐，是切乎实际的。他能够毫不掩饰地把这种情绪和盘托出，也表现了他的真诚；他把自己的真情实感——从生活底层和心灵深处掘出来的真情实感，沉甸甸地捧给读者，令人心灵战栗，反映出别一种乡土滋味的乡土观。

莫言写这恨爱交织，以至于咬牙切齿地诅咒的土地，是用他带有特殊的目光摄取那些病态地生活着的人们。鲁迅在评述陀斯妥耶夫斯基时说："陀斯妥（耶）夫斯基将自己作品中的人物们，有时也委实太置之万难忍受的，没有活路的，不堪设想的境地，使他们什么事都做不出来。用了精神的苦刑，送他们到那犯罪，痴呆，酗酒，发狂，自杀的路上去。"[①]莫言笔下的人物，也有类似的命运，以自杀而与不堪忍受的境遇决裂的不在少数。在作家心目中，土地的形象变了，人的形象变了，人与土地的情感、关系也变了。中国的农民，是最看重土地的，"靠种地谋生的人才明白泥土的可贵。城里人可以用土气来藐视乡下人，但是乡下，'土'是他们的命根"[②]。但是，这命根之于莫言这一代农民，其生活的境况却已经发生了很大变化。一方面，传统的小农经济在合作化、人民公社化的热潮中解体，生产和分配方式的变化，割断了农民与土地之间那种衣食父母般的关系；土地和劳动，不再成为他们生活状况的决定性因素，人对土地失去了兴趣，再也不会像《红旗谱》中的严志和那样，在失去土地之前捧一把泥土咽到肚子里。另一方面，走出乡村，告别土地，过一种新的生活，也是可能的；因此，土地失去了脉脉温情，却成了人们的生活桎梏，他们被束缚在那里，苦苦地挣扎着，遍布田野的绿色，仿佛大海洋，更使人们

---

① 鲁迅：《鲁迅论创作》，上海文艺出版社1983年版，第399页。
② 费孝通：《乡土中国》，生活·读书·新知三联书店1985年版，第2页。

感到有被湮没的危险。"你能体会到一个常年以发霉的红薯干果腹的青年农民第一次捧起发得暄腾腾的白面馒头、端起热气腾腾的大白菜炖猪肉时的心情吗？"（莫言《黑沙滩》）这就是莫言终于得以离开贫困和饥饿的土地，穿上军装之后的第一印象。然而，衣食温饱，在最初的陶醉之后，却把被物质的贫困掩盖下的精神的贫困凸现出来了。当年曾经在书本中寻找幻想的小天地，如今却感到了精神上的无所归依，强烈的农民根性使他无法化入他已经进入的城市，惨痛的记忆又使他拒斥家乡的那一片土地。于是，他变成了一个无可放置的精神上的流浪儿、漂泊者。

在这里，路遥对土地却表现出与莫言截然不同的情感。他有一种永远赞美不尽的激情，仿佛要把整个黄土地化入自己的胸中，融入自己的灵魂。他是把自己的整个生命和故土紧紧地融为一体的。同莫言一样，路遥的童年也是在饥饿和悒郁中度过的，但是，他对黄土地及世世代代繁衍生长在这块土地上的人们却没有丝毫怨恨，更不要说他想从精神上背弃他们。当马建强带着父老乡亲们的一片厚爱，背着"百家姓粮"①进城上学的时候，他首先想到的是：

> 我的亲爱的父老乡亲们，不管他们有时候对事情的看法有着怎样令人遗憾的局限性，但他们所有的人都是极其淳朴和慷慨的。当听说我父亲答应继续让我去上学后，全村人尽管都饿得浮肿了，但仍然把自己那点救命的粮食分出一升半碗来，纷纷端到我家里，那几个白胡子爷爷竟然把儿孙们孝敬他们的几个玉米面馍馍，也颤巍巍地塞到了我的衣袋里，叫我在路上饿了吃。他们分别用枯瘦的手摸了我的头，千安顿，万嘱咐，叫我好好"求功名"去。我忍不住在乡亲们面前放开声哭了——自从妈妈死后，我还从来没有这样哭过一次。我猛然间深切地懂得了：正是靠着这种伟大的友爱，生活

---

① 指《在困难的日子里》的主人公马建强靠全村人救济来的一点粮食进城上学的情景。

在如此贫瘠土地上的人们，才一代一代延绵到了现在……①

升腾在马建强胸中的是一种厚重的、伟大的黄土地精神，它代代延续，哺育着它的子孙。这种精神所凝聚的爱的力量，已不属于一般意义上的人道主义的友爱，而是属于最无私、最真切的奉献与牺牲精神。在这里，我们才真正体会到"母亲——大地"的深刻含义。也正是在这种精神的哺育下，马建强不仅度过了那些最困难的日子，而且他决心"把自己的全部青春和生命贡献给土地"。因为，他已经懂得了"劳动并不是一种耻辱，而是我们生活的基本要求。当个农民，对于土生土长的农家儿女来说，这样的命运是很平常的，无数的人都这样走完了自己生命的历程，末了，像一棵平凡的树木一样，从土地上长出来，最后又消失在土地里……"②马建强的认识绝不是农民意识，对于一个少年来说，之所以能产生这样的思想，是因为他已经深深懂得了生活在这块土地上的农民的艰难，他要把渗入自己血液里的黄土地精神重新化入黄土地，实现自己的人生价值。

路遥的乡恋，其始发点都不是对故乡自然景观简单的赞颂，而是由故乡景物和童年记忆凝结而成的精神氛围，是由别离勾摄出的惆怅苦恋，其中土地、家庭和亲人是乡恋情结最富有吸引力的磁场。在《生活咏叹调（三题）》中，当那个已经是现代化炮兵师的政委终年生活在祖国绿莽莽的西南边陲时，"梦里却常常是一片黄颜色"。这里的"黄色"，是一种阔大的土地意象，它说明军人常常生活在童年故乡的梦境里。当他再次回到已离别二十多年的故土时，"两只眼睛闪闪发光……他又终于看见了这亲爱的土地"。在他心目中，"黄色永远是温暖的色调"。而他永远是黄土高原上那个偏僻山村"大马河川"的儿子。路遥在此展示出一幅幅美妙、忧伤、生动的童年生活画卷，并通过军人的回忆，把过去的情景事物与现时的心境冲撞所迸发的乡恋情愫，活脱

---

① 路遥：《在困难的日子里》，见《路遥文集》（第二卷），陕西人民出版社1993年版，第101页。

② 路遥：《在困难的日子里》，见《路遥文集》（第二卷），陕西人民出版社1993年版，第166—167页。

脱地展示给读者。而"我"对那个曾经卖菜包子的大嫂的怀念,已不仅是对美好人性的单纯赞美,也是乡恋情绪的载体。从时空两维来说似乎均已远逝,而故乡和往事却难以抹去,故乡人、故乡情等等,在军人的思绪里滚滚翻腾,你瞧他:

> 望着无边的黄色的山峦,发出一声长长的叹息。哦,我的故乡,我的小镇,我的下水洞,我的焦二大叔,我的卖菜包子的大嫂,我的逝去的童年……我对你们所有的一切都怀着多么深切的眷恋和热爱!就是焦二大叔那只揪过我耳朵的手,现在对我来说,也像卖菜包子大嫂的手一样温暖。大嫂,你再用你那温热的手摸一摸我的头发吧。焦二大叔,此刻我也多么想再让你用你的手揪一揪我的耳朵,好让我再一次感受一下故乡那热辣辣的惩罚……①

这里的乡恋幻化出一股涌动的激情,以至于使军人产生了一种错觉,把眼前那个卖菜包子的小姑娘误当成忆念中的大嫂。当军人再度离开小镇子时,那"玄黄色的山峦,以及悬崖上垂挂着奶白色的冰凌",变成了"凝固了的激情"——这是一种永远剪不断的乡情。

同样,《杏树下》那个中年知识分子也是生活在童年的乡土回忆里。作品中,杏树已不再是实实在在的一棵树,它具有一种人化的品格,它夹裹着故乡山野的风,带着春天的温暖,轻轻地抚摸着他那已经"夹杂几根白发的头,抚摸他的脸颊,抚摸他的心"。而作品中的那个他忆念中的小萍,不仅是他甜蜜又痛楚的回忆中的童年的伙伴,而且她具有一种母性的柔情,这是故乡泛化出的母性的温情。这里,恋土却映照出了恋母。在古今文学史中,母爱和乡恋在情感尺度上常常是同律的。"慈母手中线,游子手身上衣。临行密密缝,意恐迟迟归。谁言寸草心,报得三春晖。"(孟郊《游子吟》)无微不至的母爱极能衬托出游子的孤凄和乡恋的醇厚。恋乡在此实际上也是恋母,或者是寻找生命的母体。怪不得在《杏树下》中,当那位中年知识分子从城市来到故土,追

---

① 路遥:《生活咏叹调(三题)》,见《路遥文集》(第二卷),陕西人民出版社1993年版,第309页。

寻他的生命母体的时候,总是反复不断地用"抚摸"这样一种带有母性化的语词传达着他的思恋之情。而母性的情思是刻骨铭心的,它将永远激励着、祝福着这个已经离开故土的人:

> 我相信,不论我们走向何方,我们生命的根和这杏树一样,都深扎在这块亲爱的黄土地上。这里使我们懂得生活是多么美好,从而也使我们对生活抱有永不衰竭的热情,永远朝气蓬勃地迈步在人生的旅途上……①

在这里,路遥又是将童年的乡土之梦拉向现实的人生追求,使乡情成为主人公生活的永恒的动力——而这一点,正是路遥生命世界中的重要内蕴。

三、农民式的乡土观和理想

当路遥从童年的乡土之梦中醒过来的时候,他对土地有了一种更深沉的思考与理解,并时时流露出具有强烈乡土意识的价值判断。他的乡土情结不仅与时代紧密相关,也和农民的生活命运密切相连。

在短篇小说《姐姐》中,路遥叙述了一个令人心酸的故事:温柔善良美丽的姐姐爱上了从省城来的插队知青高立民,她爱得是那样真挚,仿佛要把整个身心都融入他的心灵。然而,时代发生了巨大变化,由于高立民的父母平了反,他考上了北京的一所大学,姐姐期盼着、等待着……她等待的结果是一封高立民"忏悔"式的绝交信:"你是个农民,我们将来无法在一起共同生活。……再说,从长远看,咱们若要结合,不光相隔两地,就是工作和职业、商品粮和农村粮之间存在的现实差别,也会给我们之间的生活带来巨大的困难……"②

---

① 路遥:《生活咏叹调(三题)》,见《路遥文集》(第二卷),陕西人民出版社1993年版,第317页。

② 路遥:《姐姐》,见《路遥文集》(第二卷),陕西人民出版社1993年版,第241页。

然而，作品的重心并没有到此为止，它明确地告诉我们：人可以嫌弃人，但这"土地是不会嫌弃我们的"！"我们将在这亲爱的土地上，用劳动和汗水创造我们自己的幸福"。[①]这里的意义已超出对人性所作出的一种道德意义上的价值判断，它把人性提到土地面前加以审视，并最终为姐姐的出路作出了永远立足在这块土地上的唯一的人生道路的选择。而作品中的父亲，不仅是诚笃原朴的老一辈农民形象，从某种角度看，他又是土地的化身，因为他总是反复地叙说着，"我知道人家终究会嫌弃咱们的"，但"土地是不会嫌弃我们的"……显然，可以看到，路遥的乡土情结的深层流露出一种对城市文明的拒斥和排他心理，而对于土地，是带有一种农民式的乡土观念的固执，绝对维护它的厚爱和尊严。在乡村与城市的价值取向之间，路遥的心理意向是再明朗不过的。

这种农民式的乡土观渗透在路遥创作的各个角落，并从不同层次、不同身份的人物形象身上反映出来。同是以青年男女的爱情体现这一观念的短篇小说《风雪腊梅》，比《姐姐》更直接地反映出在城市与乡村之间的情感价值判断。冯玉琴身上，有着浓重的乡土味儿，当她像山里的"土特产"那样被吴所长（地委第一书记的夫人）用"权力"带进城里工作时，环境变了，她那山里姑娘的本色不变。她从内心爱着从小青梅竹马的康庄。对她来说，"亲爱的康庄哥虽然是个农民，但她爱他。这爱，是那熟悉的土地、熟悉的山路、熟悉的小河和熟悉的村庄长期陶冶出来的、和生命一样珍贵的感情结晶。对她来说，要割舍这种感情，就像要割舍她的胳膊腿一样"。正是由于这种从土地上培养起来的感情的厚重，她坚决拒绝了地委书记的儿子的纠缠。她清醒地看到，自己是"一个普通的农村姑娘，享受不了这种荣华富贵。她要是跟了地委书记的儿子，她将是这个家庭和她丈夫的奴隶——尽管物质上她一生可能会富有，但精神上她肯定将会是一个奴隶"。在她眼里，权力和金钱并不重要，"千块块

[①] 路遥：《姐姐》，见《路遥文集》（第二卷），陕西人民出版社1993年版，第244页。

金砖万两两银,买房买地买不了人……"①她决心和她亲爱的康庄在那"穷乡僻壤创造他们的幸福生活",哪怕是当一辈子农民,也是很值得的。但是,她喜爱的康庄却变心了,他羡慕城里人的生活;吴所长再次用她的权力给他找了一份"公家"人的差事,使他穿上了一身"工不工农不农"的衣服。冯玉琴悲哀、痛苦、绝望,她想用爱情的力量唤醒他、夺回他!她甚至这样苦苦地劝说他:"康庄哥,咱一块回咱村去吧!再哪里也不去了!咱就在咱的穷山沟里过活一辈子!天下当农民的一茬人,并不比其他人低下!咱吃的穿的可能不富足,可咱的精神并不会比别人穷的!康庄哥,咱一起回去吧!"她的这些从心窝里掏出来的话——这些使石头也会落泪的话,竟然没有打动这个从乡下进城的农民的心,他说:"我思来想去,咱可再不能回咱那穷山沟啊!我再过一个月就要转正哩!说心里话,好不容易吃上公家这碗饭,我撂不下这工作!……没来城里之前,还不知道咱穷山沟的苦味;现在来了,才知道咱那地方根本不是人住的地方……"冯玉琴震惊了、愤怒了——无比的愤怒!她斥责着这个没有骨头的人:"咱们的先人祖祖辈辈都住在那里,你爹你妈现在还住着,难道他们都不是人吗?我看你才不是人,是一条狗!"②冯玉琴毅然离开了给她留下深深精神伤痕的城市,怀着对家乡的一片深情,再次回到了她日夜思恋的山村。

同路遥其他一些作品的叙事模式一样,在《风雪腊梅》中,表层的男女爱情生活背后,传达出不可动摇的农民式的固守土地的观念。像冯玉琴这样的山村女子,在现时社会里,竟然不被一丝城里人的意识侵蚀;她可以舍弃爱情,但不能舍弃乡土。在这里,我们一方面为这样执着的乡土感情而赞叹,被这样一种纯洁的人格精神感染;可另一方面,不能不促使我们思考的是,像这样一种至死不渝的乡土观是否就能使农民真正从精神上解放出来?难道只有祖

---

① 路遥:《姐姐》,见《路遥文集》(第二卷),陕西人民出版社1993年版,第251—252页。

② 路遥:《风雪腊梅》,见《路遥文集》(第二卷),陕西人民出版社1993年版,第255—256页。

祖辈辈、一代接一代生活在那个山村,才能实现人格的健全和完美?而路遥正是从这一方面加以肯定和赞颂的。

在《青松与小红花》中,执着的固守乡土的意识变成了对土地的感恩。当那个留在村里的唯一插队知青吴月琴在"粗犷雄浑的高原大地上,……为了不使自己在霜雪风暴中枯萎",她付出了青春的代价。当她在经历了"一场感情上的大激荡"以后,她突然成熟起来,"她的一切看起来还是老样子,但精神上却经历了一次庄严的洗礼":

> 她从运生和运生的妈妈身上,看到了劳动人民的高贵品质。这些品质是什么恶势力都无法摧毁和扭歪的。这些泥手泥脚的人,就是她做人的师表!她不想再抱怨生活对她的不公平了,而要求自己在这不公平的遭遇中认真生活,以无愧于养育自己的土地和乡亲。她要一生一世报答这些深情厚意!
>
> 她好像一下子老成了。那双春波荡漾的眼睛一夜间变得像秋水一般深沉。①

吴月琴是被一种浑厚的乡土精神的巨大力量染化的,在这块土地上,她脱胎换骨地洗去了曾经历过的城市生活方式和情感方式,并使自己从心灵和情感上真正成了黄土地的子孙。尽管吴月琴最终又进入城市上了大学,但她在精神上仍属于乡土。路遥的农民式的乡土观决定着他不可能再向前一步,因为他自己的思想情感始终处在这样一个乡村世界中,他的乡土之根太深,使他的笔不能容忍任何悖逆乡土的行为。

即便是商品大潮冲击下的乡土社会,农民的思想在变,世界在变,但对土地的感情不能变。《卖猪》中六婶子的心地就像"大地一样的单纯",当那两个"干部模样的人"把她心爱的"猪娃娃"骗到"公家"的收购厂后,她"像一个探监的老母亲",一次次"把那瘦骨伶仃的手伸过铁条的空隙,抚摸着这个已经不属于她的猪娃娃",她"把那母性的辛酸泪一滴滴洒在了无情的

---

① 路遥:《青松与小红花》,见《路遥文集》(第二卷),陕西人民出版社1993年版,第277—278页。

铁栅栏下"。这个像"土地一样醇厚"的农村妇女怎么也想不到,在这块土地上,会有如此堕落的人性。

在《平凡的世界》中,孙少安是农村在变革浪潮中的最先觉醒者,他有随时代潮流行进的眼光和勇气,是他第一个在古老的双水村引来了机器声,办起了乡镇企业。他不但自己先要富起来,而且要使全村人都富起来。但他又是一个本分的农民,不愿意离开土地一步。你看他总是这样说:"咱们是农民的后代,出路只能在咱们的土地上。"对于自己的那片地,"他宝贵得不知种什么好,从庄稼到蔬菜,互相套作,边边畔畔,见缝插针。种什么都是精心谋划的——有些要补充口粮,有些要换成零用钱……他一年不知要在这块土地上洒多少汗水"。不管他怎样困顿、劳累,一旦进入了这个小小的天地,浑身的劲就来了。"有时简直不是在劳动,而是在倾注一种热情。"在孙少安眼里,属于他自己的这块地上的每一种收获,都将"全部属于自己。只要能切实地收获,劳动者就会在土地上产生一种艺术创作般的激情……"[①]孙少安的这种爱土地的激情,也体现在爱他的妻子上。他看到自己的妻子在有了孩子以后,更不讲究穿戴,经常是一身带补丁的衣服,便会记起很小的时候,那时还年轻的母亲也是穿着一身缀补丁的衣裳。他会立刻产生"像土地一样朴素和深厚的母亲"这样一种情思,而且"想起来就让人温暖,让人鼻根发酸。少安很喜欢妻子这身打扮,他希望自己的儿子也能记住这样一个母亲的形象……"[②]在这里,作者又显然是把爱情—土地—母亲联系起来,土地在这里作为最本质的、最富有感情的、最能使人动情的中介,它不仅可以使爱情更加深切,又具有母亲般的温暖和柔情。可以看到,在孙少安这个青年农民身上,路遥那种农民式的土地意识和农民式的爱情和理想是多么深厚和富有诗情。

作为一个农民企业家,孙少安的最大野心和最高理想是真正一辈子在石

---

① 路遥:《平凡的世界》(第一部),见《路遥文集》(第三卷),陕西人民出版社1993年版,第169页。

② 路遥:《平凡的世界》(第二部),见《路遥文集》(第四卷),陕西人民出版社1993年版,第59页。

圪节或原西县"闹腾它一番世事",给村里人证明:孙家再不是过去的孙家!
"为老人建新家,这是孙少安多年的心愿。他决心要把父亲住的地方修建得比他自己现在住的那院地方更好。他要瞒着好强的弟弟,再添进双倍的钱,把这院地方搞漂亮。正如少平说的,某种意义上,这是为孙家立一块'纪念碑'。他不仅要用细錾出窑面石料,还要戴砖帽!另外,除过围墙,再用一色青砖砌个有气派的门楼——他有的是砖!"①而使他最满意的是:

> 这院地方现在成了双水村最有气派的。新窑新门窗,还圈了围墙,盖了门楼,样样活都精细而讲究。他还打算在他不忙的时候,请米家镇的著名石匠雕打两只石狮子蹲在门楼两边。据村里人回忆,旧社会只有金光亮他爸大门口有过石狮子。而那时,他父亲就在这老地主门上揽工种地。现在,孙玉厚的大门口要有威风凛凛的石狮子了……②

这里,再清楚不过地表现出,孙少安是把立足于本乡本土做人、立人作为精神追求的最大满足,因为在他心目中,只有"双水村是他生存的世界,他一生的苦难、幸福、屈辱、荣耀,都在这个地方……"③孙少安尽管是改革浪潮中乡土社会的最先觉醒者,但小生产者的眼光仍然局限着他,他不可能向更高的文明层次瞩目;孙少安仍然处在小生产意识包围的汪洋大海之中,他的"好日子"理想也仅仅是以达到旧社会地主家门口有"威风凛凛的石狮子"为显富标志。在此,我们再一次警觉到,一些农民有可能先富起来,但精神上并没有获得彻底解放,在他们身上,仍留有传统思维的巨大阴影;他们有可能是改革以后中国乡土社会中的农民带头人,但也只能是农民式的带头人。而作者对他的人物倾注了满腔热情,并给予了赞美和歌颂,没有进行更深层次的文化

---

① 路遥:《平凡的世界》(第三部),见《路遥文集》(第五卷),陕西人民出版社1993年版,第379—380页。
② 路遥:《平凡的世界》(第三部),见《路遥文集》(第五卷),陕西人民出版社1993年版,第420页。
③ 路遥:《平凡的世界》(第三部),见《路遥文集》(第五卷),陕西人民出版社1993年版,第433页。

心理的开掘，再一次反映出他那种农民式的乡土观和农民式的理想给他视野带来的局限。

也许，路遥已经看到了他笔下人物身上的这种局限性，如作品中对孙少安在发达起来不愿露富和又不甘心寂寞无闻的两难心境的揭示，但难以割舍的乡土情感使他不可能从理性上达到揭示农民意识的更高程度。巨大深沉的乡土意识笼罩着路遥整个的精神空间，使他往往从情感上为他的乡土人物抹上了一道浓重而动人的光环，而总是让人觉得缺少了一点冷峻——一种对乡土的峻切审视。

而从心理的角度看，路遥的这种乡土情感牢牢地植根于他的童年。童年的生活和记忆对一个人一生经历的影响不能说是起决定意义的，但却是潜在的无法割舍的。童年的路遥对生他养他的这块土地上的一切太熟悉、太难忘了，更何况他经历了饥饿和因生活贫困不能维持生计而被亲生父母给人的遭遇。成为一个知识者的路遥即便是进了城以后，也是绝对不会忘记这一切的。他的根还在农村，在他忆念中的土地上；他的理想也就是建立在为改变自身命运和使农民有饭吃而且能吃饱、有富余的基础之上的；而一旦农民真正过上了这种日子，他也就心满意足了。这不能不说是他农民式的乡土观念和农民式的精神理想的心理基因。而这一点，恰恰既促成了他，同时局限了他。

冯友兰先生曾指出："农的眼界不仅限制着中国哲学的内容，……而且更为重要的是，还限制着中国哲学的方法论。……农所要对付的，例如田地和庄稼，一切都是他们直接领悟的。他们纯朴而天真，珍贵他们如此直接领悟的东西。这就难怪他们的哲学家也一样，以对于事物的直接领悟作为他们哲学的出发点了。……而在审美连续体中没有这样的区别。在审美连续体中认识者和被认识的是一个整体。"[①]哲学家是用哲理化的语言概括出了中国文化的一个重要特征；而作为文学家的路遥，在对乡土和他的农民父老兄弟的认识上，也同样处于"认识者和被认识的是一个整体"这样一种同一的境地。

[①] 冯友兰：《三松堂全集》（第六卷），河南人民出版社2000年版，第24—25页。着重号为作者所加。

四、富有哲学意味的乡土

路遥曾说:"从《人生》以来,某些评论对我的最主要的责难是所谓'回归土地'的问题。通常的论据就是我让(?)高加林最后又回到了土地上,并且让他手抓两把黄土,沉痛地呻吟着喊叫了一声'我的亲人哪……'。由此,便得到结论,说我让一个叛逆者重新皈依了旧生活,说我有'恋土情结',说我没有割断旧观念的脐带等等。首先应该弄清楚,是谁让高加林们经历那么多折磨或自我折磨走了一个圆圈后不得不又回到了起点?"[①]

在此,路遥提醒我们要弄清是谁让高加林重新回到了土地,让我们顺着作者的思路谈开去。《人生》是路遥不可多得的精品。在与这部作品大约先后出现的农村题材的小说中,最常见的大都着眼于农村的社会变迁和新旧势力的冲突,从而停留在就事叙事、摹写生活的水平上,使作品成了生活表象的记录。而这部小说,不仅与众不同地带有浓重的哲理色彩与普遍的人生意识,更重要的是它触及了中国农民乃至整个中华民族精神构成中最重要的元素之一——乡土观念。路遥是带着他多年的思考和探索来开掘人与土地、土地与人这样一个民族深层文化——心理结构的重要命题,并引导人们进行富有哲学意义的再思考。

首先,作品给我们提供了一个让人反复咀嚼的问题,即高加林对乡土的态度问题。高加林在这一问题上陷入了迷途。他本来就是土地的儿子,他出生在土地上,在故乡的山水间度过梦一样美妙的童年,但进城上学以后,身上的泥土味渐渐少了,与土地的联系少了,感情淡薄了。土里长出的一株苗,却不愿把根扎在土里,害怕在土地上生活,"看不起山乡土圪垯"。他不情愿像他的父辈那样生于黄土,刨挖于黄土,终老于黄土。他对他父亲和德顺爷说:"你们有你们的活法,我有我的活法!我不愿意再像你们一样,就在咱高家村

[①] 路遥:《早晨从中午开始——〈平凡的世界〉创作随笔》,见《路遥文集》(第二卷),陕西人民出版社1993年版,第64页。

的土里刨挖一生"。①作品清楚地告诉我们：高加林不满足于农业生产状况的落后，不满足农村生活方式的平静闭塞，这显然不失其为有着追求新生活的进取性的一面，但遗憾的是，他缺乏扎根土地，在家乡的土地上实现自己理想的决心。他一方面痛苦于农村落后，另一方面缺乏改变它的信念。他心灵中片面追求自我价值的倾向，促使他总想展翅高飞，到大城市去发展自己的前途，寻找自己的理想乐园。殊不知理想的乐园正在怀抱他的大地之中。他企图依靠个人孤独奋斗去争取自己的前途，殊不知生他养他的大地母亲才是他力量的最深厚的源泉。高加林之所以能读书并能读到高中毕业，获得满身才能，是因为他的父辈们在黄土地上终年刨挖供他上学的结果。

当高加林被挤掉教师职位，第一次复归到土地上真正变成了一个农民时，他感到理想破灭，心灰意冷，而恰恰是德顺爷的教诲和巧珍的爱情给了他安慰，使他在不幸时感到了精神的充实和感情的富有。当他"走后门"当了县委通讯干事，而事情败露，又一次被退回农村时，他感到"自己孤零零的，前不着村，后不着店"，而乡亲们再一次真诚地安慰他："回来就回来吧，你也不要灰心！""天下农民一茬子人哩！逛门外和当干部的总是少数！""咱农村苦是苦，也有咱农村的好处哩！旁的不说，吃的都是新鲜东西！""慢慢看吧，将来有机会还能出去哩。"②乡亲们的掏心话使他感到温暖。德顺爷像一个热血沸腾的老诗人和哲学家再一次给予他人生的启迪："你也再不要看不起咱这山乡圪崂了。……就是这山，这水，这土地，一代一代养活了我们。没有这土地，世界上就什么也不会有！是的，不会有！只要咱们爱劳动，一切都还会好起来的。再说，而今党的政策也对头了，现在生活一天天往好变。咱农村往后的前程大着哩，屈不了你的才！"③高加林经过生活激流的冲洗，认识到

---

① 路遥：《人生》，见《路遥文集》（第一卷），陕西人民出版社1993年版，第162页。

② 路遥：《人生》，见《路遥文集》（第一卷），陕西人民出版社1993年版，第193、196页。

③ 路遥：《人生》，见《路遥文集》（第一卷），陕西人民出版社1993年版，第198—199页。

追求理想不能脱离养育他的土地和家乡的人民,他扑倒在德顺爷脚下,两只手抓着两把黄土,沉痛地呻吟着,喊叫了一声:"我的亲人哪……"

显然,《人生》的主人公高加林所走过的人生道路是一个圆圈:他离开了乡土,最后又回到了乡土。路遥不仅通过这种无情的客观现实肯定了乡土对一个农村青年难以摆脱的牵坠力,而且通过高加林扑到故乡土地上的深深的忏悔来表现其内心痛楚,这其实也是路遥自己对乡土的深情和无保留的认同。路遥有意识地让高加林离开土地后处于精神流浪和灵魂失重的状态,而让他再次返归土地时终于找到了自己真正的人生支点与归宿。小说中的德顺爷,无疑是一个饱经风霜的老人,他一再用自己的人生经验去影响、教诲高加林:不能脱离开乡土,不能没有扎在乡土的根。一旦断了根,高加林不但成为人生道路和精神上的弃儿,而且还要受到应有的惩罚。

任何爱情选择其实也是人生道路的选择,高加林先是爱上巧珍,后来又爱上黄亚萍,表现了两种人生意识在他身上的冲突:走出土地的高加林已经比那些世代代生活在土地上的人们和他同时代的农村青年要幸运得多,而他还要抛弃有金子般心灵的巧珍,这不但为社会道德舆论所不容,而且,受到责难、惩罚,让他再回到村里去似乎是理所当然的;而高加林在抛弃了巧珍之后最终又被黄亚萍抛弃,这种仿佛是宿命般的戏剧式的结局设置流露出了作者鲜明的倾向性。读《人生》,你会感觉到弥漫于作品中的浓郁的乡土之情,以及建立在这种情绪之上的强烈的恋土恋乡观念:从乡土自然美的描绘和人情美的赞颂直到对乡土人生的哲理升华。小说这种"只有扎根乡土才能活人"的生活观念再一次引起我们思想上的抗拒。作品流露的不仅是一种典型的农民式的乡土观念和家园理想,而且富有农民式的生活经验的总结和哲理概括(德顺爷是典型代表,而路遥的思想则是通过德顺爷表现出来的)。

实际上,这种乡土观念和乡土人生的出现可以追溯到乡土中国遥远的过去,由于几千年来乡村生活超乎寻常的稳定性,这种观念遂成了代代相因的群体记忆,农的意识、农的思维、农的生活哲学成为民族文化——心理结构的深深积淀,并且一直延续到今天。因为长期自给自足的生产方式所决定的极其狭窄的生活天地，也因为祖祖辈辈食啄于乡土的严峻的生活经验，中国农民长期形成了一种对于土地无法动摇的情感依赖和一种把乡土诗化、神化的宗教般的虔诚心理和崇拜意识。正是对乡土外面世界的无知造成了这种作茧自缚、安土立命、生活哲学不变的封闭心态，进而发展成了维护旧的生活方式、风俗习惯和道德伦理的顽固的保守惰性。乡村后代只有扎根乡土才能立足，《人生》中德顺老人仅凭对乡土的朴素情感而发出的非理性的、近乎蛮横的断语是地道的农民乡土观念的表现。农民式的乡土观念不可避免地浸染了包括知识阶层在内的整个中国社会，因为中国从来就是一个农业国，农的意识笼罩着中国的历史和文化；中国士层的根也是农，只不过士层用文化知识表达着农民所无法表达的思想观念和理想。由此，从德顺爷这种纯情感而非理性的乡土观念的形成，以及不用判断而用历史经验直接作为价值取向的意识深层中，我们一方面在感叹他们美好人性的同时，却不能不为我们的父辈、祖辈的生活方式、生存观念的陈旧而充满同情并感到无比的忧痛和悲哀；同时，我们也清醒地看到了这种农民式乡土观念的落后和蒙昧。尤其在21世纪的今天，这种观念就越发显得与时代精神的总格调格格不入，甚至成了年轻一代必须抛弃的历史重负。而我们的作家一时难以挣脱这种旧观念的束缚是可以理解的，但作家们必须警醒自己并逐渐认识它的真实内涵。

尽管路遥在《人生》中对乡土人生有含情脉脉的深深的留恋和呼唤，但他自己的理性认知还是清醒的（这是因为，文学作品往往是作家受感情的驱使的结晶，一旦创作灵思的闸门打开，往往不受理性的支配）。例如，他就说过以下这样的话：

> 我们最终要彻底改变我国广大农村落后的生产方式和生活方式，改变落后的生活观念和陈旧习俗，填平城乡之间的沟壑。我们今天为之奋斗的正是这样一个伟大的目标。这也是全人类的目标。
>
> 但是，不要忘记，在这一巨大的历史进程中，我们也将付出巨大的代价，其中就包含着我们将不得不抛弃许多我们曾珍视的东西。
>
> 这就是我们永恒的痛苦所在。

> 人类常常是一边恋栈着过去,一边坚定地走向未来,永远处在过去与未来交叉的界限上。失落和欢欣共存。尤其是人类和土地的关系,如同儿女和父母的关系。儿女终有一天可能要离开父母自己要去做父母,但相互之间在感情联系上却永远不能完全割舍……①

这是完全符合历史发展实情的理性思考。因为,人类历史文化的发展有它无法割断的承传性,文明的不断进步也是对历史的惰性不断清刷的过程——这是一个充满忧伤和痛苦的漫长过渡。"人们自己创造自己的历史,但是他们并不是随心所欲地创造,并不是在他们自己选定的条件下创造,而是在直接碰到的、既定的、从过去承继下来的条件下创造。"②从这一意义上讲,《人生》在路遥的创作中无疑是深刻而富有哲理思考的,它毕竟从乡土中国的深层探触到古老民族文化心理结构的内在动律,并提醒我们从另一面认识当代乡土中国儿女们的精神世界、生活和理想,这便是《人生》所具有的复杂内容之一。

---

① 路遥:《早晨从中午开始——〈平凡的世界〉创作随笔》,见《路遥文集》(第二卷),陕西人民出版社1993年版,第65—66页。
② [德]马克思:《路易·波拿巴的雾月十八日》,见《马克思恩格斯选集》(第1卷),人民出版社1975年版,第603页。

第四章 路遥与中国传统文化

一、儒化色彩

如同上面一章所分析的，路遥的根在乡土，他的忧伤和欢乐全部系在乡民身上，这势必形成他与中国传统文化有着血肉般的联系。他的创作，折射着对传统文化的思考、情感趋向、价值判断，以及对传统文化走向当代的命运的审美理解和难以摆脱的困惑。这一切，又构成了路遥创作的文化心理结构的重要内蕴。请先看路遥自己的陈述：

> 当历史要求我们拔腿走向新生活的彼岸时，我们对生活过的"老土地"是珍惜地告别还是无情地斩断？
>
> 这是俄罗斯作家拉斯普京的命题，也是我的命题。
>
> 哲学的断定是一回事，艺术的感受是另一回事。艺术家的感受中可能包含哲学家的判定，但哲学家的判定未见得能包含艺术家的感受。理性与感情的冲突，也正构成了艺术永恒的主题。
>
> 拉斯普京曾写了《告别马拉礁》，揭示的正是这一痛苦而富于激情的命题。
>
> 我迄今为止的全部小说，也许都可以包含在这一大主题之中。[①]

这里所说的"老土地"，应该是具有丰富含义的广义上的文化象征，由此引申，它也应该是指中国传统文化的总象征。因为，农是一切中国文化产生的根基，农的生活方式，农的人生理想，农的生存观念，也是一切中国文化得以发展和延续的基本条件。而"富于暗示，而不是明晰得一览无遗，是一切中国艺术的理想，诗歌、绘画以及其他无不如此……中国的传统，好诗'言有尽而意无穷'。所以聪明的读者能读出诗的言外之意，能读出书的'行间'之意"[②]。

基于此，我们有必要首先探讨路遥文化心理结构中的基本因素。路遥的

[①] 路遥：《早晨从中午开始——〈平凡的世界〉创作随笔》，见《路遥文集》（第二卷），陕西人民出版社1993年版，第66页。

[②] 冯友兰：《三松堂全集》（第六卷），河南人民出版社2000年版，第14—15页。

小说是他直面人生的产物，也是他内在人格精神的宣泄和外化。他对自己创作的要求是："第一点要广阔，第二点要体验，不仅仅是外在形态的体验，而更注重心理、情绪、感情上的体验。既要了解外部生活，又要把它和自己的感情、情绪的体验结合起来。"[①] 从这里可以进一步理解作家创造的人物世界。路遥显然是一位主客观混合型的作家：一方面，他按照生活的本来面目塑造现实中丰富多彩的人物；另一方面，他笔下的人物又是他心灵的外现，是他的理想、希望、情感的具象化。他看到了现实世界的全部复杂性，但却在自己的作品中把世界还原为明确的和富有感情色彩的基本单元——善与恶、好与坏、光明与黑暗，"特定历史和社会环境中不同人的生活到底怎样，这正是文学应该探求的。他们类似或不同的思想、欲望、行为、心理、感情、追求、激情、欢乐、沉沦、痛苦、局限、缺陷；他们与社会或自然环境的矛盾；与周围其它人的矛盾；自身的矛盾；等等。我们会发现十恶不赦的坏蛋不是很多，但'完人'几乎没有。这就是实际生活中的人"[②]。他笔下所有富有光彩的人物形象诸如高加林、孙少平、孙少安、巧珍……都具有这种人的复杂情感。而再仔细审视，路遥总是把自己的全部感情都表现和寄托在善的一面，满怀激情地描绘了他们美好的精神世界，在他们身上，既有社会主义新人的优秀品质，又有中华民族的传统美德，诸如振兴民族的责任感、奋进者的斗争精神、高度的原则性，以及舍生取义的豪侠之气、安贫乐道的静虚原则、实现道德的自我完善等等。有时为了取得内心的平衡，这些人物不惜压抑一己的个性，压抑作为人的各种正常需求。如《平凡的世界》中，田润叶和李向前的结合，在还没有爱情的时候，竟违心地维持着表面上的"模范夫妻"；金波为了他心爱的草原姑娘的牺牲精神到了一种神化的程度。《人生》中的巧珍、德顺爷爷更是被赋予了一种理想化的人性——他们是美和善的化身。还有《惊心动魄的一幕》中马延

---

① 路遥：《答中央广播电视大学问》，见《路遥文集》（第二卷），陕西人民出版社1993年版，第444页。
② 路遥：《早晨从中午开始——〈平凡的世界〉创作随笔》，见《路遥文集》（第二卷），陕西人民出版社1993年版，第67—68页。

雄为了广大民众的献身精神……这种对人性善、人性美的揭示，基本上是以中国传统的伦理道德为标准并显示其创作的价值取向的。

有人认为，在对中国传统文化的接受过程中，路遥竭力汲取的是儒家文化，而非道佛文化，他是将传统的儒家文化与中国的现代文化进行了新的整合或补充。这是对作家主体极富有洞察力的见解。可以看到，路遥文化心理中所承袭的儒家文化，主要表现在他的理性认知能力和积极入世的人生态度。这种积极入世的人生态度直接渗入了他的小说创作。在他笔下，凡是积极奋进、功利观强，在人生的道路上历经磨难而不屈不挠的人物及其行为，总能得到他的赞美。他塑造了一系列高考落榜或辍学后的生活强者的人物形象。其中给人印象突出的有高加林、杨启迪（《夏》）、卢若琴（《黄叶在秋风中飘落》）、高大年、冯玉琴、孙少平、孙少安、田润生、郝红梅等等；即便是这些同龄人中的幸运者，像田晓霞这样的考上大学的高干子女，也决不陶醉于幸运，而是努力创造富有独立个性的人生价值；像郑小芳这样的林学院高才生，却放弃在大城市工作的优越环境，固执地跑到毛乌素大沙漠荒凉而贫瘠的土地上实现自己崇高的人生目标。在这些不向挫折、不向命运低头的奋斗型人物身上，明显地寄托了作者儒化的审美理想。不仅如此，路遥还把儒家积极入世的人生态度注入当代人的生存意识，他写出这些人物在非常的环境下顺应社会，"不择手段"地加入社会的竞争行列，如高加林的弃旧恋新，孙少平为当矿工"走后门"、求医生，孙少安为发展砖厂"请客吃饭"等，但由于作家的主导方面是积极入世的，这些人物总是得到了他的深切同情和偏爱。有时，路遥格外突出他们的倔强、执拗与"士可杀不可辱"的硬汉品格，马建强那种因饥饿自卑而不自贱的内在忍耐力和心灵的纯真；孙少平在超负荷的劳动磨难中坚守自己人格的尊严，决不受别人小利的刚直品格；马延雄为人民利益而不顾个人得失与生死的硬朗的崇高精神，以及特写《病危中的柳青》中因病魔缠身、外表瘦弱却灵魂傲然，用燃烧着的生命创作的柳青；作家自己的带有象征性的名字"路遥"和他在"不潇洒"的创作劳动中奋进不息的身影等等，都显豁地表现出传统的儒家风范。即使如《黄叶在秋风中飘落》中的高广厚，在其看似懦弱的灵魂中，也被植入了忍中见强、理中见义、克己成礼的儒生原型。

这些人物的精神世界和行为不独体现在个人奋斗的人生道路上，更是和国家、民族的利益联系在一起。儒家提倡修身、治国、平天下，强调一种为整体而献身的精神，因此，即使像高加林这样的个人奋斗者，在抗洪救灾的危难时刻，也热血沸腾，异样地表现出一种"冒险精神"，"需要牺牲什么，他就会献出什么"。"先天下之忧而忧，后天下之乐而乐"的崇高思想和追求"廓然大公"的高尚境界，在马延雄身上更是得到了富有现代意义的强化。他身上所表现的"苟利国家生死以，岂因祸福避趋之"（林则徐）的气概，显示了强烈的为国家、为民族、为整体的献身精神，更表现出一种共产党人彻底的公而忘私、大义凛然的牺牲品格。正是从国家利益和整体利益的原则出发，在个人对他人、对社会、对群体的关系上，儒家强调"义以为上""先义后利"，认为要"见得思义""见利思义"，反对"见利忘义"，主张"义然后取"；"君子喻于义，小人喻于利"，并不是把君子和小人看成是固定不变的两种对立的道德模式，而是一个判断君子与小人的评价标准。对此，在路遥笔下，算不上君子的六妗子在垂手即得的利益面前却表现出君子式的情操，不沾公家一点光：

> 她对"公家"的感情是无法用语言表达的。她过去为了"公家"，曾没明没黑地在麻油灯下做过公鞋；在碾磨上推碾过公粮；在农业社里，只要是公家的，就是一粒麦穗穗，她也要拾起放在公场的庄稼垛上。①

这个近乎愚昧的农村妇女身上，却有着闪光的人性。而《风雪腊梅》中的冯玉琴，宁可抛弃城市生活，蔑视权贵，取义舍利的精神品格，更折射着作家儒化的人格标准。即使像孙少安这样的农民式带头人，在赚了钱后，首先想到的是为双水村修建学校（尽管他心理上也有出人头地的思想），施利于民，造福于民，表现着儒家"义以为上"的做人准则，只不过它体现在一个现代型

---

① 路遥：《卖猪》，见《路遥文集》（第二卷），陕西人民出版社1993年版，第331页。

农民企业家的身上。

由此可见，路遥对儒家刚勇有为的积极进取的人生态度的汲纳和表现，垫高了他笔下人物形象的思想境界；他将儒家这种富有实践理性意义的文化精神注入当代最广大普通人民的生活追求、生存观念和有自觉创造意识的生命实践活动，使中国古典文化之精华获得了富有当代意义的生命活力。

二、道德意识与伦理观念

路遥曾说，对于"刘巧珍、德顺爷爷这两个人物，有些评论家指出我过于钟爱他（她）们，这是有原因的。我本身就是农民的儿子，我在农村里长大，所以我对农民，像刘巧珍、德顺爷爷这样的人有一种深切的感情，我把他们当做我的父辈和兄弟姊妹一样，我是怀着这样一种感情来写这两个人物的，实际上是通过这两个人物寄托了我对养育我的父老、兄弟、姊妹的一种感情。这两个人物，表现了我们这个国家、这个民族的一种传统的美德，一种在生活中的牺牲精神。我觉得，不管社会前进到怎样的地步，这种东西对我们永远是宝贵的，如果我们把这些东西简单地看作是带有封建色彩的，现在已经不需要了，那么人类还有什么希望呢？不管发展到任何阶段，这样一种美好的品德，都是需要的，它是我们人类社会向前发展最基本的保证"[①]。这里，再清楚不过地说明了作家对他偏爱的人物的感情基调来源：一是乡土，一是传统。

19世纪德国著名美学家谢林认为，一切艺术家情感的表露在古代都被解释为某种神力的感召，它们现在表明"它们是非自愿地被驱使到作品的创造过程中去的"，一部作品于完成之际，便产生"一种无限和谐的感觉"，艺术家把这种感觉"不是归因于自己，而是归因为他天性中有意而为的韵致"。

艺术家之投身于创作并非有意而为，甚至是顶着某种内心阻力

[①] 路遥：《关于〈人生〉的对话》，见《路遥文集》（第二卷），陕西人民出版社1993年版，第416页。

而行的(因此才有古人的"与上帝相会"等说法,尤其是因此才有"他人一口气,召我灵感来"的观念)……艺术家尽可以是目的明确的,但是,就其创作中真正客观的东西而言,他似乎总是受到某种力量的影响,这种力量把他同所有其他的人分离开来,迫使他去表现或描绘那些连他自己也不完全清楚的东西。这种力量的意义是无限重大的。[①]

在此,谢林本人对作家主体创作情感活动的阐释,实际上作了一种半形而上学、半心理学的解释:作家的创作过程之所以得以进行,其动因乃是某种执着的需求,想要在他的整个生命的根源处起作用的意识和无意识之间最终完成创作的过程。而对于大多数中国现当代作家来说,创作乃是出自一种自觉的、有意识的、有目的的活动,如众多中国现代作家把文学作为"武器"甚至于"匕首""投枪",来参与社会革命和民族解放的斗争;特别是像路遥这样一个有着强烈使命感、责任感和参与意识的作家,他的创作和他塑捏的人物无疑是他审美思维的结晶,并具有鲜明的价值取向。

具有浓烈乡土人格的路遥,对民族传统道德始终保持着极大兴趣,这种文化性格与中国现当代绝大多数作家文化性格的普遍特征相一致:他们在精神上(灵魂深处)几乎都是背负着几千年传统文化的重压,满溢着发展意识的历史感,向往着文化的现代化。而对于传统文化中积极的精神养料,诸如伦理的自觉、道德意识的强化、人性的善美等,他总是以满含青睐的眼光,积极地汲取,创造性地投射于他的人物身上。读路遥的作品,总觉得他将人写得太美、太善,以至于我们不能不怀疑在商业文明急速发展的中国当代社会中,是否还会有这样美好的人性?是否还存在像刘巧珍、德顺爷爷这样的好人、善人;是否还有像孙玉厚、孙少平、孙少安、田润叶、田晓霞、李向前、冯玉琴、高广厚、金波、田润生等这样一些从各个侧面展露和烘托人的本性即善、人的德行即美的平凡人的存在。不难发现,路遥之所以对他的人物倾注了全部的热情,

---

[①] 转引自[美]M.H.艾布拉姆斯:《镜与灯——浪漫主义文论及批评传统》,郦稚牛、张照进、童庆生译,北京大学出版社1989年版,第329页。

一方面是生于斯养于斯的黄土地培植了他终生难以割舍的乡土感情；另一方面，是巨大的道德力量支使着他、驱使着他、塑捏着他理想中的人物，因为道德意识作为人性美、人性善的最基本的素质和条件规定着人性的内容，它不仅是属于个人的，而且是属于社会整体的。"伦理道德是文化心理结构的内在肌素，是一个民族的精神面貌的重要反光镜。从人类文明演进的历史看，人类自身不断地从原始、蒙昧、荒蛮、积弱中解放出来，推进着人类文明的发展；可是，在长期的历史发展中，由人类自身所创造的文化反过来又制约着人类，作为衡量文化进步程度的文明反过来又制约着人们的心理。伦理道德作为文化心理的深层结构充分显示着人类精神文明的进程和趋势。"①基于此种原因，路遥是满怀着对民族精神中优美德行的重塑愿望，力图通过自己的创作，不是从局部的、浅层次的意义上看取传统文化在当代的命运，而是要真正借助传统文化中于当代社会、于当代人有益的营养和水分，实现中国人精神面貌的文化上的调整与心理上的治疗。

与他的积极入世的人生态度相一致，路遥所直接得到滋养的文化源泉仍然是儒家思想中富有实践意义的人性论、伦理价值、道德观念（具体表现为人性善，人性美，并以健全的道德意识与人格作标准），并使它在平凡人的世界中得到较完美的体现。

儒家哲学的基本特征是把理想的道德和伦理意识作为衡量处世做人的价值标准，注重道德的文化的势力，强调伦理、心理原则，满足人们的情感需求，使之溶解于人们的日常生活和心理，又以此构成了儒家最重要的哲学实践。在艺术方面，它强调应以表达伦理情感为中心及追求伦理情感的和谐。从孔子提出的诗"可以群，可以怨，迩尔事父，远之事君"（《论语·阳货》），到《礼记·经解》篇对"温柔敦厚"的诗教的概括；从公孙尼子关于"乐以道和"（《礼记·乐记》）的主张，到欧阳守道关于"原舜乐之所自，本乎父子慈爱之间，推而达诸宇宙民物之生意"的表述，都充分地体现了这一特点。

---

① 赵学勇：《沈从文与东西方文化》，兰州大学出版社1990年版，第130页。

与其他民族的文学相比，描写伦理情感乃是中华民族之所长。中国古人强调以表达伦理情感为中心及追求伦理情感的和谐的审美趣味，产生了不少堪称"天伦之爱至情至性之作"。更重要的是，由儒家所形成的这一套文化思想，在中国历史的长河中，已无孔不入地渗透于广大人民群众的观念、行为、习俗、信仰、思维方式、情感状态、生活习惯之中，自觉或不自觉地成为人们处理各种日常事务和生活的指导原则，亦即构成了民族的某种共同的心理状态和性格特征。在客观上，儒家的这一套文化思想由理论形态已积淀和转化为民族的一种文化——心理结构，不管你喜欢不喜欢，它已经是一种历史的和现实的存在。尽管它经历了阶级、时代的种种变异，但却保有某种形式、某种结构的稳定性、固化性，构成了我们民族文化和民族心理的某种重要特征。并且，它有其不完全不直接服从、依赖于政治、经济变革的相对独立性和自身发展的规律。加之中国是一种长久的稳定型农业社会结构、农业经济形态、农业文化性质，儒家文化思想以及由它转化成的民族某种共同的心理状态和性格特征，虽然经奴隶制、封建制、半封建半殖民地等各个阶段，但它并未遭到重大破损，而且，儒家所规范的宗法血缘关系及其相应的思想观念体系也长久地保持了下来，这正是儒家学说以及由此形成的民族文化——心理结构得以长久延续的主要原因。而且，从另一意义上看，它既已成为一种比较稳定的文化——心理结构，形成了民族性格的重要质素，就具有适应于各种不同阶级、各种不同层次和身份的人物以相对独立的功能和作用。如果否认这一点，便很难解释一个民族的文化、心理、思想、性格、艺术所具有的继承性和共同性等诸种问题。

路遥的文化心理结构和创作中，明显地体现着儒家文化思想体系的把理想道德和伦理意识作为衡量处世做人的价值标准和审美取向。他笔下的人物形象，无论是父辈一代，还是奋斗者的年轻一代；无论是走向城市的农村知识者，还是扎根乡土甘当农民的农村新人，都无不闪烁着道德的光彩。作家在通过文学形象体现道德的价值时，往往采取以善美与丑恶交叉、对立的形式，赞颂美化前者，否定鞭挞后者，作出他基本的价值判断和取向。

《风雪腊梅》中冯玉琴与康庄、与所长在城乡的去留问题上的激烈冲突；《卖猪》中六婶子与"公家人"在善良的人性与失落的人格之间的较量；《姐姐》中姐姐与插队知青高立民在变化着的时代中爱的痛舍和爱的变故；《黄叶在秋风中飘荡》中高广厚与刘丽英，以及交叉着的卢若琴与卢若华兄妹间在淳厚的人性与虚伪的道德之间的心灵交战；《人生》中高加林在抛弃了巧珍后的自忏、自辩以及心灵上的矛盾……这一切，都无不深深地表现着作家强烈的道德意识。路遥把自己的人物放在道德的天平上进行审视，并鲜明地体现着他的价值判断和取向：扬善抑恶，在普通人的身上充分显示民族传统的优秀品德，"富贵不能淫，贫贱不能移，威武不能屈"，"唯义所在"，就是他笔下人物的生活和追求的人生价值观。

为了把传统的美好品德输入当代人的生活和生命意识，路遥甚至以理想化的审美情致，满含深情地塑捏着他心目中的"意中人"。刘巧珍身上，凝聚着作家对传统优美德行的礼赞和张扬。他曾说："我写的刘巧珍，就是这种长期的感情积累，她说不上是谁，也可能就是我所有故乡的姐妹们。我是不容易动感情的，但我写刘巧珍时，我很激动。写到她出嫁，我自己痛哭流涕，把笔都从窗户撂出去了。"[①]可以看到，路遥不想让他理想中的美型人物得到丝毫的损伤。在中国新文学史上，刘巧珍这一形象作为传统型妇女，一位美德集于一身的人物，可以同任何一位作家笔下的此类人物相媲美。如果说沈从文塑捏的翠翠具有水一样的清澈、透亮、天真和无瑕；那么，巧珍却像陕北高原上土生土长的山丹丹花，纯朴、善良、真挚和不矫饰，她的品格是扎根在民族传统的道德观念和丰厚的民间文化土壤之中的，是黄土地的精灵之气孕育的。她虽土但不俗，不知书却达理，自卑而不自贱。她爱高加林，如痴般地爱着，但决不向爱乞求，她自始至终没有失掉自己的尊严；她可以为高加林而死，但必须以对方的爱情作为前提；她恨高加林，但更多的是怨而不是怒。她不像有些农村姑娘失恋以后，或者忍气吞声，甘愿在命运面前认输，或者死去活来，自寻

[①] 路遥：《早晨从中午开始》，北京十月文艺出版社2013年版，第164页。

短见，她反而从失恋中痛感到文化知识对于普通农妇的重要，反而以已嫁之身暗中扶助高加林而毫无报复的企图；她的可爱、善良和无私的奉献精神，足以使人们的精神为之升华。她的悲剧，也许是由于她太善良。从她身上，我们看到传统中特别是儒家文化从"爱人"出发，才能达到"人恒爱之"的人本主义的道德原则对作家深入肌理的影响，而"生我所欲也，义亦我所欲也，二者不可得兼，舍生而取义者也"[1]的儒家对人性的道德追求和向往的理想人格在路遥创造的人物身上的折射，更对人们的心灵有巨大的融化力量。

而德顺爷爷无疑是作家集传统美德与乡村老者于一体的力量的化身。在《人生》中，作家对这个人物虽然着墨不多，但他足以让人回味和尊崇。在中国乡土社会，每一个村庄里都有这种类型的父辈式长老，他们的言谈、行为，他们的精神对乡土社会的人们起着至关重要的作用；而他们又往往是道义的代表者、维护者，在乡村人的心目中有着崇高的地位，其精神感召力甚至超出了亲生的父母。这恐怕是路遥在《人生》中特意塑造这个人物的原因。德顺老汉打了一辈子光棍，但他有一颗极其善良的心。他爱村里的每一个娃娃，有一点好东西，自己总是舍不得吃，他对加林胜尤其疼爱，无微不至地关怀他。德顺老人不属于乡村社会中知书达礼的先生或文化人，但却有着乡土人生的全部智慧和知识，深懂如何做人的道理。当高加林抛弃了巧珍以后，他以父辈的身份和加林父亲一起进城劝阻加林：

"你把良心卖了！加林啊……"德顺老汉先开口说。"巧珍那么个好娃娃，你把人家撂在了半路上！你作孽哩！加林啊，我从小亲你，看着你长大的，我掏出心给你说句实话吧！归根结底，你是咱土里长出来的一棵苗，你的根应该扎在咱的土里啊！你现在是个豆芽菜！根上一点土也没有了，轻飘飘的，不知你上天呀还是入地呀！你……我什么话都敢对你说哩！你苦了巧珍，到头来也把你自

---

[1] 杨伯峻译注：《孟子译注》，中华书局2008年版，第205页。

己害了……"老汉说不下去了，闭住眼，一口一口长送气。①

德顺老人这段语重心长的话凝聚了一个农村长者最朴实、最深刻的人生经验，这发自肺腑的心里话像铅一样，沉甸甸地压向加林的心底。也许德顺老人已经预感到了加林的未来，当加林被生活的巨浪再一次打回农村时，又是他（这是作者的有意安排，从某种意义上看，德顺老人又代表着路遥心目中的一种土地精神，代表着这块土地上的父老乡亲的思想和意愿）给高加林以重新做人的勇气和力量，就连这个"傲气的高中生虽然研究过国际问题，讲过许多本书，知道霍梅尼和巴尼萨德尔，知道里根的中子弹政策"，也想不到"这个满身补丁的老光棍农民，在他对生活失望的时候，给他讲了这么深奥的人生课题"。②正是在德顺老人的感染和启迪下，高加林重新燃起了生活的勇气和希望。从德顺爷爷这一形象身上，我们看到了传统美德的内在力量。

这种道德的力量不仅是个人的，而且是社会的，它充分体现在普通人的生活与精神世界中。笔者以为，像田润生和郝红梅、田润叶和李向前的爱情结合，高广厚与刘丽英在经过挫折后的再次复婚，在很大程度上都是出自道义上的责任感和同情心，而非真正意义上的爱情。在他们身上，道德的力量胜于爱情的力量，道德的光彩更胜于情爱的光彩。路遥是把他的人物置于富有道德理性的审美意识和价值判断中，使这些人物带有乡土中国普通人生活和命运的真实感。

而道德之于家庭，则体现为人伦关系和伦理价值，强调每个人在人伦关系中的权利和义务。在人伦关系中，儒家特别重视父母同子女的关系，即"父子有亲"和"父慈子孝"。抚养子女和孝顺父母，是中华民族传统人伦关系中的最重要的要求。孝被称为一切道德的根本，是所有教化的出发点。《孝经》就曾提出："夫孝，德之本也，教之所由生也。"就是说，要想成为一个有道

---

① 路遥：《人生》，见《路遥文集》（第一卷），陕西人民出版社1993年版，第161页。
② 路遥：《人生》，见《路遥文集》（第一卷），陕西人民出版社1993年版，第198页。

德的人，就必须在根本上下功夫。儒家认为，父子关系，是社会中的一种最基本的关系，从一个人对待自己父母的态度，可以推断他对他人、对国家、对社会的态度。只有对自己的父母能够孝顺的人，才能报效国家。儒家的这一套伦理思想和价值观念渗透于中国人的文化血液里，极大地影响着群体的生活习惯和社会心理。

在路遥的创作中，我们可清楚地看到他受儒家的这种思想的影响，以伦理关系作为衡量道德之根本的审美倾向和价值取向。路遥将农村一代又一代人生活的悲哀和辛酸，同农村家庭生活、人伦关系的温暖情愫，溶解于人的经济、政治关系中，让严酷的人生氤氲在温馨而浓烈的人情氛围中，体现着他对传统美德的深沉思考，也是他人生态度成熟的又一表现。

在《平凡的世界》中，作家将传统的人伦关系主要渗透于农村伦理生活机制的描写中。孙玉厚的家庭生活正是千千万万农民的传统家庭生活的缩影。孙玉厚自幼丧父，家境贫穷，是他靠着庄稼人的本分和勤劳供养母亲，将弟弟拉扯成人。他靠着用苦力挣来的仅有的几块"钢洋"，发狠供弟弟上学，心想"说不定能把玉亭造就成孙家的人物"。如果这样，"他孙玉厚辛劳一辈子也就值得了"。然而，孙玉亭是个无法"造就"的人物。孙玉厚并不为此而过分地懊悔，为了给弟弟成亲，他背了几十年还不完的债；当弟媳提出分家时，他又让出了祖居的窑洞，自己携母带子借居别家。刚有了一孔属于自己的窑洞，大儿子少安的婚事又成为他人生的目标……而懂事较早的少安，"本来是念书的好材料"，也有一番人生的理想，但在家庭生活中，他又是传统伦理感情和人生义务的承担者，他是长子，为了弟妹的前程，"初中也没上，十三岁就回来受了苦"，帮助父亲支撑这个家。为了过庄稼人实实在在的生活，为了整个家庭，他牺牲了同润叶之间的爱情，选择了一个能吃苦、本分、诚朴的外乡女子一起生活，共同奔劳；他不仅将爱心给了妻子，而且给了整个家庭。他为妹妹兰香好意不收他的钱上学度日而扑到地面失声痛哭；即使当了农民企业家，他也首先想到的是为父母建造一院新窑，让他们过上好日子……变革着的时代虽然把孙少安推向了农民带头人的行列，但他身上的传统美德并没有失落，而是更加焕发出感人的光彩。

在《平凡的世界》中，孙玉厚一家的生活虽然很沉重，但少安和少平、兰花和兰香，都不去咀嚼自己的痛苦，而是将子女应承担的义务——照顾祖母、父母亲，照顾下一代猫蛋、狗蛋——融入了贫乏的物质生活。如他们给多年因病卧炕不起的祖母买药尽孝心和老人舍不得吃这一情节的描写，生动感人。家庭成员之间的关怀、体贴，以及建立在尊老爱幼基础上的人格平等，是他们人生感情的重要支柱。这种温暖的人伦之情绝不是作者复归传统或是他理想中的家庭关系，作者并没有把他们归结于封建道德观念熏陶的结果。尽管在实际生活中，这种人伦关系也可能包含着某种阻碍人性的封建毒素，但对农村父老的爱和理解、同情，却使作者情不自禁地把它作为人性的自觉因素，付诸平常的生活情境。劳动人民家庭生活中的爱及人伦义务，是和封建传统文化有质的区别的，它是封建伦理观念所无法戕杀的人之尊严，是人性的基本规范，是古老传统中的人性人情因素在中国乡土社会中的优美形态。它的奇异力量，融化着巨大的人间苦难，维系着人类一代又一代的生命繁衍。而对这种文化的确认，构成了路遥创作中普通人的生命意识的重要表现形式，也蕴含着作家的人生信仰。路遥曾有过这样的认识：物质生活的现代化必须同人心灵的美化同步发展，如果人类的物质生产很先进，但人一个个却像动物一样厮咬，这绝不是正常的人的生活。在路遥眼里，有变革的美，也有传统的美，两种美在生活中往往是交织在一起的。变革中，冲突的双方都可能展示一些美好的东西，需要相互吸取，各自扬弃，在对立统一中肯定积极的，否定消极的。这是作者的一贯思想，他的创作，也正是对传统美好人情和人性理想的寄托。

在这里，有必要对路遥文化心理结构和创作中受儒家思想影响，强调人伦价值、道德观念的审美意识进行再辨析。作为一个当代作家，为什么要在他的整体创作中以美化的形式将传统的道德观提到一个极崇高的境地？这是不是与他作为一个当代作家的现代意识相抵触？回答是否定的！举世公认的道德意识是中国文化的一大擎天柱，特别是"在一个农业国家，人们总是尊重过去，所以这些儒也总是最有影响"的。更何况"儒家学说的专用范围是社会组织，精神的和道德的文明,以及学术界"。①歌德在晚年曾经无限感叹地赞美中国人的道德感:"中国人在思想、行为和情感方面几乎和我们一样,使我们很快就感到他们是我们的同类人,只是在他们那里一切都比我们这里更明朗、更纯洁、也更合乎道德。"而且,在中国文学中,"许多典故都涉及道德和礼仪。正是这种在一切方面保持严格的节制,使得中国维持到几千年之久,而且还会长存下去"。②道德,作为一种推进人类文明的文化动力,历来成为衡量我们民族精神面貌并具有实践理性的重要价值尺度;并且,用审美的眼光看,它又成为特定意义上的区分善美与恶丑的重要标准。而儒学之所以能在几千年中国文化历史中占据极重要的地位,正是与它把道德与伦理意识提到中心位置密不可分。

身处中国当代社会的路遥,他的心理意向并非是要复活儒家的文化思想及道德意识。从他创作的一贯思想来看,他既尊重历史,更看重现在和未来:

> 我们必须重视历史,对历史和对现实生活一样,应持严肃态度。有的作品为什么比较浅,就因为它没能把所表现的生活内容放在一个长长的历史过程中去考虑,去体察。我们应追求作品要有巨大的回声,这回声应响彻过去、现在和未来,而这回声只有建立在对我国历史和现实生活广泛了解的基础上才能产生。③

正是基于对历史文化传统的当代性思考,路遥总是力图把传统文化中具有积极意义的精神资源输入当代人的生活,使传统文化中富有价值的精神素质获得了当代意义上的审美表现。

另外,从建国后的历史看,在经历了一连串的政治运动以后,过去道德的纯洁性和较为坦诚、真挚、友好的人际关系,遭受了极为严重的破坏,道德水准下降,社会风气恶化,人与人之间的虚伪成分大大增加。这种现象

---

① 冯友兰:《三松堂全集》(第六卷),河南人民出版社2000年版,第184页。
② [德]歌德:《歌德谈话录》,[德]爱克曼辑录,朱光潜译,人民文学出版社2003年版,第110页。
③ 路遥:《答中央广播电视大学问》,见《路遥文集》(第二卷),陕西人民出版社1993年版,第446页。

直接引起了包括路遥在内的当代作家极大的忧虑和反感心理,在他们中间,有些作家与之进行短兵相接的战斗,有些则另寻道路——面向自然——而且是不带人间烟火气的原始状态下的自然,用一种静默的心灵去感受天地似乎刚从混沌里分开的大海、大荒原、大森林之魂。文学作品出现了挽弓捕兽的猎手和手持野牛角的壮健的荒原人。文学闪耀着纯朴的、没有一丝虚伪的远古精神的光辉。另外一些作品则写天然状态中的、未经文明社会熏染、饱含中世纪情调的乡村和小镇的生活,勾画了一幅幅宁静平和的中世纪风俗画:"方宅十余亩,草屋八九间。榆柳荫后园,桃李罗堂前。暖暖远人村,依依墟里烟。狗吠深巷中,鸡鸣桑树颠。户庭无尘杂,虚室有余闲。"①这种曾在沈从文先生的作品中出现过的风景风俗画,今天,我们又从汪曾祺等一批作家的作品里领略了这种古风。与此同时,一些作家对这种自然状态里的原始的道德观念表示欣赏。淳朴的乡风,单纯的人际关系,两性之间无所顾忌的、并不丑恶的甚至带有天然美感的性行为,不分贫穷贵贱的无等级社会,总之,在一些作家笔下,这里的一切由一种原始的道德观念所支配,人更多的带有天真、朴实而又野性的自然属性。盘老五(叶蔚林《在没有航标的河流上》)一丝不挂,在蓝天下、碧水间亢奋地发出一声尖叫。岸边那些妇女们面对这具赤裸的躯体,并不十分讨厌地扬声骂着。光天化日之下,他挺起身子,顽童一般扑进清凉的河水,将肉体痛快地融入大自然。这种用文明社会的道德观念衡量无疑是一种有可能绳之以法的丑恶行为(至少被看成有伤风化),但在这种原始道德观念面前,却表现出一种自然生命的活力。张贤亮对马缨花(《绿化树》)所饱含的情感,无疑是一种原始的道德情感,显然不能用现代人的道德标准来衡量。

和这些作家比较,路遥的心理意向却显然不同。路遥是一个忧患意识很强的作家,以文学参与社会变革的强烈的当代承担精神时时促使着他,要反映和表现当代人的生活和斗争,而他是带着谴责的态度批评寻根文学的:"令人

---

① [晋]陶渊明:《归园田居五首·其一》,见《陶渊明诗集》,徐正英、阮素雯注评,中州古籍出版社2012年版,第77页。

费解的是,为了'寻根',是不是要号召所有的作家和艺术家深入到'原始森林'里去。"①他的《被马蹄耕耘的土地》以及其他许多作品,也都对原始生活持完全否定的态度。路遥从过去的生活中发现的是不人道、丑恶、肮脏、痛苦和令人窒息的黑暗,从而表示厌恶和愤懑。这种对历史的不同角度的观照,不同侧面的思考,反映着路遥不同的审美态度。他对传统文化中道德观念的当代走向的极其关注,其精神意向是要通过开掘农民身上所蕴藏的许多可贵的传统的心理、品格,写出这些传统文化因素在新的历史条件下的发展变化,以实现民族古老的文化心理及其人格精神在当代的创造性转化。而从传统文化心理中开掘富藏,以此表现农民心灵的当代重建,仍属于中国当代文化建设的重要内容。

三、现代理性与传统情感的冲突

中国农村的历史性转折,不仅引起了经济结构的变化,还引起了土地观念、职业观念、家庭观念、生存方式及价值观念等一系列变化,传统的伦理道德观念和审美观念遭遇到了空前的冲击和考验。农民的思维方式和生活方式也发生了新的变化。对于一个作家来说,如何把捉这种变化,无疑是至关重要的,它往往体现着作家反映生活的深度和广度,并从中闪烁着作家的审美态度。

诚如上面所探讨的,路遥在反映和表现这种种变化的时候,在他的文化心理结构中,由于受儒家文化的影响,表现出对传统的伦理道德观念的倾心关注,蕴含着他明晰的价值取向和审美判断。然而,这仅仅是他小说作品思想表现的一个方面,问题的复杂性还在于,对传统文化中积极精神资源的汲取和表现,始终遮掩不住作家强烈的忧患意识和现代理性,并时时表现为现代与传统

---

① [苏]谢曼诺夫:《〈人生〉俄译本后记》,见《路遥文集》(第二卷),陕西人民出版社1993年版,第425页。

之间的矛盾冲突，使现代与传统交叉、时代心理与世俗人文心态交叉、商品价值观念与人伦道德情感交叉……这一切，都在不断变化着的情势中构成了路遥创作的复杂性；同时，也表现出作家在价值判断上难以避免的矛盾与困惑。

首先，应该看到，路遥是一位具有清醒的现代意识的作家，他给自己的创作确定的准则是要"力图有现代意义的表现"①。这一旨意，无疑是指作者用现代意识对历史和现实进行观照之后的认识和表达。从他给我们展现的众多现实图景中，如果仔细审视，几乎都能感受到作者那种自觉、清醒的现代意识的择取和表现。中国的普通劳动群体，特别是农民群体，由于长期受制于封建文化的统治，造成了思想观念的异常封闭与落后。建国后，中国农民虽然在政治上翻了身，做了国家的主人，但在精神和心理上仍没有得到彻底的转换，"农的生活方式是顺乎自然的。他们赞美自然，谴责人为，于其纯朴天真之中，很容易满足。他们不想变化，也无从想象变化"②。农业文化的民族文化心理结构充分体现在它的群体性、依附性、内向性、和谐性等特征，这使中国的农民大都缺乏一种强烈的独立精神和自我意识。自我往往被群体消融，而这种消融于群体中的自我，又因其缺乏毕露之锋芒，却能够在互相依存中得到心理上的平衡。这样就造成无论是在民族内或在家庭内，都特别强调伦理的自觉和道德的责任，一种意识或一种意志，都不是限于个人的人格和利益，而是包罗着全体一般（群体）的共同利益。个性意识不存在了，个人的创造精神也就被湮没了。这种文化的长期积淀，势必形成民族缺乏创造机制，乐于安贫守道，不思进取，逆来顺受，心安理得。对此，自鲁迅以来的中国新文学的许多作家都把其视为国民的劣根性进行无情的挞伐，并且看成是自己作品的深刻处和支撑点。其意义是不言而喻的。但是路遥似乎执意要另辟蹊径，他不去着意开掘平凡世界中深藏在平凡人身上的民族劣根性，而是更多地发掘他们身上潜在的传统美德，特别是他们在社会变革中不断清刷历史的尘垢，克服自身弱点

---

① 路遥：《早晨从中午开始——〈平凡的世界〉创作随笔》，见《路遥文集》（第二卷），陕西人民出版社1993年版，第16页。

② 冯友兰：《三松堂全集》（第六卷），河南人民出版社2000年版，第26页。

走向自我觉醒的痛苦历程。

在《你怎么也想不到》中，郑小芳固执地选择在大漠工作，并以此作为自己人生道路的起点，显然，这是一种现代意义上的个性意识的自觉，她要以个人的意志创造幸福的未来。《人生》中，高加林的个人奋斗精神也不失其为一种个性意识的强烈表现，对于长期固守土地而不思变迁、也"无从想象变化"的大多数农民来讲，高加林的行动无疑是一种挑战、一种反叛。而人物自我意识的觉醒表现在《平凡的世界》中，更为显眼。我们看到，在孙少安、孙少平兄弟两个人物身上，作者表现了一代农村青年自我意识觉醒的两个阶段。孙少安的人生理想，是建立在"在双水村做一个出众的庄稼人"的基点上的，这当然也属于一种个性意识的滋长，他内心萌发的出众思想比起父辈那种光宗耀祖的唯一希冀来说，是一种时代的进步。而比起孙少平来说，孙少安的人生追求似乎还缺少一种更为宽阔的胸怀，一种更为自觉的个人奋斗意识。而孙少平的走向城市，是理性的、执着的，他要抛弃的是小生产者的思想意识和生产方式，他担心的是唯恐自己会在农村小生产者的汪洋大海里失去自我，因此，强烈的个性意识，促使他与一般的农村青年有着明显的不同，也是他甘愿领受苦难，在城市底层和煤矿的艰苦劳动中实现自我价值的直接动力。孙少平期望和追求的是，要努力使自己从思想上挣脱土地，到辽远艰苦的地方去经受磨炼，"哪怕是在北极的冰天雪地里；或者像杰克·伦敦小说中描写的严酷的阿拉斯加"去。他甚至渴望着一种壮烈的献身精神，让自己冲进无人敢救的火灾现场，哪怕是被烧死也在所不惜。正由于此，他才能在井下发生事故的关键时刻奋不顾身，保护战友的生命安全和国家财产。很显然，孙少平的内心充溢着一种强烈的憧憬新生活的情感冲动。在他身上，作者让我们感受到时代发展的必然趋势和社会变革的内在潜力。由此也不难看出，孙少平的自我意识的觉醒较之孙少安来说，显然是更高意义上的人生追求和自我价值的实现。而这种个性意识的强化，体现在田晓霞身上，又以不同的视角显示着其特色。在那个思想还没有大解放的年代，作为领导干部的子女，在较为优越的生活环境中成长起来的田晓霞，不仅没有一般干部子女的傲然与清高，反而具有一种平民意识。如她和孙少平的爱情是建立在充分理解、信任的基础上的,她这样认为:"她和他尽管社会地位和生活处境不同,但在人格上是平等的——这种关系只有在共同探讨的基础上才能形成。或许他们各自都有需要对方改造的地方;改造别人也就是对自己本身的改造"①。在她身上没有媚俗,有的却是真诚的挚念。她敢于独立思考,往往能够谈出让身为领导干部的父亲都无言以对的见解;她不顾忌孙少平在生活环境、工作事业方面与自己的巨大差异而热恋孙少平的举动,不仅是对传统世俗眼光的挑战与反叛,也显示出了她自我意识的成熟。她不同于《人生》中的黄亚萍,黄亚萍还做不到为爱情而嫁给一个农民,而她热恋的是一个"掏炭的男人"。如果没有这种强烈的个性意识,田晓霞恐怕很难主动要求去抗洪救灾前线,并为保护群众生命财产而献出宝贵的青春。

在《人生》中,路遥曾因让高加林在经历了许多挫折后最后又回到土地的问题上受到过一些评论的责难。为此,他极力为自己解辩,指出这"是生活的历史原因和现实原因,而不是路遥"②。如果不是因为社会现实的迅猛变革,即现实政策的变化,像孙少平这样纯粹的返乡农村知青,最终也只能是与高加林殊途同归。但是,我们也不能不看到在高加林的回归土地和孙少平的最终离开土地的问题上,作者深层意识上发生的变化,即作者观照现实的现代意识的强化。从某种角度看,孙少平性格的成长,是对高加林回归乡土以后有可能再进入城市的人生追求道路的再深入、再补充。路遥曾认为:"高加林虽然回了故乡的土地(当时是被迫的),但我并没有说他就应该永远在这土地上一辈子当农民。小说到此是结束了,但高加林的人生道路并没有在小说结束时结束;而且我为此专门在最后一章标了'并非结局'几个字"③。这说明,时代巨变的浪潮时时提醒着作家,不能不对他的创作思想进行调整,对他的人物的

---

① 路遥:《平凡的世界》(第二部),见《路遥文集》(第四卷),陕西人民出版社1993年版,第200页。
② 路遥:《早晨从中午开始——〈平凡的世界〉创作随笔》,见《路遥文集》(第二卷),陕西人民出版社1993年版,第64页。
③ 路遥:《早晨从中午开始——〈平凡的世界〉创作随笔》,见《路遥文集》(第二卷),陕西人民出版社1993年版,第64—65页。

命运进行再思考。同时,也反映出作家在受到责难后尽管当时满心不平予以辩解,冷静思索却又感到理在其中所引起的观念上的变化。因此,在《平凡的世界》中,他设计了让孙少平走出黄土地,甚至让孙兰香走出国门,这是改革开放发展的必然趋势,也反映着路遥作品的现代意识的不断深化。

  这种现代意识的深化,不仅表现在路遥所偏爱的人物身上,也体现在他对改革大潮整体趋势的把捉和审美运思方式上。他深刻描写了党的十一届三中全会以后,中央明确发布了允许一部分人通过劳动先富起来的政策对广大农村的冲击,以及不同人受到冲击的不同反应和表现。在受到冲击之初,一些人迷茫困惑,一些人彷徨观望,一些人跃跃欲试,少数人捷足先登,也有一些人痛苦失望。作者以对现实生活的深入观察,细腻真实地剖析了这种种人不同的心态,显露着作者清醒的现代意识。不仅如此,作者还通过对像田福堂、孙玉亭这样一些人可以说是迫不得已的变化,深刻地揭示了改革大潮的不可遏止之势。当田福堂面对急剧发展变化的形势还在迷茫痛苦之中时,他的瘦弱的儿子田润生却在划分责任组的队会上,请求孙少安、田海民不要与他甩手而走的父亲计较,诚恳表示他要辞去教书工作,到责任组去劳动。而田福堂后来也终于走上了"资本主义道路",到县城当起了包工头。"无产阶级革命家"孙玉亭在划分责任组后,最终也还是要为解决吃饭问题被老婆贺凤英咒骂着,扛起镢头出山去了。"大时代的浪潮不仅改变物质世界,更重要的是,也在改变人。许多原来没出路甚至看来没出息的人,变得大有作为,并且迅速走上了广阔的生活大道;而可悲的是,有的好人却变坏了,渐渐向堕落的深渊滑落……"[①]是的,像金富这样的以盗窃诈骗谋取钱财的人,终于被判处有期徒刑十八年;而像张有智这样的老干部,却在改革的浪潮中变得保守起来,失去了锐气和活力……在这些描写中,路遥把自己对社会变革的深刻观察和理解,给予富有现代意识的表现,使他的小说创作获得了具有全景式透视中国当代社会变革的审美景观。

---

 ① 路遥:《平凡的世界》(第三部),见《路遥文集》(第五卷),陕西人民出版社1993年版,第185页。

路遥的小说创作取得了很大成功,不仅得力于作者对现实社会诸多现象的清醒的现代意识的审美观照,同时也得力于在审美追求中呈现出的与其清醒的现代意识时而相矛盾的审美情趣。这表现在作品中则是人物情感世界风云变幻的传统性以及所反映的作者情感体验的传统性和价值取向上。

转折时期社会关系最明显的变动是经济关系的变动。社会经济关系的变动必然引起社会伦理观念、道德意识的变化。新时期以来农村题材的大量作品中,由于经济关系的大幅度变化引起的社会伦理关系、道德观念的变化,造成了作家创作主题的多向景致。尽管作家们对农村经济政策的调整表示了极大的热情,但对由此带来的(或可能带来的)社会伦理关系和道德意识的变动,却难以取一致的态度。如张贤亮的《河的子孙》和王润滋的《鲁班的子孙》就是典型的例子。前篇以外号"半个鬼"的农村基层干部对农村三十年社会生活的回顾,对经济关系的变动可能带来的整个社会的进步,表达了乐观的态度。后篇则在父子两代木匠由不同的生活信念所引发的伦理关系的破裂中,关注着乡村古朴的伦理关系在经济生活方式的冲击下日趋瓦解,忧虑拜金主义的狂热浪潮污染民风,流露出深刻的感伤情绪。

在这两种明显差异着的意向之间,蕴含着深刻的社会历史内容。在黑格尔那里,人类的伦理是由两部分构成的。其一,是神的,也就是依着自然血缘形成的关系,即家庭;其二,是人的,也就是社会的。马克思主义对经济关系给人类存在方式所带来的根本性制约作用的发现,进一步揭示出一切伦理关系的形式都受制于经济生活形式。因此,适应于各种伦理关系的观念,归根结底都是当时的社会经济状况的产物。中国几千年漫长的社会历史是以自然经济的生产方式为基础的,在这个基础上形成了家庭和社会高度一体化的伦理结构,"君君、臣臣、父父、子子",即是对这种伦理结构的严格规范。在这种伦理结构中形成的价值观念,融入民族文化心理的深层,集中地表现为对伦理关系的极端重视。虽经"五四"以来历次思想运动的猛烈冲击,但由于在广大的国土上自然经济仍然是主要的经济形式,加上新中国成立以来基本上是吃大锅饭的分配形式,就使得传统的伦理意识以新的形态延续了下来。因此,当经济体制改革首先从分配制度上开始逐步展开，就震动了原有的伦理关系和人们与之相适应的心理秩序。欣喜、惊异、忐忑不安、骚动不宁、迷惘、失望、希冀、痛苦、感伤等都是这个转折时期复杂的民族情绪。认识民族生存方式的不同角度，感应民族情绪的不同方式，就使作家们对由经济关系变化的制动而引发的社会伦理关系和道德意识的变动，表现出不同的态度。而反映为小说主题意向交错的根本原因，则在于作家们自身价值观念的异同。

在路遥的小说创作中，这种由经济关系的变化所引起的人们道德意识和伦理关系的变化，呈现着复杂的形态。一方面，作者对经济浪潮中人们的兴奋、欢乐以及为改变自身命运的奋斗精神表现出热情的赞美，体现着作家现代意识的自觉；另一方面，却为由此带来的人性变异和道德意识的蜕变表现出内心掩饰不住的厌嫌和愤慨。而在表现这一切的时候，他的情感又往往是传统的，体现着他鲜明的以道德标准衡量他的人物行为的价值判断。是否可以这样说，路遥的思想意识是现代的，他有一个当代作家强烈的忧患意识和参与现实变革的精神，他总是那样把自己同时代、同人民紧密地联结在一起；但是，路遥的情感思维方式却是传统的，这使他总是不忍心对他所倾心讴歌的人物有任何不合于伦理关系和道德情感的损伤，他在情感上是用传统的眼光来评判并以此来衡量改革年代的人际关系的，他的审美取向往往表现在对大幅度经济变化中人的道德观念的失落、瓦解的深深担忧和疑惧，并不遗余力地深情呼唤和挽留传统的优美德行在当代的延伸和再现。他的所有作品几乎都可以纳入这样一种矛盾交叉、互相冲突的视野。《卖猪》中，作者掩饰不住自己愤怒的情绪，对在商品观念冲击下的人性沦丧表现出无比的愤慨，当六姗子亲爱的"小黑子"（猪）被那两个"公家人"骗走时，作者是这样控诉的：

> 她索性坐在栅栏门外的地上，一次次把那瘦骨伶仃的手伸过铁条的空隙，抚摸着这个已经不属于她的猪娃娃。她像一个探监的老母亲，把那母性的辛酸泪一滴滴洒在了无情的铁栅栏下。铁栅栏呀！你是什么人制造的呢？你多么愚蠢！你多么残忍！你多么可耻！你把共产党和老百姓隔开了！你是魔鬼挥舞的两刃刀，一面对

着共产党,一面对着老百姓……①

如果说,这种对人性沦丧的控诉和谴责还显得有些直露的话;那么,在《姐姐》《风雪腊梅》《青松与小红花》《黄叶在秋风中飘落》《我和五叔的六次相遇》《人生》《你怎么也想不到》以及《平凡的世界》等作品中,作者对经济关系变化引起的人伦关系及道德观念的变化和心理冲突进行了全面展示,并构成其小说创作的一种模式:题材上,其大多数是在青年男女的爱情生活中,男主人公大多是回乡或插队知青,女主人公又大多是诚朴善良的山乡女子,一旦男主人公有了某种脱离土地的机遇或大学毕业后留城市工作,女主人公既而被抛弃或被冷落;而作者的情感趋向和价值判断不仅表现在对那些被损害、被抛弃的人物深深的同情上,而且,他总是在道德的天平上进行审判,使他的情感运思方式停留在对传统美德的挽留和怀念之中。如高加林之于刘巧珍,高广厚之于刘丽英,康庄之于冯玉琴,薛峰之于郑小芳,高立民之于小杏,等等,都反复地呈现出一种主题意向:经济发展了,世界变了,人伦关系和道德意识也随之变换了,难道就应该如此吗?人性中不是还有更美好的东西存在吗?商品经济的发展难道一定要付出道德的代价吗?在现代性与传统性的冲突中,路遥的情感趋向往往陷于或徘徊在传统的境况中。

路遥不无感慨地说:"在当代的现实生活中,我们常常看到这样一种现象:物质财富增加了,人们的精神境界和道德水平却下降了;拜金主义和人与人之间表现出来的冷漠态度,在我们的生活中大量地存在着。造成这种现象的客观原因当然是很多的。如果我们不能在全社会范围内克服这种不幸的现象,那么我们就很难完成一切具有崇高意义的使命。"②正是从"在全社会范围内克服这种不幸的现象"的思想动机出发,路遥更多地是从普遍的人生实际着眼,看待社会的矛盾,体察历史的发展。他更多地给人们以温暖和谅解,分

---

① 路遥:《卖猪》,见《路遥文集》(第二卷),陕西人民出版社1993年版,第333页。

② 路遥:《这束淡弱的折光——关于〈在困难的日子里〉》,见《路遥文集》(第二卷),陕西人民出版社1993年版,第440页。

析多种精神现象产生的客观条件，理解普通人平凡追求的内中苦乐，委婉地批评他们的弱点，指出他们精神迷误的原因。因此，他的审美评价的态度也更宽容。这使他在追求现代意识表现的同时，又往往昭示着承接传统、发展传统的意义；他怀着沟通传统的愿望、对人民内在精神的理解与真诚地坚持社会前进的理想，从平凡人的生存境遇到时代的苦乐的呈现，都浸透了对民族、对祖国赤子般的依恋，体现着现代意识对民族传统转换的崭新理解。

这就是我们为什么时时从路遥的作品中看到的，他总是以善意宽容的态度，展示着普通人的生存意识、生活和心理，同时，也显现着作家的心路意向。在《平凡的世界》中，人们往往会发现，作品中最令人为之动容、为之感慨之处，是人物命运出现波折，感情抑郁痛苦之际。而值得回味的是，作者此时审美观照的中心并不在当事人的命运波折和情感痛苦上，而是着意渲染当事人周围的亲朋好友，他们感人的美好情感及其在这种情感支配下的言行。王满银贩卖老鼠药被劳教，给他的妻子儿女和岳父一家都带来了极大的羞辱、痛苦和不安。对王满银这个"二流子"，孙玉厚和少安、少平不能不气恨。但尽管如此，在王满银被抓去劳教的当天，陪他劳教了一天而且受尽屈辱的孙玉厚，回到家里却不忘叮嘱儿子为王满银"把家里的粮食准备一点，再腾出一床铺盖来"；而少安妈在给王满银装起一罐高粱黑豆钱钱饭后，又在饭罐上面的碗里放了几个黑面馒头和几筷子酸白菜。在这两位老人内心的恨与爱的交织中，其纯朴善良的美德却还是不由自主地流露出来。作为王满银的妻子，兰花的善良、朴实几乎到了迂执的地步，然而她的真情却又让人为之感动，她宁愿一辈子靠自己的劳动养活他，也不愿让他离开自己和孩子。对这样一个和自己结婚后总是神不守舍、漂泊浪荡的人，兰花不但从不抱怨嫌弃他，而且始终在心里"热爱"着他。"因为在这世界上，只有这个男人，曾在她那没有什么光彩的青春年月里，第一次给过她爱情的欢乐啊！"[①]兰花内心深藏的是对困苦中的情和爱的珍惜。而对于王满银，作者写出了他的可气与可恨，但他又不很坏，

---

① 路遥：《平凡的世界》（第一部），见《路遥文集》（第三卷），陕西人民出版社1993年版，第36页。

每逢过年,这个浪荡鬼总还要回家团聚,用积攒的一点钱给孩子买件新衣裳。路遥以他平和宽容的笔调,生动地描绘了普通人生活的苦与乐、悲与喜,而且处处流露着他对劳动妇女传统美德的赞赏。

应该看到,路遥自身存在的理性与感情的矛盾,并不全然是由他的清醒的现代意识和传统的情感体验自相冲突的结果,而是他的一种自觉的追求。这就使路遥自身存在的意识观念的现代性和情感世界的传统性形成了如他自己所说的"理性与感情的冲突"[①]。孙少安和孙少平兄弟俩可以说都是中国处于社会大转型期间的富于变革意识的一代农民青年,他们都在不同程度上对固有的生活方式和落后的农村现实不满足而期望着变革。但是一旦当他们置身于变革的旋涡,总时时为情感和理智的矛盾所困扰。如果说在分家问题上,孙少安的那种理性和感情的冲突还不具深刻的时代意义的话;那么,孙少安在砖场的用工问题上所遇到的苦恼,就不能不反映着社会变革中新的意识观念对固有的情感心态的冲击。可以这样说,孙少安作为双水村的"一代领袖",他在发家致富的道路上,率先走在了农村改革的前头,他的行动是现代的。但孙少安又是一个善良而极富同情心的人,他为分家问题可以与妻子反目,为处处尽长子的义务而尊崇孝道,为同情村里的贫困户可以不顾及砖厂的前景将他们收留,凡此种种表现可以看到,他的精神与行为又是传统的。在孙少安这个人物身上,最明显地体现着现代性与传统性的冲突。

由于路遥在创作中自觉地追求现代意识与传统情感的冲突,使他在表现农村新人的同时,又时时小心翼翼地维护着自己心目中的传统人伦和道德美型,这突出地表现在他对两性情爱(更准确地说应该是性爱)的描写上。如果说,在20世纪的中国文学史上,一位世界级作家沈从文以他放达、洒脱的笔调表现了对自然生命形式的赞美与讴歌,以显示他对人性禁锢的深深忧虑和愤懑,呼唤雄强、刚健、单纯、自然、优美的人性和生命形式,以形成与都市文明的对抗;那么,路遥则缺乏沈从文的放达与洒脱,他是过于保守了,这固

---

① 路遥:《早晨从中午开始——〈平凡的世界〉创作随笔》,见《路遥文集》(第二卷),陕西人民出版社1993年版,第66页。

然无可指责，因为它与作家各自所处的时代环境不同，对现实生活的理解不同，以及作家的文化心理的差异密切相关。但是，由此却可以看到，路遥孜孜不倦地追求与传统沟通，眷念传统，使他在表现男女性爱上从来"不越雷池半步"，以至于将男女之间的情爱纯净化、美化、神圣化。

路遥笔下众多的女性形象，其身心都不同程度地烙有"礼教"的印记，儒家崇尚道德完善的倾向支配或约束着她们的言行，即使有所触犯，悖逆这种道德的，心灵一定是负罪的。即使像杜丽丽（《平凡的世界》）这样的敢尝禁果的现代女性，也被痛苦折磨得一塌糊涂；即使像田晓霞、黄亚萍、吴月琴、吴亚玲、郑小芳这样的女学生、女知青，颇有现代女性的况味，但仍然莫不是"止乎礼义"的。这表明作家在努力将传统的与现代的作某种程度的结合时，所保持的谨慎态度。从作家展示的一些性际关系的描写中，可以更清楚地看出作家对传统道德观念的认同与尊崇。在复杂多样的人际关系中，性际关系往往更敏感、更复杂、更为牵动人心。路遥虽然也反感于儒教的"男女之大防""授受不亲"等许多封建的清规戒律，但对广泛而复杂的性际关系总是慎重地加以区别对待。在《生活咏叹调》中，他将男女之间那种广义的朋友关系（尽管有时有辈分之差、有朦胧恋情）视为相当珍贵的性际关系，极尽渲染。军人对那个卖菜包子的大嫂的忆念，是一种童年的纯真的友情，属于孩提时的一段美好温馨的记忆，但作者却赋予其以朦胧的、道德净化般的恋情。这里显示着作家的敏感以及些微的柏拉图色彩。对卢若琴之于高广厚、吴亚玲之于马建强、孙少平之于惠英嫂的处理关系，也是这样。在她们身上，恋情被道德理性规范着，朦朦胧胧，不可捉摸；或者说这些人物身上显现的不是恋情的友情，是广泛意义上的朋友关系。而对那些较多地游离了传统女性规范的人物，如黄亚萍、贺敏（《你怎么也想不到》），皆被置于"第三者"的位置上，连同她们的穿戴、爱好与谈吐，往往给予被轻蔑性的、被否定性的描写，有时甚至是明显的讽刺与嘲笑。实际上，这些路遥笔下的"现代女性"，根本上缺乏现代味儿，至多不过是比他描写的农村女子稍为开放罢了。这样，你就可以看到他笔下的那些农村女子又是多么规矩，如何本分做人，如何恪守道德。像前面所提到的兰花，即使男人王满银长年累月在外鬼混，她也不敢有丝毫非分的想法，本分得近乎愚昧，一旦发觉男人有不轨行为，也只能服毒了结生命，而无任何反抗之力。对这种传统女性，路遥是极力同情、肯定和赞美的。

从路遥的作品可以看到，他对现代文化的择取吸收或认同，在经济生活的改革方面比较大胆，在道德观念的更新方面却比较畏缩。他大胆地写出了经济政治改革的突飞猛进，对一些传统化的神圣东西给予了揭露，如《卖猪》《我和五叔的六次相遇》《惊心动魄的一幕》等作品所揭示的那样。在《平凡的世界》中，这种意向就更鲜明，如在农村还没有大幅度进行生产责任制时，孙少安已萌发出这种念头并有所行动。作者为许多原本认为是"资本主义"的东西正了名，出了气。但是在伦理道德领域特别是性际关系的描写中，作者却多顾虑，往往停留在传统上。还是德顺爷爷说得好，做得好（德顺爷爷当年走西口时曾和一女子相爱，后来这女子便成了他心目中的圣灵，他从此不再娶，他的爱情是在一辈子痛苦而漫长的梦境里度过的），于是就自觉不自觉地顺应了德顺老人们为代表的传统文化的人伦关系和道德标准。可以这样认为，路遥的经济思想观是现代的、开放的，但他的妇女观却是传统的、保守的。妇女的解放程度被视为人类文明进步程度的重要标志，也是人性得以健全发展的重要标志，而路遥笔下流露出来的传统文化中的男性中心倾向，以及女性仍处于依附于男性的地位，如巧珍之于高加林、刘丽英之于卢若华、秀莲之于孙少安、兰花之于王满银等，都说明了作者至少在道德领域，以及在其他许多方面，仍处在传统文化的阴影之下。这是他的局限，但这种局限似乎又促使了他的成功，因为他把这种非个性化的文化传统表现在普通人的生活中，很适应广大中国老百姓的口味儿，容易被大多数的平凡的世界中的人们理解、接受或尊崇，这恐怕是路遥的心理以及他所期盼的接受效果吧。

四、传统意识的当代性诠释

上述对路遥文化心理结构中的儒化倾向、人伦价值观念、道德意识,以及现代性与传统性的冲突在创作中的诸种表现的分析,再一次给我们提供了认识中国当代作家复杂精神世界的切入点。我们已经看到,路遥是一个具有强烈现代意识的作家,但他的文化性格内却具有较深沉的中国农业文化的价值取向;他的时代进取意识是现代的,但他的人伦观念和道德意识又基本上是传统的。这种矛盾的对立统一,促成了路遥,同时也限制了路遥。这种种表现,不仅丝毫无碍于路遥作为一个当代优秀作家的条件规定,而且表现在当代,恰恰反映了处于传统与现代之间的中国知识分子的思想、感情与文化心理特征。20世纪的中国,其整体性的文化演进特征是由传统向现代的过渡,伴随着这种时代演进特征的必然是各种大震荡、大骚动、大分化、大前进;而过渡时期的文化,又真正折射着传统。从旧营垒中走出来的人们都带着一个与传统无法彻底割断的影子。历史、现实、人生、宇宙、情感、理智、价值判断与思维定式的方方面面,构成了这个时代的阵痛,使许多人一直存在着深刻的矛盾心境。在这种矛盾心境中,人们时时受着失落与痛苦的煎熬,无论痛苦还是欢乐,都是自然而然地和盘托出,以至于几十年后,人们谈起这类话题,仍然不知所言。但是,有一种现象却是可以肯定的:从现代文化建构的意义上说,借用传统文化中的积极的精神资源以促进现代化的进程,实现国民心理的自我转换,不仅是对彻底扬弃、否定传统的一种反拨,而且,至少在方向上又是富于现代性的。因此,路遥的人伦观念和道德意识的当代表现又是积极的、可取的,对中国人精神品格的重塑,特别是商品大潮冲击下的人性的堕落不失为一种精神良剂、一种美型的参照。

历史的进程总是充满着矛盾与困惑,以致人类对于任何一次历史的突破都怀有深深的疑惧。对于中国这样一个传统的农业国度来说,无论发展中伴随着多少痛苦和梦的散失,但从理性的高度来看历史的发展,都不允许有任何纯感情的悲啼。然而一个艺术家的审美判断、道德理想、文化思考,使他对伴随着这历史进程中的各种属于人的情感、属于人的思维和活动表示人性与道德的关注,都是合理的,正常的,也是需要的。路遥正是在这种意义上表现了人性善、道德美,这充分地反映出艺术家总希望人类的任何发展都同时符合人的目的性;文明进步的程度总是趋向于人性的善与美,实现人类道德的最终完善。艺术家的希望与整个人类生存的最终目的是一致的。

路遥毕竟处于古老中国向现代化迈进的交替阶段,中国文化对他深厚的影响远比西方文化的吸收来得更深。这并非路遥的个人特征,试看自新文学以来的中国作家,哪一个不是在现代与传统的矛盾对立中,艰难地、痛苦地实现着自我价值的不断完善?又有哪一个作家从起步到终结是完全摆脱了传统,变成了一个彻底意义上的"现代人"?应该看到,在现代文化建构过程中,中国知识分子终于发现了现代与传统之间的联系与渗透。"五四"时期是自我从历史的链条中游离出来,随着现代文化的深入,他们往往又回到了历史发展的链条中去。包括鲁迅在内的文化思想伟人,都经历了由重个人,到"五四"以后的"人格分裂",即鲁迅所说的"中间物意识";由对自我的绝对肯定到对自我绝对性的怀疑与否定,由夸大自我的力量到价值观念的自信力的动摇,再到对自我局限性的清醒认识,以及对自我历史过渡地位的确认。应该说,这是中国现代知识分子自我意识的一个新发展;或者说,是他们的现代人格走向自觉和成熟的一种表现。在他们身上,离开了传统,也就没有了现代。"传统是一条流动的巨川,永远不会静止,也永远不能割断源头。人们不断地反叛着传统,传统又无形地约束着人们;人们生活在传统之中,传统又在历史的发展之中。只有不断地筛选,不断地扬弃,才有合乎进步规律的文化更新。"[1]因此,路遥对传统的人伦价值和道德观念的重视,是他自觉或不自觉的心理显现,更何况他的根(生命之根、文化之根、情感之根)是扎在乡土。"在乡土社会中,传统的重要性比了现代社会更甚。那是因为在乡土社会里传统的效力更大"[2]。基于此,现代性与传统性的冲突表现在路遥身上,更具有鲜明的特

---

[1] 季红真:《文明与愚昧的冲突》,浙江文艺出版社1986年版,第211页。
[2] 费孝通:《乡土中国》,生活·读书·新知三联书店1985年版,第51页。

征。而路遥把这种现象视为"我们永恒的痛苦所在",是文学创作中"痛苦而富于激情的命题"[①],他是瞄准了,也击中了。而他的"痛苦"与"激情",不仅表现在他对传统道德美的眷恋和赞叹上,还表现在他痛苦的告别中,使他的作品笼罩着难以抹去的悲剧情绪,这正是我们下面要探讨的命题。

---

① 路遥:《早晨从中午开始——〈平凡的世界〉创作随笔》,见《路遥文集》(第二卷),陕西人民出版社1993年版,第65—66页。

第五章 路遥创作的审美追求

一、悲剧性格·苦难意识

悲剧是艺术的审美范畴之一。

马克思主义美学从辩证唯物主义和历史唯物主义立场出发,科学地总结悲剧性矛盾和悲剧艺术发展的历史经验,正确揭示悲剧性的客观社会根源,认为,悲剧性来源于社会生活中新旧力量之间的矛盾冲突。"一切伟大的世界历史事变和人物",第一次是"作为悲剧出现"(马克思语)。马克思主义美学还认为,悲剧性来源于具有社会必然性的、具有正面素质或英雄性格的人物本身,由于时代、阶级或个人的局限性,或是由于逆历史而动的一方力量过于强大,产生了历史的必然要求和这个要求的实际上不可能实现之间的冲突,使具有正面素质的人物在矛盾冲突中经过斗争,仍不可避免,或虽可避免,但终究不可避免地遭到失败乃至死亡,从而将人生有价值的东西毁灭给人看,既使人悲痛、同情、深省,又肯定正面社会力量的正义性、合理性,并激励人们为消除造成这种悲剧性的社会根源而斗争,为历史必然要求得以实现开辟道路。

悲剧性的冲突主要有两大类型:一是新生事物、新生力量的悲剧。它根源于新生事物本身的不够强大,或是具有片面性,从而形成丑在实力上而不是在精神上压倒美的悲剧;二是旧事物、旧制度的悲剧。这主要由于曾经是先进、合理的社会力量、社会制度在一定阶段上转化为旧的力量,而与社会历史进程相矛盾、相抵触,但它还没有完全丧失自己存在的合理根据,因而它的毁灭具有一定的悲剧性。"当旧制度本身还相信而且也应当相信自己的合理性的时候,它的历史是悲剧性的。当旧制度作为现存的世界制度同新生的世界进行斗争的时候,旧制度犯的就不是个人的谬误,而是世界性的历史谬误。因而旧制度的灭亡也是悲剧性的。"①

马克思主义美学观对悲剧性及其产生的历史根源的阐述,不仅涉及社会、政治、经济等方面的原因,而且也涉及文化心理的原因,它为我们窥视路

---

① [德]马克思:《〈黑格尔法哲学批判〉导言》,见《马克思恩格斯选集》(第1卷),人民出版社1975年版,第5页。

遥小说世界浓烈的悲剧意识提供了理论依据。

走进路遥的小说世界，在强烈的时代气息和历史变革的激流中，蕴含着沉郁的悲剧色调。那些背负着沉重的历史沉疴，在平凡的世界中创造新生活的普通人——高加林、刘巧珍、孙少安、孙少平、田晓霞、田润生、田润叶、李向前、郝红梅、金波、惠英嫂、秀莲、冯玉琴、小杏、马建强、大牛、马延雄……这一长串路遥喜爱的人物身上，都闪烁着悲剧色彩。当高加林从黄土高坡上苦苦地挤向城市，凭着他的精明和才气满怀激情地正攀向人生的未来时，人们多么希望他能够成功，然而，他却失败了，失败得那样惨痛；当孙少安经过艰苦的奋斗，他的农民梦刚刚实现的时候，和他一起创业共患难的妻子秀莲却从此倒下，永远离开了她洒下血汗的这块土地；当孙少平熬煎着苦难的岁月，渴盼着与他心爱的恋人田晓霞再次相会的时候，她却用生命谱写了一曲颂歌，永远不再回来；当田润叶经历了痛苦的失恋而重新迸发出爱情的火花时，她的丈夫李向前却永远失去了双腿；当冯玉琴企盼着创建一个美满的家庭时，她却被世俗的力量无情地抛弃……这一幕幕令人痛楚、忧伤的情境，使我们的心潮久久不能平静：人啊！你为什么这样命运多舛？难道"人所犯最大的罪，就是他出生在世"（卡尔德隆语）吗？难道人来到这个世界上，就必须要受到永恒的惩罚吗？路遥不仅把我们拉向被浓重的悲剧笼罩着的生活氛围里，而且导引我们走向审美反思的高度，再次咀嚼人生、生命、生活、社会等的不可预料的灾难或难以避免的痛楚及其复杂性。

只要人活在这个世界上，悲剧的多重性就是不可避免的。在此，还是让我们作一粗略的比较，看看悲剧的不同情状及色调。在另一位当代著名作家莫言笔下，人物往往被赋予生命悲剧的特色。我们很难用政治、经济乃至文化等范畴描述莫言作品中的悲剧，政治、经济、文化在他的作品中都有所涉及，但又不是表现的中心。他写的是生命本体的悲剧——生的悲剧、死的悲剧、性爱的悲剧、人性的悲剧。在莫言的《高粱殡》中，他曾给爱情设置了这样的一个公式："狂热的、残酷的、冰凉的爱情=胃出血+活剥皮+装哑巴。"要说这里有一点故弄玄虚地玩字眼，那么，余占鳌与戴凤莲的爱情由于恋儿的加入而变得"由狂热的天国进入残酷的地狱",却是这最动人最狂放的爱情仍然会盛极而衰、由热变冷的明证。而在《红高粱》中,余、戴爱情的描写和戴凤莲临终时的自白,又表现着这爱情的完满自足。莫言一直是在生命的痛苦中构织他人物的生命悲剧的,他是在生命的现实和生命的理想、生命的整一与生命的混乱中彷徨和矛盾的;同时,他又是以充盈的浪漫主义激情,在理想的高度上刻画余占鳌和戴凤莲的,这使他的人物在爱情畅想曲中涂抹上一层浓烈的悲剧色彩——人的生命,即使在自由的生机勃勃的爱情中,依然隐藏着不和谐的分裂因子,在欢乐中也隐伏着痛苦。生命的悲剧也许真是与生俱来的了。对此,莫言是这样解释的:

> 人生的根本要义我以为就是悲壮或凄婉的痛苦。英雄痛苦,懦夫也痛苦;高贵者痛苦,卑贱者也痛苦;鼻涕一把泪一把痛苦,畅怀大笑未必就不痛苦。大家都在痛苦中诞生,在痛苦中成长,在痛苦中升华,在痛苦中死亡。死亡是痛苦的解脱。但如果有灵魂,死亡也仅仅是痛苦肉体的解脱而不是痛苦灵魂的解脱。古往今来的痛苦灵魂在茫茫宇宙中徘徊着,游荡着,寻求解脱的方式。寄托痛苦灵魂的是艺术,解脱痛苦灵魂的也是艺术。以体验感情痛苦为己任的艺术家即便是为娱悦的创造也至少带着淡淡的哀伤,真正的、伟大的艺术品里都搏动着一颗真正痛苦的灵魂。造美者和审美者实际上都把痛苦的艺术和艺术的痛苦作为治疗心灵痛苦的良药,作为包扎流血伤口的一条绷带。因此,"艺术是苦闷的象征"的大纛下,就站着一个我,我站在这面低头丧气、颜色灰暗的大纛下,还举着一柄自制的小旗子,旗子上用蓝黑墨水写着:艺术是痛苦的结晶。①

莫言是深深地陷进永恒的"痛苦"中去了,他的生命、他的艺术都在巨大的"痛苦"中挣扎着、呼号着、滋长着、掘进着……掘进越深,痛苦也就越深。这是对生命原罪的思考,对自己灵魂的拷问;而文学,则是他生命的痛苦

---

① 莫言:《我想到痛苦、爱情与艺术》,载《八一电影》1986年第8期。

和原罪的审美表征及形式化。

与莫言比较，路遥的悲剧意识更多是社会的、历史的、政治的、经济的、文化的、心理的（当然也包含个人的、生命的悲剧因素，这在后面还要论及）综合因素。在此，我们以他的名作《人生》为例，看看他人物悲剧的生成及显现方式。

路遥在《人生》中，并不像西方悲剧理论所强调的那样，写崇高和伟大的磨难、毁灭，而是侧重展示普通人的悲剧人生经历、悲剧性格，致力于描绘现实的广阔生活中普通人心理的悲剧性。《人生》中沉重的生活悲剧，不再仅仅是命运给人造成的悲欢离合，不再仅仅与人物性格、生活环境、时代背景相联系，而是与整个中国农村的变迁史，甚至与整个人类文明史中的一些基本问题，如传统道德与新的生活观念的冲突，人与环境力量的冲突，爱情与婚姻的冲突，个性意识与世俗文化的冲突，妇女的独立解放与人伦关系的冲突（凡此种种，也可概括为文明与愚昧的冲突）等相联系。历史、文明前进的必然要求和这个要求不能实现之间的悲剧冲突，交织在《人生》的男女主人公高加林和刘巧珍身上，他们的爱情挫折和生活悲剧，又是一种受到压抑的生活悲剧、精神悲剧，是难以释放的生命力的苦闷。路遥在他们身上概括了相当一部分当代农村青年共同的心理情绪。新时期仍然深刻地存在着城乡差别和不正之风，使农村青年们的理想和现实的冲突比城市青年更为激烈、更加典型。从这个意义上来看，《人生》是现实社会悲剧性的启示录。

莱伯尼兹有句名言："现在怀着未来的身孕，压着过去的负担。"[1]在《人生》的两个主人公高加林与刘巧珍的人生道路中，看到的正是这样一种生活的折光反映。

先看高加林的悲剧性。

为了探索人生的真谛，解释命运的奥秘，作家、艺术家们曾经以不同的样式，谱写过不少"命运交响曲"，《人生》，从某种意义上也可以说是一部

---

[1] 钱钟书：《旧文四篇》，上海古籍出版社1979年版，第41页。

命运交响曲——短短的一年间，高加林的命运像万花筒似的变幻着：生活忽而对他沉起脸，忽而向他伸出热情的双臂，忽而又给他严厉的惩罚。命运急剧的转换，搞得他晕头转向，连他自己也不知道，究竟是他开了生活一个玩笑，还是生活开了他一个玩笑……人生、命运，就是这样的复杂丰富，这样的变幻多姿，难怪作者要怀着那么大的兴趣，去思索它、探究它。

高加林的命运悲剧已经远远离开了二元对立的平面，诚如作者所言：它包含了诸方面的复杂因素，"带有一种复合的色调"，"我在作品中没有简单地回答这个人物是个什么样的人"。[①]高加林的人生悲剧引起我们如此巨大的震动——一种复杂的几乎不能用语言表达的情绪的共鸣：是同情，谴责，痛惜，愤懑，忧伤，痛苦……还是沉思和启示？这里，一切都构不成任何一种简单的肯定或否定。

高加林究竟算什么呢？他是一个再普通不过的但却是有才华的农村知青。他向往一种新的生活，对于现代文明有着热烈的追求。然而，他生活在一个山乡圪崂里：一个能呼吸到城市文明的空气却又保留着古老、落后习俗的偏陋角落，一个交织着真与假、善与恶、美与丑的具体的生活环境。生活在这样一个带有悲剧色彩的环境中，高加林有的只是在坎坷不平的人生道路上一连串失败的记录。在他完全控制不了的环境力量中他也完全控制不了自己。他似乎不断受到命运的捉弄，被玩弄于股掌之间。他的理想与现实、性格与环境交织得如此错综复杂，又显得如此格格不入。于是，我们看到了这样一幅令人不可思议的生活画面：一个明明有才能，可以充分发挥其作用的农村知识者，却被有权势的高明楼一类通过"合法手续"而从教师队伍中除名；随后他又依靠自己的"关系"，从"后门"进入县委大院，而"纪律检查委员会"又以合法的途径将他重新除退。法是客观的、正义的，然而某些落后事物又恰恰可以利用法的这种客观性、公正性来达到他们暂时的目的。于是，我们不得不面对这样一个尴尬的现实：当高加林成为正剧的时候，环境却成为悲

[①] 路遥：《关于〈人生〉的对话》，见《路遥文集》（第二卷），陕西人民出版社1993年版，第412页。

剧；当高加林成为悲剧的时候，环境却成了正剧。这真是一个令人不可理喻却又不能不深思的矛盾。

高加林人生道路上的挫折，或者说他悲剧的关键性的一步，不是发生在他被顶掉民办教师职位以后潦倒落魄的当儿，而是发生在他进城当了县委通讯干事正在春风得意的时候。漂亮的"现代派"姑娘黄亚萍突然向他求爱，这件出乎意料的事，把他推到了人生的十字路口，使他不得不作出关系到自己一生命运的抉择：是珍惜在他落魄不幸的时候给他幸福的农村姑娘巧珍的爱情，继续待在这个小县城呢，还是为了谋取个人今后更大的发展，和那个即将转业的县武装部长的女儿一起飞向大城市？权衡了利害得失，经历了心灵的激烈搏斗，他选择了后者，抛弃了巧珍。在人生道路的紧要处，高加林走了岔道，他的闪失，不仅"害了别人，也害了自己"，不仅"搅乱了许多人的生活，也把自己的生活搅了个一塌糊涂"。

高加林本来是生活的不幸儿。当不正之风把他刮到生活的峡谷，他不得不承认自己的农民地位，穿着褴褛的衣衫在地里狠命刨土的时候，我们曾经为他洒一掬同情之泪。为什么转瞬之间，这个被别人伤害过的人，却那样心残地去伤害别人？是他道德的沦丧？是他的境遇地位起了变化？这些都是他变化的因素，但不是主要的。那么，像梦魇般地纠缠着他，并把他推向生活岔道的又是什么呢？不是别的，就是他那种个人式的理想和个人式的奋斗。"他十几年拼命读书，就是为了不像他父亲一样一辈子当土地的主人（或者按他的另一种说法是奴隶）。"你很难说这种愿望是完全不合理的，它的确潜藏着对于因循守旧的古老生活方式的一种反抗力。但你也很难肯定它是完全合理的，他毕竟不应该蔑视孕育生命的土地。当个人的欲望越过了现实的障碍，高加林的自信心便空前高涨，扬扬自得近于忘乎所以；而当现实钳制了他的欲望，他又一下子变得灰溜溜的，几乎抬不起头来。他的拼命劳动只是希望用极度的疲劳来消弭骚动的欲望。他有的只是欲望本身，没有的恰恰是把欲望化为现实的真正动力；他只能在顺境中驰骋自己的想象，而不能在逆境中改变自己的命运。在他貌似强者的外衣下，隐藏着的却是一个软弱的、不稳定的自我。

于是,我们在他自信的背后,发现了一种隐藏得更深的自卑感。这种自卑感来自他对土地感情上的疏远。按理说,他是庄稼人的后代,大马河的山川是哺育他的保姆,这样土生土长的青年,身上总该有庄稼人的泥土味吧,然而,"农村对他来说,变得淡漠了,有时候成了生活舞台上的一道布景"。他厌恶家乡单调的黄土。作品中的土地象征着生他养他的亲人,象征着我们民族的传统美德,疏远了对土地的感情,也就意味着他失去了生命的根,是个"豆芽菜",从而也就谈不上确立一种正确的、坚定的生活原则。因此,他在乡村人面前有着一种精神上的优越感,而在城里人面前却又时时感到一种心理上的压抑。在他的性格中,自信和自卑彼此排斥却又紧密地胶合在一起。这正是他性格中潜伏着的悲剧性的危机。

假如我们社会的肌体是健全的,假如文明渗透于社会的每一个角落,那么,作为正剧的环境力量就有可能不断完善高加林的性格,而他本人也或许能够避免他的悲剧命运。悲剧恰恰在于某种落后的愚昧的东西,至今还在我们这片存在着差别的土地上滋蔓、生长。于是,合理的并不是处处、时时都能存在,存在的也不是处处、时时都是合理的。高加林的自尊在"挑粪"一节中遭到了残酷的打击,屈辱从反面教育了他,催化了他愿望中的出人头地的个人主义因素,并且煽动起一种盲目的报复情绪。你看他,心中"燃烧着火焰","眼里转着泪花子,望着悄然寂静的城市,心里说:我非要到这里来不可!我有文化,有知识,我比这里生活的年轻人哪一点差?我为什么要受这样的屈辱呢?"[①]

决不能忽视环境对人的影响,特别是对那些刚步入社会,人生观和价值观还没有完全确立的青年。由于思想还不成熟,他们的视野不免狭窄,往往容易为生活的表象所迷惑。而当他们处在人生的三岔路口上时,环境的影响就更不能低估。

自尊、自卑、自信、自戕错综复杂地交织在高加林的性格中,好像"无

---

① 路遥:《人生》,见《路遥文集》(第一卷),陕西人民出版社1993年版,第101页。

数互相交错的力量，有无数个力的四边形"，相互冲突，相互牵制，而产生出一个总的结果：悲剧。它不以任何个人的力量为转移。

小说通过高加林、刘巧珍、黄亚萍之间的爱情悲剧多层次地展现了他的悲剧性格的形成过程。高加林并不是张弦小说《银杏树》中那个想抛弃农村姑娘孟莲莲的浅薄的姚敏生，他同传统的道德观念有着千丝万缕的联系，他在爱情问题上不能不说是严肃的，他对巧珍的感情是真切的，但他被实现个人愿望的可能性引起的骚动同样是真实的。对他来说，这是一个从一开始就存在的、甜蜜而痛苦的矛盾。一旦由于偶然的机遇而出现命运的转机后，在他对生活、对自己作了重新估量后，矛盾的离心力很快就超过了向心力，他和巧珍的爱情逐渐被同黄亚萍高雅而又世俗的恋爱代替了。在黄亚萍的眼里，这个潇洒健美、才华横溢的青年，有点像保尔·柯察金，又有点像《红与黑》中的于连·索黑尔。姑娘是把高加林当作英雄来崇拜的，她压根儿没有想过这二者之间有着质的区别。但是，她的联想，无意中又道出了高加林思想性格的某些本质方面：从性格的某些外在表现诸如倔强、坚韧、强悍等方面看，他有点像保尔；然而，从精神上、气质上不顾一切地追求个人的发展上看，他更像个人奋斗的英雄于连·索黑尔。请看高加林在生活的十字路口抉择时的心理活动吧：

> 他在内心深处是爱巧珍的。巧珍的美丽和善良，多情和温柔，无私的、全身心的爱，曾最初唤醒了他潜伏的青春萌动；点燃起了他身上的爱情火焰。这一切，他在内心里是很感激她的——因为有了她，他前一段尽管有其它苦恼，但在感情生活上却是多么富有啊……
>
> 现在，当黄亚萍向他表示了爱情，并准备让他跟她去南京工作的时候，他才把爱情和他的前途联系在一起看了。他想：巧珍将来除过是个优秀的农村家庭妇女，再也没什么发展了。如果他一辈子当农民，他和巧珍结合也就心满意足了。可是现在他已经是"公家人"，将来要和巧珍结婚，很少有共同生活的情趣；而且也很难再有共同语言：他考虑的是写文章，巧珍还是只能说些农村里婆婆妈妈的事。上次她来看他，他已经明显地感到了苦恼。再说，他要是

和巧珍结婚了,他实际上也就被拴在这个县城了;而他的向往又很高很远。一到县城工作以后,他就想将来决不能在这里待一辈子;要远走高飞,到大地方去发展自己的前途……

他反复考虑,觉得他不能为了巧珍的爱情,而贻误了自己生活道路上这个重要的转折——这也许是决定自己整个一生命运的转折!不仅如此,单就从找爱人的角度来看,亚萍也可能比巧珍理想得多!他虽然还没和亚萍像巧珍那样恋爱过,但他感到肯定要更好,更丰富,更有色彩!

他权衡了一切以后,已决定要和巧珍断绝关系,跟亚萍远走高飞了!

当然,他的良心非常不安——他还不是一个十恶不赦的坏蛋!克南方面他考虑得很少,主要在巧珍方面。他像一个疯子一样在自己的窑里转圈圈走;用拳头捣办公桌;把头往墙壁上碰……

后来,他强迫自己不朝这方面想。他在心里自我嘲弄地说:"你是一个混蛋!你已经不要良心了,还想良心干什么……"

他尽量使他的心变得铁硬,并且咬牙切齿地警告自己:不要反顾!不要软弱!为了远大的前途,必须做出牺牲!有时对自己也要残酷一些!

现在,这个已经"铁了心"的人,开始考虑他和巧珍断绝关系的方式。①

高加林与巧珍的分手不仅是他在爱情上的失败,也标志着他同土地的最后决裂,他在坎坷不平的人生道路上终于迈出了令人遗憾的合法但却不合理的关键性的一步。诚如他父亲和德顺爷爷所感觉到的:这个人已经有了他自己的一套,用他们的生活哲学已经不能理解、说服他了。在高加林身上,个人主义的排他性得到了最大限度的表现。

---

① 路遥:《人生》,见《路遥文集》(第一卷),陕西人民出版社1993年版,第147—148页。

当一个人把自己的发展建立在牺牲别人基础上的时候，他在人生的道路上怎能不跌跤呢？！当一个人为了自己的前途，不惜把道德、社会责任等都踩在脚下，他心中那"希望"的灯火，怎能不把他引向岔道呢！克南妈出于报复告发了高加林，使他的生活来了个急转弯，事业、爱情的虹彩倏地消失了，这是偶然还是必然？倘若没有这晴天霹雳，他顺利地过了这一关，还是用他为了自己的发展不惜牺牲别人的哲学处世，在今后的道路上又将怎样呢？高加林自己是这样总结教训的："如果他就这样下去，他躲过了生活的这一次惩罚，也躲不过去下一次惩罚——那时候，他也许就被彻底毁灭了……"[1]

高加林的人生悲剧不能完全归咎于他个人（虽然这杯苦酒是他自己酿造的），社会也有它不能回避的责任。像高明楼、马占胜、克南妈这样的人不仅生活在高加林所处的环境里，而且还生活在当今广大的现实生活中。不是吗？支部书记高明楼利用职权和关系顶掉了高加林民办教师的职位，如果换一个弱者，也许在这一棒下会趴倒在地，可高加林不是这样的人。在经过一段沮丧之后，他的心底里产生了一股强烈的报复和显示自己的情绪："只要高家村有高明楼，他就非要比他更有出息不可！要比高明楼他们强，非得离开高家村不行！……他决心要在精神上，要在社会的面前，和高明楼他们比个一高二低！"[2]高加林身上本来就有着强烈的个人奋斗意识，报复情绪犹如助燃剂，把这种意识促发成了一团烈火，后来高加林的个人奋斗愈演愈烈，难道与高明楼没有一定的关系吗？公社文教专干（后来的县劳动局副局长）马占胜，这个曾经和高明楼一起欺凌过高加林的人，一旦发现高家有一个职位不小的官（高加林的叔父，地区劳动局局长），立即又成了替高加林开"后门"的热心人。高加林毕竟年轻，他没有从马占胜面孔瞬息间的变化里，看出世事的复杂性；也没有从自己命运忽而乖蹇忽而开朗的急遽转换里，看出马占胜给他铺设的并

---

[1] 路遥：《人生》，见《路遥文集》（第一卷），陕西人民出版社1993年版，第194页。

[2] 路遥：《人生》，见《路遥文集》（第一卷），陕西人民出版社1993年版，第15页。

不是布满鲜花的路,而是一条不正当的歪路。他的命运从这儿开始转折,最后又在这儿跌落,这难道与马占胜没有一定的关系吗?

高加林彻底失败了。

高加林的悲剧不是偶然的,大量的偶然性中显现出了生活的某种必然性:传统的生活已容纳不下一代青年对人生的追求,可他们又往往不太理解通往新的生活的正确而又艰难的道路;他们的欲望大于现实,往往容易把人生的全部意义仅仅局限在个人欲望的实现上,还不懂得在这个社会中,个人利益、他人利益和国家利益之间还不可避免地存在着矛盾。当他们从满足个人的愿望出发来研究生活时,社会就变成一道永远冲不破的"网";如果用扭曲的眼光来认识人生,得到的必定是一种对人生扭曲的认识。高加林是否还能站起来?对于他,生活是最好的导师。如果当他从偶然变故所造成的幻想之昙花一现中清醒过来,他也许会重新在泥土中扎下根来,成为新一代的农村改革者——他不是已经搞过"卫生革命"了吗?——只要他没有落入高明楼设计的一心想把他拉入其与刘立本的联盟,只要他不企图成为这正在坍塌的"王国"的又一位领主。

再看刘巧珍的悲剧性。

凡是看过《人生》的读者,都无不为巧珍的命运而深深叹惜:同情、忧伤、怜惜、感慨……或者为她遭受高加林的抛弃而愤愤不平,为黄亚萍的"第三者"插入而责备……然而这一切,仅仅是一般意义上的普通的审美心理的情绪反应,是的,对于弱者的悲剧,美的悲剧,人们总是从最基本的价值尺度上给予判断的。那么,仔细想一想,造成她悲剧的深刻原因又是什么呢?

刘巧珍的爱情悲剧实际上已经超出了爱情本身。在《人生》中,作者为我们提供了一个无法抹杀的现实生活的信息,这就是在新的历史时期中被遗弃者的内在的悲剧因素。

恩格斯指出:"现代的性爱,同单纯的性欲,同古代的爱,是根本不同的。……它是以所爱者的互爱为前提的;在这方面,妇女处于同男子平等的地位，而在古代爱的时代，决不是一向都征求妇女同意的。"①这就是说，合乎现代道德的婚姻应该以"互爱为前提"，要求男女之间必须具有实际上的平等地位。离开社会革命、思想革命而奢谈妇女自身的解放，那是一种不切实际的空想。但是，当客观条件基本具备时，就取决于当事者主观的努力。因此，在文明进程中，妇女还有一个发展自己的课题。这个问题不解决，妇女就很难摆脱婚姻上的依赖地位，从而也就谈不上获得真正的爱情，以达到作为独立而自主的人格的真正解放。

对此，人们也许还没有忘记早在"五四"时期，鲁迅在他的反映爱情的名篇《伤逝》中，所揭示的子君和涓生之间的爱情悲剧，你能说他们爱得不深？你能说他们没有冲破封建主义的樊笼？回答是否定的！只能说他们在冲出封建"铁屋子"以后，特别是对于子君来说，还没有达到更高意义上的人的解放的自觉程度，她已经满足了，满足得连自己也辨认不清以前的她了；她仍然没有摆脱男人的依附地位，没有获得彻底的独立和自由，以致在爱的激情褪色以后，没有自立自持的能力，最终又缩回到那个封建家庭的窝巢里。

巧珍所处的时代毕竟与子君不同了，更何况在她们身上，一个是旧时代的知识女性的爱情悲剧，一个是新时代的乡村无知识女性的爱情悲剧，然而，有一点却是相通的，那就是她们在文化心理的深层仍然没有彻底摆脱传统，因此，都无力改变自己，也无力改变别人。

这样，我们看刘巧珍，就牵涉到一个在新时代变革的现实中怎样看待因文化心理的差异而造成痛苦的婚姻问题。如果说，因为经济、门第、社会地位的不同而导致的男女双方的背弃或离异，比较容易激起人们的义愤，认为这是一种不道德的世俗观念的话；那么，当矛盾的焦点集中在文化心理条件的不平衡上时，实际上的分歧就远非那么简单了。

首先，让我们看看人物本身。罗曼·罗兰有一句名言："我称为英雄的，并非以思想或强力称雄的人；而只是靠心灵而伟大的人。"（《贝多芬

---

① [德]恩格斯：《家庭、私有制和国家的起源》，见《马克思恩格斯选集》（第4卷），人民出版社1975年版，第73页。着重号为原书所加。

传》）这里，如果忽视了刘巧珍有一颗"金子般的心"，那么我们对她的悲剧价值的理解就会失之片面，就会走向畸形。刘巧珍是个什么样的妇女典型呢？她的精神心理及思考方式是扎根在我们传统的道德观念和口耳相传的民间文学的土壤中的，你瞧她总是喜欢唱信天游：

上河里（哪个）鸭子下河里鹅，

一对对（哪个）毛眼眼望哥哥……

在她身上，有着我们中华民族的美德——善良、纯真、诚朴、谦让，这个漂亮得像山丹丹花一样的刘立本的二女子，并不是那种简单的农村姑娘。"她虽然没有上过学，但感受和理解事物的能力很强，因此精神方面的追求很不平常。"加上她那颗"金子般的心"，就"形成了她极为丰富的内心世界"。可惜她自己"没文化"，无法接近她认为"更有意思"的人。"她常在心里怨她父亲不供她上学。等她明白过来时，一切都已经为时过晚了。为了这个无法弥补的不幸，她不知暗暗哭过多少回鼻子。"她爱高加林爱得那么深沉，就因为高加林有文化，非常喜欢他的那一身本事："吹拉弹唱，样样在行；会安电灯，会开拖拉机，还会给报纸上写文章哩！再说，又爱讲卫生，衣服不管新旧，常穿得干干净净，浑身的香皂味！"[①]这种爱，在传统的爱情道德观中又折射出对具有文明表征的新的生活的追求。为了爱，痴情的姑娘，任何勇气都能鼓起来，什么都可以忍受：

刘巧珍刷牙了。这件事本来很平常，可一旦在她身上出现，立刻便在村里传得风一股雨一股的。在村民们看来，刷牙是干部和读书人的派势，土包子老百姓谁还讲究这？高加林刷牙，高三星刷牙，巧珍的妹妹巧玲刷牙，大家谁也不奇怪，唯独不识字的女社员刘巧珍刷牙，大家感到又新奇又不习惯。

"哼，刘立本的二女子能翘得上天呀！好好个娃娃，怎突然学成了这个样子？"

---

① 路遥：《人生》，见《路遥文集》（第一卷），陕西人民出版社1993年版，第32—33页。

"一天门外也没逛,斗大的字不识一升,倒学起文明来了!"

"卫生卫生,老母猪不讲卫生,一肚子下十几个价胖猪娃哩!"

"哈呀,你们没见,一早上跷蹴在硷畔上,满嘴血糊子直淌!看这洋不洋?"①

对这些乡民世俗的眼光和"不可思议",刘巧珍根本不顾,她要在村里创出个"西洋景",偏偏要让那"周围的一圈人的眼光就从那牙缸子里看到她的嘴上,又从她的嘴上看到土地上"。不仅如此,她坚决支持高加林闹"卫生革命",还竟然不顾大白天同高加林同乘一辆自行车逛县城……

然而,由于在我们民族的精神土壤中也掺杂了不少糟粕性的观念,这些观念同样限制着刘巧珍的心灵。她在精神上那么"丰富"但却又是那么贫困。她的善良混合着愚昧,谦让伴随着自卑,纯真却又不免简单……这些矛盾反映出我们民族在现实生活中呈现的二重的心理状态:感奋着时代的变化却又时时被旧观念、旧道德限制了精神世界的发展;向往着文明的进步却又时时被愚昧纠缠着难以迈开轻快的步子。

当刘巧珍处在这样一种精神状态的时候,就不可能对自己的价值有全面的、正确的认识。相反,"她在有文化的人面前,有一种深刻的自卑感"。因此,为了爱情,她宁愿希望高加林当农民,"在高加林又一次当了农民的时候,她那长期被压抑的感情又一次剧烈地复活了。这次就好像火山冲破了地壳,感情的洪流简直连她自己也控制不住了。她为他当了农民而高兴,又同时为他的痛苦而痛苦……"②她把没有文化这种差距看作爱情上的不可逾越的鸿沟。她不是通过他人来体现自己的价值,而只是希望由他人来实现自己的价值。这种偏狭的认识取代了她的全部自我意识。因此,只要高加林说什么,她都听——这样的爱情,这样的缺乏一种自强自立的精神,使她始终处于依赖的

---

① 路遥:《人生》,见《路遥文集》(第一卷),陕西人民出版社1993年版,第44—45页。

② 路遥:《人生》,见《路遥文集》(第一卷),陕西人民出版社1993年版,第32、35页。

地位上。她只是乞求爱情，而不是争得。请看，她总是：

"加林哥，你常想着我……"巧珍牙咬着嘴唇，泪水在脸上扑簌簌地淌了下来。

……

"你就和我一个人好……"巧珍抬起泪水斑斑的脸，望着他的脸。①

我们不妨为她设想一下：假如故事不是现在的悲剧性的结局，而是她和"亲爱的加林哥"有情人终成眷属，那她一定是位贤妻，整日忙碌，毫无怨言，把自己的全部价值都融化到丈夫身上，并且感到满足。她最终并没有能突破这种观念的束缚，相反，这种潜意识在她同高加林分手后反而被当作一种生活原则而肯定下来：

她曾想到过死。但当她一看见生活和劳动过二十多年的大地山川，看见土地上她用汗水浇绿的禾苗，这种念头就顿时消散得一干二净。她留恋这个世界；她爱太阳，爱土地，爱劳动，爱清朗朗的大马河，爱大马河畔的青草和野花……她不能死！她应该活下去！她要劳动！她要在土地上寻找别的地方找不到的东西！

经过这样一次感情生活的大动荡，她才似乎明白了，她在爱情上的追求是多么天真！悲剧不是命运造成的，而是她和亲爱的加林哥差别太大了。她现在只能接受现实对她的这个宣判，老老实实按自己的条件来生活。

但是，不论怎样，她在感情上根本不能割舍她对高加林的爱。她永远也不会恨他；她爱他。哪怕这爱是多么地苦！②

这是真正的觉醒吗？显然不是！而是蕴含着更深的悲剧。实际上，她同

---

① 路遥：《人生》，见《路遥文集》（第一卷），陕西人民出版社1993年版，第111页。

② 路遥：《人生》，见《路遥文集》（第一卷），陕西人民出版社1993年版，第164页。

高加林的分手未必是悲剧，而被她当作生活原则来接受的这种自我反省后的认识倒是真正可悲的迷误。她仿佛做了一个梦，在生活中走了一个圆圈——同高加林一样，她又回到了原来的地点。这里，事物的回旋不是螺旋式的上升，而只是一种简单的重复。她悟出了什么呢？她最后发出的这声痛苦的呼喊，是在爱情问题上的所谓大彻大悟，还是对高加林的愤怒谴责？抑或是对他们之间差别的一种无可奈何的悲叹？试想，她最后选择的同马拴没有爱情的结合，究竟能不能给她带来一个幸福美满的结局，这是很让人怀疑的。至少，她将在相当长的一段时间里，忍受感情的痛苦煎熬。而对于马拴来说，这个朴实厚道的农民也将终生按照他的生活方式，接受这种没有爱情的婚姻。

因此，没有爱人，只有丈夫，这才是刘巧珍的真正足以震撼人心的悲剧。于是，我们从她身上，除了看到她那美丽动人的一面以外，又看到传统的堕力在她身上的难以脱去的潜在影响力。而她悲剧性的撼人之处还在于，它提醒我们，在当代广大的农村，像刘巧珍这样的爱情悲剧又何止一件两件……文明与愚昧的冲突不是在愈演愈烈吗？巧珍的悲剧，不是文明战胜了愚昧，而是愚昧打败了文明！

站在今天的角度上，我们同情刘巧珍的悲剧命运，赞美她的善良、纯真、诚朴、谦让……悲悯她的不觉悟，但并不意味着肯定她的悲剧性格。因为，"古代世界提供了从局限的观点来看的满足，而现代则不给予满足；凡是现代以自我满足而出现的地方，它就是鄙俗的"[①]。现代化进程的目的是努力提高每个人的自我价值、社会价值，每个人就应该珍惜和提高自己的价值。妇女对自身人格价值的尊重，决不能仅仅局限在爱情和婚姻的小圈子里，而应该对生活有更积极的开拓。妇女要永远保持自强自立的清醒意识，就要同传统的观念作彻底的决裂，要从小生产者的愚昧中解放出来，这样才能成为现代意义上的人，成为积极参与社会变革中的一分子。像张弦在其短篇小说《银杏树》里所说的："挺直腰杆，把全部身心投入她的教学工作。终会有那么一天，她

---

① [德]马克思：《政治经济学批判》，见《马克思恩格斯全集》（第46卷 上册），人民出版社1979年版，第487页。

作出了成绩,……而真诚的爱情也在忘我的劳动中悄悄地来到她的身边。"

路遥说:"像刘巧珍,她的命运是那么悲惨,是悲剧性的命运。我对这个人物是抱着一种深深的同情态度的。"①正是由于"深深的同情",在一定程度上妨碍了作者对她的内在的悲剧因素作进一步的探究和揭示。同时,也反映出作者仍处于传统与现代之间的困惑心理,还有一些对纯朴情感的依恋和道德损坏时的矛盾心绪。

真正优秀的现实主义作品必然是贯彻着作家的审美理想的。《人生》的审美理想并不在于为当代的农村青年指出一条铺满鲜花的人生坦途,描绘一个令人神往的灿烂前景,它所展示的毋宁说是荆棘丛生的崎岖之路。《人生》的审美理想主要表现在,作者通过高加林和刘巧珍的爱情悲剧,给人一种痛惜感,充溢着一种对于变革现实的热烈的期待和深情呼唤——要避免像高加林和刘巧珍那样的生活悲剧的重演,要在文明与愚昧的冲突中正视我们民族文化心理的衍变。高加林所具备的,正是刘巧珍所没有的;刘巧珍所有的,又正是高加林所不具备的。这是一个合理与不合理紧密胶合在一起的矛盾,一个现在还无法解决但将来必然要解决的矛盾。这是一场极其复杂的令人思绪纷纭的人生悲剧,但在复杂的悲剧表象下却隐约地透出生活的某种确定性。主人公们的动机带着"琐碎的个人欲望",又表现出一定的"历史潮流"——它是正在怀着的"未来身孕"。人们期待着,加林们和巧珍们在不久的将来,能在一个新的文明层次上再相逢。

苦难是悲剧艺术的审美过程。

把苦难神圣化,崇拜苦难,把苦难认作生命真谛,并非路遥一人的偶然情绪,它可以在中国的现实的历史的土壤中找到深广的基础。在中国几千年的社会历史记载中,分裂与兼并、武装割据与政治斗争、异族入侵与内乱蜂起,一个民族承受过如此之多的灾难却没有解体,没有衰亡,实在是世所罕见的,单以中国历史上各种战争的规模之大、数量之多、破坏之深,就远非他国可与

---

① 路遥:《关于〈人生〉的对话》,见《路遥文集》(第二卷),陕西人民出版社1993年版,第417页。

之相比。相应地,民族文化心理也对于苦难有更多的青睐,从"生于忧患,死于安乐",到"欢娱之辞难工,穷苦之言易好",苦难的确是民族生命和民族文化的硎石,磨砺和激发出巨大的承受灾难的负载力。至于现代中国,乃至"文革"十年,都以其巨大的痛苦而唤起了民族的觉醒和再生。这也就是中国现代文学和新时期文学中充满了那样多的苦难但却不使人消沉的时代背景。由正视苦难到崇拜苦难,则是这一现象的极端发展。有一位评论家在批评张贤亮的《绿化树》时,对苦难崇拜作出颇有说服力的分析:"苦难的艺术表现决不仅仅是对苦难的控诉。当你细致入微地描写如何经受苦难和如何从苦难中走出时,你多多少少就把苦难当作了'艺术观照'的对象。……经受过苦难的人回过头去,为自己的耐受力而感动,他们不由自主地把苦难'神圣化',甚至产生了'要追求充实的生活以至去受更大的苦难的愿望'。这一切都是可以理解的。然而,倘把这种心理学上的真实性当作历史哲学或人生哲学上的真理性,那就很可怀疑了。"[①]

在路遥的小说世界中,苦难,作为一种审美的对象,显示着它深沉的底蕴。路遥并不是把苦难作为"历史哲学或人生哲学的真理性"推向极致,而是着力发掘平凡人身上顽强的生活毅力和生命意志,从而揭示出历史的动力:历史,是由成千上万的普通劳动者所创造的,他们在苦难的生活历程中锻铸着自己,塑造着自己的形象,同时也推动着历史的发展。而苦难表现在他的人物身上,其原因又都是由社会、政治、经济的历史状况造成的。作为一个当代作家,路遥对自己的人生使命有明确的意识。他的小说创作,继承了五四新文学"为人生"的文学主张及其实践。路遥是怀着对祖国、对人民、对生活热切的大爱及深厚的悲悯之情,直面现实世界、直面真的人生的,无论是写城乡交叉的变革,还是探讨人生、家庭、社会、生活、爱情、伦理道德等问题,他的小说都显示出真善美和假丑恶的尖锐对立及交锋,真实地展现了社会前进的艰难和曲折,剖析了形形色色的人物的内心世界。在新时期作家中,路遥是真诚而

[①] 黄子平:《沉思的老树的精灵》,浙江文艺出版社1986年版,第153页。

步履坚实的,态度是执着而鲜明的。强烈的参与社会改革的思想意识,对社会现实人生的积极干预,对理想的执着追求,瞩望社会前进的奋争精神,都使他的小说强烈地体现着当代中国现实的动态图景。

《在困难的日子里》,反映的是1960年代初"我国历史上那个有名的困难时期",这个时期,特别是对于生活在贫瘠的黄土高原上的普通老百姓来说,其痛苦的日子是难以想象的。在这样一个特定的年代,农民的儿子马建强经受了肉体和精神的双重苦难。作品的第一人称叙述更强化了苦难的色彩:

> 我在城郊的土地上疯狂地寻觅着:酸枣、野菜、草根,一切嚼起来不苦的东西统统往肚子里吞咽。要是能碰巧找到几个野雀蛋,那对我来说真像从地上挖出元宝一样高兴。我拿枯树枝烧一堆火,急躁地把这些宝贝蛋埋在火灰里,而往往又等不得熟就扒出来几口吞掉了。[①]

> 父亲呢?也许正在那黑得像山洞一般的土窑洞里,吸着清鼻涕,蹲在炕头上,一锅接一锅地抽着旱烟。或许并不在炕上,而将那把祖父手里传下来的长方形的黄铜锁锁住冰窖冷炕,拖着瘸腿,一拐一拐在山洼里寻找寒风没有摇落的野酸枣。要么,干脆在村头碾庄稼的场上,扫出一块干净的空地,支一只草筛子,撒上一把谷糠,企图扣一两只贪嘴的麻雀,我好像看见他躲在老远的柴垛后面,手里正拉着拴在支草筛子的小棍上的绳子,一眼盯着那块空地,等待着,等待着;积雪落满了他的双肩,落满了苍白的头发……要是他今天能吃上一只烧麻雀或者几颗干瘪的野酸枣,他就一天不会动烟火了,而把那省下的一点口粮托人捎给我……[②]

这里所叙写的虽然是两段不同的场景,但我们已经看到父子两代人在饥

[①] 路遥:《在困难的日子里》,见《路遥文集》(第二卷),陕西人民出版社1993年版,第106页。

[②] 路遥:《在困难的日子里》,见《路遥文集》(第二卷),陕西人民出版社1993年版,第160页。

饿中所承受的苦难,以及在这苦难中的人的生命力之顽强。在这些艰难的日子里,马建强并没有因极度的饥饿而倒下,即使在饿得站不起来的时候,他也决不会丧失自己的人格;而苦难更激发出一种与肉体的痛苦、与精神的痛苦抗争的力量。为了保持人格的健全和自尊,他尽管被饥饿折磨得"天旋地转,但只要坐在教室里,趴在自己的课桌上,面对课本和演算本,一切便很快被控制住了,就像弹簧一样紧紧地压缩在了一起,没有任何的松懈"①。路遥的作品《在困难的日子里》,不仅写出了人的苦难,人对苦难的反思,而且写出了混合着的苦难中人性的光彩和伟大。吴亚玲等人对马建强的物质关怀和精神温暖,把苦难的青春提升到崇高的奉献和牺牲的人生境界,使人们从苦难中看到了具有永恒意义的人性魅力和生命原色。"人物在这里已经不简单是社会学范畴中的一个理念因素,他活动在社会舞台上,却又始终或者雄浑或者低沉地吟唱着人本身。"②是的,当你从这苦难中走出时,你所领悟到的却是对苦难的超越,是对苦难中的人性的怀念与赞美。

如果说路遥的《在困难的日子里》的苦难意识极力表现在主人公对战胜饥饿、自卑、屈辱、歧视、冷漠、孤寂等艰难困苦的非凡勇气和信心,并渲染了苦难中的人性美;那么,在《惊心动魄的一幕》里,他赋予苦难以更崇高的审美力量。在作品中,路遥把"悲剧是将人生有价值的东西毁灭给人看"(鲁迅语)这一美学哲言表现得淋漓尽致。在马延雄身上,我们感受到的已不仅仅是一个普通的共产党员对党的事业的鞠躬尽瘁、死而无憾,而是从他精神深处喷涌出来的一颗博大的灵魂,一个用全部生命同恶的强大势力斗争的正义力量的化身。在这里,充分体现着"美是人的自我肯定""美是强力的形象显现"③这一审美价值的判断。马延雄这个在十岁就失去了双亲,靠给地主"拦羊"谋生,后来"和庄稼人一齐起来打倒了他们的东家",在漫长的革命生涯

---

① 路遥:《在困难的日子里》,见《路遥文集》(第二卷),陕西人民出版社1993年版,第123页。
② 路遥著,陈泽顺选编:《路遥小说名作选》,华夏出版社1995年版,序二第2页。
③ [德]尼采:《悲剧的诞生》,周国平译,生活·读书·新知三联书店1986年版,第10页。

中成长起来的县委书记,在"文革"中,却被打成了"死不改悔的走资派"。他被关进了监狱,但心里仍装着农民大众,"他发誓在他闭上眼睛前,要看见全县农民碗里的黑疙瘩换成黄疙瘩(玉米面馍)和白疙瘩(白面馍)"。①每天,除了挨打和被审讯外,所有的时间,他都是在一张油印的县区地图上作着发展全县生产的规划。然而,在这个人妖颠倒的年代,他的这种为党工作的精神却被诬陷为"犯罪"。他经受了令人战栗的苦难:

> 这瘦弱的脊背,从肩膀到勒裤带的地方,已经没有一块正常的皮肉了。有的地方结了干痂,干痂的四周流着粘黄的浓液;有的地方一片乌青,像冻紫茄子的颜色一样。那些红色的斑痕是不久前留下的,破裂的地方正渗着血。肩窝和下腰部有两个地方的肌肉萎缩成坑状——这是四七年胡宗南匪兵留下的枪伤;大腿上也还有这样一个坑和一条刀痕。②

这还不够,造反派们给这个遍体鳞伤的瘦弱身躯上又压上一块几十斤重的毛碴碴的石炭,使那"没有血色的脸,没有血色的嘴唇,紧贴着泥土地。只有在他出气的时候,才能感到些微颤动;才能感到那黑色的石炭下压着一个活着的生命"③。就是这样一个被折磨得奄奄一息的躯体,却有着一颗无比刚强的灵魂,有着不可摧折的意志。请看,为了保护群众的生命安全,他不顾一切地奔往县城解救群众的情景:

> 雨下得正紧……
>
> 黑漆漆的大地是沉静的,又是嘈杂的——没有其它声音,只有雨的声音。空气里混和着一股土腥味和植物的腐霉味。地已经下饱和了,雨不再渗进去,在地上随意漫流着。

---

① 路遥:《惊心动魄的一幕》,见《路遥文集》(第一卷),陕西人民出版社1993年版,第463、465页。
② 路遥:《惊心动魄的一幕》,见《路遥文集》(第一卷),陕西人民出版社1993年版,第468—469页。
③ 路遥:《惊心动魄的一幕》,见《路遥文集》(第一卷),陕西人民出版社1993年版,第469页。

马延雄顶着风雨走。

路不知道在哪里，每一脚踏下去，就好像要踏入万丈深渊。

衣服湿透了，越来越沉；鞋一层层裹满了泥浆，重得抬不起脚来。

"咕咚"一声，他一个仰面栽倒在水洼里了！

他呻吟着，半天爬不起来。饥饿、疲劳、寒冷、伤痛，使他本来就垮了的身体到了极度的虚弱状态中。他简直再没有力气往前走了。

他趴倒在泥水里，任哗哗的大雨无情地浇泼着。

他趴着，枕着自己的泥胳膊……

他又挣扎着往起爬：全身的力气都集中在胳膊上，牙咬得咯嘣嘣价响！

一番拼命以后，他终于站起来了。

他站着喘了一会气，准备往出迈步。可是，脚在泥浆里怎么也拔不出来。他咬住牙往出拔，身子不由得晃荡了几下，又一次栽倒在水洼里了！

他伏在泥水里，头枕着泥胳膊，意识一阵阵失去控制，又被脊背上刀割般的疼痛拉回来……

"啊，有一点吃的就好了……"他喃喃地对自己说。他下意识地抬起头，在黑暗中紧张地搜索起来，似乎面前真有什么吃的东西。

的确！似乎发现前面不远处，隐隐约约有一片密匝匝的庄稼。啊！那说不定是晚玉米呢？如果能啃几穗生嫩玉米，该多好！这样，他也许会重新有力气的，也就会重新走向前的。

他咽了一口唾沫，两只手扣着泥地往前爬。他身体犁着泥水往前爬。

爬到一块玉米地边，他摸索着扯下一穗玉米，手颤抖着剥去皮，不管嫩不嫩，就塞到嘴里啃了一口：真甜！可是，他刚嚼了一下，两个腮帮子和牙床就猛地一紧缩，疼得嚼不动了！好久，口腔才松弛下来。他大口大口地啃起来了。

……他啃了几穗生嫩玉米,身子明显感觉硬朗起来,吃完后,他像孩子吸吮了母亲的乳汁,两只手亲昵地抚摸着土地,两大滴饱含着感情的热泪和雨水一起淌在了大地母亲的胸脯上……

现在他又起程了——顶着哗哗的风雨,高一脚,低一脚,踉踉跄跄向县城颠簸着。他想:天明后一定能走到城里的。到城里去!眼前他只考虑这个目标。城里将给他带来什么,他现在甚至连想都没想。

雨啊,停一停吧!看他向前走一步够多困难。他饥饿,他劳累,他寒冷,他脊背上的伤像刀犁一般疼……

雨啊,再下大些吧!把他拦挡住,不要叫他再往前走了。要知道,他往前走一步,就向苦难靠近了一步!

雨继续哗哗地下着,他继续踉踉跄跄向前走着;跌倒了,再爬起来,再向前走……①

马延雄用自己所经受的巨大痛苦终于制止了一场群众性的大规模武斗,然而,他却被作为"一个伟大的敌人"送上了牺牲的"祭坛";他是被活活打死的!——"马延雄蜷曲地侧躺在土地上。湿衣裳完全成了泥片,上面印着各种式样的鞋底子印。他头右边太阳穴附近有一道裂开的口子,血像泉涌一样冒着。这道伤口不像是刀子砍下的,而是什么很钝的东西撞击的。"②

路遥的长处在于他比同期的作家更深刻地观察、感受和传达出造成苦难的政治和文化背景,这使他能开掘出人在巨大的痛苦中往往有着惊人的意志和伟大的灵魂。在马延雄身上,我们从苦难中感受到的是一种沉郁的、厚重的美的激扬,是一个升腾着的美的精灵以他无比的震慑力久久地回旋在人们的心里。这不禁使我们想起海明威在《老人与海》里所反复吟诵的一个主题:你尽

---

① 路遥:《惊心动魄的一幕》,见《路遥文集》(第一卷),陕西人民出版社1993年版,第510—513页。

② 路遥:《惊心动魄的一幕》,见《路遥文集》(第一卷),陕西人民出版社1993年版,第542页。

可以消灭他，但你却永远打不败他。从马延雄身上，难道你感受到的不正是这样一种精神力量吗？！

海德格尔给美下了个定义："被形象化的东西就是自行去蔽的存在的亮光朗照。如此朗照的光把自己的显明置入作品。这置入作品的显明就是美。美是作为无蔽的真理显现的一种方式。"①美不是并随真理出现的，真理自行设置入作品，真理就敞明自己，这一敞亮的澄明就是美。在《惊心动魄的一幕》中，我们看到的难道不正是这样一种美吗！

路遥不愿意掩饰和美化自己对生活的真实感受，他总是真切地、毫不怜惜地展示人世间的苦难，执着于书写这些苦难，倾其全力倾诉这些苦难，竟至于在自己的创作中迷恋和崇拜上这些苦难了。这样的心理状态，才能把苦难写得深切、丰厚，写得撼人心魄。在《平凡的世界》中，我们看到的是那些普通人苦难的奋斗史，他们的历史沉郁、悲壮而崇高；在这种苦难的奋斗史中，包容着民众对历史、对社会、对生活、对人生、对生命坚定不移的信念、追求和牺牲精神，充满着积极进取的乐观态度，用孙少平的话来讲：他通过"血火般的洗礼"，已经很"热爱"自己的苦难，并把自己从生活中得到的人生启示提升为"关于苦难的学说"。这种达观进取的人生态度，催人奋进，震人心弦。我们从这样的苦难的奋斗史中得到的不是忧伤、凄婉和悲哀，而是厚重、刚健，满怀着昂扬激情的精神动力，它同时构成了路遥作品中苦难意识的主旋律，并以审美的形式回旋在平凡人的世界中。在这里，我们也不妨引用路遥在《平凡的世界》中借用艾特玛托夫的《白轮船》中吉尔吉斯人的那首古歌：

> 有没有比你更宽阔的河流，爱耐塞，
> 有没有比你更亲切的土地，爱耐塞。
> 有没有比你更深重的苦难，爱耐塞，
> 有没有比你更自由的意志，爱耐塞。

---

① 转引自刘小枫：《诗化哲学》，山东文艺出版社1986年版，第231页。

这首古歌那种深沉、悲郁、雄浑、壮丽的情感基调，不正是路遥所崇尚的苦难意识的象征表述吗？

二、生命·爱情·死亡

帕斯捷尔纳克在他的名著《日瓦戈医生》里有这样一句话："艺术总是被两种东西占据着：一方面坚持不懈地探索死亡，另一方面始终如一地以此创造生命。"此话虽说的有些绝对，但却给我们以某种启示：真正深入人本身，探视人的复杂丰富的生命世界，研究人的生命的全过程，无疑是鉴赏和研究艺术作品的基本视点。

被奉作是永恒的主题的爱情和死亡，在活泼泼的生命世界里，不能不说是生命的最强音。爱情，意味着生命的冲动、生命的创造；死亡，标志着生命的终结、生命的毁灭。爱与死，分别标志着生命的两极，生命的最原始最强烈的活力和最终一去不复返的、不可重复的生命过程的中止。"爱与死为邻"[①]，有执着的爱的奉献，也必然会有死的殉难。路遥写普通人的生命感觉、生命欲望，也必然是会把爱情和死亡作为最充分地表达生命感觉、最强烈地展示生命欲望的华彩乐章来写的。

在《平凡的世界》中，孙少安、孙少平兄弟俩的爱情生活无疑是路遥所有作品中写此类题材最动人、最富有光彩然而也是最令人忧伤的篇章。孙少安和田润叶本来有着纯真的爱情，在孙少安心目中，润叶"并不是一个梦境中虚幻的姑娘。她和他一块长大，相互熟悉和亲切得像兄妹一样。他要是真的能和她一块生活一辈子，那他对自己的一生会多么满足啊！"可是，由于他回乡当了农民，他为自己得不到润叶的爱情而悲伤，这并不是说孙少安没有追求爱情的勇气，而是他为了使润叶生活得更幸福，"他不能答应和这个爱他的也是他

[①] 沈从文：《生命》，见何宝民主编：《世界华人学者散文大系·2》，大象出版社2003年版，第136页。

爱的人一块生活!"因为,他清楚地看到,"他要是答应了润叶,实际上等于把她害了。像她这样的家庭和个人条件,完全应该找个在城里工作的人。她现在年轻,一时头脑热了,要和他好。但真正要和他这样一个农民开始生活,那苦恼将会是无尽的。她会苦恼,他也会苦恼。而那时的苦恼就要比现在的苦恼不知要苦恼多少倍!"①于是,他忍痛拒绝了润叶对他的爱情,也割断了他和她过去的友情。

瓦西列夫说:"爱情是本能和思想,是疯狂和理性,是自发性和自觉性,是一时的激情和道德修养……"②路遥的笔下,突出着的是这一组组相互矛盾之中的后者。就其现实意义而言,它显示着中国当代农民真实的生存状态。爱情当然是伴随着生存条件而决定的。正如马克思所言,根据两性之间关系的程度可以判断出人的整个文明程度。中国农村长期以来囿于生产力的落后低下,文化建设和人们的精神世界始终未得到大幅度的有意义的开发,人们长期生活在经济落后的自在状态中,很难产生精神上的高层次的追求,如同人的生理性条件在全部生活中占有重要的地位一样,在爱情中也是如此。路遥以他对现实的冷峻谛视,并没有赋予爱情以罗曼蒂克式的幻想,而是真切地写出了平凡人苦难生活中的爱情。

孙少安在痛苦、迷茫、烦恼中割舍了与田润叶的爱情,但"一旦他自己要找另外一个女人的时候,他就以无比痛苦的心情又想到了润叶。……他是多么地热爱和留恋她。是的,他和她的感情本来就像苹果树上完整的一枝,在那上面可以结出同样美丽的、红脸蛋似的苹果来;现在却要把自己的那一部分从上面剪下来,嫁接到另一棵不相同的树上——天知道那会结出什么样的果实来。生活的大剪刀是多么的无情,它要按照自己的安排来对每一个人的命运

---

① 路遥:《平凡的世界》(第一部),见《路遥文集》(第三卷),陕西人民出版社1993年版,第167、168、170页。
② [保加利亚]瓦西列夫:《情爱论》,赵永穆、范国恩、陈行慧译,生活·读书·新知三联书店1984年版,第119页。

进行剪裁！"①对于一个普通人来说，只好听命于生活的裁决。这不是宿命，而是无法超越客观条件的限制。在这个世界上，不是所有合理的和美好的都能按照自己的愿望存在或者实现的。为了合理地现实地安排自己的人生，孙少安远足他乡，领回了一个山西农家姑娘秀莲。孙少安自己也没有想到，他所选择的这个姑娘，"正是他过去想象过的那种媳妇。她身体好，人样不错，看来也还懂事；因为从小没娘，磨练得门里门外的活都能干。尤其是她那丰满的身体很可少安的心"。"更叫人赞叹的是，她到少安家的那个破墙烂院里，没有显出一丝的嫌弃，而且第二天就帮助孙玉厚的老婆做上家务活了；还满嘴奶奶、妈妈、爸爸叫个不停，把孙玉厚一家人都高兴乱了！除过这些以外，最主要的是，还听说她娘家连一个财礼钱都不要！啊呀，不要财礼钱？世界上还有这样的事？"②对于秀莲来说，这个同样是在苦难中浸泡大的农村姑娘，之所以能在很短时间"把自己一颗年轻而热情的心，交给了这个远路上来的小伙子"，是因为她有着善良纯朴的心灵，"穷怕什么！只要你娶我，再穷我也心甘情愿跟你走！"在这里，我们或许看到，对于有文化的城里人来说，往往不能想象农村姑娘的爱情生活。在他们看来，也许这种爱情缺乏诗意；没有文化就等于没有头脑，没有头脑就不懂得多少感情。可是实际的情形也许和这种偏见恰恰相反。真的，正由于她们知识不多，精神不会太分散，对于两性之间的感情非常专注，所以这种感情实际上更丰富、更强烈、更执着。

更重要的是，孙少安和秀莲是一对在苦难中共患难的夫妻，他们在劳动中不断地深化着爱情，用爱情的力量凝聚起创造幸福的动力。"对于秀莲来说，宁愿她自己饿肚子，也不愿让少安吃不饱。"而"孙少安完全能体谅亲爱的人儿对自己的一片好心！"他们共同度过了饥饿的熬煎。"他们真正是风雨同舟从最困苦的岁月里一起熬过来的。"当改革的春风刚吹进农村大地的时

---

① 路遥：《平凡的世界》（第一部），见《路遥文集》（第三卷），陕西人民出版社1993年版，第201—202页。

② 路遥：《平凡的世界》（第一部），见《路遥文集》（第三卷），陕西人民出版社1993年版，第244、245页。

候,当农民的日子稍有好转的时候,他们立即行动起来,"抢先开始发家致富了",办起了自己的砖厂。但是,这致富的道路又谈何容易。"可以毫不夸张地说,每一分钱几乎都是用血汗换来的。要维持一个烧砖窑,起码得三四个好劳力。他们一家人既要种庄稼,又要侍候这个庞然大物,已经把力气出到了极限。少平在家的时候,三个男劳力加上秀莲,还能勉强两头应付。少平一走,父亲一个人忙山里的活已经力不从心,因此少安夫妇办这个烧砖窑也到了纳命的光景。挖土、担水、和泥、打坯、装窑、烧火、出砖……每一样都是重苦活。两口子天不明忙到黑灯瞎火,常常累得饭也吃不下去;晚上睡在被窝里,连亲热一会的精力都没有——熬苦得梦中都在呻吟……"①尽管他们也有为过日子红脸的时候,如在分家问题上夫妻俩的分歧,但却能在宽容和相互理解的情意中化解这种分歧。苦难和劳动往往使人产生激情、爱情。孙少安和秀莲拼命地劳动,是"因为生活突然充满了巨大的希望……并可以一无反顾地为之而付出代价"。在这样的生活中,他们真正体会到了人生的意义。用作者的话讲,"什么是人生? 人生就是永不休止的奋斗! 只有选定了目标并在奋斗中感到自己的努力没有虚掷,这样的生活才是充实的,精神也会永远年轻! "②

有了这种精神力量的支撑,爱情不仅能产生无比的创造活力,而且永远能使人向上。当孙少安在致富的路途上遭受到沉重的挫伤时,是爱情再一次振作起他创造生活的欲望:

> 孙少安在秀莲的怀抱里所感受到的远远不止这些。他无法说清秀莲的体贴对他有多么重要。他不仅是和她在肉体上相融在一起,而是整个生命和灵魂都相融在了一起。这就是共同的劳动和共同的苦难所建立起来的伟大的爱。他们的爱情既不同于孙少平和田晓霞的爱情,更不同于田润叶和李向前现在的爱情,当然也和田润生

---

① 路遥:《平凡的世界》(第二部),见《路遥文集》(第四卷),陕西人民出版社1993年版,第127页。

② 路遥:《平凡的世界》(第二部),见《路遥文集》(第四卷),陕西人民出版社1993年版,第355页。

*与郝红梅的爱情有区别。孙少安和贺秀莲的爱情倒也没什么大波大折，他们是用汗水和心血一点一滴汇聚成了这深情的海洋……*①

劳动，创造了人类，创造了爱情，创造了幸福，创造了一切。"劳动的对象是人的类生活的对象化：人不仅像在意识中那样理智地复现自己，而且能动地、现实地复现自己，从而在他所创造的世界中直观自身"。而"动物只是按照它所属的那个种的尺度和需要来建造，而人却懂得按照任何一个种的尺度来进行生产，并且懂得怎样处处都把内在的尺度运用到对象上去；因此，人也按照美的规律来建造"。②孙少安和贺秀莲的爱情生活，再清楚不过地反映出路遥的爱情审美观，他是把用劳动创造爱情、创造幸福看作男女情爱的基础，因此，他能发掘出蕴含在普通人身上深厚纯朴的情感和生命力的源泉。孙少安和秀莲的爱情显得那么真挚，富有爱情的内在韵律，正是靠着他们勤劳的双手和充满智慧的心灵创造了人生的幸福，使生命的过程毫不炫目但却富有魅力。

生命的不确定性是审美的一种阐释、一种表现。孙少安与秀莲共同创造了爱情，创造了幸福，但秀莲却永远倒下了，尽管作者不忍心写秀莲的死，但死亡的巨大阴影却笼罩着她本身。这个曾经无私地给了少安以热情、激情、爱情和创造力的普通农村妇女，在她的生命过程中并没有什么大起大落、大悲大喜的情节，然而，她的死却来得那么突然。实际上，这突然中带着必然，过多的苦难和超人的劳动是可以将人毁灭的，在她身上，我们难道还看不出这一点吗？她的生命过程蕴含着中国普通农村妇女的那种坚韧、朴实、勤劳、善良的品格以及无私奉献的精神。

在路遥笔下，孙少平和田晓霞的爱情却表现出另一种形式。共同的人生观、世界观和对理想的执着追求使这一对年轻人相爱了。对于田晓霞来说，她本来有条件找一个门当户对的高干子弟组建家庭，但是，她从孙少平身上"发

---

① 路遥：《平凡的世界》（第三部），见《路遥文集》（第五卷），陕西人民出版社1993年版，第289页。

② [德]马克思：《1844年经济学哲学手稿》，见《马克思恩格斯全集》（第42卷），人民出版社1979年版，第97页。

现了另外一种类型的同龄人","一个对生活有了独特理解的人"。在她眼里,像孙少平这样的时代青年,"往往带着一种悲壮的激情,在一条最为艰难的道路上进行人生的搏斗。他们顾不得高谈阔论或愤世嫉俗地忧患人类的命运。他们首先得改变自己的生存条件,同时也不放弃最主要的精神追求;他们既不鄙视普通人的世俗生活,但又竭力使自己对生活的认识达到更深的层次……"因此,孙少平一下子变成了一个她十分钦佩的人物,使她深刻地认识和理解到尽管生活逼迫少平走上了"一条艰苦的道路,但这却是很不平凡的"。她兴奋的是,"孙少平为她的生活环境树立了一个'对应物';或者说给她的世界形成了一个奇特的'坐标'"。[1]这使她深深地爱上了这个农民的儿子,"掏炭的男人"。田晓霞的精神世界中具有崇高的追求意识和感人的平民意识,她要摆脱优越环境的限制而独立地实现和创造自己的人生价值,这是她拒绝媚俗并爱上孙少平的根本原因。"她和他尽管社会地位和生活处境不同,但在人格上是平等的——这种关系只有在共同探讨的基础上才能形成。或许他们各自都有需要对方改造的地方;改造别人也就是对自己本身的改造"[2]。正是独立的追求意识和平民意识促使着她在精神上、心灵上与孙少平贴得那样近、那样深。而对于孙少平来说,这个"默默地、忍受着各种苦难"的农村青年,却有着非同一般农村青年的精神气质,他有着对人生、对生命、对生活的独立思考和执着的追求信念。在爱情上,他是理智的,又是富有激情的。"他决不会像哥哥一样,为了逃避不可能实现的爱情,就匆忙地给自己找个农村姑娘。无论命运会怎样无情,他决不准备屈服;他要去争取自己的未来!当然,这不是说,他以后就一定能和晓霞一块生活——即使没有田晓霞,他也要去走自己的道路!生活包含着更广阔的意义,而不在于我们实际得到了什么;关键是我们的心灵是否充实。对于生活理想,应该像宗教徒对待宗教一

---

[1] 路遥:《平凡的世界》(第二部),见《路遥文集》(第四卷),陕西人民出版社1993年版,第193—195页。
[2] 路遥:《平凡的世界》(第二部),见《路遥文集》(第四卷),陕西人民出版社1993年版,第200页。

样充满虔诚与热情！"①他和田晓霞的出身及生活环境的过于悬殊，也时时使他深深地陷入爱情的痛苦。"你，一个掏炭小子，怎么能和那个叫高朗的记者相匹敌？别再做梦了，你这可笑的家伙！"然而，正是靠着他对生活的信念和坚韧不拔的生命意志，不仅加深着他对田晓霞的爱情，而且，也获得了田晓霞对他全身心的热恋。从他们身上，我们看到"真正的爱情不应该是利己的，而应该是利他的，是心甘情愿地与爱人一起奋斗并不断地自我更新的过程；是溶合在一起——完全溶合在一起的共同斗争！你有没有为他（她）而付出自己的最大牺牲，这是衡量是不是真正爱情的标准"②。

在爱情上有彻底牺牲精神的人也同样会在其他方面富有牺牲精神，田晓霞用自己的死换取了另一个更年幼的生命，她那充满活力的生命在这个世界上消失了。死对她来说是义无反顾的，是生命价值的自觉实现：

田晓霞……突然发现不远处洪水中有一个小女孩抱着一根被水淹了一半的电线杆，在风雨水啸中发出微弱的哭声，眼看就要被洪水吞没了。她几乎什么也没想就跳进水中……

……她在漂浮物中抓住一块木板，勉强推到那个小女孩手边。当她看见那女孩抓住木板的时候，一个浪峰便向她头上盖下来。在最后一瞬间，她眼前只闪过孙少平的面影，并伸出一只手，似乎要抓住她亲爱人的手，接着就在洪水中消失了……③

田晓霞以死的代价换取了最辉煌的生命瞬间，生命在这里使虚无化作充实，瞬间化作永恒，死亡化作美丽——这里的"美丽"是指她灵魂的绚丽和精神的光彩。田晓霞消失了，带着她的人生理想，她的爱情永远地消失了；作者深沉地描绘出人生在其生命瞬间命运的不确定性——每个人都无法摆脱生命

---

① 路遥：《平凡的世界》（第二部），见《路遥文集》（第四卷），陕西人民出版社1993年版，第456页。
② 路遥：《平凡的世界》（第三部），见《路遥文集》（第五卷），陕西人民出版社1993年版，第280页。
③ 路遥：《平凡的世界》（第三部），见《路遥文集》（第五卷），陕西人民出版社1993年版，第269页。

的一次性内容中这种真实的不确定性,然而,在这种表层的不确定性的生命消亡中难道不是存在着一种深层的具有永恒价值的确定性的人生内容吗?!这就是生命的炽烈与真诚。

在此,让我们以埃德加·爱伦·坡的一段话作为这一节的结语:"确实,人们说到美时,真正指的并不是常认为的一种性质,而是一种效果——简言之,他们指的正是灵魂——而不是智力和心灵——的那种强烈的纯洁的升华——我谈的正是这一点……"①

三、悲喜剧的交融与转换

"人的灵魂/像水一样:/它从天上来,/再回天上去,/又要重新/落到地上,永远地循环。"这是伟大的诗哲歌德的咏叹。他对生命宏观的把握体现了人类旷远的精神,而在这永无穷尽的循环往复中,每个具体的生命,又将经历怎样艰难的历程呵,诗人这样惊叹:"人的灵魂,/你多么像水!人的命运,/你多么像风!"(以上引文皆见于歌德《水上的精灵之歌》)。在路遥的小说世界中,我们看到在那些普通人的平凡生活中,一颗颗敏感柔弱善良纯朴的灵魂,漂流于动荡变革的时代,面对嘈杂的现实人生,负载着生命的苦难,又不甘沉沦,在痛苦中挣扎,又不甘失败,经历着一幕幕悲喜剧……路遥是"向外,在摄取异域的营养,向内,在挖掘自己的魂灵,要发见心灵的眼睛和喉舌,来凝视这世界,将真和美唱给寂寞的人们"②。

从美学角度看,路遥的小说创作已超越突破了传统的悲剧范畴。在传统美学中,有所谓大喜大悲的悲剧理论,这当然来源于创作实践,来源于生活形态本身的启示,但是在几千年来创作实践和创作理论的相互影响下,悲剧创作

---

① [美]M.H.艾布拉姆斯:《镜与灯——浪漫主义文论及批评传统》,郦稚牛、张照进、童庆生译,北京大学出版社1989年版,第210页。

② 鲁迅:《且介亭杂文二集》,译林出版社2018年版,第26页。

被定型化了。人们为了强化社会进步的艰难,以及与反社会力量冲突的激烈,常常在文学作品中表现为:要么把正面人物的美德推向美的极致;要么将反面人物推向恶的极致。这种艺术处理的好处是效果强烈,容易取得动人心魄的艺术力量。但是,这种你死我活、剑拔弩张的斗争并不是现实生活中人物关系的常态,这样的处理显然已经不适应当代人的审美心理了。在当代人眼里,这种处理不仅造成了艺术和生活的分离,而且造成了对生活在多元多维及网状时空中的人际关系的简单抽象。路遥的小说创作,虽然包含着巨大的悲剧内容,但是作者突破了传统悲剧的局限,他更忠实于生活运动中的偶然性、多向性、复杂性,在现实生活中,因果关系、偶然和必然的关系并不是直接统一的。这使他在发掘生活时,关注那些不幸中有万幸,痛苦中有欢乐,充满着悲喜剧的交织与转换的生活相、人生相,并把那些悲剧中的崇高壮美、喜剧中的滑稽讽刺这些不同范畴的美学手段交织融合使用,构成了超越悲剧,也超越喜剧的艺术效果,体现了审美主体精神世界的丰富和艺术手段的多样。

在《平凡的世界》中,悲喜剧的交融和转换在田润叶和李向前的生活中,具有典型性。田润叶,这个曾经在农村长大,后来又在城市参加了工作的纯情少女,当爱情在她心灵深处萌动勃发的时候,她是那样痴情地爱着青梅竹马、两小无猜的孙少安。她的生活和心灵完全被搅乱了,"一旦内心真正产生了爱情的骚动,平静的内心世界和有规律的生活就一去不复返了"。她无论是走路、吃饭、工作,"面前总是站着个孙少安:高挑的身材,黝黑而光洁的脸庞,直直的鼻梁,两条壮实而修长的腿……而且她开始一幕一幕地从小到大回忆他们之间共同经历的一切。这一切回忆有时使她发笑;有时使她扑在床上痛哭流涕;有时又使她既发笑也流泪……唉,晚上再也不会躺下看两页书就睡着了!"[①]

可是,田润叶却想不到在这深深的爱中却埋藏着苦难与悲哀,由于孙少安的过于现实,在他眼里,"女的在城里当干部,男的在农村劳动,这哪里听说过?"因此,"一切简单而又明白:这是不可能的!"生活就是这样的无

---

① 路遥:《平凡的世界》(第一部),见《路遥文集》(第三卷),陕西人民出版社1993年版,第100页。

情。然而，无情之中却有情，在她的生活中出现了李向前。"如果没有个李向前，她现在会仍然像过去一样，安安稳稳而又忙忙碌碌地操心着工作，内心平静得像一泓湖水——这是她最乐意的。可是，为什么要给这湖面投进来一块石头，搅乱她平静的内心世界？而更为不幸的是，由于李向前这块生硬的石头的撞击，又使她对另一个人释放出真正炽热的爱情冲动——可是，当她也给别人的心里投进去一块石头的时候，却又没溅起任何一点水花……"①

对田润叶来说，失恋的打击是惨痛的。她"常常感到整个世界都一片昏暗"。她毕竟是一个普普通通的人。"她的思想、气质、感情、优点和缺点，都是属于普通人的。"她尽管在县城参加了工作，但本质上可以说仍然是一个农村姑娘。一旦当她第一次对一个男人产生了热烈的爱情，就会深陷进去而不能自拔。可一旦这热烈的思慕落空，又很难从因此而造成的痛苦中解脱出来。于是，"她在前方的战壕里拼命抵挡，但她为之而战的后方却自己烧成了一片火海……"舆论、势利、世俗的眼光、李向前执着的追求，一齐向田润叶袭来，"她开始动摇了。她的力量使她无法支撑如此巨大的精神压力"。当然，除了客观的外界压力以外，她主观上的素养也不够深。因为，"她现在还不能从更高意义上来理解自身和社会。尽管她是一个正直善良的人，懂事，甚至也有较鲜明的个性，但并不具有深刻的思想和广阔的眼界"。所以，最终她还是不能掌握自己的命运。

生活的变化总是反复无常，以致人们面对它时常常哀叹和不知所措。李向前这个诚实、善良的青年闯入了田润叶的生活。李向前对田润叶的爱，不亚于润叶之于少安。"一个男人一旦迷上了一个女人，就觉得这女人是他的生命，他的太阳。除过这个女人，世界上所有的女人都暗淡失色了。为了得到这女人的爱，他可以付出令人难以想象的牺牲。甚至得到的不是爱，而是鄙视和侮辱，心里也很难为此而悔恨自己。正如两句信天游唱的——我爱我的干妹

---

① 路遥：《平凡的世界》（第一部），见《路遥文集》（第三卷），陕西人民出版社1993年版，第165—167页。

妹，狼吃了我也不后悔……"①

李向前经过漫长时间的锲而不舍、不屈不挠的追求，终于如愿以偿地和润叶结了婚。"就像当年他终于开上了汽车一样，他觉得这又是把一个美梦变成了现实。他是多么爱她啊！她身上的一切在他看来都是完美无缺的，简直可以说是个天仙。但这位'天仙'虽然已经和他同宿一房，可好像仍然还在天上。现实又无情地变成了一个噩梦（原文为"美梦"，误）——他不能把自己所爱的人搂进自己的怀抱！"②婚后的他们是不幸的。俗话说，"强扭的瓜不甜"，李向前这时才真正体验到这句俗语的滋味。结婚虽然已经几个月了，但他还是等于一个光棍。"实际上，这样一种夫妻生活，还不如他打光棍。光棍没有女人的温暖，但也不要受女人的折磨。"而田润叶，心底深处又久久不能忘却那个已经结了婚的少安。

  人都说爱情是甜蜜的，瞧这小伙的爱情有多么苦涩！爱情啊，有可能是天堂之光，也有可能是地狱之火！但人又不能不去爱！是的，什么也别想阻止爱，不管这爱给人带来的是幸福还是不幸。爱往往是不清醒的。尤其对某些人来说，常常像奔涌的火山熔岩顾不得择道而行——结果把自己也烧坏了……③

的确，李向前被爱情烧得失去了理智，使他经受了意想不到的苦难，在一次自酿的车祸中，他永远失去了双腿。"绝望的痛苦甚至使人不再痛苦——既然生活没有了希望，还有什么必要再痛苦呢？"他想到了死，用死来毁灭自己，用死来获得心灵的大宁静。就在李向前彻底绝望的时候，真正的爱情却复苏了，田润叶不但深深地自责，而且，"突然间对李向前产生了一种怜爱的情感。她甚至想到她就是他的妻子；在这样的时候，她要负起一个妻子的责任来！"

---

① 路遥：《平凡的世界》（第一部），见《路遥文集》（第三卷），陕西人民出版社1993年版，第381页。
② 路遥：《平凡的世界》（第一部），见《路遥文集》（第三卷），陕西人民出版社1993年版，第381页。
③ 路遥：《平凡的世界》（第二部），见《路遥文集》（第四卷），陕西人民出版社1993年版，第410页。

人啊，在短促而漫长的一生中，总是苦苦地寻找人生的幸福。可幸福往往又与我们失之交臂。当我们为此而耗尽宝贵的青春年华，皱纹也悄悄地爬上眼角的时候，我们或许才能稍稍懂得生活实际上意味着什么。真叫人不可思议，就在李向前经受了这场大不幸之后，田润叶在"一刹那间"也像换了另外一个人。"我们再也看不见她初恋时被少女的激情烧红的脸庞和闪闪发光的眼睛；而失恋后留在她脸上的苍白和目光中的忧郁也消失了。现在站在我们面前的是一个含而不露的成熟的妇女。此刻，我们真不知道该为她惋惜还是该为她欣慰。总之，风暴过去之后，大海是那么平静、辽远、深沉。哦，这大海……"[1]苦难后的爱情更真诚，更具有人生体验的真味。李向前和田润叶在经历了巨大的精神挫伤以后，以新的面貌投入了生活，他们相互理解，相互体贴，爱情不仅使李向前"重新获得了生活的愿望和信心"，而且也使田润叶更加成熟，更加幸福……

路遥以他对现实生活的深刻体察和真切的情感投入，写出了普通人生活命运的悲喜哀乐，以及这种种不断变换着的"情绪的体操"（沈从文语）。在这里，人物命运的悲剧性的过程和喜剧性的结果都有其偶然和必然的实实在在的内容，并且交织得那样紧密，使人们随着他笔下人物命运的升沉起伏为他们而悲伤、而哀叹、而欣慰、而祝愿。这种悲喜剧的冲突、转化，其深刻性在于作者看到了冲突着的双方在各自范围中的合理性：他在肯定田润叶和李向前个人生活意识的同时，并不推卸伦理范畴中的责任，从而也就肯定了一切人的生活权利；他在强调自觉目的正义性、合理性的同时，并没有把它绝对化而轻视自在人的人格价值，也强调其行为的正当性。博大的道德情感，使田润叶把在直接的现实环节中难以协调的矛盾，统一在精神的层次中。而李向前又在本来就执着追求的爱情中达到了绝对纯正的目的，他们在人生苦难的经历中沟通了感情，弥补了手段（指田润叶和李向前刚结婚时的情景）的不足。"好多情况下，她都忍不住想流泪——这很难说是因为幸

---

[1] 路遥：《平凡的世界》（第二部），见《路遥文集》（第四卷），陕西人民出版社1993年版，第429页。

福，而是一种深深的人生的感动。人啊！很难仅仅用男欢女悦来说明我们生命大地的富饶与贫瘠……""儿子的出生，使润叶真正体验到了一种更为丰富和深刻的人生内涵。一个过了三十岁的女人，第一次做了母亲，那心情完全可以想得来。"①两个经历了大苦难大创伤的人终于获得了同一的人生价值。这个喜剧化的结果是在痛苦的精神过程中净化了他们的心灵，从而成功地实现了由悲剧向喜剧衍化的审美效果。

当代著名作家张承志在他的《大坂》中写道："古希腊的艺术家是对的，经过痛苦的美可以找到高尚的心灵。"这话之于路遥，也是恰当的。痛苦使作者在人生的广阔场景中升华出特殊的美感，是他沟通不同形态的人道精神的心理中介，因而是他的艺术世界中不可或缺的部分。正是基于这一点，他深刻地理解了人民的伟大精神，认识了一代人命运中的历史内容，这使他从平凡人的生命活动中找到了相互冲突相互矛盾的多种人性形态同一的审美价值，寄托了他的审美理想——人类的最终目的总是善、总是美。艺术家的创作心理取向和人类文明的最终目的相一致，由此，路遥小说中的诸个主题线索都在善和美这一点上集结，统一为沉郁、深厚的崇高感。他是以主体的坚强，随着痛苦并最终达到崇高，这种艺术的审美表现，形成了独特的路遥式的审美风格。

在路遥的小说世界中，悲喜剧的转换以及由这转换构织的喜剧情境是具有多种色彩的。马克思说过一段名言："黑格尔在某个地方说过，一切伟大的世界历史事变和人物，可以说都出现两次。他忘记补充一点：第一次是作为悲剧出现，第二次是作为笑剧出现。"②马克思的这段话尽管是指"伟大的世界历史事变和人物"的，但对于普通人的生活和命运又何尝不是如此呢！在这种历史和人物的变化中，往往是正角变成丑角，庄严变成漫画，赞颂变成嘲讽，严肃变成滑稽。或许路遥并没有感到这种笑剧的意味，但是，一旦当你从他所

---

① 路遥：《平凡的世界》（第三部），见《路遥文集》（第五卷），陕西人民出版社1993年版，第367、369页。
② [德]马克思：《路易·波拿巴的雾月十八日》，见《马克思恩格斯选集》（第1卷），人民出版社1975年版，第603页。

设置的情境中走出来,便会清楚地看到,在庄严地进行着的悲剧中却潜藏着喜剧情境,并构成了审美的流动过程。

这种悲剧中的喜剧情境在《平凡的世界》中得到了充分的表现,尤其是在王满银、孙玉亭等人物身上,更具有说服力。《平凡的世界》一开始,就把"逛鬼"王满银推上了历史舞台,他因从一个河南手艺人那里买了些老鼠药,在集市上倒卖了十几包,"每包赚了五分钱,总共得利不足一元",而要受到公社的批斗和又被送去劳教了。对于王满银来说,这种事根本谈不上什么丢人,你看他"满不在乎",推车子的时候,故意"把旧制服棉袄的襟子敞开,露出一件汗淋淋的褪色桃红线衣;线衣还像城里人一样,下摆塞在裤腰里"。他时而还避过扛枪的民兵小分队,"还扭过头对装土的老丈人咧嘴一笑。嘿嘿!怕什么?他经见的世面多了!除了没偷人,他什么事没做过?……他已经是这个样子了,而今还在乎这?……他就是罐子村的破罐子!去他妈的,破罐子破摔,反正总是个破了!"①然而,在那个年代,王满银的这种倒卖活动和遭受劳教的惩罚对于老实本分的农民孙玉厚一家人来说,带来了多么大的灾难、伤痛和耻辱。顿时,这一家人乱成了一团。孙玉厚"已经痛苦得有些麻木了","当知道不成器的女婿被拉到工地上'劳教',并且污辱性地让他来给王满银装土的时候,孙玉厚老汉恨这地上为什么不马上裂开一条缝,让他钻进去呢?他在这个世界上已经活够了。"这个诚朴、厚道的老一代农民不管多穷,从来都固守着做人的尊严,你看他,"机械地拿着铁锨往架子车上装土,驼了背的高大身躯尽量弯下来。他不愿让众人看他,他也无脸看众人。他真想抡起铁锨,把眼前这个不知羞耻的女婿砍倒在地上!不要脸的东西!你成这个熊样子了,还能什么哩!你不想想,你那老婆娃娃这阵儿在家里恓惶成个甚了!"②孙玉厚老汉的做人观念容不得在他家里出现这等丢人的事,因此,他已经无地

---

① 路遥:《平凡的世界》(第一部),见《路遥文集》(第三卷),陕西人民出版社1993年版,第36页。

② 路遥:《平凡的世界》(第一部),见《路遥文集》(第三卷),陕西人民出版社1993年版,第38—40页。

自容了。

而震惊和伤痛更大的是玉厚家的几个女人。兰花,这个朴实、诚笃带点愚昧色彩的王满银的妻子,在事变到来之时,恐惧得已不知所措,"只是扯着她妈的袖口哭个不停。瘦小而单薄的她妈也只好陪着她哭。两个大人哭得顾不了娃娃,猫蛋和狗蛋又不知道两个大人怎么啦,也揪着母亲和外婆的腿放开嗓子嚎。不知道内情的人,听到这惊天动地的哭叫声,会以为这家真的死下人了"[①]。

这是对亲人最真诚的担忧,也是最真实的惊恐和痛苦,然而,惊恐和痛苦的对象却是一个对什么都已经毫不在乎的嬉皮士式的农村流浪汉;对象本身还在继续扮演着他那轻松式的滑稽角色,聪明的读者难道感觉不到这巨大痛苦中隐含的"无事的悲剧"以及它愚昧中混合着的可笑么!

请再看在这种庄严的悲剧形式中的喜剧情境的铺设吧:

> 这阵势可把后炕头上的玉厚他妈吓坏了。这位清朝光绪二十三年出生,现在已经快八十岁的老人,好几年前就半瘫在了炕上。她现在惊恐地眨巴着一双老红病眼,看见一家人嚎哇哭叫,不知发生什么天大的灾难了。她的耳朵顶不了多少事,根本听不明白她孙女正给她儿媳妇说些什么。她只从这些人的哭叫和脸上的表情,知道家里有了灾事。她用微弱的声音,不断在后炕头上对前炕上的这两个人,发出一声又一声的追问。但前炕上的两个后辈只顾自己哭,而顾不上对她说。她急得对这两个人咒骂起来。后来,似乎看见儿媳妇扭过头给她说了些什么,但她没听见。等她再准备听儿媳妇往明白说的时候,儿媳妇的头又扭过去和孙女说去了。这一老阵,她似乎只模模糊糊听见了一个"枪"字……
>
> 枪?难道世事又反了?从民国年开始,她就经历了无数次世事的反乱。她已经记不清她娘家和夫家两族人中,有多少人在这些反

[①] 路遥:《平凡的世界》(第一部),见《路遥文集》(第三卷),陕西人民出版社1993年版,第41页。

乱中丧了命。难道在她睡到黄土里之前,还要看一回死去亲人的难肠吗?现在是什么人又反了?队伍到了什么地方?如果已经离双水村不远的话,家里的人为什么还不快跑,坐在这儿哭什么哩?男人们现在都到哪里去了?能跑的赶快跑吧!她是跑不动了,她也活够寿数了,一枪打死正不要再受这活罪了……啊啊!大概是家里的谁已经叫白军打死了,他们现在才不跑……谁哩?她在心里开始一个一个点家里的人;尽管许多原来的熟人她都忘了,但这些人她不会遗忘一个。家里在门外的人她算得来。玉厚?他早上不是还在家吃饭来着?玉亭?他已经超过当兵年龄了。那么,看来就是孙子中的谁发生了凶险!玉亭的三个女娃娃不会的;玉厚两个上学的还小,估计不会去打仗,他们还不到征兵年龄。那么看来,这必定是少安了。对了!这娃娃今天已经一天没见面了。天啊,昨天还在眼前,难道今天刚出去就上了火线?刚上火线就……?

老太太一想到她的孙子被枪打死了,就在后炕上放开声哭了:"我那苦命的安安啊!我那没吃没喝的安安啊!我那还没活人的安安啊!哎——哟哟哟哟哟……"

…………

老太太哭着问少平:"把安安……枪打在……什么地方了?"

"什么?"少平大声问,没听清奶奶说什么。

"安安的……尸首……拉回来了没?"

"啊呀!我哥好好的嘛!谁给你说……"少平愁眉苦脸地笑了一下。

"她们说……枪打了……那么把谁……打死了?"

"谁也没死!都活着哩!"少平大声说。

"那你妈……你姐……哭谁哩?"

"是我姐夫!他……"少平一下不知怎样给焦急的老祖宗说清楚这事。

"你姐夫……怎啦?"老太太一下子不哭了。噢!使她宽慰的是,最亲的人没出事。对她来说,兰花的女婿虽然也重要,但终究没家里其他人重要。

少平仍然不知道怎样给奶奶说清他姐夫的事,就只好随口说:"他犯了点错误,人家让他劳教!"

"猫……叫?"老太太不明白这是什么意思。

少平忍不住笑了。

少平他妈已经下了炕,对儿子说:"你就给奶奶说什么事也没。"

"你和我姐哭,她看见了,能哄了吗?"

这时候,老太太更急了,指着脚地上吃糖的猫蛋说:"是……猫蛋?她不是好好的吗?"

"不是嘛,是我姐夫!"少平也急了。

老人看来非要打破砂锅问到底不可,她瘦手紧紧揪着少平的领口,追问道:"你姐夫……出什么事了?猫叫……是怎啦?"

少平大声说:"不是猫叫,是劳教!就像学生娃调皮,叫先生训了一顿!"他急中生智,即兴想了个奶奶可以明白的解释。

"噢……"老人这才长出了一口气,瘦手把他的领口放开,疲倦地闭住了眼睛。她这下听明白了。唉,这算个屁事!还值得老老小小哭一场?旧社会,先生常拿铁戒尺把念书娃的手都打肿了,胖得像发面馍馍一样。训一顿算个什么……一场臆想的恐怖在脑子里消失了,像往常一样,她即刻进入到一种无意识的状态中。①

决不要轻视这一大段所描述的表层的悲剧形式中遮掩的喜剧情境,这是一种审美的过程,它是在逐渐地淡化由王满银因倒卖老鼠药招致的劳教事件而引起的玉厚全家人的恐慌情绪。随着情节的发展,这种表层的悲剧形式被彻底掀掉,而达到喜剧情境结果的明朗化。其充分地表现在批斗王满银等人的大会

---

① 路遥:《平凡的世界》(第一部),见《路遥文集》(第三卷),陕西人民出版社1993年版,第41—45页。

上，一场神圣的"无产阶级专政"的大会变成了以批斗"老憨憨"田二为中心的一幕闹剧。"众人不敢大声笑，但都乐得看这幕闹剧。而现在最高兴的是田二的那个憨儿子！他穿一身由于多年不拆洗，被汗、草、土、牛屎、自己的小便沤染得分不清什么颜色的肮脏衣服，看见憨父亲和一行人站在前面，在人群里快活地嘿嘿笑着，用唯一会说的话喊：'爸！爸！爸……'"①这一幕倒使人感到真正的悲哀、酸楚和忧伤，同时又夹杂着对批判大会的揶揄和讽刺。一场惊恐终于化为乌有，王满银也被放出来了，他唱着信天游领着老婆孩子回家去了。至此，喜剧情境结束。

喜剧是诀别历史的一种形式。

马克思曾对喜剧的本质下过一个定义："世界历史形式的最后一个阶段就是喜剧。……历史为什么是这样的呢？这是为了人类能够愉快地和自己的过去诀别"②。马克思对喜剧的理解是深刻的，他指出了喜剧的最根本的表现形式及价值。喜剧所否定的对象是没落的人物和没落的生产方式。喜剧性的产生正在于他（它）们的行为是过时的，然而却固执地不肯退出历史舞台。失去价值的东西，却硬要人们承认它是有价值的并无赖一般地要充当主角，于是，我们感到好笑（如上面所分析的批斗田二的情景）。马克思的定义，对于否定性喜剧很容易理解，但对于肯定性喜剧，我们似乎难以理解了。但是，我们只要仔细琢磨"最后一个阶段就是喜剧"这句话，还是会认为这一定义之于肯定性喜剧也是适合的。说"最后一个阶段就是喜剧"，实际上包含着两层意思：最后一个阶段是埋葬陈旧的生活方式的愉快的阶段，同样，也是新的生活方式出现的愉快的阶段，这是一个死亡和新生的阶段。

诀别是笑。因为既是与注定要成为过去的没落诀别，又是向自己的过去诀别。这是历史性的转折。笑是自然的，必然的。笑是历史性的，笑包含着巨

---

① 路遥：《平凡的世界》（第一部），见《路遥文集》（第三卷），陕西人民出版社1993年版，第73页。
② [德]马克思：《〈黑格尔法哲学批判〉导言》，见《马克思恩格斯选集》（第1卷），人民出版社1972年版，第5页。

大的历史内容。当你回味路遥所设计的这场悲剧形式下的喜剧情境，不正是包含着对"文革"历史的极力否定吗！他是将一些寻常的、不足以挂齿的、卑微的事情以及人们生活的场景，在诚惶诚恐的氛围中，使读者在欣赏时呈一种俯视的姿态，正是这种姿态，使人感到一种审美的快感，以笑的风暴使其在瞬间化为乌有——释放。

四、美丑的错综与对比

丑也是一个重要的审美范畴。

丑，从一个特定的方面概括现实的审美特性。现实生活中的丑在一定条件（如艺术创造）下能够与人形成特殊的审美关系。艺术美是对现实审美特性的反映，因此现实中的丑经过艺术家正确的审美评价和艺术反映，使丑在艺术表现中转化为艺术美，获得审美价值。人与现实丑在艺术活动中形成的审美关系并不能改变丑的本质，只是通过对现实丑恶事物和现象的评价，间接反映自己对美的肯定和追求，以表现作者的审美情感和审美态度。

一位学者对西方的丑学之功绩曾给予高度评价：

> 它对生活的态度是严肃认真和充满思索的。它忠实于自己对世界的感受。它敢于正视惨淡的人生，敢于直面淋漓的鲜血，并且为了最真切地表现这种感受，而不断地去努力丰富自己的艺术表现力，不无成功地进行了各种各样的形式和手法的变革、试验、移植、创新，从而将整个人生中的否定面以空前的广度和深度，以最凝练的手段和最打动人的笔法刻画了出来。在唯美主义被上帝之死弄得令人无法忍受以后，这种唯丑主义尽管有其先天不足，甚至从根本的思路上讲仍然未脱开传统的羁绊，但是，它毕竟给了人们发挥艺术创造力的很大余地，给艺术的内涵以极大的丰富，从而也大大拓宽了人们的艺术视野，为人们创造了一个更广阔的感性的空

间。……看起来,感性是更灰暗、更绝望了,但实际上它是更丰富、更有希望了,因为正是在这种悲不自胜的背后,感性深刻地从希腊型的一元、单线走向了现代型的双元、复线。①

的确,现代社会生活本身的复杂性、多向性、交叉性要求文学作品当然也要反映和表现这样一种现代社会的面貌,以适应读者多方面的审美需求。从现实生活而言,我们曾经一厢情愿地认为,社会主义应该通体光明,美善应该彻底根除丑恶,于是我们过去的一次次政治斗争,从社会心理上说,也就是一次次消灭丑恶、美化社会的斗争,这使美与丑的内涵常常被搞得混乱不堪。也正是相信美可以一劳永逸地战胜丑,我们才会以大规模的群众运动及政治冲击其他一切的形式来换取社会的长久治安。由此,又造成对某些丑恶现象看得过于严重,必欲斩草除根而后快,形成了一种群体性的狂热情绪。然而,历史的经验教训、生活的辩证法却告诉我们,光与影、善与恶、美与丑,不但是对立统一的,而且不存在一条泾渭分明的界限;美善长存,丑恶也并不会速朽,因此,既不要简单幼稚地认为根除丑恶是一朝一夕即可完成的事情,也不能因噎废食为现实的不完美而放弃我们持续改造的努力。

我们曾被路遥塑捏的一个个善良而美好的人物形象深深地感染过,被他们纯洁的心灵净化过,同时,也常常被他作品中的丑的人物形象吸引了。在路遥眼里,社会主义现实是美好的,但并不是完美的。正因为是美好的,它才有大量表现对象的美供作家描绘;又正因为是不完美的,它才给作家提供了表现目的的美。表现对象的美,对象本身是美的;表现目的的美,其对象本身是丑的。雨果说,在社会生活中,"丑就在美的旁边,畸形靠近着优美,粗俗藏在崇高的背后,恶与善并存,光明与黑暗相共"②。我们从路遥的小说世界中看到的正是这样的一幅美丑错综与对比的生活情景。

路遥的情感取向是鲜明的。对于生活中丑的、否定性的对象,他遵照美

---

① 刘东:《西方的丑学》,四川人民出版社1986年版,第264—266页。
② [法]维克多·雨果:《论美丑对照与艺术真实——〈《克伦威尔》序〉片断》,柳鸣九译,载《世界文学》1961年第3期。

的方式去思考的原则,从审美的高度构思丑的事物,使他作品中表现目的的美有着一种耐人寻味的特色。"文化大革命"对中国人民来说是一场史无前例的浩劫。它的丑,给历史打上了深深的印记。只有彻底否定它,才能显示出一种目的美。在《惊心动魄的一幕》中,路遥坚决地把"文革"作为人类的一种丑行与人类的博大牺牲精神对立起来,淋漓尽致地写出在那个动荡、疯狂的年代里,真理如何被践踏,正义怎样受压抑,历史如何被颠倒。一句话,丑是怎样毁灭美的。作者的目的就是要艺术地把令人痛心疾首的历史在人们心灵中投下的巨大暗影和创伤再现一次,以便在惊心动魄的心灵震颤中,让人们体验美的可贵,丑的可恶,美的高尚,丑的卑下,进而激发人们去思考历史的教训,去批判、谴责那些大大小小、形形色色的金国龙、段国斌们。同样,在《夏》中,我们看到"文革"的毒素怎样侵蚀着年轻人的灵魂,使江风变成了一个卑鄙的"当代英雄",一个只知道搜集"情报",逢迎上司,投机钻营的小爬虫。江风的丑恶并不比那些在"台前决斗"的"嗜血者"逊色,他的灵魂的卑陋正在于给我们从审美的层次上提供了一个颇有深度的"文革"中小爬虫的形象;而作者有意识地把江风这一丑的人物与杨启迪、苏晶、苏莹等具有崇高奉献精神的真正勇士们进行对照,更映衬出他们心灵的纯洁和行为的高尚。

在我们的现实生活中,丑有时以美的面貌呈现出来。金玉其外,败絮其中。这种丑具有一种迷惑力和掩盖性,它常常使一些目光短浅、精神卑俗者误以为是真美而深陷其中。更有甚者,这种丑把虚伪当成美德,把欺骗看作神圣,把罪恶视为能耐;这种丑像细菌一样浸淫着社会的肌体,腐蚀着人们的灵魂,污染着时代的风尚,它完全是一种精神上的破坏力量。《黄叶在秋风中飘落》里的卢若华,就是这种丑的一种形态。卢若华的灵魂是虚伪、自私的,可外表总装得"既有学问,又有涵养,不能不叫人肃然起敬"。他作为一个县教育局的副局长,工作上倒还有点办法,可时时不忘"通过做好事来表现自己";上讨好领导,下笼络群众,朝思暮想着取局长而代之。他作为"一个有本事的人",很"会"在社会上待人处事,并有一套花小钱施小利往上爬的本领，在家里不时宴请不同级别的领导，趁机把手伸到"有关部门"。这样，每当节日来临，他的妻子就能凭着"条子"把各种各样的"上品货"以便宜得叫人不好意思的"处理品"价买回。他作为一个哥哥，口头上说了不知有多少关心妹妹的话，可内心里却只想着自己，常常利用看望妹妹作借口，以自己是"一个大学毕业生、长相标致，风度翩翩"来引诱一个有夫之妇。他作为一个丈夫，表面上给妻子施舍一点自由和欢乐，但实际上卑视妻子，总想让妻子在自己面前"感到胆怯和拘束"，像对待领导那样，一旦妻子违背了他的心愿，他就会粗暴地讽刺、挖苦，甚至从精神上摧残、折磨，甚至大打出手，一直把妻子"打得滚到床底下"。对于这种丑如何用美的方式来构想，路遥是这样做的：写刘丽英的悔悟。让曾经被这种丑迷恋的人觉醒，勇敢地、卑视地抛弃这个衣冠楚楚的伪君子，并且重新回到高广厚的怀抱，以显示美的道德的力量。把丑孤立起来，暴露出来，撕破其虚假的美的外衣，还其真正丑的面目。

《你怎么也想不到》里的岳志明的母亲、省委组织部长的夫人高建芳也是这种形态的丑。她身为分配办的主任，不仅以权谋私，而且干这种事情老练得让人吃惊。你看她，内心里已经决定要给儿女的朋友办事了，外表上却像一个演员似的，先用眼睛"厌烦地瞪着"儿子，再面对有求于她的人，摆出"一副公事公办的样子"，"态度平静地"讲一番"神圣的布道词"。她嘴上永远挂着"我这里不能搞这些不正之风……如果这样一搞，岂不乱了套"这些话，可谁能知道，这些话"已在她心中录成了磁带，对来的任何人都要放一遍"。这个"很有魄力的领导"的确是一个不易让人们觉察的典型的"口是心非的老太婆"。车尔尼雪夫斯基说："只有当丑力求自炫为美的时候，那个时候丑才变成了滑稽"[1]。路遥以嘲笑的笔调描写了薛峰弄清楚高建芳葫芦里卖的什么药刹那间的神态，以及薛峰后来的得意，"志明的话说对了！他妈可真他妈的！你不知道，她当时曾一本正经地说她不能办这种事，想不到这么快就办了"，让人们用笑来表示对这种丑的憎恶。

---

[1] [俄]车尔尼雪夫斯基：《论崇高与滑稽》，见《车尔尼雪夫斯基论文学》（中卷），辛未艾译，人民文学出版社1965年版，第321页。

现实生活中，以丑为美，以丑为荣的丑更不在少数，这是一种无须用美来遮掩的赤裸裸的丑。这种丑尤其是在社会风气不正的情况下，更为露骨，更为猖獗，特别对那些神志不清、美丑莫辨的人具有不小的诱惑力、震慑力。这是因为这种丑往往和一定的权力结合起来，在物质和精神领域里显示出一种暂时不易制服的控制力，在一段时期内，它甚至可以左右某些人的命运。《人生》中的高明楼和马占胜，《风雪腊梅》中的地委书记的夫人吴所长就是这类丑的一种人物形态。他们仗恃着自己手中的一点权力，一手遮天，明目张胆地干坏事，根本不把党纪国法放在眼里。为了给自己孩子谋出路，高明楼勾结马占胜略施伎俩，就把高加林从教师的岗位上撤下来让他去抡镬头。高加林的父亲慑于他们的权力，不仅不准儿子告状，反而叮咛妻子要把自留地的菜摘一些给人家送去，还要不表现出是有意讨好人家。高明楼和马占胜是地头蛇。同样为了他们的利益，又仅只需巧用谋略，转眼之间，人不知鬼不觉地就把高加林用以工代干的名义送到县城当了县委的宣传干事。《风雪腊梅》里的吴所长，她的权力比高明楼和马占胜又高出一筹。她不仅可以任意给儿子挑媳妇，而且安排农民康庄进城工作易如反掌；康庄也正是迫于她的权势抛弃了冯玉琴。这群人法力无边。他们虽是共产党人，但早已让私欲、权势将灵魂锈实，看风使舵，唯利是图，而又利令智昏到将彼此的胡作非为当作成功的经验津津乐道，没有一点共产党人的气味。他们是蛀虫。这种丑的生命力在我们的生活里不但没有萎缩枯竭，而且还时时在向美挑战。因此，用美的方式来构想它，就不能轻视它的危害性，更不能简单化或脸谱化，似乎它已经不是影响全局美的丑了。因此，路遥没有用艺术形象的力量轻写美对它的胜利，而是入木三分地刻画其本质，让人们从这种审丑中体验到健全社会肌体的紧迫性。

现实生活里的人是复杂的，不仅有美的、丑的，而且还有美丑集于一身的。这种两重性的人物本身美丑的对比是比较鲜明的。他们和人们构成了一种矛盾的审美关系：凡能满足人们需要的一面，即能显示人的肯定性的本质力量的一面，给人们以美感；而妨碍、阻止甚至破坏人们的需要的一面，即显示人的否定性的力量的一面，让人们厌恶、鄙视。人们的这种肯定和否定之情在指向他们时,是完全融合在一起的,并且可以互相转化,而一般总是希望丑向美转化。因此,路遥对这类亦美亦丑的人物,从不一概否定或肯定,而是将他们自身中的美丑作为一种比较的对象,就表现目的的美来说,写其丑是为了更美地否定其丑,是为了让人们在同情中谴责其灵魂深处的丑,促使生活中的这种丑较快地朝美的方面转化。《人生》里的高加林、《黄叶在秋风中飘落》里的刘丽英、《你怎么也想不到》中的薛峰,就是这种美丑集于一身的形象。当高加林决心要抛弃"像金子一样"闪光的巧珍时,自己却十分痛苦,"他的头在巧珍面前,在整个世界面前,深深地低下了"。他甚至猛地骑上车子,到一个四处不见人的地方,像孩子一样大声号啕起来,"这一刻,他对自己仇恨而且憎恶!"路遥不惜笔墨地在一件事情上否定主人公的同时,却写了不少能引起读者并不厌恶,反而多少有点体谅高加林的心情来。然而,作家审美的情感运动并没有到此结束。高加林的痛苦、难过、自责是真实的,但他既定的要抛弃巧珍的心愿并没有动摇。当他与巧珍解脱了关系,高加林简直如释重负:

  现在他感觉到自己稍微轻松了一些。眼前,阳光下的青山绿水,一片鲜明;天蓝得像水洗过一般,没有一丝云彩。一只鹰在头顶上盘旋了一会,便像箭似的飞向了遥远的天边……[①]

这里,高加林情绪的急剧转换以及作者将自然景物的明丽与主人公心情舒展的交融的象征性描述——他要像一只鹰那样箭似的飞向远方了,都揭示出高加林抛弃巧珍的决心。路遥真实地写出了主人公的这种情感,即刻收到了一种表现目的的美的效果;读者会因高加林的一阵轻松感而激发起对他的责难,尤其是与他刚刚有过的那种痛苦之情联系起来想,这种责难之情还会逐渐增强的;甚至有人可能还会认为他那号啕是虚伪的一种表现。就是在这种新鲜感受中,读者的心灵向着美升华。在刘丽英和薛峰的描写中,这种让人们在同情甚至理解中谴责他们灵魂中的丑的表现同样存在。当刘丽英"告别了一个贫困的家庭,又告别了一个富裕的家庭;她离开了一个没地位的男人,又离开了一

  [①] 路遥:《人生》,见《路遥文集》(第一卷),陕西人民出版社1993年版,第157页。

个有地位的男人。现在她又成了她自己一个人"时;当刘丽英抱着孩子感情冲动地向高广厚宽阔的胸脯上撞击时;当卢若琴含着喜悦的泪花,心中渴望着生活"就像这浩荡的秋风一样","把那心灵中枯萎了的黄叶打落在了人生的路上"时,我们不是在哀其不幸的同时又被激发起一种决心,"来消灭那庸俗贪婪的小市民习气所造成的生活中可耻的卑鄙龌龊"么!而薛峰正徘徊在生活的岔道口上,他想在"两个世界中间取长补短,把自己塑造成另外一种人"。这就不能不使他有一个矛盾的灵魂。在他背弃了和郑小芳的诺言,"重新确定了自己的生活观念,重新认识了自我存在的价值"之后,这个灵魂就一直进行着一种严酷的搏斗。在岳志明、贺敏生活的世界里,他钻营过、顺从过,甚至也丢失过人格,然而并没有从那里得到幸福,反而沾染上了一种丑,也暴露了他心灵上的阴暗。他在郑小芳奋斗的世界里,"透过沙柳丛望着湛蓝的天空和洁白的云朵,望着壮阔的大漠,望着雄伟的古长城的遗迹,心里翻腾得非常厉害"。在这一刹那间,他真想用一种朗诵式的声调喊出:"啊,沙漠!啊,长城!啊,我亲爱的人!我将永远留在你们的身边。"然而,他终于没有喊出,另一个声音在耳边警告他,"生活并不是诗"。薛峰在崇高美的面前显得多么怯懦而又脆弱,连他自己有时都不由得想起达·芬奇的《最后的晚餐》而感到灵魂的战栗。如果说在刘丽英的身上,人们尚可产生一种悲悯的哀其不幸的情绪,那么路遥通过薛峰所展示的表现目的的美,倒能激起人们难以谅解的怒其不争的情感。

在现实生活中,美和丑是相比较而存在的。人们在社会实践中,由于不慎或失误,往往会使其实践离开规律性和目的性,让自己否定性的力量对象化,于是在与美的相比较之中,呈现出了一种丑。《人生》中高加林的叔父和黄亚萍的父亲,他们都不同程度地感觉到了下一代人身上某些不健康的因素。他们是信仰马克思主义的,并且也有一定的马克思主义水平,理应更加关切和教育下一代。然而他们却没有这样做。当高加林"走后门"的事情暴露后,作为地区劳动局长的叔父,也只是一个电话打回县委,令其退侄儿回农村。这种老干部坚定的原则性诚然可敬,但一和巧珍在村头对姐姐的衷心倾诉、德顺爷在地畔对高加林的深切教诲相比较，人们立即就会感到在这种原则性的态度背后，似乎少了点什么！本应对青年一代走上正确的人生道路承担更重大责任的人，却只用一个电话了事，这不能说是美的。同样，黄亚萍的父亲，一位县武装部的部长，他又不同于高加林的叔父，女儿就在自己的身边，这个爱女儿胜过爱自己的革命老干部，在女儿提出要和张克南断绝关系时，尽管也气得捶胸顿足，给她痛心地高喊了一阵"垮掉的一代！无法无天的一代"的大道理；然而，当高加林被退回农村，黄亚萍在巨大的痛苦和面临人生道路选择的重大关口，这位视女儿如掌上明珠的老干部却表现得如此平静，好像没发生过什么事似的，他不仅不理解女儿的感情和痛苦，反而用自己在革命战争年代的经验教训女儿，"你们没有经受过革命生活的严格训练，身上小资产阶级的东西太多……"难怪连女儿也责备他是给她"上政治课"，恨他太"冷酷！"读者禁不住要问，这位父亲究竟尽了多少父辈的责任呢？而在他身上的这种种举措又显得多么无力（对子女的教育）和不近人情。路遥在题为《人生》这样的作品中，对这些老干部的描写是真实的。正因为真实，它才有着一种潜在的表现目的的美：做父辈的人不要只一味粗暴地责怪年轻一代，不妨也反思自己，这样做的都美吗？这种表现目的的美使《人生》在一个新的层次上具有了深度。

路遥作品中表现目的的美之所以是深刻的，并不在于他从不同角度或运用不同的艺术手法，把丑展览出来了，一般地引起人们的警觉，而在于他始终是从实现崇高美的着眼点来揭示丑，在美丑的对比中，激励人们积极地追求美。路遥正是这样做的。当然，这并不是说在路遥的作品中丑仅仅是美的陪衬。因为路遥在创作中实践为美服务的思想的同时，并没有把丑简单化、表面化；也没有为合某些人的嗜好而去故作勇敢、玩弄惊人之笔去描绘什么令人咋舌的黑暗。他是以自己对丑的艺术体验和把握的准确来努力表现其全部的深度。

但是，应该指出，路遥对美的整体理解和表现仍然处于古典美学的范畴之中。他是以对真善美的坚定不移和绝对推崇为其心理依据的，虽然也有大量的对假丑恶的抨击（如上面所分析的），但其判别标准仍然是对真善美的信仰和维护,至多不过如雨果所言,是展开对比,"滑稽丑怪作为崇高优美的配角和对照,要算是大自然所给予艺术最丰富的源泉"①。然而,我们应该看到,从左拉开始,以及与左拉同时代的印象派绘画开始,古典美学中的那些崇高、激情、悲壮、静穆等开始让位于平庸琐细、丑陋污浊的生活现象,丑和恶在艺术中第一次不再以附庸和暗影出现,以便让美和善显得更加壮丽辉煌,而是占据了艺术的中心,获得独立的艺术价值,左拉等人为此曾被指责为"丑恶崇拜",稍后的波德莱尔则把自己的作品命名为《恶之花》。在人类艺术史上,丑从美的奴役下解放出来,与感性从有限理性的控制下挣脱出来,是互为依傍的;感性的解放使人可以充分地尊重个人的感受和体验,进入一个更广阔的世界。而以感性和情感与这种已经大大拓展了的世界直接对话,使丑从美的奴役下解放出来,也使丑这一范畴受到充分重视和充分开掘,它不但拓宽了丑的内涵,也拓展了艺术的美学范畴和审美对象。也许,还是雨果说得好:

> 美只有一种典型;丑却千变万化。因为,从情理上来说,美不过是一种形式,一种表现在它最简单的关系中,在它最严整的对称中,在与我们的结构最为亲近的和谐中的一种形式。因此,它总是呈现给我们一个完全的、但却和我们一样拘谨的整体。而我们称之为丑的那个东西则相反,它是一个不为我们所了解的庞然整体的细部,它与整个万物协调和谐,而不是与人协调和谐。这就是它为什么经常不断呈现出崭新的、然而不完整的面貌。②

雨果比较了美与丑的区别,单一和多样,简单和复杂,与人和谐和与整个万物和谐。他对于二者的褒贬是很明显的,只是由于他把丑占据主导地位只看作偶然的暂时的现象,他以为美终究要占据中心位置,因此没有把这一观点坚持到底。其实,认识丑、欣赏丑比认识美、欣赏美要更难一些,它的历史顺

---

① 北京大学哲学系美学教研室编:《西方美学家论美和美感》,商务印书馆1980年版,第236页。
② 北京大学哲学系美学教研室编:《西方美学家论美和美感》,商务印书馆1980年版,第235—236页。

序和逻辑顺序都在美被接受和被肯定之后。因此，将审丑从审美的附庸境遇中彻底解放出来，对于现代社会中的人的高层次审美要求来说，无疑是至关重要的。由此"苛刻"地审视路遥的作品，他对于审美的整体理解和表现，仍没有脱离传统的窠臼，这使他在发掘丑的诸种形态时，不免显得力薄，流于一般化；他的绝大部分作品，都存在着一种将丑附庸于美的基本模式：美以绝对的崇高地位压倒了丑，战胜了丑。因此，他总是将他偏爱的人物写得那样美，那样善，且不知在现实生活中也常常有丑战胜美、打败美的时候。这恐怕是他作品中的丑型人物缺乏更内在的让人咀嚼的魅力，以及他的有些作品缺乏更震撼人心的力量之原因所在吧。当然，这不仅仅是路遥个人的局限，中国当代文学创作对于审美现象的整体理解和探视，不也同样面临着新的挑战吗？

五、沉郁雄浑壮丽的崇高感

"文学作品是内容和形式的统一体，但在不同的艺术样式和不同的作品中，内容和形式所占的比重是不一样的。这种不一样常常使审美风貌显出差异来。一般来说，当作品内容占主导方面，亦即作品主要是以它的内容产生审美效果时，美学风貌常常趋于刚美。朗加纳斯曾经指出，构成崇高风格有两个决定的条件：'第一而且是最重要的是庄严伟大的思想'，'第二是强烈而激动的情感'。"[1]也就是说，是思想、情感这些内容的因素，而不是形式构成崇高美的骨架。康德更明确地指出，崇高美源于"心灵本身固有的崇高"，而"真正的崇高不是感性形式所能容纳的"。[2]黑格尔还联系东方艺术谈到了这个问题，他提出感性形式不足以表现理念精神的崇高和无限，古代东方象征型艺术严峻的风格就是"只依靠重大的题旨，大刀阔斧地把它表现出来，还鄙视

---

[1] 肖云儒：《中国西部文学论》，青海人民出版社1989年版，第161页。
[2] [德]康德：《判断力批判　上　审美判断力的批判》，宗白华译，商务印书馆1985年版，第84页。

隽妙和秀美,只让主题占统治地位,特别不肯在次要的细节上下工夫"①。这实在是对中国汉代石刻艺术美学风貌的极好概括。欧洲近代美学家科恩说得更加明确,他认为崇高包含对象的形式和内容之间的某种矛盾和不协调,当内容太大、太强有力,形式包纳不了的情况下,便产生崇高感。这些论述,都为我们探视路遥小说追求的美学风格的主调提供了理论依据。

路遥的小说以其沉郁雄浑的气势,绚丽凝重的色彩,丰厚坚实的底蕴,在壮美的风格中悸动着生命的真欢乐与真苦痛。有人说他是一位"土著"作家,"土著"的人文(地域文化)滋育着他,使他朴实诚笃、深沉浑厚;同时,他又是"文明"作家,"文明"的开放(当代文化)启迪着他,使他立意高标、广纳博取。正所谓:既时时回顾来路,看黄土高坡逶迤;又时时瞻望前方,羡世界文学之林。在短短的几年间,他从《惊心动魄的一幕》,跃至《人生》,再进向《平凡的世界》,风格聚散离合逐步成熟,如"长风之出谷"般流荡着青春与理想的激情,喷吐出对人生的丰富感受,凝固成"崇山峻崖"②般的恢宏结构。其沉郁雄浑壮丽的崇高感,让人振奋而又赞叹,开拓了当代小说美学风格的新领域。

壮美的风格诞生于壮阔的自然与社会人生的深刻矛盾,也来自作者独特的思想风貌与精神气质。毫无疑问,路遥在上一个时代的政治热潮中铸就了理想主义的思想基础。面对人生,他永远是一个理想主义者。时代风暴的洗礼、陕北高原和底层人民生活的深刻印记,使他在对理想的不断扬弃中萌发了历史意识。当代文化的全面开放拓宽了他的历史文化视野,又使他在面向变革着的大时代的时候,是一个清醒的现实主义者。加上富于激情的性格气质与积极的参与精神的汇通,都促使着他在创作中不遗余力地探求沉郁雄浑壮丽的崇高美。

---

① [德]黑格尔:《美学》(第三卷 上册),朱光潜译,商务印书馆1979年版,第7页。
② [清]姚鼐:《复鲁絜非书》,刘季高标注,见《惜抱轩诗文集》,上海古籍出版社1992年版,第93页。

这是我们理解路遥小说美学风格的内在契机。

从步入文学大门的时候，路遥就自觉地把"为人民"作为自己的创作原则，他明确地指出："我们的责任不是为自己或少数人写作，而是应该全心全意全力满足广大人民大众的精神需要。我国各民族劳动人民创造了辉煌的历史壮丽的生活，也用她的乳汁养育了作家艺术家。人民是我们的母亲，生活是艺术的源泉。人民生活的大树万古常青，我们栖息于它的枝头就会情不自禁地为此而歌唱。"[1]他的精神血脉，无疑衔接着中国现当代文学的优良传统。可以看到，在刚刚经历了一场浩劫的时代浪潮中，路遥的文学信念和新时期的多数作家一样，明显地带有对极左政治控制下根本违背人民利益的文学潮流反拨的时代特质。

他最初的作品（如《惊心动魄的一幕》等），在着力挖掘"文革"给人民带来的巨大苦难的同时，热情歌颂了以马延雄为代表的人民的正气。马延雄是为人民而献身的，他代表的是人民的意志和心愿，因此，他死后，成千上万的人们怀着悲痛的心情，为他们的县委书记举行了本县史无前例的葬礼：

> 当一些浑身糊着泥巴的庄稼人把棺木从县医院大门口抬出来的时候，全城立刻响彻了一片呜咽之声。棺木由一些当年和县委书记一起打过游击的老兵们抬着，沉重而缓慢地走过石板街道，成千上万的人紧撵在棺木后边。秋风萧瑟，黄叶飘落；秋风落叶里，有多少滚烫的泪水在挥洒！
>
> 人们抬着茶红色的杜梨棺木缓缓行进着。棺木盖上，按乡下古老的传统放了一只老公鸡；棺木前头，按城里现代的方式挽结着一个素白的花圈；花圈中间，嵌着不知哪个无名画家按照片临摹的他的一张碳笔肖像——肖像极为传神：他瘦削的脸颊上带着严峻而又慈祥的神色，一双微微眯缝着的眼睛，正厚爱地望着城市和远山，望着千千万万的人们！

---

[1] 路遥：《在茅盾文学奖颁奖仪式的致词》，见《路遥文集》（第二卷），陕西人民出版社1993年版，第374页。

  在太阳西沉的时候，人们把他安葬在城东最高的一个山岗顶上。山野里，鲜花已经在前几天的风雨中凋谢了。人们就折了许多山梨树的枝叶堆放在他的墓前——风霜染红的叶片，在残阳夕照里血一般殷红，火一般耀眼！①

  马延雄之死正在唤起人民的觉醒，这便是路遥在他的初期作品中揭示的主题。由此拓展，他1980年以后的作品，大都突破了狭窄的政治层次，把笔触伸向历史文化、民族心理的深层。一方面，继承着茅盾、柳青等几代优秀作家对人民命运的关注和对民族心理的深刻洞察；另一方面，又以灼热的激情歌颂人民和民族精神中作为主体的可贵素质。苦与爱，便是他对人民的生活矛盾既和谐又充满内在冲突的艺术概括。

  人民的苦难深深地牵动着作者的心绪，过去生活的经历、严酷的现实和陕北高原异常贫瘠的自然环境、落后的生产方式与生活条件，还有那历史文化的沉重因袭，造成了他笔下一个个苦难的家庭、一个个人生的不幸故事。马建强与饥饿、与肉体和精神搏战的经历令人战栗，是人民滋育着他度过了那最困难的日子；高加林在追求人生更高境界的搏击中，尝遍酸甜苦辣，当他带着受伤的心灵回到生养自己的村庄，一头扑在大地上，抓起一把黄土，喊着"亲人哪"的时候，我们真切地听见了他心灵深处的忏悔以及对人民的感恩；而那些一代一代在黄土地繁衍挣扎的生命——从祖母到孙玉厚到孙少安、孙少平，他们的家庭的苦难历程不正是陕北高原上无数个家庭生活艰辛的缩影吗？路遥对于人民困苦生活的深挚同情，使他能透过表层的社会现象，深切地发掘到他们生活内层的辛酸，从而让人们真实地看到农民生活的贫困面貌，激发起改变他们命运的责任感。他对满载着重负的人民历史命运的展示，是深厚的人道精神中的可贵历史感。

  路遥在对人民命运的严肃写实中，并没有停留于一般的同情与悲悯。他总是在思考历史推移中人民的巨大力量，因此，他更重视发掘人民在历史文化

---

  ① 路遥：《惊心动魄的一幕》，见《路遥文集》（第一卷），陕西人民出版社1993年版，第545页。

的因袭中，在现实条件的限制下，在有缺憾的生活里积蓄的蓬勃生活力和伟大的人道精神。他以饱浸深情的笔触，描绘着普通劳动者丰富的情感世界，歌颂他们心灵的健康美质。当金波离开了他的草原姑娘以后，回到生他养他的故土，他并没有被生活的磨难击倒，而是那样默默地忍受着伤痛工作着；然而，他那纯洁的心灵总是牵系在草原。当他再一次返回大草原寻找那个永远逝去的美丽的梦时，他失望过，然而，他却"告别的是人生整整一个段落。青春之花，永远地凋谢在了这片草原上。这是壮丽的凋谢。他失去的，也正是他收获的。在他那深情而富有的心灵土地上，怎么会没有绚丽的花朵重新开放呢？"他要用那支歌，"那支青春和爱情的歌"，重新燃烧起他生命的激情。①

在路遥的作品中，最得以体现人民的善良与坚韧的是那些像大地一样厚重，像大地一样沉实的父辈农民的形象。也许由于路遥对父亲的感情太深，他把这种感情深深地寄托在他的作品中，塑造了父亲的群像。那宽厚、仁义，默默地承受着生活的一切灾难，从不违背自己的良心，具有结实的人的尊严的孙玉厚；那"带着一身山里的黄土，脸上流着汗道道"，表面上"只知道关心土地和庄稼"，甚至有些"麻木不仁"，然而却对生活永远没有怨言，深深地爱着土地，爱着姐姐和"我"的父亲；那忍辱负重、能经得起生活的任何打击，诚朴厚道的高玉德；还有那没有一个亲人，负载着心灵的忧伤，然而却心地善良、无私，深懂人生哲理的德顺爷。路遥是在至诚至善的父亲群像中，开掘出闪烁着人民性格中的伟大品格。

这些普通劳动者的命运和心灵，集中地表达了作者对人民的理解：外在命运的苦难与内在精神的伟大。人民主题的这一深刻内容，是路遥小说沉郁雄浑的底蕴。对人民的苦与爱，使他的小说创作不仅带有悲剧性的审美效果，也奠定了其崇高感的风格基础。

在贫困、饥饿和史无前例的"文化大革命"中走向人生并逐渐成熟的路遥，自身的经历促使他更多地思考同时代人的历史命运，奋斗着的青年一代的

---

① 路遥：《平凡的世界》（第三部），见《路遥文集》（第五卷），陕西人民出版社1993年版，第409页。

历程，构成了他笔下最富有魅力的人生乐章。为人民，是他们由和人民在实践中直接的生活、情感融合与纯然的精神联系，赋予他们以崇高的理想，因此，对青年人生道路的思考无疑也是人民主题中一个有机的部分。

　　社会的动荡和生活的穷困养育了一代青春早逝而性格早熟的青年人。他们的人生命运和曲折的精神历程，也许最能清晰地勾勒出近几十年社会生活发展的粗糙曲线及走向。路遥严肃地思考着这一代人探索的苦乐得失。他深深地眷恋着逝去的青春，过来人的感慨思绪，绵邈而透着悲凉，萦回在他笔下奋斗的青年形象的情感旋律中。他为一代人奋斗的青春岁月刻下了充满理想激情和精神痛苦的碑铭。

　　《痛苦》是一篇真实可感，耐人回味的短篇小说。作品描写的故事并不奇特，表现一个农村青年学生由热恋到失恋，由失恋到发愤的经历。可贵的是作者从平常无奇的生活故事中撷取最富有人生价值的审美意蕴，给人以深刻的精神启迪。刚刚中学毕业的农村青年就在人生道路上遇到了双重打击：高考落选和恋人离他而去。在严峻的考验面前，他曾一度陷入痛苦。令人钦佩的是，大年在痛苦中没有沮丧、悲观和沉沦，恰恰相反，他在痛苦中思考，在痛苦中奋起，拼命地劳动，拼命地完成每天的学习计划。经过一年的顽强拼搏，他终于考取了北京的一所著名大学。作品的审美意义主要不在奋斗结果的美，而在奋斗过程的美、奋斗精神的美。它真切而形象地告诉人们，痛苦和挫折常常同人生相伴随。它给人带来伤痛，也能促人奋进，关键在于有没有执着而崇高的理想。你确立了战胜痛苦和挫折的勇气和信心，知难而进，百折不回，就会成为命运的主人，到达成功的彼岸。

　　理想是指引人生道路前进的灯塔，是飞向胜利目标的翅膀，是点燃热情烈焰的火把。古往今来，是理想激起年轻人色彩斑斓的想象，是理想激起年轻人奋勇前行的动力。路遥在描写黄土高原上活动着的陕北人民的种种命运时，总是充满深情地把笔触伸向处在变革时代骚动不安的年轻后生们，映现他们为人生理想和价值而迸发出来的奋斗精神美。在他们身上，作者总是把个人的痛苦升华为对人民的热爱；他们的生活和心理历程又概括着理想主义者生活的真实：在逆境里，在劳动中，在穷乡僻壤和社会底层，思考着人生，思考着痛苦；在扬弃的过程中，在历史推移的启示里，在普通劳动者生活的海洋里，他们找到了人生的真谛。作者告诉我们，这一代年轻人，他们用生命和青春，用自己和别人的痛苦换来的生活真谛是不应该被轻易地抛弃。这种对一代青年奋斗者的生活历程的全视景展示，是通过作者整体的小说世界来构筑的。

在《你怎么也想不到》中，郑小芳执着地追求自己的理想，她要把青春的一腔热血献给毛乌素大沙漠林场，她要把广阔而荒凉的大地，变成自己理想的乐园；在沙漠和恋人之间，她选择了前者，尽管这给她带来很大的痛苦，但她认为，"在爱情以外，生活中还有我们更值得珍爱的东西——那就是劳动、事业和理想……"当她想象着过不了几年，用自己亲手栽培的上万亩树苗使上百个黄沙丘，"就要变成了一片绿色的海洋，并且有繁密的花朵点缀在其间"的时候，她不仅感到"最大的安慰"，也顿悟出人生、生命的道理，"花棒之所以能在沙漠里生长，就是因为它能把根扎在很深的地下，因此不怕干旱。这小生命对人难道不也具有一种启发意义吗？"[①]郑小芳属于这样的当代青年：她像任何别的女人一样，希望按自己的理想去进行崇高的劳动和创造，但也希望在爱情上得到幸福和满足。可是，生活往往是不能如人心愿的，她为了自己的理想，不惜牺牲青春和爱情，因此，不管多么痛苦，她不能为了得到某种感情上的满足就"背叛生活的原则"。她那不被人理解（用薛峰的话讲，"今天大多数人都变成了现实主义者，可她还生活在理想之中"）的痛苦与奋进的艰辛，层层铺垫出一代人艰苦创业的沉郁底蕴。

历史不会为了一代人的命运而停滞。在痛苦中成熟，在奋斗中成长，从历史的文化积淀中走出来，并且肩负起创建新时代的使命。这使路遥笔下的青年奋斗者群体，随着外部生活命运的变化，也把与人民结合的理想，由人生的中介，转化为与人民纯然精神情感的联系。对以往走过道路的评价，不再是对理想的具体探讨，而更多地用于对现实人生的测定。在这方面，《人生》具有

---

① 路遥：《你怎么也想不到》，见《路遥文集》（第一卷），陕西人民出版社1993年版，第427页。

代表性。这部以人物性格的复杂性和主题内涵的多义性轰动文坛的作品，在读者中曾引起过兴奋的讨论，它给我们提供了从多侧面、多角度探讨的审美意蕴。作品中的高加林成为人们争论的焦点。对于这个形象尽管人们褒贬不一，但有一点是应该积极肯定的，即高加林为实现自身理想和人生价值所表现出来的顽强奋斗精神。高加林勤奋好学、多才多艺，成为全公社拔尖的教师，在乡村他"曾是一个很受尊重的角色"；他重新成为农民时，用科学精神在偏陋的山乡搞了一场令众人震怒的"卫生革命"；他即使春风得意地在县城工作时，仍以英雄般的献身精神投入抗洪第一线，发出了一篇又一篇的新闻报道……高加林的这种奋斗精神与他对现代文明的炽热向往交汇在一起，构成了他在人生道路上的灿灿的光华。而作者的笔触并没有到此为止，更富有深沉意蕴的是，他写出了随着高加林在生活道路上的浮沉、他的命运的不断变化，实际上也是他人生的中介——一种由理想再回到现实，彻底转化为与人民、与土地的精神情感的联系。高加林已经开始这样做，而且是出自内心的真诚的。如他断然拒绝与黄亚萍的恋爱关系；深深地内疚和忏悔，"他把生活中最宝贵的东西轻易地丢弃了！他做了昧良心的事"；等等。高加林是负载着沉重的生活苦难，重新开始走漫长的人生道路的。路遥对他的主人公是满含深情地寄予希望的，他对高加林所走过的道路的评价，也不再停留在对其所追求的人生理想的局限上，而是测定他在现实生活中对人民对土地的情感的复苏，以及他所获得的人生真谛。这就使《人生》这部作品具有了更坚实、更厚重的审美格调。

忠于理想执着现实的人生态度，使路遥对人民在历史进程中的蓬勃生活力的理解，升华为艺术的人格理想。他赞美勇者的人生，呼唤在平凡的世界中实践人生的强者性格。他所属意的人物，不仅具有博大的道德情感，意志力也是重要的性格特征。和女性的善良坚韧相对应的，是男性的勇敢刚强。他从社会底层汲取具有社会人生普遍意义的性格力量，凝聚成具有现代意识的人格思想。这就给男子汉气质，赋予了更多自觉的理性精神。如他笔下的高加林、金波、田润生、李向前、孙少平、孙少安等都具有这种性格特征，尽管在他们身上，有不无缺憾的心灵的悸动，但那深沉而忧郁的心绪中却孕积着民族的灵性。路遥能把一支笔伸向男子汉气质的内部,揭示人物性格中内在牺牲的痛苦,把承受痛苦的坚韧看作最高的勇敢,特别是在像孙少平这样的人物身上,更具有粗爽的外部性格和深沉忧郁的心理特质,外部生活的缺憾和内在心灵的冲突,交织起生命的欢乐与苦痛。他们的命运坎坷而又有巨大的隐忍力。外在的悲剧性命运成全了他们内在的坚韧,诚如黑格尔所说:"因为人格的伟大和刚强只有借矛盾对立的伟大和刚强才能权衡出来……环境的互相冲突愈众多,愈艰巨,矛盾的破坏力愈大而心灵仍能坚持自己的性格,也就愈显出主体性格的深厚和坚强。"[1]

这种艺术的人格理想不仅体现在路遥笔下的男性青年身上,也集中地体现在一代为实现理想而奋斗的青年性格中,形成了他们特有的精神风貌和性格特征:独立、自主、勇于实践和承受巨大痛苦的心灵负荷力。《平凡的世界》最充分地表现着为实现理想而实践着的青年一代,因此这部长篇更显雄浑、质朴、沉郁而厚重。在这幅全景式交叉型的当代城乡生活画卷中,我们看到了马建强、高加林、郑小芳等形象的进一步延伸。孙少安在屡遭失败中重新崛起的顽强意志和奋斗不止的进取精神;孙少平跻身于城市文明的勃勃雄心和忍受苦难、不怕苦难的超人毅力;李向前在失去双腿后的巨大忍耐力和自食其力的情操;田润生柔弱外表下走自己的路的果决行为和倔强心灵;兰香到工地劳动,培养自立自强意识的可贵举动;田晓霞主动请求到抗洪第一线采访而壮丽牺牲的崇高献身精神……如果把他们实践着的人生合为一个整体来看,无疑是路遥人格精神的理想化凝聚。然而他们又并非是雷同化的人物。如果说在马建强、高加林的人生道路上还过多地存有感情用事,显得浮躁、盲目的话,那么孙少安、孙少平则不乏理性的思考,显得成熟而稳重;如果说马建强、高加林对未来的前景还不够清晰、明朗的话,那么,孙少安、孙少平则已经不仅燃起了希望之光,而且为这希望而义无反顾地努力了。

路遥对一代青年实践着的人生道路和命运的种种书写,都是在理想与现

---

[1] [德]黑格尔:《美学》(第一卷),朱光潜译,商务印书馆1979年版,第227—228页。

实这两个矛盾的网状构织中形成的青春生命历练的主题；而作家对人民创造历史所背负的沉重的忧患感，则是他的作品那种沉郁雄浑壮丽的风格中崇高的灵魂。

俄罗斯伟大的诗人普希金说："一切流派对于我都是一样的，都向我显现出它的一切有利和不利的方面。"①广泛地学习借鉴多种艺术流派的经验，需要开阔的艺术胸怀。路遥的小说，以现实主义为主体，蕴含着浓烈的激情，也不乏象征手法带来的表现力，形成了他的艺术表现的宏阔结构和丰富层次。

在创作之始，路遥就追求多种手法交替互补的尝试运用，他常常把饱满的感情灌注在平凡的人生际遇中，使作品在写实性的叙事中充满着灼热的青春气息。《月夜静悄悄》《姐姐》《风雪腊梅》《青松与小红花》以及《在困难的日子里》等作品，都显示着这种特点。而将象征手法于写实和抒情融合中的补充运用，增强了作品艺术形象的意蕴。《风雪腊梅》中以腊梅贯穿行文线索，象征冯玉琴傲世卓然，不媚俗、不向恶势力屈服的高洁灵魂；《青松与小红花》中以青松象征那古老土地上的人民的精神，以小红花象征吴月琴那纯洁而富有朝气的心灵品格，并在互相辉映中显示出人民对吴月琴的哺育；作品中抒情性议论的穿插，增强了浓郁的情感色调：

> 在粗犷雄浑的高原大地上，她就像一朵开得很娇嫩的花——可以想象，她为了不使自己在霜雪风暴中枯萎，付出了什么样的代价！②

这种融写实、抒情、象征于一炉的多种手法的融合、交替和互补的运用，构织成他小说浑厚的艺术氛围，尽管时而也流露着直露的象征弱点。《月夜静悄悄》构思新颖，在静态的月夜下描绘出动态的富有强悍表现力的人物行为，使大牛的憨厚、质朴、粗率莽撞的个性，在可望而不可得的生活境遇中，给人们

---

① [俄]普希金：《给〈莫斯科通报〉出版人的信》，见《中外名作家谈写作》编写组：《中外名作家谈写作》（下卷），1980年，第367页。

② 路遥：《青松与小红花》，见《路遥文集》（第二卷），陕西人民出版社1993年版，第263页。

留下一种沉重的压抑、凄凉和淡淡的忧伤。《惊心动魄的一幕》则极力渲染出沉雄、浑厚、悲壮、苍凉、激越的情绪氛围。作品的这种特点,显示着"路遥式"的审美风格逐渐趋于成熟。作品中主人公命运本身"惊心动魄"的悲壮色彩,奠定了文本整体风格的基调;而作者对主人公命运强烈的感情灌注,使其更体现出沉雄、壮丽、苍凉、激越的审美效果:

囚室里渐渐昏暗下来了。

那血一般的残阳此刻大概正在西边的群山中沉落。

秋风带着入肤的冷意,吹过高墙,吹过铁窗,吹醒了这个苦难的人。

没有血色的脸,没有血色的嘴唇,紧贴着泥土地。只有在他出气的时候,才能感到些微颤动;才能感到那黑色的石炭下压着一个活着的生命。

他咬紧牙关,想爬起来,想掀掉他背上的重负。但,他又一次昏过去了。苍白的嘴唇上留下两颗殷红的血珠。

夜色笼罩了山川大地。没有灯光的囚室里传出了一声声悲惨的呻吟……[1]

这是马延雄被囚禁的一段描述。这里,作者并没有着力刻画主人公的心绪,而是浓彩重笔地渲染他身陷囹圄的环境,这一环境构成了一个悲凉、苍郁的意境,在意境中勾画出马延雄忍辱负重、备受折磨的惨痛身影,从而唤醒人们悲壮的激情。

《人生》是路遥审美风格走向成熟的作品,它显示着作者写实的优长。在这部作品中,作者有效地控制了主观情绪,取更客观的角度,成功地把深刻的社会人生主题融汇在人物命运的生动展示中,而又不乏对人物感情投射的个性。特别是作者把"意识到的历史内容"与沉郁的人生感受及人物命运的沉浮变幻紧紧地交织在一起,不时穿插陕北民歌信天游极富情感表现的旋律,加上

---

[1] 路遥:《惊心动魄的一幕》,见《路遥文集》(第一卷),陕西人民出版社1993年版,第469—470页。

叙事主体恰到好处的抒情和议论,使表层故事情节的生动性与深层人生哲理的暗示性,在厚朴的审美情绪中浑然一体。

《人生》,还显示着作者将写实和注意力逐渐向人物心理深入的特点,人物心理的瞬间变幻,如高加林已决定抛弃巧珍时两人的会面,以及"解脱"后的自忏又释然的心情,富有力度地表现出人物的个性。这一特点在《你怎么也想不到》中得到进一步发展。这部中篇显示着路遥小说的叙述角度发生了重要的变化,主观心理的时空形式取代了自然的时空秩序,大量的人物心理独白湮没了故事的内容;或者说,他是用人物心理的内在情感带动着故事的发展。这是一部心理写实小说,在心理情绪的旋律中,郑小芳献身于毛乌素大沙漠的精神更显得沉郁、壮丽和崇高。

路遥将在短篇和中篇小说中试练成功的诸种艺术形式集于一体,以大家的气魄,构建起《平凡的世界》。这部在当代为数不多的长篇巨制更显示了凝重、沉雄、浑厚、壮丽的风格。首先,这部作品具有恢宏的结构。"从某种意义上,现实主义长篇小说就是结构的艺术,它要求作家的魄力、想象力和洞察力;要求作家既敢恣意汪洋又能绵针密线,以使作品最终借助一砖一瓦而造成磅礴之势"[1]。整部长篇是以黄土高原上一个叫双水村的小山庄为源头,以一个人(孙少平)牵引出一个家庭到一个群体。然后是人与人,家庭与家庭,群体与群体的纵横交叉,最后织成一张人物的大网。

在读者的视野中,人物运动的河流主要有三条,"分别以孙少安孙少平为中心的两条'近景'上的主流和以田福军为中心的一条'远景'上的主流。这三条河流都有各自的河床,但不时分别混合在一起流动。而孙少平的这条河流在三条河流中将处于最中心的位置……"[2]我们以作品的第三部为例,试作粗略探视。

---

[1] 路遥:《早晨从中午开始——〈平凡的世界〉创作随笔》,见《路遥文集》(第二卷),陕西人民出版社1993年版,第25页。

[2] 路遥:《早晨从中午开始——〈平凡的世界〉创作随笔》,见《路遥文集》(第二卷),陕西人民出版社1993年版,第24—25页。

第三部卷五以孙少平来到煤矿的生活为牵引，前四章重点渲染孙少平在新的环境中与矿工们的繁重劳动。第五章将视线拉回双水村，描绘生产责任制给农民带来的精神变化，以及为孙少安大干一场的决心埋下伏笔。第七章至第十一章返回煤矿，深化孙少平在矿山的苦难经历，并通过晓霞亲眼观察的井下工人的生活情景，以浓烈的感情抒写了煤矿工人的劳动精神和内在的气质、品格。第十二章是一个插曲，简略交代孙兰香的大学生活，以作为情节的过渡。第十三章至第十五章，再回到双水村，以孙少安的砖场启动为契机，折射出农民致富的热情以及田福堂、孙玉亭等人的阴暗心理。第十六章又是一个插曲，描述郝红梅苦难的生活遭遇以及对新生活满怀希冀的盼切之情。第十七章至第十九章将人们的视线再拉向矿山，将笔触伸向少平的心理深层，充分展现他面对师傅死去后的巨大心灵伤痛以及所表现出博大阔深的人道情怀，他要肩负起为殉难者尽责的义务，照顾惠英嫂和孩子。第二十章至第二十四章，在结构的架设中呈顿挫之势，以孙少安的砖厂砸了所引起的人物精神的蜕变为主线铺叙，以金富一家老小三口因盗窃罪被捕为副线对比，其间穿插金老太太的谢世，旨在揭示历史变迁的沉重艰难及其不可逆转的趋势，在浓烈的悲剧气氛中蕴含着对孙少安再次崛起的期待。第二十五章至第二十七章的视野从农村转向城市，表现城市人在变化着的时代中的生活方式和心理易位，这里，有武惠良和杜丽丽的情感破裂，然而也有李向前和田润叶的爱情复苏，互相对比互相映衬的人生命运和精神变迁折射出改革时代人的面貌的错综复杂，以及遮掩不住的作者对人的博大道德情感的礼赞和呼唤。

从第三部卷六开始，即第二十八章至第三十一章，作者将笔触伸向远景，粗线条地勾勒以田福军为中心的领导干部在改革中的姿态，气势磅礴、雄浑而有力；尤其是田晓霞在抗洪前线的勇敢表现和牺牲精神，壮丽而崇高。第三十二章至第三十三章，从远景转向近景，描写孙少平追念晓霞的巨大悲郁情感，浓烈的悲伤情绪笼罩着人物的心灵，给人以沉痛的压抑感。第三十四、三十五两章，笔锋转向孙少安破产以后为寻找新的出路而拼搏，充满自信而不气馁。第三十六、三十七章，写近景中的孙少平从巨大的忧伤中振作起来，人物心灵的成长更趋深沉。第三十八章是个插曲，刻画出兰香等当代大学生的精神追求。第三十九、四十两章，再推向远景，写田福军、苗凯等领导干部在改革中不同的心态，复杂而令人回味。第四十一、四十二两章的镜头摄向近景，从田福堂等人物身上，折射着时代巨浪对他们精神的冲击，隐含着他们心灵变化的内在契机。第四十三章是一个喜剧性插曲，以田润叶和李向前在劳动生活中爱情的加深，给人们一丝欣喜和慰藉。以后各章各自独立，从长篇角度讲，是为了对人物命运分别作出交代。第四十四章写孙少安从困境中再次崛起。第四十五章写一些领导干部的变化，如张有智在时代激流中的退却，折射着历史前进的沉重。第四十六、四十七章分别以孙少平在苦难中获得的快乐和以金波在爱情中的忧伤交叉构织，映现着人生命运的悲喜，情感炽烈而悲郁。第四十八章描写"二流子"王满银变化的喜剧情境，使前章悲郁的情绪转向明朗和轻松。第四十九章至第五十四章（终章）分别将人物命运的升迁浮沉引向深入，特别是对近景中的两个中心人物孙少安、孙少平的命运作了重要描绘。少安成了农民企业家，但却遭到妻子患了癌症的意外挫伤；少平受了重伤，恢复后不愿留在大城市工作，坚定地重新奔赴矿山……作品在悲壮的情绪中，继续着平凡世界中的人生。

从上述分析可以看出，《平凡的世界》的结构架设庞大而富有气势，纵横捭阖，错落有致，密网交叉（城乡交叉、各种人物交叉），时空交错。人物的运动带动着历史的运动，显示着多层空间的重叠建构，同一历史趋势流动的强大凝聚力。而结尾并非结局，继续着的人生道路给人们留下了久久回味和想象的阔深领地。整个结构如一条奔腾喧嚣、雄浑壮丽的大河，急缓相兼，奔流不息。这种致密繁杂又有序的结构，作为有意味的形式，是构成路遥小说沉郁、雄浑、壮丽而崇高的美学风格的重要因素。

路遥的艺术感受力是独特的，特别是他对平凡的生活现象中内在悲壮韵致的体察，具有深沉的心灵默契。这除了他个人气质的根本原因外，也得益于他对民族民间文学借鉴的语言功力。陕北信天游古朴忧郁的情绪和单纯明朗的表达方式，黄土地农民朴素的生活观念与富于哲理的口语，以及他们带有比兴特点的日常用语,都是他丰富的语言素材。这不仅直接滋养着他小说个性化的对话语言,也影响着他的叙述语言,并赋予一个当代作家具有丰富生活容量的书面语言以具体可感的形象,加上谨严明确的现代语法,形成了自己情绪性强、可感性强、凝练准确、朴实厚重的语言特点。

路遥的小说语言富于变化,但就整体而言,他更喜欢带有强烈情感色彩的主观感受性语言。他注意选择适合叙述者身份的对话,而他描写的人物又多是具有强烈情感指向性的人,这样,就使他所描绘的自然和人物都打上了主体情感的鲜明印记。即使大段叙述性的语言,也透射着作者情绪的跃动。有时作者简直按捺不住内心激情的涌动,直接从作品中站出来讲话,就像一个抒情诗人抒发对生活的理解和感受。我们不妨例举《平凡的世界》中的一段,这是作者在描绘孙少平在一天之内既得到田晓霞的爱情甘露又目睹小翠的不幸遭遇后,充满深情而富有思辨的议论:

> 人的生命力正是在这样的煎熬中才强大起来的。想想看,当沙漠和荒原用它严酷的自然条件淘汰了大部分植物的时候,少女般秀丽的红柳和勇士般强壮的牛蒡却顽强地生长起来——因此满怀激情的诗人们才不厌其烦高歌低吟赞美它们![1]

这种充满诗情和哲理的议论,像是生命的赞美诗,透露出作者对人生富于哲理性的深刻理解和艰苦跋涉者温馨动人的情愫。而更富表现力的是,他那浑朴而充满激情的语言中映射出来的黄土高原厚拙苍凉壮阔肃穆的内在魅力,那在贫瘠土地上生活的一个个富有极强韧性的生命活力,那厚朴刚健的性格中忧郁深沉的心绪,都体现着作者独特的审美个性。很显然,路遥是以现代人的心理结构和思维张力去感知自然和生活、人生和生命的。理想主义的人生态度,当代作家的知识构成,都使他笔下的自然贯注着理想的精神。他描绘的平凡人生故事中骚动着力的律动,主体的理想精神与客体的伟大存在,融合在浑朴而富有激情的语言表述中,形成了具有现代意味的壮美风格。

---

[1] 路遥:《平凡的世界》(第二部),见《路遥文集》(第四卷),陕西人民出版社1993年版,第459页。

路遥的小说，无论是深厚的历史文化底蕴、社会人生的意蕴，还是艺术表现的多种形式，都具有丰富的内容。而由这诸种方面集合成的整体美学风格，其沉郁、雄浑、壮丽、崇高的文学品质的追求，对于在时代变革中的中国当代文学的实践，具有独特的审美价值。

第六章 路遥与中国当代现实主义

中外文学史上有两种基本的潮流或倾向，就是现实主义和浪漫主义。一般说来，任何民族任何时期的文学，总是基本上受这两种创作方法的支配，并且互相渗透。从我国文学的发展历史看，无论是古典文学还是"五四"以来的新文学，发生了更大影响和积极作用的，主要是现实主义。当然，由于近代以来的世界文学中还出现了诸如象征主义、表现主义、印象主义、自然主义、意识流以及现代派的诸种创作方法，它们已经给中国新文学以一定的影响，并为一部分作家创作所接受，有的甚至也获得了一定的成功，如1930年代的新感觉派、新时期王蒙的意识流小说和部分优秀的朦胧诗等。然而，中国新文学所采用的最基本的、最获得成功的、也是最受欢迎的，仍然是现实主义。现实主义文学是主潮。

特别是新时期以来，国门再次向世界打开（"五四"时期是中国进入20世纪以来，思想文化界包括文学在内的第一次大规模地向世界洞开的时期），各种文化、文学思潮汹涌而来，极大地拓展和开阔了人们的视野，繁荣了文学的多元发展，使新时期文学构成了一个前所未有的壮观时期。但是，屹立在种种文学思潮和流派中间的现实主义，仍然占着主导地位。这是因为现实主义本身具有的博大气魄与宽容姿态，使它能够汲纳多种文学理论、文学创作现象的优长，不断地丰育、发展自身，并使得中国新时期文学的现实主义在其存在的形态上已不完全是传统意义上的现实主义，它有着更加丰富的、开放的内涵。路遥也正是在这样一种宽宏的现实主义文学的背景中构建自己的文学世界的。

一、新时期现实主义文学的嬗变

新时期文学之所以取得巨大的成就，原因是多方面的，而其集中表现则是现实主义的深化。

文学的复萌，首先是现实主义的复萌。这不仅表现在新时期初始阶段文艺理论上的拨乱反正，而且更重要的是人们在经历了文学上的"假大空"和

"欺瞒骗"的历史之后，普遍地更倾向于恢复现实主义本来面目的要求。一种社会普遍的文学接受期待是，作家是否说出了读者早就想说而没有说出的话来，这就使新时期文学带着过多的非审美功能向前迈进着，更强调文学的社会功能。然而，由于伪现实主义和伪浪漫主义在文坛上的长期泛滥，新时期文学中的现实主义一旦复萌之后，便必然要花极大的精力去冲破束缚在诸如"典型""真实""题材""倾向"上的禁律，才能使现实主义文学迅速地恢复其应有的品质，达到超越五六十年代的水平，并足以与五四文学相媲美。

文学上的现实主义的深化，促使新时期文学很快地转向改革文学和反思文学的创作，涌现出蒋子龙的《乔厂长上任记》、张弦的《被爱情遗忘的角落》、张贤亮的《灵与肉》、谌容的《人到中年》、鲁彦周的《天云山传奇》、张洁的《沉重的翅膀》、古华的《芙蓉镇》、周克芹的《许茂和他的女儿们》等一大批现实主义力作。这些作品的共同特征是：一方面，它极大地表现出作家对中华人民共和国成立以来的历史和当代生活的真诚关切和尖锐反应，如何与时代的要求和政治的宽容达到高度一致，从而在题材和内容的选择上富有轰动性；另一方面，它又在细节的真实和典型环境中的典型性格的创造上达到了前所未有的高度，从而给新时期文学的人物画廊增添了一批扎扎实实的新人物形象。

然而，人们的接受心理是永远不能被满足的。文学上追求题材和内容的轰动性一般只具有首次的效应，其天地并不广阔。事实上，这一阶段出现了许多争鸣作品，它们或者因单纯追求题材和内容选择上的爆炸性而缺乏丰满扎实的艺术形象，或者虽有典型性格的塑造却终因题材和内容选择上溢出了极限而难以立足。而一些引起轩然大波的争鸣但最终在文坛上站住了脚的作品，诸如张洁的《爱，是不能忘记的》、礼平的《晚霞消失的时候》等，都因其深刻的思想和厚实的人物而丰富着新时期的现实主义文学。这就从另一个方面促使作家在人物性格的塑造上将现实主义文学推向新的高度。

新时期的现实主义文学到了这个时候，已经不再受伤痕文学、问题小说、改革文学和反思文学这种划分的局限了。它已经越出了题材和主题的范畴，而开始向复杂人物性格的境界迈进了。而前一阶段的文学主要表现在作家对人物形象的价值判断，审美态度和情感认同上是趋于一致的，表现出一种极其明显的肯定和同情色彩，从而在杂色纷呈中透出性格的单纯。当陆文夫的《美食家》一出手，那个既令人厌恶其以美食而好吃懒做一生的，又让人羡慕其一生与美食有缘的口福匪浅的朱自冶，都表现着作者对这一人物的价值判断、审美态度和情感认同上十分复杂的纠结状态。同样，当路遥在《人生》中塑造出一个既令人同情又遭人指责的青年农民高加林，当张贤亮在《河的子孙》中刻画出一个半是人、半是鬼的魏天贵时，人物性格的复杂性也不是单纯地表现为性格中的对立因素的两重整合，而在于作家在价值判断上并不分裂为肯定和否定两部分，因而即使价值判断上应予否定的也因审美判断上的肯定而呈现出复杂的感情色彩。新时期作家们已经意识到，现实生活中并不存在着单义、单质、单向的人和事，因而也不可能在价值判断上简单地采取或者肯定，或者否定的态度。而在刻意保留人物性格上的某种原生态的同时，作家对笔下人物的价值判断、审美态度和情感认同方面也必然会发生相应的变化，从而使现实主义和性格塑造达到了多义、多质、多向的复杂性格阶段。

当然，新时期文学中的现实主义除了沿着它自身发展的轨道盘旋上升以外，还表现出一种前所未有的开放姿态，即不断地汲取其他创作方法所拥有的极富艺术表现力的特征性艺术手法，从而丰富和发展了现实主义本身。现实主义文学的这种变化，一方面，由于作家在探索和开掘新的题材、新的主题和新的人物时，不再满足于传统的艺术手法而开始追求和尝试更能传达作家创作意旨的艺术表现方法；另一方面，由于开放宽松的文化环境而使我们的作家面对20世纪的西方文学有一种发现新大陆的狂喜，从而勃发起对各种文学技巧都想实验一下的创作激情。当需要和激情相遇，新时期文学中的现实主义也就从自足、封闭走向开放与多变。像张承志的《黑骏马》寓浪漫主义的诗意和激情于现实主义的写实和再现之中，使一首古老的牧歌与小说中人物的命运变化处于同步共振的和谐状态，从而表现了作家对草原民族历史文化的深刻反思。但是，新的艺术手法渗入现实主义，仍然处于从属地位，从整体来看，现实主义依旧统驭着文学。于是，新时期文学中的现实主义走完了它的复萌到复兴的阶段。

当现实主义正在复兴之时，现代主义文学开始复萌并又反过来影响着现实主义文学的发展，这就造成了新时期现实主义文学之滥觞。王蒙的《春之声》《布礼》《蝴蝶》等一系列意识流小说，尽管在艺术形式上显得新奇突兀，但在艺术题旨的传达上却依然与现实主义一脉相通。王蒙对意识流小说这一外来形式的创造性横移，使单一的整体的现实主义文学开始出现了新的小说形式。这种注重对人物意识流程作真实描摹，注重通过人物意识流程对客观世界进行折射，注重艺术传统的社会性题旨的意识流小说，显然有别于传统的现实主义心理小说。而区别主要表现在对人的意识活动形态的认识上。在传统心理小说那里，人的意识流程常常被诗意化、逻辑化，成为一种理性的思维活动；而在意识流小说中，人物的意识流程则更接近于原生状态，非逻辑性、跳跃联想，成为一种不连贯的思维形态。但当作家试图用意识流小说去传达现实主义题旨时，这种差别的意义就不是很大，因而可以把意识流小说看作一种现代的心理小说。意识流小说在方兴之时，吸引了不少现实主义作家，张承志连续写了《绿夜》《老桥》《大坂》等意识流佳作，被王蒙称为"真正的无始无终的思考与情绪的水流"[①]，堪称意识流小说的一员大将。

稍晚兴起的文化小说，从贾平凹发表《商州初录》，开始专注于秦汉文化遗韵的发掘，从阿城《棋王》对老庄哲学的有意阐扬，到韩少功无意中打出文化寻根的旗号，写出《爸爸爸》《女女女》《归去来》等，文学寻根已经成为一股蔚为壮观的文学潮流。而在这股热潮中，现实主义文学开始真正表现为多类型小说并存的新阶段。从现实主义文学的角度着，文化小说显然是一种新崛起的极富生命力的小说类型。它是以文化意识来写社会人生世态的文化底蕴。从实际创作状况来看，文化小说似可分为两种类型：一种是以贾平凹、李杭育为代表的地域文化小说。无论是贾平凹笔下的商州，还是李杭育笔下的葛

[①] 王蒙：《读〈绿夜〉》，载《上海文学》1982年第7期。

川江，都是作家据此发掘文化现象的根基。在他们的作品里，一个带有普遍性文化现象的提出，首先是对地域文化的深刻剖析。另一种类型是大文化小说，或称民族文化小说。它是以我国历史上始终居以主导地位的汉民族文化传统为其主要表现对象，其指归不在文化的地域差别而在中华民族大文化传统。如阿城的《棋王》《树王》《孩子王》都专注于传统文化的精粹，反映出作家对自然、文化与人的关系的独到见解。文化小说在新时期现实主义文学中之所以引起广泛而深刻的注目，是因为它以阔大的文化视野给现实主义文学灌注了深厚的底蕴。

稍晚于文化寻根热，却与文化小说同时风靡文坛的是现实主义文学中又一主要小说类型——纪实小说。1985年，张辛欣、桑晔的《北京人》首开了纪实小说在新时期文学中的纪录。其强调纪实性的文字的真实感和朴实感，给人造成一种面对面直接交流的临场感和即兴感，它给新时期文学中的现实主义吹进了一股清新的风。这种小说形式虽强调纪实性，但却具有很高的文学价值，因此，成为现实主义小说类型中的一个拥有广大读者的新样式。

多类型的现实主义文学的兴起，充分显示着文学的自觉时代的到来。当新时期的作家们一旦意识到，即使同处于现实主义文学原则之下，也完全不必拘谨于划一的小说形态，这使现实主义文学便历史地摆脱了过去那种仅仅在题材选择、语言风格上存在细微差别的桎梏，而开始出现真正意义上的类型差异来。纵览多类型的现实主义文学，不难发现，无论意识流小说、文化小说、先锋派小说还是纪实小说，无不和作家小说观念的变化相联系。创作主体的觉醒，使作家的视野空前开阔，注意吸收文学外的各门科学的成果；而小说观念的更新，又使作家意识到小说负载功能的潜力，因此有可能使文学与其他科学联姻。事实上，像意识流小说，便是心理学引入文学领域的产物，而文化小说则是由文化学渗入文学且结合而成的，纪实小说则与新闻学有着不可分割的联结。这样一种小说上的变化，无疑是现实主义文学视野进一步拓展和深化的结果。

对新时期文学中的现实主义的大致描述，还需要着重指出现代意识广泛地引导性地向现实主义文学的渗透，它是文学本身自觉期中的一个最重要现象。而现实主义文学的不断深化及未来前景，也许还要由它引导，走向更广阔的道路。

二、路遥与"五四"现实主义文学传统

将路遥置于新文学现实主义的流变过程中来考察，更有助于我们研究他创作的整体景象和一些特点。

首先，路遥是把现实主义作为一种精神、一种文学价值追求的实践理性，来积极投身新时期中国文化的建构和文学的变革。他是这样理解现实主义的：

> 现实主义在文学中的表现，决不仅仅是一个创作方法问题，而主要应该是一种精神。从这样的高度纵观我们的当代文学，就不难看出，许多用所谓现实主义方法创作的作品，实际上和文学要求的现实主义精神大相径庭。几十年的作品我们不必一一指出，仅就"大跃进"前后乃至"文革"十年中的作品就足以说明问题。许多标榜"现实主义"的文学，实际上对现实生活作了根本性的歪曲。这种虚假的"现实主义"其实应该归属"荒诞派"文学，怎么可以说这就是现实主义文学呢？而这种假冒现实主义一直侵害着我们的文学，其根系至今仍未绝断。
>
> "文革"以后，具备现实主义品格的作品逐渐出现了一些，但根本谈不到总体意义上的成熟，更没有多少容量巨大的作品。尤其是初期一些轰动社会的作品，虽然力图真实地反映出社会生活的面貌，可是仍然存在简单化的倾向。……
>
> 至于一定要在现实主义创作方法和现代派创作方法之间分出优劣高下，实际上是一种批评的荒唐。从根本上说，任何手法都可能

写出高水平的作品，也可能写出低下的作品。问题不在于用什么方法创作，而在于作家如何克服思想和艺术的平庸。①

对现实主义精神的这种理解，使他能够以开放的姿态，尽力吸收诸种文学观念及文学创作方法的优长，来营造自己的文学世界。这使他的现实主义文学呈现出这样的特点：在继承"五四"以来现实主义文学精神的基础上，勇于实践，富于创造：一方面对中国当代变革年代的现实生活的各种关系，能够作更深广的把捉；一方面又能发掘潜藏在生活深处的理想之光，将其熔铸到人物形象和生活形象中去。他是由研究个人的心理到对历史意识的剖析，从对民族历史的把握深入对民族精神的探察，把宏伟的历史与繁复的现实迭现出来，这样表现的历史真实便上升到新的审美层次。他的作品不但在反映现实生活时沉实雄辩，而且具有相当的历史深度和广度，塑造出高加林、孙少平等一批富有历史感又极富生命质感的人物，在他们身上体现着"较大的思想深度和意识到的历史内容"（恩格斯语），使得路遥的现实主义文学有着沉实的底蕴。

"五四"文学革命以来的中国新文学，是在西方各种文化、文艺思潮，特别是俄国19世纪文艺思潮的冲击下，形成和发展起来的一种完全崭新的文学。它的基本精神，是现实战斗精神。中国新文学发展七十年，现实战斗精神是贯穿于始终的基本文学精神。它表现为"中国现代作家紧张地批判社会现状，热忱地干预当代生活的战斗精神……它是中国知识分子经世济民的传统心理建构与西方现实主义创作理论的某种契合，也是中国传统文化在文学创作中所体现出来的积极阳刚的本质"②。中国当代文学是中国现代文学的继续和发展。特别是由于中国自新时期以来，国门向世界的再次洞开引来的文坛的多元发展态势，各种文化、文学思潮汹涌而来，极大地拓展和开阔了中国文学的视野，使新时期文学构成了一个前所未有的壮观。但是，在种种文学思潮和流派中，现实主义仍然占着主导地位。这是因为现实主义本身具有的博大气魄与包

---

① 路遥：《早晨从中午开始——〈平凡的世界〉创作随笔》，见《路遥文集》（第二卷），陕西人民出版社1993年版，第14—15页。

② 陈思和：《中国新文学整体观》，上海文艺出版社1987年版，第104—105页。

容姿态，使它能够汲纳多种文学现象的优长，不断地丰育、发展自身。因此，中国新时期文学的现实主义在形态上已不完全是传统意义上的现实主义，它有着更加丰富的内涵。路遥也正是在这样一种意义上构建自己的文学世界的。

路遥的文学精神，是与"五四"以来的新文学精神一脉相承的。对社会现实的密切关注及对现实生活的积极参与，是路遥创作的主要目的。他曾多次谈到，他的创作不是为了消愁解闷，不是为了游戏消遣。同"五四"以来的大多数作家一样，他非常重视文学的社会功利目的，坚信文学对社会改造的精神作用，在这一点上，他与茅盾、柳青等新文学的现实主义主流作家一脉相承。同时，他极力强调作为一名作家对社会的责任感：

> 目前我国的文学创作的天地无疑广阔多了，严肃的作家都在努力追求。但……情况有些"纷扰"。最通常的"流行病"有两种：制造时髦的商品或有震动性的"炸弹"，不是严格地从生活出发，而以"新"的刺激性为目的；另一种是闭着眼不面对生活和艺术的现实，反正过去的都是永放光辉的法宝，新出现的都是叛逆，都应该打倒，老公鸡叫鸣，总就那么一声！而最糟糕的还不仅仅在此，最糟糕的是在以上这两种东西互相指责对骂、混战一场的时候。……
>
> 真正的文学，真正的现实主义文学与以上两种现象毫不相干。但是，在中国，要在作家的灵魂和工作中排除这些现象的干扰并不是一件容易的事。心平气静地在这种"夹缝"中追求自己的道路，需要一种强大的精神力量和对事业的虔诚的态度。①

正是以"一种强大的精神力量和对事业的虔诚的态度"，路遥积极参与民族的振兴和文学的复兴。

中国知识分子，历来把经世济民作为自己人生价值的最高体现。"先天下之忧而忧，后天下之乐而乐"，是历代知识分子自觉的精神追求与自我约

---

① 路遥：《关于〈人生〉与阎纲的通信》，见《路遥文集》（第二卷），陕西人民出版社1993年版，第401—402页。

束。鸦片战争以来，由于帝国主义列强的入侵，中国国力疲弱，民族衰微，整个社会内忧外患，引起了所有先进人士的不满。正确认识中国，解决实际的社会问题，改造国民精神的强烈愿望激励着中国知识分子的思想情绪，任何一个有良知的中国知识分子，都把"雪国耻、扶民危"作为自己行动的口号，思考着"中国向何处去"的问题。"五四"时期的大多数中国作家，都抱着严肃的"为人生"的目的进行创作，企望用文学来改造中国社会，改造中国的国民性。鲁迅说："中国人向来因为不敢正视人生，只好瞒和骗，由此也生出瞒和骗的文艺来，由这文艺，更令中国人更深地陷入瞒和骗的大泽中，甚而至于已经自己不觉得。世界日日改变，我们的作家取下假面，真诚地、深入地、大胆地看取人生并且写出他的血和肉来的时候到了；早就应该有一片崭新的文场，早就应该有几个凶猛的闯将！"①茅盾也说："尤其在我们这时代，我们希望文学能够担当唤醒民众而给他们力量的重大责任"，"现代的活文学一定是附着于现实人生的，以促进眼前的人生为目的了"。②改造中国社会，是有良知的作家们始终不渝的人生观、革命观。因此，他们都在文学作品中清醒地正视现实，严肃地解剖社会，无情地揭露社会的黑暗，勇敢地抨击社会的恶势力，深刻揭示封建意识对人的毒害，写出国民麻木、迟滞的心态，对整个旧制度旧文化采取了坚决的批判态度。

中华人民共和国的成立，政治形势的变化，使受压迫的劳苦大众翻了身，但几千年封建制度和文化所造成的国家经济落后、文化水平低下以及民族心理的封建性积淀等问题，不是短时间就能改善的。国家的富强，民族的振兴，仍然是摆在每个中国人面前的首要问题。如何走出一条具有中国特色的现代化道路，是每一个中国人，特别是中国知识分子必须考虑的。

作为一名当代作家，路遥对自己的人生使命有明确的意识。他的小说，继承了五四新文学"为人生"的文学主张。怀着对祖国、人民、生活热切的

---

① 鲁迅：《坟》，人民文学出版社2006年版，第252—253页。
② 茅盾：《"大转变时期"何时来呢？》，见《茅盾全集》（第十八卷），人民文学出版社1989年版，第414页。

爱，路遥排除了现实生活中的各种干扰，直面真的人生，无论是写城乡交叉的变革，还是探讨人生、家庭、社会、爱情、伦理道德等问题，他的小说都显示出真善美和假丑恶的尖锐交锋，真实地展现了社会前进的艰难和曲折，剖析了形形色色人物的内心世界。在新时期作家中，路遥是真诚而扎实的，态度是执着而鲜明的。强烈的参与社会改革的思想意识，对社会现实人生的积极干预，对理想的执着追求，使他的小说具有强烈的中国当代现实的动态图景。

三、开放的现实主义视野

从《人生》到《平凡的世界》，构成了路遥创作的重大突破。而这一时期，正是中国文坛各种新观念、新知识、新方法争奇斗妍、异常繁闹的时期。重客观、面向大众世界的反映论遭到批判，重主观、面向自我的表现论受到推崇，抽象主义、象征主义、表现主义、直觉主义、神秘主义、意识流等，成为许多作家竞相追逐的潮流。这不能不对选择了现实主义文学目标的路遥心理上造成一定的压力。但是他却执着地坚持自己所选择的道路。他认为："在现有的历史范畴和以后相当长的时代里，现实主义仍然会有蓬勃的生命力"。"即使有一天现实主义真的'过时'，更伟大的'主义'君临我们的头顶，现实主义作为一定历史范畴的文学现象，它的辉煌也是永远的。"①与此同时，路遥认真考察了中国当代文坛的现状，作出了这样的判断：

> 现实主义在我国当代文学中是不是已经发展到类似十九世纪俄国和法国现实主义文学那样伟大的程度，以致我们必须重新寻找新的前进途径？实际上，现实主义文学在反映我国当代社会生活乃至我们不间断的五千年文明史方面，都还没有令人十分信服的表现。

---

① 路遥：《早晨从中午开始——〈平凡的世界〉创作随笔》，见《路遥文集》（第二卷），陕西人民出版社1993年版，第14页。

> 虽然现实主义一直号称是我们当代文学的主流,但和新近兴起的现代主义一样处于发展阶段,根本没有成熟到可以不再需要的地步。①

敢于坚持自己的文学主张,忠于自己的艺术选择,这确实体现了一个严肃作家的勇气和良知。事实也的确如此,作为一种文艺思潮,现实主义对20世纪以来中国命运的作用还尚未充分发挥。其原因很多,但其中一个重要原因,就是长期以来,中国没有像在现实主义的诞生时期那样自由的文学环境,尽管"五四"时期也经历过人道主义的启蒙和个性解放的自觉,但那是在长期的封建"铁屋子"中的呐喊,其艰难的命运是可想而知的。中华人民共和国成立后,由于"左"倾思潮的干扰,现实主义不但没有发挥其应有的战斗作用,甚至有些作品随波逐流,成为伪现实主义。只有历史进入新时期,现实主义才有了发挥真正作用的人文环境、社会背景、文化语境。但是,时间毕竟太短了,它还来不及达到像19世纪初的法国、19世纪中晚期的俄国那样的繁荣程度。然而,尽管文艺上的许多进步都是以对传统的呼唤和"复古"的面貌出现的,任何正确伟大的传统也不可能完全被重复,重复是没有意义的,它必然要从新时期的社会思潮、人文科学观念中吸收新的营养。作为一种创作方法,现实主义自有其质的规定性,但它并不是一成不变的自我封闭体系。现实是发展的进步的,现实主义文学必然也是发展的进步的。路遥所说的现实主义更是现实化、自我化、开放化的现实主义。今日的中国早已不同于昔日的法俄,路遥也已经大异于巴尔扎克、托尔斯泰、肖洛霍夫、柳青等人了。他所坚持的现实主义也必然要呈现出与时代潮流不同的审美倾向。从这样的意义上看,说路遥在中国新时期文学的现代主义思潮中受到了压力并不确切。开放的社会政治环境,多样的社会、文化思潮和文学思潮,不仅为现代主义提供了良好的土壤,更为现实主义文学提供了再现魅力的机遇。这是我们考察路遥的现实主义文学创作时所必须看到的。

而且,路遥在坚持现实主义的基础上,非但不拒斥一切有利于现实主义

---

① 路遥:《早晨从中午开始——〈平凡的世界〉创作随笔》,见《路遥文集》(第二卷),陕西人民出版社1993年版,第14页。

的东西,还放开眼界,尽力吸收。

实际上,我并不排斥现代派作品。我十分留心阅读和思考现实主义以外的各种流派。其间许多大师的作品我十分崇敬。我的精神常如火如荼地沉浸于从陀斯妥耶夫斯基和卡夫卡开始直至欧美及伟大的拉丁美洲当代文学之中,他们都极其深刻地影响了我。当然,我承认,眼下,也许列夫·托尔斯泰、巴尔扎克、斯汤达、曹雪芹等现实主义大师对我的影响要更深一些。

我的观点是,只有在我们民族伟大历史文化的土壤上产生出真正具有我们自己特性的新文学成果,并让全世界感到耳目一新的时候,我们的现代表现形式的作品也许才会趋向成熟。[①]

路遥不仅在理论上这样看待现实主义文学在当代中国的走向,而且在创作中努力实践,吸收在现实主义以外的对自己有用的诸种文学思潮的优势和长处,丰富了他创作的内在表现力。他的小说中,有象征、抒情与写实结合在一起的《风雪腊梅》《青松与小红花》等短篇;有以心理现实和内心独白为基调的《你怎么也想不到》等中篇;有借用现代派手法表现人物的内在情绪流动的《平凡的世界》,如写到当田晓霞目睹自己的情人孙少平在井下劳动的情景后,有这样一段描述:

她眼前只是一片黑色:凝固的黑色,流动的黑色,旋转的黑色……

……(她)就像刚刚从雷鸣电闪的暴风雨中走回来。脑子里一片空白,只有不尽的黑色在眼前流动着……

……矿上前来送行的领导在车窗处挥手道别,但她根本没有在意那几张殷勤的笑脸。眼前流动的仍然是黑色。

……

---

① 路遥:《早晨从中午开始——〈平凡的世界〉创作随笔》,见《路遥文集》(第二卷),陕西人民出版社1993年版,第12—13页。

又是红地毯。杯盏里是红葡萄酒，盘子里是红鲤鱼，高朗的脸泛出兴奋的红光，柜台上播放轻音乐的收录机闪着红色的讯号……

可是，她眼前却又流动起排山倒海般的黑色。她的心又回到了远方幽黑的井下。黑色。是的，黑色。黑色之中，他和他的同伴们黑脸上淌着黑汗，正把那黑色的煤攉到黑色的溜子上……①

像这样的描写人物心理流动的精彩段落在《平凡的世界》中随处可见，它显然是受到现代派手法的影响（或者说直接采用这种手法），才能达到这样的一种艺术效果；而这种手法对现实主义作品的渗入，有力地加深了作品内在的底蕴以及人物心灵色彩的深度。

路遥不仅注重吸收多种艺术手法，而且善于创造具有自己独特个性的文体，试练新的叙事方式。他把前人所创造的叙事方式的文学作用，发挥到一个新的高度。在这里，如果我们考虑到形式的价值不仅在于形式本身，还在于内容的历史性和时代性的话；那么，在形式和内容的相互作用中来讨论形式的意义，就是很有必要的了。因为"创作者必须自己构成一个世界，从自身内部，从他所从属的自然中找到一切"②。路遥的小说中，像《平凡的世界》的艺术价值也在于叙事形式和作家所理解的生活形式的一致，在于叙事节奏同作家心灵节奏的和谐，在于表现内容和表现方式的高度统一。中年的人生体验、热情、宽厚之情，在一种质朴的叙事温床中流动，对人生的成熟理解寄寓在厚重的叙事氛围中，对黄土地及黄土地一样的人民的爱在普通人的命运中升华。美国评论家R.V.卡西尔说过："写小说对作者来说，可能是与情节（行动）的发展并行的一种微妙的举动"，"这些情节可能是身心进入那个特定作品的作者的自画像"。③从《平凡的世界》的形式构成中，我们也看到作家强烈的主观

---

① 路遥：《平凡的世界》（第三部），见《路遥文集》（第五卷），陕西人民出版社1993年版，第89—94页。

② [奥]里尔克：《致一位青年诗人的信》，见伍蠡甫等编：《现代西方文论选》，上海译文出版社1983年版，第165页。

③ 转引自李星：《无法回避的选择——从〈人生〉到〈平凡的世界〉》，载《花城》1987年第3期。

心灵于客观生活的投射。

现实主义文学不仅需要吸收多种艺术手法来丰育自身，而且，成功的现实主义作品，特别是具有史诗品格的作品更需要阔深的知识结构。新时期以来，作家们在对现实认识深化的过程中，理论的指导作用进一步表现出来，从而促进了作家们学习理论的自觉性。很多作家都曾谈到他们借助马列主义理论认识中国现状和农民问题。[①]不但如此，他们还希望在现代科学中汲取智慧，反映更广阔的社会生活。不但心理学、社会学、民俗学等引起了作家们的兴趣，有见识的作家还提出：促使作家成功的因素，应该具备政治、哲学、经济学、心理学、伦理学、历史学、自然科学，以及民族的与地方风俗习惯的、家庭的和个人气质的等等多种因素。固然，要达到融会贯通、娴熟应用，是很难的，但这种追求的成效却是明显的。

路遥的小说，努力追求多种知识的融汇。他在谈"创作准备"时，首先谈到了读书："大量地阅读古今中外的文学著作和其他方面的典籍。……读这些经典著作，不仅仅是治狂妄病，最主要的是它给我们带来无穷无尽的营养"；其次谈到了生活："应积极地投身于火热的社会生活中去，寻找困难，主动体验生活中一切酸甜苦辣的感情"。在他看来，"读书、生活，对于要从事文学事业的人来说，这是两种最基本的准备"。[②]这里可以看出，路遥对读书是多么重视！也许在他看来，大众文化从实际的生活中随时都可以汲取，但广博的知识结构却必须通过吞咽精英们的心血结晶——书本，才能获得。我们从他读书、读报刊的选择性颇强的目录中，同样可以领略到他对作家知识结构的极其重视。请看他在1985年介绍的一些他喜欢阅读的书籍、报刊的目录及有关的情况。著作：范围广，文学以外，各种书都读一些。喜欢读《红楼梦》，鲁迅的全部著作，柳青的《创业史》，列夫·托尔斯泰、巴尔扎克、肖洛霍

[①] 如韩少功：《文学创作的"二律背反"》，载《上海文学》1982年第11期；何士光：《我怎样走上写作道路的》，载《文坛》1982年第8期；高晓声：《扯淡及其他》等文章，见《创作谈》，花城出版社1981年版。

[②] 路遥：《答〈延河〉编辑部问》，见《路遥文集》（第二卷），陕西人民出版社1993年版，第391—392页。

夫、司汤达、莎士比亚、恰科夫斯基和艾特玛托夫的全部作品，泰戈尔的《戈拉》，夏绿蒂的《简·爱》，马尔克斯的《百年孤独》等。理由是"这些人大都是生活的百科全书式的作家。他们每一个人就是一个巨大的海洋"。路遥的特点是：欣赏博大宏阔、百科全书式的气度。报纸：每天详读《人民日报》《光明日报》《陕西日报》和《参考消息》，长期坚持。理由："读报是一种最好的休息和调节"，"读报往往给当天的写作带来许多新的启发，并且对作品构思的某些方面给予匡正"。特点：兼顾政治经济、知识学术、本国以及本省的"小气候"与国际"大气候"等。杂志：喜读文学杂志，又有《世界知识》《环球》《世界博览》《飞碟探索》《新华文摘》和《青年文摘》等。理由：开阔视野，关注最新创作及科学研究的成果。特点：兴趣广泛、知识更新意识强。[1]勤奋而大量的阅读，参之以生活本身这本大书，路遥的知识结构、智能结构与文学视野越来越充实、开阔起来，有效地促进并丰富了他的创作。

综观中国新文学史，一些著名作家既是作家又是学者，鲁迅、郭沫若、茅盾、老舍、巴金、曹禺、沈从文……随手可以举出一长串。有人认为："大作家都称得上是学者。""能够完成伟大的史诗的作家，能够不同时是思想家、史家、美学家、社会学家和诗家吗？一个企图攀登文学创作的高峰的人，一个企望通过自己的作品而对本民族的文化以及人类文化做出哪怕是些微贡献的人，能够不去努力学习、吸收、掌握民族的与全世界的文化精华吗？一个企望在语言艺术上有所创造，有所发明，有所发现，有所前进的人，能够对古文、外文一无所知吗？"[2]对照这样的高要求，路遥在《平凡的世界》中已作出了初步的应答，使这部作品显示着现实主义的史诗性品格。

---

[1] 路遥：《答〈延河〉编辑部问》，见《路遥文集》（第二卷），陕西人民出版社1993年版，第395—397页。

[2] 林建法、管宁选编：《文学艺术家智能结构》，漓江出版社1987年版，第3、7—8页。

四、对俄苏现实主义文学的借鉴

我们说路遥的现实主义文学精神是开放型的,因此,这里所探讨的他对俄苏现实主义文学的吸纳和借鉴,尤其值得我们注意。路遥对俄苏文学表现出持久的特殊的兴趣,凡是读过他的小说的人,恐怕都不能回避这样的一个事实。

在新文学史上,俄苏文学对中国作家的影响是十分显眼的,鲁迅、郭沫若、茅盾、蒋光慈、郁达夫、路翎、柳青等都无不深受俄苏文学的影响。1950年代的中国作家,所能接受的外国文化,再没有比受苏联的影响更广更深的了。这一方面是由于当时中苏两国关系的密切,整个中国的人文科学都受到苏联的重大影响,如哲学、经济学、教育学、心理学、文学等。更重要的是,中苏两国在文化上有许多同质同构的东西,包括历史特点、民族心理特点、社会生活内容、社会结构方式等都比较近似。研究中国现代文学很有成就的学者王富仁对此有精彩的论述:

> 我们所以说俄罗斯现实主义文学在当时更适于为表现中国现实生活服务,首先是因为这两个国家现实生活本身有更多的相近或相似之处,由此也决定了两国在社会思想、时代精神和人民情绪上的一系列一致性特征。……
>
> 俄国社会生活不但较之西欧资本主义国家当时的状况,而且较之它们的反封建压迫历史时期的状况,与中国当时的社会现实都更为相似。这是因为,两个国家都经历了大致相似的历史进程。它们都不是在本民族资本主义工商业得到充分发展、农业自然经济濒于崩溃的历史条件下产生了资产阶级民主革命的要求的。当这两只睡狮被西欧隆隆的机器声和炮声震醒的时候,西欧资产阶级已经掌握了国家政权并且取得了比较发达的资产阶级物质文明。这诱发了两个国家尚处于襁褓中的资产阶级的革命愿望,又由于强敌毗邻或外敌入侵,更极大地增强了本国先进人士救亡图存、推翻专制统治的

紧迫感和强烈主观要求。这种独特的历史进程决定了两国社会生活和人民情绪上的诸多一致特征。①

这里所谈的主要是俄国批判现实主义文学对"五四"时期中国文学的影响。我们还应看到，不仅俄国19世纪末叶20世纪初的社会状况与当时的中国近似，新中国的成立，也同苏联一样，是在马克思主义指导下，由中国共产党领导工农大众完成的一次民主主义革命。历史的一致性和现实的同构，使这两个国家的文化很自然地互相影响。

种种相似的条件，决定了两国文学的互相交流。而由于俄苏文学在思想、艺术诸方面都表现得比较成熟，无论是19世纪的批判现实主义文学，还是苏联当代文学，在世界上都取得了很高成就。这使得中国作家自"五四"以来就自觉地、积极地向苏俄学习。当代文坛的许多重要作家都受到俄苏文学的深厚影响：1950年代的周立波、柳青、王蒙，新时期的谌容、张贤亮、张承志等都无不受其滋润。路遥，也是其中比较典型的一位。他的创作，从文学精神的继承到艺术手法的借鉴，都可以明显地找到俄苏文学的影响。

路遥的创作与契诃夫的现实主义文学精神有密切的联系。契诃夫出身于贫苦的家庭，祖父是赎身的农奴，父亲开小杂货铺，后破产。在贫困、屈辱、虚伪中长大的契诃夫，真切地同情被压迫者，对民族命运深切忧虑，怀着一种内心的深沉和悲哀，一生都在同庸俗作战。契诃夫有一个中心思想：人应该活得像人。所以他通过俄罗斯乡村、城镇大量的平凡小事，鞭挞俄罗斯民族中的虚伪、敷衍、自私的习惯惰力。契诃夫这种深沉的人道主义精神，无疑直接影响着路遥。路遥小说的总特点：写平凡的人和事，强调人的尊严，追求人的精神的全面解放，与契诃夫作品的中心思想"人应该活得像人"的精神内蕴是相通的。同契诃夫一样，为了使人成为真正的全面发展的人，路遥也始终致力于同庸俗作战。他特别鄙视庸俗的人，揭露、抨击我们社会生活中那些不正常的庸俗习气，鞭挞那些伪善者、自私者、精神麻木者。像《黄叶在秋风中飘落》

---

① 王富仁：《王富仁自选集》，广西师范大学出版社1999年版，第86页。

中对伪君子卢若华的描绘,《风雪腊梅》中对吴所长自私心理的揭示,《我和五叔的六次相遇》中对张志高麻木心态的揭露,《你怎么也想不到》中对薛峰世俗灵魂的暴露,《人生》中对高明楼、马占胜一类"乡土能人"的刻画等。而路遥笔下那些正直、善良、懂得做人的尊严,即使是农民,也要有农民式的尊严的人物形象,与契诃夫式的人道主义关怀相关联。契诃夫那种对下层人民的同情、蔑视权贵的精神又直接影响了路遥的平民意识,使他始终关注着普通人的命运,为他们而歌哭。契诃夫是短篇小说大师,在取材上,他不追求作品的戏剧性,大都取材于平凡的日常生活,不靠曲折离奇的情节吸引读者,而以善于揭示深藏在日常生活中的悲剧取胜。路遥的小说在这一点上也是深得契诃夫作品之精髓,他写的都是普通的、日常的、平淡无奇的生活,从不靠故事的离奇和曲折的情节吸引人,在朴实的叙述中揭示着普通人生活的一幕幕悲剧,体现着他与契诃夫相似的审美追求。

读过《人生》,刘巧珍的命运不能不使我们想起普希金笔下的19世纪俄罗斯少女泰基雅娜。尽管她们两个的出身、种族、环境和教养有这样那样的不同,生活的年代相隔近一个半世纪,但她们爱情的经历却是那么相似,品格上是那么相通,精神上是那样彼此辉映。显然,刘巧珍和泰基雅娜都是在各自民族传统文化的熏陶下成长起来的,犹如两幅神态相似的肖像画,那种古典味对于我们不是陌生的,但从那种情境中,可以看出普希金对路遥的影响。《人生》中德顺爷在深夜中给高加林和刘巧珍讲述自己逝去的忧伤爱情故事的情调,不由得使人想起《欧根·奥尼金》。在这一情境中,路遥大量穿插了哀婉悠长的信天游《走西口》,这曲调同那夜晚的静寂,远方隐约连绵的山峦,近旁奔涌不息的河水,以及被这夜色笼罩的人的思绪,构成了浑厚凝重的统一体。这曲调忧伤而充满情思,在夜空中久久地回荡,化入了人物的心灵,构成了古老又年轻的生命的韵律。通过这段抒情的描绘,路遥不仅雕塑了象征古老生活的德顺爷,显示出人生命运深厚的历史感和悲怆意味,而且,也为后来刘巧珍的命运埋下了伏笔。在《欧根·奥尼金》中,泰基雅娜和她乳母在夜景中的谈话,被别林斯基誉为"一篇珍奇的完美的艺术品","它以卓越的真实性描绘了这个在君临一切的激情中沸腾着的俄罗斯少女"①。从其乳母的故事中,我们看到了旧时代普通妇女的悲剧婚姻,看到了野蛮的传统习俗对一个少女青春的残害。她的经历多像德顺那被夺走的灵转,她们只有丈夫,没有"爱人",在预先注定的婚姻中,被一只无形巨大的黑手扼住了咽喉。后来的泰基雅娜,事实上也遭遇了和她乳母相同的命运。在这里,普希金以他洋溢着的浓郁诗情,创造了一个哀伤又优雅的艺术情境。可以看到,普希金和路遥都以生动的描绘,表现了沉重的历史生活给人们心灵上投下的阴影。他们艺术的通感来自共有的现实主义精神,正是基于这种精神,他们塑造出了各自民族的一个传统女性的悲剧典型。

列夫·托尔斯泰对路遥的影响更是明显的。托翁那种磅礴的艺术气度,大河式的风格,直接滋育了路遥。路遥那种融抒情、哲理、议论为一体的叙事风格,得力于托翁的影响。从他的《平凡的世界》那种时空交错、密网式的庞大结构的架设,可以看到《战争与和平》的影子。更重要的是,托尔斯泰所发展的心理现实主义的方法以及体现的精神,渗透于路遥的创作中。托翁一方面要求直接反映现实,坚持作家要有道德观,强调艺术品的启示和普遍意义,希望把文学变为大众思想教育的工具。在具体描写时,则着意刻画人物的心理状态,注意剖析人物内心世界的演变,他笔下的主要人物如《一个地主的早晨》中的贵族青年,《战争与和平》里的彼尔·别素号夫,《安娜·卡列尼娜》中的列文,《复活》中的聂赫留朵夫等,都显示着托翁对塑造一种完人的追求。这些人物总是在思索人生的意义,他们心地善良,追求道德的自我完善,喜欢自我分析,时时进行内省。对照托尔斯泰的小说,路遥笔下那些正面主人公不就是托尔斯泰式的吗!这突出地表现在孙少平、孙少安这样的人物身上。就连托翁那幅清教徒式的面孔也深深地影响着路遥,我们从路遥的小说中,看到他对待性爱和物质享受的态度,追求纯真的爱情,强调无爱的婚姻的不道德,注重的完全是爱情的精神方面,对性生活和物质享乐抱着本能的反感,强化伦理

---

① [俄]别林斯基:《论普希金的〈欧根·奥尼金〉》,见易漱泉、曹让庭、王远泽等选编:《外国文学评论选》(上册),湖南人民出版社1982年版,第366页。

道德的责任和意义,主张文学作品对社会的影响,强调文学作品的目的性,这一切无不与托尔斯泰有着内在的精神上的一致性。

作为20世纪80年代的中国作家,路遥的作品绝不是对那些大师的杰作的模仿,也不是对他们的简单继承。他的小说有自己的鲜明特点,他的创作的现实主义精神不仅表现在对社会现实问题的密切关注,显示出强烈的参与意识和作家的社会责任感,更体现出鲜明的理想色彩。这种积极向上的基调,对理想的追求、信念的执着,使他的小说更接近于苏联在20世纪三四十年代的文学作品。实际上,苏联社会主义现实主义的文学作品,成为路遥整个发育期的重要精神养料。《平凡的世界》一开始,首先给我们描绘的是孙少平痴迷于《钢铁是怎样炼成的》《卓娅和舒拉的故事》等苏联作品的情景,揭示了形成孙少平精神气质、品格的重要因素。当他读了这两本书后,"保尔·柯察金,这个普通外国人的故事,强烈地震撼了他幼小的心灵"。从此以后,他迷恋上了小说,尤其爱读苏联小说。

> 他突然感觉到,在他们这群山包围的双水村外面,有一个辽阔的大世界。而更重要的是,他现在朦胧地意识到,不管什么样的人,或者说不管人在什么样的境况下,都可以活得多么好啊!在那一瞬间,生活的诗情充满了他十六岁的胸膛。他的眼前不时浮现出保尔瘦削的脸颊和他生机勃勃的身姿。他那双眼睛并没有失明,永远蓝莹莹地在遥远的地方兄弟般地望着他。当然,他也永远不能忘记可爱的富人的女儿冬妮娅。她真好。她曾经那样地热爱穷人的儿子保尔。少平直到最后也并不恨冬妮娅。他为冬妮娅和保尔的最后分手而热泪盈眶。他想:如果他也遇到一个冬妮娅该多么好啊![1]

孙少平遇到了,他和田晓霞的爱情不也折射着保尔与冬妮娅爱情的影子吗?只不过路遥写的是1980年代中国青年一代的爱情。值得回味的是,路遥写少平与晓霞之间纯真的爱情,其交流感情的信物总是苏联的文艺作品,如艾特

---

[1] 路遥:《平凡的世界》(第一部),见《路遥文集》(第三卷),陕西人民出版社1993年版,第13页。

玛托夫的《白轮船》，登载在《苏联文艺》上的尤里·纳吉宾的《热尼亚·鲁勉采娃》等；更重要的是这些作品中的人物精神对他们的影响，激励着他们执着地追求爱情、追求理想的崇高心灵，还有那种在苦难中经受磨难、蔑视苦难的乐观精神。

同样，使马建强度过了那段"最困难的日子"的精神食粮是《青年近卫军》《钢铁是怎样炼成的》等作品，是这些文学书籍联结起了人类最真诚的友情，并帮助马建强走向新的生活。在《人生》中，高加林不仅长得像"保尔·柯察金的插图肖像"，而且他最喜欢唱的是一首苏联歌曲《第聂伯河汹涌澎湃》；还有路遥在他的回忆性论著《早晨从中午开始》中谈到，他最崇敬一位当代著名作家秦兆阳，无论从精神气质到长相都像涅克拉索夫的描写，这一切都可以看到苏联文学对他化入血肉的影响。路遥赋予他笔下的年轻一代以坚强、友爱、勇敢、献身的精神品格，他们身上那燃烧着的激情的火焰，不正是取自一大批苏联社会主义现实主义文学作品那强劲的精神力量吗？以充满哲理的议论形式去激发读者，形成了路遥小说文体的一个特点。读着他小说中那随处可见的充满抒情哲理的议论，不禁使人想起《钢铁是怎样炼成的》《铁流》《毁灭》《青年近卫军》等苏联作品中同样的叙事文体以及所体现出来的风格。

追求理想的精神是路遥的小说与苏联小说的一致之处，这种共同点既有外来的影响，更有国情、民情的基础。相似的历史特点和社会性质，使中国现当代文学与俄苏文学的关系比与世界其他国家民族的文学关系更为密切。俄苏文学对中国现当代文学的影响广泛而持久，更何况1950年代的苏联式的人文意识对中国青年一代的理想教育，影响和培养这一代人的精神素质。路遥之所以能成为当代文坛成就卓著的作家之一，重要的原因是，他大量地吸取过外国文学，主要是俄苏文学的营养。因此，当他的《人生》被译成俄文出版时，他是多么欣喜而激动：

> 你们优秀的文学传统对我的生活和创作产生过重大影响，由此，我始终对你们的国家怀有一种特殊的感情。我的小说《人生》

被你们译成俄文出版，我深感荣幸。借此机会，我谨向闻名于我国的青年近卫军出版社致以崇高的谢意。许多中国读者都知道，H.奥斯特洛夫斯基著名的小说《钢铁是怎样炼成的》，正是这一出版社出版的——这本书对我们来说极其珍贵。你们可以想到，此时我的心情非常激动。[①]

可见，此时此刻路遥对苏联文学的崇敬之情及特殊感情。

五、心理现实主义的创作追求

现实主义不仅要求真实地、历史地反映生活，而且在它不断发展的过程中，也要求扩充自身的势力范围。1970年代末，中国文坛荡起为一度失落了的现实主义招魂的浪潮。文学要直率地、不加掩饰地、明确地反映现实，这是中国作家的集体心理。进入1980年代后，他们一方面要求继续强化现实主义精神，一方面努力理解现实主义的全部含义。这时，他们发现过去的现实主义，不是完整的现实主义，甚至是伪现实主义，它不但忘却了对巨大的心灵世界所承担的历史责任，甚至误导、笼罩了很长时段的中国文坛。这一发现应当说，是中国文学现实主义历史上一件极为有意义的大事。过去几十年时间里，我们的现实主义确实很少关注人的内心世界，而仅仅把外部现实世界看作自己的唯一对象。当这一新的意识萌动并由个别作家付诸创作实践时，由于习惯力量的作用，遭到了一些非议，甚至有人误认为"由内部看外界，深入挖掘心理""主体的微妙印象"等一系列概念是现代主义范畴的东西。这种认识，是对现实主义精神的悖逆。实际上，即使有这种新的意识萌动的作家，也仍然没有超出鲁迅所开创的，并经胡风等人再次倡导和实践的"体验的现实主义"

[①] 路遥：《致苏联青年近卫军出版社》，见《路遥文集》（第二卷），陕西人民出版社1993年版，第423页。

（或称"主观现实主义"）的范畴①。但不管怎么说，当代作家要求文学对被冷漠了的心理世界承担责任，并在创作中不断实践，其结果并不是现实主义精神减弱了，也未出现现代主义冲击了现实主义的逆势，而是现实主义更加丰满、富有和开阔起来。

由此我们再探视路遥的创作，可看出他的现实主义精神的内在意蕴，不仅在于他的小说展示的大量的生活细节，特别是农村生活的逼真的画面，而且还在于作者从中精细深刻地刻画出了人物的心理、性格，写出了中国农民个体的和群体的生活命运以及他们心灵蜕变的艰难历程。从《人生》到《平凡的世界》，能够看出作家有两个自信：一是用现实主义完全可以表现中国的现实；二是现实主义可以在中国文学中得到拓宽和发展。如果把问题考察得更细一些，把视野放得更广一些，便不难发现，他的现实主义体现出心理现实主义的特点。实际上，现实主义有着深广的气度，它不仅是写实的现实主义，还是心理的现实主义。心理的现实主义在果戈理时期走向成熟，后来一直发展到托尔斯泰时期，车尔尼雪夫斯基称之为"心灵的辩证法"，并指出："认识人的心灵，乃是托尔斯泰伯爵才华的最基本的力量。"②而陀斯妥耶夫斯基则把它深化到了前所未有的深度。心理现实主义在中国现代文学中以鲁迅为代表。特别是在1930年代，七月派著名的文艺理论家胡风提出"主观现实主义"，把中国现代的心理现实主义引向了深入。胡风把作家主观能否"体验""搏斗""突入""扩张"当作贯彻现实主义的关键；他强调作家必须深入体验和理解人物的心理，把握人物的灵魂，这是深一层的"突入"。胡风不但神往于鲁迅小说所开创的"灵魂的写实主义"，而且要求作家必须能表现"活的人，活人底心理状态，活人底精神斗争"，"要反映一代的心理动态"。③在胡风看来，

---

① 参见严家炎：《教训：学术领域应该"费厄泼赖"》，载《文学评论》1988年第5期。

② [俄]车尔尼雪夫斯基：《列·尼·托尔斯泰伯爵的〈童年〉、〈少年〉和战争小说》，见伍蠡甫、蒋孔阳、秘燕生编：《西方文论选》（下卷），上海译文出版社1979年版，第426、428页。

③ 胡风：《胡风评论集》（下），人民文学出版社1985年版，第12、29页。

主观对客观的突入,就是要透过现实的表面,深入更隐蔽的深层本质,创作主体必须有发掘和发现这些人物的精神和心理的潜在因素的力量:"一个真正能够把握到客观对象底生命的作家,就是不写人物底外形特征,直接突入心理内容和行动过程,也能够使人物在读者眼前活生生地出现,把读者拖进现实里面"[①]。可以说,历史上还没有哪个现实主义流派像胡风这样,把作家的主观作用强调到如此突出的程度。在胡风理论的倡导下,出现了一个七月派小说,丘东平、路翎等都是这种理论的积极实践者。

在当代文学中,心理现实主义以柳青最为出色。他的《创业史》(第一部)堪称史诗性作品,其所反映的生活对于人们了解那个时代有着重要的认识价值,所创造的形象对于了解中国农民的精神心理历程有着重要的美学价值。路遥所遵循的就是柳青承续下来的心理现实主义传统。但是路遥又不完全同于柳青,在他的创作中,不像柳青那样有着激越的浪漫主义色彩,也不像柳青作品那样存在着浓厚的政治因素。他的《平凡的世界》更倾向于按照生活的本来面目,按照人物自身的心理逻辑、命运轨迹、心灵历程,把生活忠实地反映出来,同时,也不乏作者主观精神的"突入"。从《平凡的世界》中可以看出,路遥不仅师承了柳青,而且有些方面又超越了柳青。这表现在:不是从政治化到性格化,从共性到个性,而是从个性到共性;主要人物的内质不再是阶级、阶层的直接化身,而是个体意志的表现(如孙少平);在结构上,它不再是社会政治矛盾的人物化,而是以有血有肉的人物为中心,将时代冲突心灵化,与此相关的是,事件特别是政治性事件退后了,人物的心理情绪被直接推到描写的中心位置,人物在自身发展的过程中才能获得意义,也就是说,他反映的是活的人、活人的精神、活人的心理历程。因此,我们在《平凡的世界》中看到的是一个世界——一个平凡的活生生的世界,看到的是中国陕北黄土高原上那些褶皱中、窑洞里的农民的众生相,这个众生相,是社会的全景图像,这些人物,不再是政治的符号,而是民族的文化积淀。例如,在《平凡的

[①] 胡风:《胡风评论集》(下),人民文学出版社1985年版,第332页。

世界》中,由县委书记冯世宽和县委副书记田福军所上下联系的这条结构线,反映了诸多复杂的政治斗争和路线斗争的较量和力量的消长,它是构成《平凡的世界》史诗规模的重要条件。然而,在某些地方,作者尽力淡化政治斗争的因素,把尖锐的政治斗争尽量化入儿女亲事的阴差阳错,化入退休干部徐国强老人的心理氛围,化入全县最"先进"和最落后地区的广阔的人民生活,化入互相渗透交织的现实的多层面的人际关系,等等,大大冲淡了长期以来的当代文学作品中强烈的政治色彩给人们心理上造成的阴影。不可否认,路遥是一个有深厚历史感的作家,他是思考中国社会问题的作家,《平凡的世界》写了中国当代的矛盾、变革,但是这部作品深入揭示了中国农民深层的文化心理的层次,而当这些通过人物的心理、人们之间的矛盾冲突体现出来的时候,也就不仅显示出了作家的历史感,而且这种历史感也就得到了艺术的转化和实现。

政治意识的淡化,使路遥把视线集中于人本身,即对现实关系中各式各样的人的思考和理解,构成了他心理现实主义的特点。其突出表现是,观照整个人生,写人的命运,理解各种人的存在、生活方式和价值意义,并通过人的命运反映出特定时代的整个社会的运动规律。在《平凡的世界》中,他没有在人格的意义上随意否定任何一个人,而是着力表现每一个人在复杂多变的现实社会中心灵的运动过程。从乡土政治家田福堂、游手好闲的王满银、善于看风使舵的孙玉亭、"文革"中提拔起来的年轻公社书记周文龙(后来被提拔为县委书记),甚至包括傻子田二的身上都或直接或曲折地闪现出美学意义上的人性光彩。而作者对于人的思考和理解,最主要的表现在对普通人丰富的心灵世界和人生存在意义的深入开掘。田福堂是长期以来中国畸形发达的政治历史的产物,作者对他的针砭是明显的,但是当考虑到他也是一个农民的时候,他的目的只是和巩固自己的一点点权力相联系的时候,你却不能不佩服他的智慧和才能。田福堂的乡土智慧体现在:在偷水事件中把握村民心理的果断和冒险精神;在处理俊斌丧事中顺应传统人情终于使自己由被动而主动;在处理捉奸事件中的以逸待劳、不露声色,却心怀叵测,把自己的对手一步步逼向被动的韬略;他不惜流泪下跪、一口一声干娘地逼金老太太搬家的精明……都使他成为乡土社会最出色的政治家。这里，对人物心灵世界的揭示使人物具有了超越个人品质的审美属性；而人物心理、行为的轨迹充分体现着他是一个活生生的人，同时也体现着他存在的审美价值和意义。孙玉厚身上体现的是人的尊严和对命运的屈从，他对生活有所求而又无奢求，这使他有一种永不损人的勤劳，为人正直和对子女妻子的忠诚，从他的身上可以看出其厚朴的品质有着与黄土地一样的沉重和忍耐。而读了几天书，在社会上闯荡了些年的他的弟弟孙玉亭则是油滑而世故、聪明而愚蠢、外强而内弱的综合。他的行为处处显示出可笑的聪明、庄严的滑稽。例如，在批斗侄女婿王满银以前，他特意早早来为大哥打招呼，但为了表示他和"阶级敌人"的亲属的界限，他却不进大哥的门，远远地在门外喊叫。"革命是革命，亲人是亲人"——孙玉亭从心里讲，对大哥的感情是真诚的，他不会出卖大哥，因此才绞尽脑汁想出了批判田二以顶替王满银的绝招儿，并事先将这批判的一幕在心里预演了一番。而在他为了巴结田福堂，顺便也为侄子孙少平解决了当民办教师的问题之后，他也再不会在门外喊叫，而是径直入室，理直气壮地吃、喝、拿。他在走向玉厚家的那段心理活动，道出了他微妙的处人哲学：

> 玉亭一路上很激动。他又一次感到自己在双水村是个举足轻重、有智有谋的人物。连田福堂都感到头疼的问题，他孙玉亭三下五除二就迎刃而解了。不用说，福堂将因此而更会器重他的。不论是从政治上还是其它方面说，他想他当然是双水村革命事业的接班人。……
>
> …………
>
> 孙玉亭一路走，一路庄严地想：双水村资产阶级把持教育阵地的历史就要结束了。再说，润生和少平不仅是贫下中农子弟，还是自家人，他这个贫管会主任就再不会像晁盖一样被架空了！
>
> 玉亭走得紧急，又用脑子，虽然天气冷，但额头上却渗出了汗水。
>
> 他上了他哥家的小土坡，脸上不由自主地露出笑容。他知道他哥一家人听到这消息，一定会很感激他，而且也会另眼看待他了。

哥！别以为玉亭光知道连累你们，吃你们一碗饭，抽你们几袋烟。我在大事上给你们帮大忙哩！哥，你说你早年间供我念书，后来又给我娶了媳妇；可我也帮你娶了个不要财礼的儿媳妇嘛！现在我又把少平拉扯到学校去教书，这该把欠你的情补上了吧？[①]

这里，对孙玉亭心理的刻画，不仅揭示出他的处世哲学，而且凸显了他唯利是图的性格。路遥是将这种人物的心理内容和行动过程，活生生地展现给读者，同时也把读者引入现实。

力图表现"一代的心理动态"，是中国现代长篇叙事小说的优秀传统，这一传统在茅盾、老舍、巴金、路翎、柳青等作家身上表现得尤其突出，也是路遥所追求的。从他小说的整体视景来看，马建强、郑小芳、高加林、孙少平、孙少安等人物身上，体现着一代青年心灵衍变的轨迹、行动的历程。如果说马建强、郑小芳身上，还闪烁着五六十年代的青年的思想光彩的话；那么高加林、孙少平、孙少安则更多地具有当今这个世界主人的气质，与五六十年代的梁生宝们相比，他们身上就显出了心理的差异，以及由这种心理轨迹所折射的时代的差异。20世纪五六十年代的青年，他们仿佛是刚从幽暗的地狱里爬出，面前豁然洞开了一个光辉灿烂的世界，头顶着艳阳天，脚下延伸着金光大道，他们活动的背景是明朗的、开阔的，因而他们的行动目标也是极为清晰的，那就是在中国共产党的领导下，走他们所理解的社会主义道路。他们的动机不是琐屑的个人欲望，而是从当时不可阻挡的历史潮流中得来的乐观精神；他们的出发点不是私人的恩恩怨怨，而是数亿人民的利益和愿望。个人就是社会，而社会也就是个人。个人与社会完美和谐地统一着。集体主义被奉为共产主义的最高道德原则。与此不同的是，高加林、孙少平、孙少安们面对的是理想的失落，激烈的竞争，而前途非但不明朗，为了得到一份自认为理想的工作，要受到种种挫伤。当代青年农民朦胧地意识到一种历史的责任感，背负乾坤，开拓未来。但是他们的事业和理想终竟无所附丽，其中又显示着强烈的个

---

① 路遥：《平凡的世界》（第一部），见《路遥文集》（第三卷），陕西人民出版社1993年版，第375—376页。

人主义色彩，这在高加林身上表现得尤为突出。当然，表现在高加林身上的个人主义并不能完全说成是一代青年的退步，它也从另一方面反映出当代农村青年在开拓事业的征途中所赖以前进的思想意识、精神世界，包括变化了的和正在变化着的价值观念、人生取向。人们看到，一种新的道德原则，新的人与人之间的关系正在崛起。欣慰也好，忧虑也好，这是不可逆转的历史潮流。

恩格斯在称赞黑格尔时说："人们以为，当他们说人本性是善的这句话时，他们就说出了一种很伟大的思想；但是他们忘记了，当人们说人本性是恶的这句话时，是说出了一种更伟大得多的思想"①。历史并不是乖乖地循着人们良好的道德愿望前进，它有着自己的冷酷的坚定不移的铁的发展规律。社会每前进一步，都要使人类付出沉重的代价。不同社会制度的更替是这样，同一种社会制度的内部演化也必然如此！当农业生产责任制实行以来，社会似乎又回到了封建经济的一家一户为生产单位的状态。青年的活动范围徒然被缩小了。而缩小了的活动范围却与既往历史形成的并在不断地扩张着的无止境的人的欲望发生了尖锐的冲突。如何把他们从小家庭中解放出来，使之投身于社会的变革和斗争，又是一个令人困惑的问题。孙少平、孙少安是作者仍在探索的过程，他们是高加林人生道路的继续。在自我意识、自我期待以及对现实生活极高的理解力方面，他们有与高加林相通的地方。但他们又不同于高加林，这种不同，表现在他们极力在改变自身命运的同时，并渴望改变整个社会。他们能正确地认识自己在社会中所处的位置。他们有远大的理想，但没有高加林式的好高骛远；他们有为实现理想奋斗的决心，但却没有高加林式的个人主义。比起高加林来，他们更现实，更愿意把个人理想的实现附丽于整个农村现状的改变。

由此可以看到，路遥不愧是改革开放时代的先锋作家，他对当代农村青年"一代的心理动态"的书写，对他们在大时代浪潮中的表现，充分地体现着这样一个过程：由被社会统摄规训中的一代人到改革开放年代个体心灵的空前

---

① [德]恩格斯：《路德维希·费尔巴哈和德国古典哲学的终结》，见《马克思恩格斯选集》（第4卷），人民出版社1972年版，第233页。

觉醒，再到他们自觉地融入时代浪潮并肩负起民族振兴的责任——从这一过程中，我们不仅可清晰地触摸当代青年在改革大潮中心灵蜕变的轨迹，也可清晰地触摸中国当代历史艰难的衍变以及它的未来前景。

第七章 路遥的文学史位置与读者接受

一、"路遥现象"与当代文坛

在中国当代文坛上,能以一个作家的创作或其产生的影响力构成某种现象的并不多见,比如我们曾经说过"赵树理现象""柳青现象""王蒙现象""王朔现象""《废都》现象"等,显然,这种种作家或作品产生的现象,都是以作家创作产生的影响力或其与众不同而呈现的,一旦形成了某种现象,它不仅会对整个文坛产生较大的影响,且往往又会成为人们谈论的话题或思考和研究的重要问题之一。从这样一个角度研究路遥,笔者以为,在中国当代文坛上,路遥不仅构成了一种现象,甚至是一种重要的具有启示意义的现象。从整体上看,"路遥现象"是以一种"悖论"的形态(或者说"两极"状态)出现的,这更显示了路遥的独特存在及其价值,并且给当代文坛以重要的启示。

(一)冷落与热情

1992年,正当英年的路遥在向世人捧出发自灵魂深处的遗作《早晨从中午开始》后,怀着对生命、对人世间的无比留恋离开了这个"平凡的世界",至今已有数十年的时间了。今天,我们为什么要重提路遥呢?主要有两方面的原因:一方面是因为学术界、评论界对路遥固执的冷漠,另一方面是读者对路遥持续的热情。显然,这构成了一对矛盾(或悖论现象),它同时成为中国当代文学中一个非常有意思的现象。

首先来检视一下这一矛盾的两面(或两极)性的具体表现。路遥耗尽最后的生命写就的上百万字的《平凡的世界》,应该说是他当之无愧的代表作,同时也是中国当代文坛的重要收获,该作曾以榜首位置获得第三届茅盾文学奖,称得上是一部在当时及其后数年间产生了很大影响的重量级作品。但是,在近年来出版的一些有影响力的文学史著作中,《平凡的世界》却遭遇到了普遍的意想不到的冷遇。据笔者所接触到的一些当代文学史教程中,除了雷达先生等主编的《中国现当代文学通史》给予西部作家当然也包括路遥以较重要的篇章外,其他文学史著作中对路遥的评价均寥寥无几,而影响最大的两部文学史著作中，北京大学洪子诚所著《中国当代文学史》，只字未提路遥的作品，复旦大学陈思和主编的《中国当代文学史教程》虽然评析了路遥的《人生》，但对其更具代表性的《平凡的世界》却只是一句话带过。上述两部文学史著作是目前大多数高校中文学科采用的教材和重要参考书，也是备研考试的重点参考书目。路遥及其创作的命运在最讲求全面性、客观性、科学性和学术性的大学教科书里尚且如此，那么在一些所谓"新潮"学者或批评家那里，路遥的遭遇也就可想而知了。

一面是极端的冷，而另一面却是极端的热。有两份调查结果很能说明问题：根据中央电视台《读书时间》栏目开展的"1978—1998大众读书生活变迁调查"显示，在这二十年间，对读者影响最大的书，前三位分别是《红楼梦》《三国演义》《钢铁是怎样炼成的》，《平凡的世界》位居第六，而前二十八部作品中，没有其他新时期小说入选。还有研究者所做的"茅盾文学奖获奖作品调查"表明，在前四届茅盾文学奖的二十部获奖作品中，读者最喜欢、购买最多的是《平凡的世界》。这里需要特别指出的是，这些调查的对象大多是文化层次较高、具有一定阅读欣赏能力的人，而《平凡的世界》最广泛、最虔诚、最铁杆的读者群是那些处于贫困阶层的学生和民工，他们对《平凡的世界》的热读远远超过了文学史家们的想象。而盗版的《平凡的世界》在这些人群中的销量我们更无法估算，但毫无疑问那会是一个不小的数字，绝对远远超过了正版的数量，由此我们可以想到《平凡的世界》的畅销程度。这种冷热相兼同步并进的局面在新时期以来的文坛上还是不多见的，"冰"与"火"的对比如此鲜明又如此令人深思。很自然地，我们会思考这样一些问题：形成这一现象的深层原因是什么？这一现象又说明了什么问题？

显然，在这种冷与热的背面，路遥给中国当代文坛的启示是不言而喻的。整体上看，路遥的创作属于中国现代以茅盾为代表的"社会剖析派"这一流脉的，运用历史唯物主义观点，以宏大叙事组织起来的对中国某一历史时段走向的全方位把捉，高扬时代心理和情绪，以及运用经典现实主义的创作方法，塑造典型环境中的典型人物的这一类作品，在一个文学花样不断翻新，文学潮流竞逐的时代,显然有点"不合时宜"。特别是在史家眼里,或许更看重那些引领文学潮流的颇有先锋意味的作家或作品,而那些在方法上被认为是"守旧"的作家或作品受到冷落便是无可非议了。这在上述两部文学史著作中已经有明显反映。然而,史家的取舍并不妨碍或影响受众的热读,大众更看重那些是否表现了他们的情绪和心理,是否发出了他们的心声,是否为他们言说,是否和他们一起歌哭的文学作品,至于方法,对于他们来说是无关紧要的,也正是在这一点上,路遥是当之无愧的。路遥是以他创作方法上的不逐新和以其真诚的人道主义关怀赢得了大众。这也许就是路遥在史家和大众之间遭遇的尴尬处境吧。

(二)新潮与传统

从20世纪80年代中后期开始,国内的学术界、批评界,当然也包括创作界形成了一股强劲的追赶"西潮"的风气,只要是西方的,就是新潮的,就是时髦的,就是先锋的,就是权威的,就要拼命去追,唯恐追赶不上,否则会被人讥为落伍。不可否认,整个20世纪中国文学与"西潮"的关系是相当紧密的,甚至可以说,没有外来思潮的影响,也就没有现代意义上的中国文学。在此,笔者无意贬抑或否定"西潮"与中国文学的这种联系。问题是,这种现象的背后,却潜伏着另一种危机,即对"西潮"的盲目跟从与追随。于是我们看到,在当今这样的所谓先锋或时尚的批评话语里,在所谓的新潮批评视阈内,在一系列西方现代或后现代的名词术语诸如性别、私语、权力、寓言、想象、公共空间等等范畴内,路遥算什么?他根本沾不上边儿,他不过是一个土得掉渣的遵循着传统现实主义创作方法的作家而已!《平凡的世界》算什么?不过是一部简单幼稚粗糙的"青年农民的奋斗史"罢了!更何况,在这样一个追赶时尚的欲望话语时代,在某些批评者眼里,路遥的作品缺乏对人性欲望的书写,更缺乏对人的原欲、爱欲、生命欲的大胆逼视——路遥是一个"净欲主义者",一个无聊、无趣、无味、空泛而虚妄的柏拉图式的"理想主义者"。《平凡的世界》不仅缺乏技术层面上的先锋性,而其文本叙事缺乏新意,它是"老土"的现实主义。总之,路遥是一个乏味的人,它本身缺乏咀嚼，他的作品经不住阐释和解读。如果再回过头去看，路遥及其作品这数十年间在精英圈中遭受冷遇简直就是一种必然，因为他和他的作品没有什么可挖掘的"新意"和"深度"，这也就难怪路遥在学界评论界要受到尴尬及冷遇了。

然而，我们还是忍不住要这样追问：文学作品的价值是以什么来体现的？文学批评的标准是以什么来衡量的？文学史的"入史"条件又是以什么眼光来取舍的？作家创作小说是为了让读者看的呢，还是专为批评家们所品评或为史学家们所备选的？这些问题的答案似乎再清楚不过了。但也许批评家们和史学家们会说：事情并不那么简单，各人有各人的评法，各人有各人的判断。是的，我们应当承认，批评家的眼光或史学家的判断无疑都会有着自身知识结构和情感的投射，当然也有着自己"立史"的不同角度及作品选取的价值评判，这构成了他（他们）发现和评估某一个或某一群作家和他们的作品的重要尺度。而从作家创作方面来看，我们也应该承认，有少数作家写作的目的的确不在获得读者，而只是自我愉悦、自我陶醉或自我发泄，但对绝大多数作家来说，获得尽可能多的读者仍然是他们梦寐以求的期盼。在这方面，路遥获得了巨大的成功，也许这种成功甚至远远超出了作家本人的预料，上面所提到的调查结果再清楚不过地反映出了读者的态度（阅读期待）。我们甚至可以说，在这样一个充满欲望的时代，路遥的作品从另一面恰恰满足了读者的阅读欲望，这又是一种什么现象呢？显然，像《平凡的世界》这样的以所谓的传统现实主义结构的长篇小说，恐怕不能简单地以新潮与传统、先锋与保守、新与旧来判别其高下，技术层面上的创新肯定是必要的，但那是末，而不是本，最根本的东西仍然是作家情感的呈示和思想的表达。所以不能只看作品表面的技巧是时尚还是守旧，而应该考量它对生活的态度，对时代心理情绪的深层探掘。

路遥不是一个天才型的作家，在小说创作中，他的确缺少当代有些作家那样的"才气"和"鬼气"，他也没有高深的理论，没有华丽的文笔，没有过人的技巧，他是单纯的、质朴的，甚至是笨拙的，但他以自己深沉的爱和博大的胸怀，将黄土地上艰难生存和顽强抗争的中国农民形象矗立在20世纪的中国文学史上，这不仅给他带来了巨大声誉，而且也深深感动并鼓舞了无数的读者。路遥是一位真正思考中国问题、密切深情地关注中国现实的作家，他将自己的生命融入了现代化进程中艰难行进的中国历程，在这一点上，他表现出了令人钦佩的真诚和令人难以置信的生命能量，在中国当代文学史上树立起了只有属于路遥的"这一个"。路遥的真价值和真意义将会不断地被发掘，特别是在这样一个物欲横流的时代，路遥的风采将会再次彰显，这也是他给中国作家的一种启示。

（三）浮躁与沉潜

上述启示让我们又不能不正视当今文坛的另一种现象，即文学创作的浮躁与沉实。什么是文学，文学的本质是什么，它的终极目的何在，它有哪些规律，诸如此类的问题，自古以来，众说纷纭，无法定论。但有一点恐怕谁也不会否认，那就是：时间和历史是检验作品的唯一标准。那些经过时间和历史的淘洗，既为史家所选取，又为读者所欢迎的作品无疑是好的。而问题的复杂性还表现在，经典不一定都是畅销的，当然，畅销的也未必都是经典。但一个作家长时间拥有广泛的读者群，至少我们不能熟视无睹。从这一角度看，路遥是成功的。有评论者指出，1980年代以来的很多长篇小说已经被人们逐渐淡忘了，也有很多作家淡出了人们的视野，原因很简单，他们以及他们的作品经不起历史的无情筛洗，距人们的视线越来越远。而路遥的《平凡的世界》却经受住了人们持久的兴趣，不仅如此，一个明显的事实是，它经受住了两个巨大时代转换的考验：计划时代和市场时代的洗礼。《平凡的世界》并没有因为进入市场而失去它的价值和魅力，相反，其影响力却不断扩大。恐怕不会有人说《平凡的世界》有炒作之嫌吧？如果有，那就太离谱了，在炒作之风还没有盛行起来时，路遥就已经离开了这个世界。那这是什么原因呢？笔者以为，这和作家的写作姿态和精神境界密切关联。当今的文坛，被"大话""戏说""把玩""自娱""肉身""兽性""绝望""迷狂""焦虑""空虚""癔语""无耻"等充斥着，有谁还像路遥当年写《平凡的世界》时那样手指都写得痉挛了且痛哭流涕呢？且看路遥自己在创作准备时的一段回忆：

> 首先是一个大量的读书过程。有些书是重读，有些书是新读。其间我曾列了一个近百部的长篇小说阅读计划，后来完成了十之八九。同时也读其它杂书，理论、政治、哲学、经济、历史和宗教著作等等。另外，还找一些专门著作，农业、商业、工业、科技以及大量搜罗许多知识性小册子，诸如养鱼、养蜂、施肥、税务、财务、气象、历法、造林、土壤改造、风俗、民俗、UFO（不明飞行物）等等。①

> 较为可靠的方式是查阅这10年间的报纸——逐日逐月逐年地查。……
>
> 于是，我找来了这十年间的《人民日报》、《光明日报》、一种省报、一种地区报和《参考消息》的全部合订本。
>
> ……
>
> 我没明没黑开始了这件枯燥而必需的工作。一页一页翻看，并随手在笔记本上记下某年某月某日的大事和一些认为"有用"的东西。工作量太巨大，中间几乎成了一种奴隶般的机械性劳动。眼角糊着眼屎，手指头被纸张磨得露出了毛细血管，搁在纸上，如同搁在刀刃上，只好改用手的后掌（那里肉厚一些）继续翻阅。②

类似的回忆文字还有很多，但这已经使我们看到路遥创作时的一种积累、一种姿态、一种精神。而这种阅读仅仅是他创作前的一些材料准备，更重要的是作家充满人生历练的生活、生命体验和对于广大民众的挚爱，这一切形成了路遥创作的基点。

对于路遥的"用生命写作"，也许有人会说，这不是傻子干的事吗？这不是自己和自己过不去吗？这不是拿自己的生命开玩笑吗？小说哪有这样写

---

① 路遥：《早晨从中午开始》，西北大学出版社1992年版，第50—51页。
② 路遥：《早晨从中午开始》，西北大学出版社1992年版，第54页。

的？写小说靠的是才气、灵感，是虚构、编故事，是好玩、游戏……如果以时下人们的生存观、生命观、价值观来看路遥，他的确太傻，他活得太累！

然而，如果照此推演，中国文学还有什么希望？中国作家承担的道义和良知将如何体现？据有关资料显示，近年来，中国的长篇小说生产量逐年攀升，年产量已达三四千部。如今的中国不乏高产作家，有人一年推出一部、两部甚至更多部长篇小说，实在想象不出他们是怎么制造出这些产品的，而这种以工业化速度生产出来的精神产品究竟能存活多久，显然值得怀疑。尽管商品时代做什么都讲求成本，要核算投入产出比，文学当然不能用数字方法来计算，但花费时间、精力、心血少的作品的含金量肯定不会太高，这不能不说是一条定律，特别是在长篇小说的创作上更是如此。当然，在一个欲望化、世俗化、浮躁化的时代，要求所有作家"板凳要坐十年冷"也许有点不大现实，但笔者还是固执地认为，一个真正的作家是不是还应该葆有一种为民族、为民众而写作的道义和责任，应该在这样一个超欲望的时代坚守作为一名作家的精神底线呢？

对于中国当代文学来说，"路遥现象"的确是一个绝好的标本，它折射出了当今文坛的五颜六色，让我们透过炫目的光色，看到了真正的文学应该有的深沉底色。而对于大众来讲，希求作家们能够创作出真正为他们声言的精神产品，无疑是最重要的。

二、被文学史遮蔽的路遥

路遥"《平凡的世界》现象"已构成了当代文学无法回避的一桩"难断"的公案。路遥从20世纪80年代初崛起于文坛，十年的时间创作了数量惊人的小说作品，他的长篇巨制《平凡的世界》成为当代文学中最受读者欢迎的作品之一，其发行量之大、影响之广，在中国百年文学史上也是不多见的。然而，路遥却一直被史家"集体遗忘"，成为文学史叙事的一个盲区。而读者对路遥及其作品的持续热情，形成了文学史叙事与读者这两者之间一种匪夷所思的张力,这种张力,不仅持续推动着路遥研究的深化,也给文学史叙事带来了难以回避的诸多问题,以及可能反复阐释的空间。

(一)文学史叙事的冷遇

在路遥去世十周年的时候,有评论者写过一篇题为《文学写作的诸问题》的文章,文中对国内学术界及文学史叙事冷眼路遥的情状流露出难以掩饰的不满。该文这样写道:"我们在中国的评论性的文学杂志里,已很少看到路遥的名字了。我们的批评家宁愿对一个只能写出死的文字的活着的作家枉抛心力,却不愿对一个虽然去世但其文字却仍然活着的作家垂青关注。"[①]批评家的不满不是没有根据,而是因为在路遥去世之后的十年时间里,他不仅被学术界逐渐淡忘,而且更被文学史家有意忘却。

如果查阅新世纪前有关路遥研究的文章细目,则不难发现,大部分文章集中在从1982年《人生》的发表到1992年路遥去世这个时间段里,其后学术界关于路遥的研究热情递减,在研究者眼中,路遥研究无疑已经越来越被边缘化。和学术界的冷眼相呼应的是,文学史家对路遥的定位更是暧昧不清。回顾这个时段中以"当代文学(史)"命名的著作,可以发现,路遥的文学史处境非常尴尬。从1999年出版的几部影响较大的史著来看,像洪子诚著《中国当代文学史》(北京大学出版社)、王庆生主编《中国当代文学》(华中师范大学出版社),都不曾提到路遥的创作,因此也就不会给路遥的文学人生以定位了。而在各类以"当代文学思潮"或"新时期文学"命名的著作中,著者也都没有更多地提及路遥。路遥成了一个被文学史"忘却"的作家。对于这一现象,近年来的研究中多有论述,但阅读这类文章,我们发现其大多是情绪化的——不平不满多,而冷静分析少。现在看来,追问路遥及其创作受冷遇的原因,或许比呼吁研究者和文学史家关注路遥更重要,因为在这个"忘却"现象的背后,正潜藏着路遥文学人生的特别之处,更具研究价值。

路遥始终坚守自己的审美理想,从来都不盲目趋时,也不愿置身于瞬息

---

① 李建军:《文学写作的诸问题——为纪念路遥逝世十周年而作》,载《南方文坛》2002年第6期。

万变的文学潮流之中。但他不是独行侠,他更像一个辛劳而沉默的农民,即使在烈日下挥汗如雨也不会随意找个阴凉地与人搭腔。结果是,他给文学史家出了一个极大的难题,史家不能不看到他的成就(很多研究者以为史家无视路遥的创作成就,这显然是个误区,路遥在80年代的轰动效应他们怎能视而不见?),但又将他无处安身。因为在80年代风行一时的各种文学思潮中,如伤痕文学、改革文学、寻根文学、先锋小说等,将路遥置于何处都显得不妥,那些思潮尽管对路遥也有影响,却都未成为他叙事的重心。倘若文学史家按其归纳出来的线索描述路遥,不免显得力不从心。抛开思潮不论,以小说类型而言,路遥的叙事也是一个描述的难点,你说他写的是乡土小说吧,他又经常关涉城市,而你说他写的是城市小说吧,却又是地道的乡土小说。也许史家在这样的时刻都会得出相似的结论:路遥就是路遥,一个立于思潮之外的作家,一个有话可说但无从说起的作家。于是,就出现文学史叙事中的两种情况,或者是干脆不提及路遥,或者是简单地一笔带过。

从在《当代》1980年第3期发表《惊心动魄的一幕》开始,路遥便显示了置身于潮流之外的姿态。这部中篇与其时流行的伤痕文学的叙述基调不同,它没有呈现那种批判、声讨或倾诉的叙述风格,而是全力塑造了一个虽犯过错误,但在派系斗争中却能够舍生取义的老干部马延雄的形象。作品问世之后,没有引起太大关注,反映者寥寥。在为数不多的评论中,秦兆阳的一篇文章可说是掷地有声,他颇有眼力地指出:"这不是一篇'针砭时弊'的作品,也不是一篇'反映落实政策'的作品,也不是写悲欢离合、沉吟于个人命运的作品,也不是以愤怒之情直接控诉'四人帮'罪行的作品。它所着力描写的,是一个对'文化大革命'的是非分辨不清、思想水平并不很高、却又不愿群众因自己而掀起大规模武斗,以至造成巨大牺牲的革命干部。"[①]秦兆阳是路遥文学人生的第一个知音,他虽没有直接指出路遥的不趋潮流,但也道明路遥从登上文坛的时刻就是一个善于思考的作家。1982年路遥发表成名作《人生》

---

① 秦兆阳:《要有一颗热情的心——致路遥同志》,载《中国青年报》1982年3月25日。

的时候，正值改革文学的风头正劲，但他没有走改革文学的路子，也就是说，他没有像蒋子龙、张洁、李国文等一样，讴歌那些披荆斩棘、迎难而上的改革者，而是刻画了在一个改革年代中不甘平庸、奋力拼搏而命运多舛的农村青年高加林的形象。《人生》问世后，引起了文坛轰动，吸引了众多研究者的关注，一时好评如潮，普遍认为高加林的形象已经达到了典型人物的高度。但在《人生》的研究中，似乎没有人做更深的追问，到底是什么造成了高加林的悲剧命运？我们看到，无论是高加林的时来运转，还是好运的急转直下，都是权力运作的结果，跟他的个人奋斗无关，也跟他的性格结构无关，而这映象出来的，却是路遥对底层民众前途命运的深挚忧患：改革带来了无数的机会，但机会的大门不是对底层人也一样公平地敞开的。

路遥1986年在《花城》发表《平凡的世界》（第一部），不久出了单行本，后来又陆续出版了第二部、第三部，至1991年，三卷本的《平凡的世界》终获第三届茅盾文学奖。《平凡的世界》的准备和写作时间长达六七年之久，这个时段学术界掀起了新观念、新方法的大讨论，左翼文学和延安文学传统受到质疑，现实主义、典型、反映论等传统文学观念也横遭贬抑，创作领域则呈现出多种观念、流派、现象并存的令人眼花缭乱的状态，先锋小说、新写实小说等新锐思潮层出不穷。对路遥来说，身处这样的文化语境，他的"史诗性"追求和现实主义的创作精神能否坚持，能否始终如一地完成一个多部头的达百万字之巨的大作品，的确是个严峻的考验。路遥后来不无伤感地谈到，面对思潮冲击时其内心激起的阵阵狂澜和孤军奋战的悲凉，"在当代各种社会思潮艺术思潮风起云涌的背景下，要完全按自己的审美理想从事一部多卷体长篇小说的写作，对作家是一种极其严峻的考验。你的决心，信心，意志，激情，耐力，都可能被狂风暴雨一卷而去，精神随时都可能垮掉。我当时的困难还在于某些甚至完全对立的艺术观点同时对你提出责难，我不得不在一种夹缝中艰苦地行走。在千百种要战胜困难中，首先得战胜自己"[①]。这是路遥传达的痛

---

① 路遥：《生活的大树万古长青》，见雷达主编：《路遥研究资料》，山东文艺出版社2006年版，第4页。

切感受，一个作家要坚守其文学理想会是何其之难，非外人可知，但他坚守住了，终于没有放弃。那么，他的审美理想到底是什么呢？

路遥之所以能走上文学创作的道路，与他在《延河》当编辑时期柳青对他手把手的指导有莫大的关联，而柳青传授给路遥的，除了写小说的技术，更有其文学观念、美学理想、人格魅力等精神层面的东西，他对路遥的影响至为深远。在柳青看来，文学是一种事业，是能推动底层改变人生命运的事业，路遥的文学观也与之趋近，他曾动情地说："作为一个农民的儿子，我对中国农村的状况和农民命运的关注尤为深切。不用说，这是一种带着强烈感情色彩的关注。"①这也就不难理解，农村知识者在中国当代的命运遭际，以及他们在苦难人生中的奋争历程，便成为路遥建构文本世界的动力之源，因为这一切都是路遥择取的关注底层命运变动的最好观察点。柳青的文学主张，如"三个学校""做文学的愚夫"和"六十年一个单元"等，在路遥的文学人生中也体现得极为明显。

路遥的每一篇小说都有过硬的生活基础，决非基于作家天马行空的想象，他始终践行"生活是文学的唯一源泉"的训诫，将自己看作和农民一样的底层劳动者，并积极投身于底层的生活流程之中，因为他认为，只有这样，才能真正体验和把握住生活的精髓，"无论政治家还是艺术家，只有不丧失普通劳动者的感觉，才有可能把握住社会生活历史过程的主流，才能使我们所从事的工作具有真正的价值。……我们只能在无数胼手胝足创造伟大生活伟大历史的劳动人民身上而不是在某几个新的和古老的哲学家那里领悟人生的大境界，艺术的大境界"②。而自始至终的现实主义创作精神，以及长篇巨制的史诗性追求，也都缘自柳青的言传身教。《人生》问世后，面对如潮的赞誉，路遥远没有飘飘然，相反，他表现得异常平静，他并不以为自己是个文学天才，反而

---

① 路遥：《生活的大树万古长青》，见雷达主编：《路遥研究资料》，山东文艺出版社2006年版，第5页。
② 路遥：《生活的大树万古长青》，见雷达主编：《路遥研究资料》，山东文艺出版社2006年版，第5页。

把自己当作是"文学的愚夫",舍得花"笨功夫"进行创作,如其所言,"搞文学,具备这方面的天资当然是重要的,但就我来说,并不重视这个东西。我觉得,作品在某种意义上,不完全是智慧的产物,更主要的是毅力和艰苦劳动的结果"[1]。路遥的这种践行促使他不断走向文学的大境界,他的行文恰似书法中的颜体那样——寓美于拙乃成大气,故其后也就有了《平凡的世界》这样史诗性的大气之作的诞生。他有勇气否定自我,在不断否定自我中成长、前行,而在艺术的表达上又力求精到,他认为,"任何一个严肃认真的作家,为寻找一行富有创造性的文字,往往就像在沙子里面淘金一般不容易"[2]。路遥又是一个善于思考的作家,他的忧患意识、苦难意识和底层意识总是使他能够看见别人看不见的东西,感受到别人不易感受到的东西,传达出别人难以传达的东西。他的感情是炽热的,对生活、对人生、对生命、对底层的感情都是如此,因之,尽管时隔多年,重读他的文字依然能使人体会到某种燃烧的激情——这样的文字,使一切所谓技巧的东西、先锋的东西、华丽的东西都黯然无光失去重量,这也是他审美追求的别一体现。"对生活应该永远抱有热情。对生活无动于衷的人是搞不成艺术创作的。艺术作品都是激情的产物。如果你自己对生活没有热情,怎么能指望你的作品去感染别人?"[3]他的这种真挚的表白促人深思。

路遥的精神导师是柳青,这已是不争的事实。而就路遥的文学人生来看,也是柳青文学生命的接续,这无疑是路遥遭遇史家冷眼的另一个重要原因。柳青从20世纪80年代中后期开始被某些研究者质疑,至90年代其遭贬抑也到了最低点,有些史著几乎不提柳青,或是作为被挞伐的对象而提出来。作为柳青弟子的路遥受到"株连"也在所难免,但路遥似乎早有思想准备,被研究

---

[1] 路遥:《作家的劳动》,见雷达主编:《路遥研究资料》,山东文艺出版社2006年版,第6页。

[2] 路遥:《作家的劳动》,见雷达主编:《路遥研究资料》,山东文艺出版社2006年版,第7页。

[3] 路遥:《作家的劳动》,见雷达主编:《路遥研究资料》,山东文艺出版社2006年版,第7页。

者质疑或被文学史家冷眼都不曾动摇他的初衷。他是这样认为的:"写作过程中与当代广大的读者群众保持心灵的息息相通,是我一贯所珍视的。这样写或那样写,顾及的不是专家们会怎样说,而是全心全意地揣摩普通读者的感应。古今中外,所有作品的败笔最后都是由读者指出来的;接受什么摒弃什么也是由他们抉择的。我承认专门艺术批评的伟大力量,但我更尊重读者的审判。"[1]他的所思所为几乎和柳青如出一辙。当年柳青创作《创业史》的时候,也是每完成一章都要请那些相濡以沫的农民朋友加以品评,认真听取他们的意见,及时修正和补充,直到他们满意为止。作品发表后,来自专家的批评意见尽管很多,但柳青在大多数情况下都保持沉默,这是因为,在他看来,普通读者——那些创造了真实故事的人们的意见,比专家学者的批评更实在、更有力。事实证明,柳青和路遥不仅有过人的眼光,更有足够的耐心。评论家的称赞不能使他们忘乎所以,同样,评论家的否定也不曾撼动他们的审美理想,他们知道等待,等待时间的长河会将一切虚的、假的、充水的文字荡涤淘尽。文坛上的风云变幻莫测,学术界的好恶亦随风而动,反反复复,此一时也彼一时也,都是常有之事,而普通读者的裁决才是最终的审判。

从更宽泛的文学史视域上看,路遥遭受史家冷眼也是有原因的。20世纪80年代中后期到90年代后期,是文学观念的转型时期,这个时期有一种强烈的对文学体制化时代的运作机制的怀疑和解构的趋向,这倒是可以理解的——如果要"立"就不能不先"破"。问题是,在这个"破"的过程中,1942年以来几乎所有重要的文学经验都受到了全面的质疑、解构和一定程度的重创,这就不能让人理解和容忍了。反映论、典型论、史诗性、宏大叙事等与传统现实主义脉流相关的经验都被置于十字架上接受拷问,代之出场的、被"立"起来的则是西方现代主义和后现代主义的经验,而这些所谓经验,究其实质不过是通过不甚精确的翻译文字或者是还没有完全消化的东西来传达的,加上国内"现代派"作家文化修养的制约和浮躁心理的鼓动,实际写出来的东西与真正的西方

---

[1] 路遥:《生活的大树万古长青》,见雷达主编:《路遥研究资料》,山东文艺出版社2006年版,第4—5页。

现代派或后现代派的精神实质相比已经面目全非，但是，这样的作品反而是被文学史乐于和反复叙述的。我们看到，在这种潮流的冲刷下，新文学降生以来就苦心经营的现实主义经验被空前排斥，"反映"为不可知的混乱的历史非理性所嘲弄，"典型"为平面的、模糊的、晃晃悠悠的人物所取代，"史诗"被非逻辑的民间体验的历史碎片置换，"宏大叙事"则被无所事事的顾影自怜的哼哼唧唧的"个人化"（或曰"私人化"）叙事颠覆了。这就是当代文学史所叙述乃至"重写"的"多元"景观。也是在这种"多元"景观中，那些时刻关注国家、民族命运的现实主义作家在文学史格局中都面临着被迫退场的悲哀，不仅是柳青、路遥，以及其他所有现实主义作家，而且新文学现实主义的代表作家——茅盾的文学史地位也明显受到质疑，呈滑落趋势。所以，在90年代的文学史叙事中，路遥的遭遇显然不是个别现象，而是具有一定的普遍性，这也从反面证实路遥是一个重要的现实主义作家。

（二）读者接受的热情

路遥在准备《平凡的世界》的写作素材的时候，隐隐预感到这或许将是他生命中的大作，它将把他生命中的一切，包括思想、情感、梦想、智慧、愿望、经验等，全部吸纳进去，最后熔铸成一部滚烫的文字。创造这样的作品，到西部纵深处进行"精神的朝拜"或接受"精神的沐浴"都是必要的，正是在进入了毛乌素沙漠之时，路遥突然觉察到，"在这里，我才清楚地认识到我将要进行的其实是一次命运的'赌博'（也许这个词不恰当），而赌注则是自己的青春抑或生命"[①]。对路遥来说，《平凡的世界》的写作注定将是生命的极限体验，而延续时间之长更是令他心力交瘁。路遥后来不止一次地谈到写作过程的举步维艰，它已不是创作一部作品的问题了，而是衍变成了路遥与命运之间展开的一场生死博弈。下面这些感受算得上是他写作之艰的极好注脚：

> 有时候，一旦进入创作过程（尤其是篇幅较大的作品），如同进入茫茫的沼泽地，前不着村，后不靠店，等于一个人孤零零地

---

① 路遥：《早晨从中午开始——〈平凡的世界〉创作随笔》，见《路遥文集》（第二卷），陕西人民出版社1993年版，第9页。

在纸上进行一场不为人知的长征。时不时会垮下来,时不时怀疑自己能否走到头,有时,终于被迫停下来了。这时候,可能并不是其他方面出了毛病,关键是毅力经受不住考验了,当然,退路是熟悉的,退下来也是容易的,如果在这种情况下被困难击败了,悲剧不仅仅在这个作品的失败,而且在于自己的精神将可能长期陷入迷惘状态中,也许从此以后,每当走到这样的"回心石"面前,腿就软了,心也灰了,一次又一次从这样的高度上退下来,永远也别指望登上华山之巅。遇到这样的情况,除了对自己所写的东西保持清醒的头脑以外,最重要的就是要咬着牙,一步一步地向前跋涉,要想有所收获,达到目标,就应当对自己残酷一点!①

在中外文学史上,像路遥这样为了挚爱的文学事业而甘愿牺牲的作家委实不多,路遥之创作《平凡的世界》的过程,也正如曹雪芹之创作《红楼梦》的过程——"字字看来都是血,十年辛苦不寻常"。有研究者对路遥为了创作以命相搏的"自残式"的做法表示怀疑,甚至不屑,认为不值得,真是难以理解。虽然我们不能说路遥的倾力之作《平凡的世界》就一定是部伟大的作品,但至少可以肯定的一点就是,所有的传世之作都定然少不了生命的浇灌与熔铸。这也就不难理解,《平凡的世界》为什么会成为一部影响数代人的作品了。

影响有时体现在一定的统计数字上。《平凡的世界》每出一稿都在中央人民广播电台播出,即使还在播出过程中,电台和路遥就收到数以千计的听众来信,"沉默的大多数"对作者路遥不想再保持沉默,他们要敞开心扉向路遥诉说心中淤积的苦闷和"阅读"这部作品时的惊喜。作品中人物孙少平、孙少安所经历的屈辱史、奋争史和创业史,给听众(读者)带来的情感冲击和精神鼓舞是空前的,也是深层次的。而令他们倍感震惊和欣慰的是,孙少平们可能就在他们的身边,或者听众自己就是孙少平、孙少安,这种"阅读"体验对他

---

① 路遥:《作家的劳动》,见雷达主编:《路遥研究资料》,山东文艺出版社2006年版,第6页。

们来说是从未有过的,缘此也就形成了马斯洛所说的"巅峰体验",而这种体验一旦形成便成为永远的阅读记忆,深刻影响他(他们)的行为方式与价值判断。从听众对《平凡的世界》的强烈反响来看,路遥无疑完成了"生活是文学的唯一源泉"这一论断的形象化诠释。试想一部向壁虚构式的作品,哪怕作者的叙事能力再怎么先锋前卫,言辞再怎么华章流彩,技巧再怎么纯熟老到,都不会让读者永生难忘,这是为什么呢?是因为虚和假还是有着分明的界限,因为读者迟早会发现在真实生活中根本就不是那么回事。

有人做过统计,《平凡的世界》仅从1986年到2000年这十五年间,至少已被重印过四次。①而且,在2005年前后进行的几次读者调查都显示,《平凡的世界》受读者欢迎的程度,在中国当代文学类图书乃至整个中国文学类图书中都是居于前列的。②"随着时间的推移,它不但在读者的记忆中显示出越来越重要的意义,而且在当下读者的阅读生活中占据越来越中心的位置"③,所以,有人这样认为也决不是没有道理。李建军根据自己作报告时参与研究生的讨论,记录和整理了一些现实的材料,也从一个侧面说明了《平凡的世界》影响的广泛性与持续性。一个研究生说:"像《平凡的世界》这样的作品,不管是文科班的,还是理科班的都在看。"另一个研究生说:"我觉得它(指《平凡的世界》)不仅是我的精神资源,我的同龄人或我们的上一代人中一大部分人都从中获得了慰藉。"还有一个研究生指出,孙少平虽身处逆境而追求不息的精神对他冲击颇大,"这种追求精神,我觉得对我们这个时代太重要了,太重要了!当我出现这种迷茫心态的时候,我拿过《平凡的世界》来看看的时候,我会热泪盈眶的"。④《平凡的世界》影响"80后"大学生的程度,我们

---

① 熊修雨、张晓峰:《穿过云层的阳光——论路遥及其创作对中国当代文学的反思》,载《学术探索》2003年第3期。
② 贺仲明:《"〈平凡的世界〉现象"透析》,载《文艺争鸣》2005年第4期。
③ 邵燕君:《〈平凡的世界〉不平凡——"现实主义常销书"生产模式分析》,载《小说评论》2003年第1期。
④ 李建军:《文学写作的诸问题——为纪念路遥逝世十周年而作》,载《南方文坛》2002年第6期。

也不妨举现实之例,前几年笔者到某大学访学,由于未敢携带太多的书籍,研究中要用到《平凡的世界》的文本,就去校图书馆借阅,没想到连去十余次皆无果而返,原因都是一样——已全部借出,无奈之下只好去书店再购得一套。此事当时甚感蹊跷,后来,回到笔者所在高校,发现情况也相类似,隔了很久又去查阅,终于看到空出的一套,但书页显然由于阅读次数太过频繁已字迹模糊,装订亦呈散乱之状,从中不难看出,"80后"大学生无疑也是将其当作成长经历中必读的人生励志的教科书了。

我们该如何看待读者接受中的"《平凡的世界》现象"呢?《平凡的世界》的问世至今已有数十年,在这一时期,研究者从来都是毁誉皆有之,各执一词,互不相让。毁之者尽情数落《平凡的世界》的不是,指出它有这样那样的缺点和"不成熟",而且甚至对其拥有如此庞大的读者队伍也表现出不屑的神情,言外之意是,读者对《平凡的世界》的热情是纯属多余。而誉之者明知此等言论甚是荒谬,但因为缺乏强有力的学理论据,或辩词中夹杂了较多的情感成分,故而不能使其反驳或有效击中对方的要害,竟使此论四处讹传。路遥早就警告过,有些作家太过低估读者的"总体智力"了,以为读者不看好他们的作品是读者不识好歹,却从没有坐下来好好反省自己的写作是否真的出了问题,这自然会助长他们不必要的"愤世嫉俗"之慨,他们真应该仔细听一听路遥的警告:"大多数作品只有经得住当代人的检验,也才有可能经得住历史的检验。那种藐视当代读者总体智力而宣称作品只等未来才大发光的清高,是很难令人信服的。"①从上面持反面意见的情况来看,太过低估普通读者的"总体智力"的,除了某些作家,还确实存在一些研究者。笔者认为,无论从何种意义上讲,一部文学作品只有进入阅读历史才能产生其相应的价值,而阅读量越大,读者的反响越强烈,说明该作品的价值意义就越大。姚斯是以研究读者接受理论而闻名的学者,在他看来,"真正意义上的读者"是实质性地参与了作品存在,甚至决定了作品存在的

---

① 路遥:《生活的大树万古长青》,见雷达主编:《路遥研究资料》,山东文艺出版社2006年版,第4页。

读者。不言而喻，离开了读者的阅读，即使一部作品有再大的价值也不会产生什么意义，比如，摆在桌子上而不被阅读的莎士比亚的《哈姆雷特》和摆在桌子上的台灯又有什么区别呢？因此，姚斯认为，"文学作品从根本上讲注定是为这种接收者而创作的"[①]，而文学作品只有在持续的阅读中才能转化为一种实质性的当代存在。他以这样的比喻来说明阅读的重要性，一部文学作品"更多地象一部管弦乐谱，在其演奏中不断获得读者新的反响，使本文从词的物质形态中解放出来，成为一种当代的存在"[②]。数十年来，《平凡的世界》在几代读者中不断获得反响，早已使其成为"一种当代的存在"，并不会因为路遥的谢世而终止。

何谓文学经典？研究者的看法可能差异很大，但根据姚斯的理论来看，所谓文学经典就是无论在何种语境下都被读者阅读的作品，是能不断读出新意来的作品，是无论社会如何发展而其生命力都永不枯竭的作品。《平凡的世界》就算得上是这样的一部作品。新世纪以来，随着中国的地域差距、贫富差距和城乡差距呈加剧趋势，社会底层被大量"生产"出来，那些来自乡间而挣扎于城市的底层，在城市经历的屈辱史、奋争史和创业史，促使有良知的作家奋笔疾书，"底层文学"就这样诞生了。底层文学作为新世纪文学的重要潮流，其研究价值自不待言，而也是在这种语境中，《平凡的世界》进入了其新的阐释历史。如果从底层文学的美学尺度来衡量，《平凡的世界》完全称得上是一部底层文学作品，孙少平们的经历绝不亚于当下底层文学中底层的人生，但与当下底层文学不同的是，《平凡的世界》弥散着的悲壮的英雄主义情结，却能给陷入苦难与困境的人们提供某种"走出来"的精神力量。路遥的文学人生，不能不让人想起别尔嘉耶夫曾说过的一段话："俄罗斯作家没能停留于文学领域，他们超越了文学界限，他们进行着革新

---

① ［联邦德国］H.R.姚斯、［美］R.C.霍拉勃：《接受美学与接受理论》，周宁、金元浦译，辽宁人民出版社1987年版，第23页。
② ［联邦德国］H.R.姚斯、［美］R.C.霍拉勃：《接受美学与接受理论》，周宁、金元浦译，辽宁人民出版社1987年版，第26页。

生活的探索。他们怀疑艺术的正当性，怀疑艺术所特有的作品的正当性。19世纪的俄罗斯文学带有教育的性质，作家们希望成为生活的导师，致力于生活的改善。"[1]深受俄罗斯文学影响的路遥，也像19世纪的俄罗斯作家一样，在"进行着革新生活的探索"和"致力于生活的改善"。路遥以"超越了文学界限"的眼光和看起来略显朴拙的文字从事这项艰难的工作，但他却因此拥有了铁杆读者——那些滚爬于生活底层的人们，那些不愿屈从于命运的人们，那些虽屡遭坎坷却永不放弃的人们，这或许是"路遥《平凡的世界》现象"成为一个永恒话题的原因。

三、当代文学史"重写"现象的反思

对于路遥及其《平凡的世界》在当代文学史写作中的持续的"缺席"现象，不管文学史家出于何种想法而遮蔽它的存在，必然会激起广大读者和研究者的一再质疑与探询。数年前，在延安大学"纪念路遥及其创作研讨会"上，笔者曾就"路遥与中国当代文坛"这样一种现象做过专题发言。今天，我们重提这个话题，并不是要再次为路遥鸣不平，而是试图探寻文学史家的这种遮蔽趋向是否已经陷入了某种方法论的难题，并进一步反思1980年代提出"20世纪中国文学史"和90年代提出"重写文学史"之后，当代文学史写作模式到底有没有真正意义上的突破。笔者以为，在这种探寻与反思的过程中，路遥的《平凡的世界》始终是一个重要的参照文本，它如同试金石一样，对史家的方法论和文学史写作模式进行检测。在此，让我们再次解读一下德国著名美学家姚斯的接受美学理论，或许对于路遥的文学史遭遇有重要的启示。

姚斯在20世纪60年代就指出，当时的德国文学史研究之所以衰落，归根到

---

[1] [俄]尼·别尔嘉耶夫：《俄罗斯思想》，雷永生、邱守娟译，生活·读书·新知三联书店1995年版，第79—80页。

底是研究方法上的失误。[①]姚斯把当时为止所存在的文学史研究方法归纳为三种重要的范式:一是古典主义——人文主义范式(以古代经典作品为范式,描述文学发展的历史,此范式在19世纪衰落),二是历史主义——实证主义范式(将文学史看作整个社会历史的一部分,文学的变革是社会政治变革和思想发展的必然结果,此范式在一战后衰落),三是审美形式主义范式(对文学作品本身进行内部研究,将文学史看作与社会历史分离的自足封闭的历史,这种范式在二战后衰落)。姚斯认为,这三种文学史研究范式都割裂了文学与历史、历史方法与美学方法的内在关联,所以都无法揭示文学史存在的本身。因此,必须找到一种新的能将文学与历史、历史方法和美学方法统一起来的文学史研究方法,这种方法就是接受美学。姚斯认为,文学作品的存在方式显示为紧密相关的双重历史,其一是作品与作品之间的相关性历史,其二是作品存在与一般社会历史的相关性历史。在此基点上,姚斯紧接着指出,文学作品的存在史不仅是上述的双重历史,也是作品与接受相互作用的历史。过去,文学史只和作家的创作有关,与读者的接受无关。这样,一部文学史不过是作家的创作史和作品的罗列史,而读者始终是缺席的。所以姚斯坚决主张,文学史研究必须引入读者的接受,这种引入读者的文学史叙事正是接受美学理论作为文学史方法论基础的关键所在。

关于当代文学史写作的讨论是近三十多年来的一个热点话题,它起始于1980年代中期以后,到目前已经涌现出了众多"重写"的文学史著作。数年来,关于文学史写作的讨论,集中在"写什么"和"如何写"这两个问题上,前者要回答的是当代文学史应该叙述什么,后者要回答的是以什么价值立场进行阐述,显然,方法论问题还没有进入这一话题的讨论当中,这说明"重写"之作还有其商榷空间。在此,让我们选取两部颇有"重写"意义的当代文学史著作,以检测文学史家所秉持的方法论和文学史写作模式,即洪子诚著《中国当代文学史》、陈思和主编《中国当代文学史教程》。这两部史著各有特色,

---

[①] 朱立元主编:《当代西方文艺理论》,华东师范大学出版社2005年版,第286—287页。

被学界普遍看作"重写文学史"的代表性成果。

　　洪著的言史方式，属于典型的历史主义——实证主义范式，所以，尽管其有很多突破，如对传统文学史范式的自我调整，对大量史料的新的阐释，能够把问题带到历史情境中去，对文学环境的审视采取了多维视角，等等，但从接受理论来看，洪著仍然表现出了两个明显的不足：一是缺少作品与作品之间的相关性历史的描述，也就是文学性分析和美学意识未能充分展开；二是没有引入读者视角，忽略了真正意义上的读者。所以，赵树理之后的柳青，柳青之后的路遥，便失去了文学史线索上的描述，路遥的缺席便是断线的标志，况且对《平凡的世界》的只字未提也表现出该著的无读者意识。

　　陈著的著史方法，有着明显的突破历史主义——实证主义范式的意图，他还引入了"民间""潜在写作"和"共名与无名"等文学史观念以强化这一意图。相对于洪著而言，陈著更靠近审美形式主义范式，而也正是在这个意义上，它同样表现了不足，也就是说，陈著在单个作家的单个作品方面，分析得较细，但我们却看不到作品存在史的阐释，比如它虽然选择了路遥的《人生》，却没有说明该文本与《平凡的世界》之间的关联，因此我们就无法看到作品与作品之间的相关性历史。陈著以作品为中心来阐释文学史，按接受美学理论看，这是著史的正路，但问题在于，它所选的作品有没有经过读者的充分阅读，这个作品是不是一种"当代存在"，《平凡的世界》比《人生》的阅读更充分，更能表明某种当代存在性，所以他选择的可疑性就表现了出来。

　　从上述两部当代文学史的重写，可以看到其无论在方法论、文学史观念、体例安排等方面都有突破，但它们身上又都体现了相似的不足，这明显表现在作品与作品之间的相关性历史的阐释空缺方面。也就是说，两部史著都忽略了读者的接受因素，都存在著史者言说的权力话语与接受者选择之间难以弥合的矛盾。或许我们的文学史家太过看重传统的写作模式，在这种情况下，接受美学理论给我们打开了一个很好的视窗，因此应该看到，文学研究应落实为文学作品的研究,文学作品的研究应落实为文学作品的存在方式的研究,文学作品的存在方式的研究应落实为文学作品的存在史的研究,而文学作品的存在史(亦即读者的接受史)无疑也是文学史研究的重要内容。在这个意义上,"路遥《平凡的世界》现象"作为一种当代存在,在时刻检测着当代文学史叙事的真实性。

附　言

　　本书在写作过程中，笔者参阅了新时期文学研究的大量论著，获益匪浅，尤其是李继凯《矛盾交叉：路遥文化心理的复杂构成》（《文艺争鸣》1992年第3期）、李星《无法回避的选择——从〈人生〉到〈平凡的世界〉》（《花城》1987年第3期）、李勇《路遥论》（《小说评论》1986年第5期）、韩玉珠《尽情映现普通人的奋斗精神美——评路遥作品的审美追求》（《小说评论》1992年第6期）、畅广元《表现新时代的美——论路遥作品的美学特色》（《陕西师大学报》1985年第3期）、蔡翔《高加林和刘巧珍》（《上海文学》1983年第1期）、白烨《执着而严肃的艺术追求——评路遥的小说创作》（《人民日报》1983年5月10日）等文章中的有些观点，本书曾予引用。谨在此致以诚挚的谢意。

附　　录

一、路遥主要作品

[1]《人生》,中国青年出版社1982年版。

[2]《当代纪事》,重庆出版社1983年版。

[3]《姐姐的爱情》,中国青年出版社1985年版。

[4]《路遥小说选》,青海人民出版社1985年版。

[5]《平凡的世界》,中国文联出版公司1986、1988、1989年版。

[6]《早晨从中午开始》,西北大学出版社1992年版。

[7]《路遥中篇小说名作选》,陕西人民出版社1993年版。

[8]《路遥文集》(第一至五卷),陕西人民出版社1993年版。

二、路遥主要获奖作品

[1]《风雪腊梅》,获1981年《鸭绿江》作品奖。

[2]《惊心动魄的一幕》,获1979—1981年度《当代》文学荣誉奖;1981年5月"《文艺报》中篇小说奖"二等奖;第一届全国优秀中篇小说奖。

[3]《在困难的日子里》,获1982年度《当代》文学中长篇小说奖。

[4]《人生》,1983年3月,获第二届全国优秀中篇小说奖;1984年9月,获陕西省文艺创作"开拓奖"一等奖。

[5]《平凡的世界》,获1991年第三届茅盾文学奖。

三、路遥研究论著选目

著作（1993年至2019年11月）

[1] 晓雷、李星编：《星的陨落 关于路遥的回忆》，陕西人民出版社1993年版。

[2] 航宇：《路遥在最后的日子》，陕西师范大学出版社1993年版。

[3] 赵学勇：《生命从中午消失——路遥的小说世界》，兰州大学出版社1995年版。

[4] 王加人：《路遥研究》，远方出版社1997年版。

[5] 王西平、李星、李国平：《路遥评传》，太白文艺出版社1997年版。

[6] 宗元：《魂断人生——路遥论》，上海文艺出版社2000年版。

[7] 姚维荣：《路遥小说人物论》，新加坡文化艺术出版社2000年版。

[8] 榆林路遥文学联谊会：《不平凡的人生》，2003年。

[9] 贺智利：《黄土地的儿子——路遥论》，中国文联出版社2005年版。

[10] 雷达主编，李文琴编选：《路遥研究资料》，山东文艺出版社2006年版。

[11] 廖晓军：《路遥小说的艺术世界》，三秦出版社2006年版。

[12] 马一夫、厚夫主编：《路遥研究资料汇编》，中国文史出版社2006年版。

[13] 李建军、邢小利编选：《路遥评论集》，人民文学出版社2007年版。

[14] 马一夫、厚夫、宋学成主编：《路遥纪念集》，人民文学出版社2007年版。

[15] 申晓主编：《守望路遥》，太白文艺出版社2007年版。

[16] 李建军编：《路遥十五年祭》，新世界出版社2007年版。

[17] 阎慧玲：《路遥的小说世界》，中国文联出版社2007年版。

[18] 马一夫、厚夫、宋学成主编：《路遥再解读：路遥逝世十五周年全国学术研讨会论文集》，陕西人民出版社2008年版。

[19] 梁颖：《三个人的文学风景——多维视镜下的路遥、陈忠实、贾平凹比较论》，人民出版社2009年版。

[20] 石天强：《断裂地带的精神流亡：路遥的文学实践及其文化意义》，北京大学出版社2009年版。

[21] 张艳茜：《平凡世界里的路遥》，陕西人民出版社2013年版。

[22] 程光炜、杨庆祥编：《重读路遥》，北京大学出版社2013年版。

[23] 王刚编著：《路遥纪事》，北京时代华文书局2014年版。

[24] 海波：《我所认识的路遥》，长江文艺出版社2014年版。

[25] 厚夫：《路遥传：重新开启平凡的世界》，人民文学出版社2015年版。

[26] 王拥军：《路遥新传：平凡的世界，不平凡的人生》，中国商业出版社2015年版。

[27] 段建军主编：《路遥研究论集》，西北大学出版社2016年版。

[28] 延安大学中国当代现实主义文学与路遥研究中心编：《路遥 路遥——〈路遥传〉评论·访谈集》，湖南文艺出版社2016年版。

[29] 王刚编著：《路遥年谱》，北京时代华文书局2016年版。

[30] 张艳茜：《路遥传》，陕西人民出版社2017年版。

[31] 杨晓帆：《路遥论》，作家出版社2018年版。

[32] 海波：《人生路遥》，广东人民出版社2019年版。

[33] 航宇：《路遥的时间：见证路遥最后的日子》，人民文学出版社2019年版。

[34] 申沛昌主编：《路遥与延安大学》，新华出版社2019年版。

论文（1983年至2019年11月）

[1] 蔡翔：《高加林和刘巧珍》，载《上海文学》1983年第1期。

[2] 孙豹隐：《试论路遥中篇小说的几个特色》，载《人文杂志》1983年第3期。

[3] 王愚：《在交叉地带耕耘——论路遥》，载《当代作家评论》1984年第2期。

[4] 李星：《深沉宏大的艺术世界——论路遥的审美追求》，载《当代作家评论》1985年第3期。

[5] 畅广元：《表现新时代的美——论路遥作品的美学特色》，载《陕西师大学报》（哲学社会科学版）1985年第3期。

[6] 李勇：《路遥论》，载《小说评论》1986年第5期。

[7] 李星：《无法回避的选择——从〈人生〉到〈平凡的世界〉》，载《花城》1987年第3期。

[8] 曾镇南：《现实主义的新创获——论〈平凡的世界〉（第一部）》，载《小说评论》1987年第3期。

[9] 丹晨：《孙少安和孙少平》，载《小说评论》1987年第3期。

[10]李若迟:《假如黄河和长江交汇在一起奔流——评路遥和他的〈平凡的世界〉》,载《延安大学学报》(社会科学版)1987年第4期。

[11]马至融:《理性意识:路遥小说的炽热点》,载《延安大学学报》(社会科学版)1987年第4期。

[12]干与:《灰色的困惑——〈人生〉、〈平凡的世界〉的原型分析及其它》,载《延安大学学报》(社会科学版)1989年第1期。

[13]曹增渝、梅蕙兰:《人生之旅与人性之梦——路遥与张炜创作比较》,载《当代作家评论》1989年第5期。

[14]常智奇:《在苦难意识中展示人的内在性——侧评〈平凡的世界〉的艺术追求》,载《当代作家评论》1989年第5期。

[15]范志忠:《浮躁于老井的人生意识》,载《当代作家评论》1989年第4期。

[16]陈美兰:《当他们迈向长篇小说领域的时候——从几位年轻小说家的第一部长篇谈起》,载《小说评论》1990年第6期。

[17]孙廷祥:《天堂的缺憾——〈平凡的世界〉刍议》,载《中国图书评论》1990年第4期。

[18]仵埂:《追寻与受难——读路遥的〈平凡的世界〉》,载《小说评论》1990年第3期。

[19]李继凯:《论中外文学视野中的路遥》,载《陕西师大学报》(哲学社会科学版)1991年第4期。

[20]邢小利:《路遥侧记》,载《文学自由谈》1991年第4期。

[21]白烨:《力度与深度——评路遥〈平凡的世界〉》,载《文艺争鸣》1991年第4期。

[22]李星:《在现实主义的道路上——路遥论》,载《文学评论》1991年第4期。

[23]垄耘:《开掘着的人生系列:路遥初论》,载《小说评论》1991年第2期。

[24]韩玉珠:《尽情映现普通人的奋斗精神美——评路遥作品的审美追求》,载《小说评论》1992年第6期。

[25]李继凯:《矛盾交叉:路遥文化心理的复杂构成》,载《文艺争鸣》1992年第3期。

[26] 靳原：《价值的迷津：读张承志、路遥、张炜的小说》，载《文艺评论》1992年第2期。

[27] 王开阳：《黄土高原上的人生交响：评长篇小说〈平凡的世界〉》，载《杭州师范学院学报》（自然科学版）1992年第1期。

[28] 舒刚斌：《离异—复归—超越——路遥笔下黄土地上的三个魂灵》，载《怀化师专学报》（社会科学版）1992年第1期。

[29] 宗元：《路遥〈平凡的世界〉的结构艺术》，载《名作欣赏》1994年第4期。

[30] 周承华：《在现代理性和传统情感之间——论〈平凡的世界〉的审美特征》，载《小说评论》1994年第1期。

[31] 张瑛：《论路遥作品中的三个男性青年形象》，载《青海民族学院学报》1994年第1期。

[32] 王西平：《路遥对传统现实主义的突破》，载《人文杂志》1995年第3期。

[33] 韩鲁华：《贾平凹、路遥创作文化心态比较》，载《唐都学刊》1995年第2期。

[34] 王西平：《路遥小说中的时代意识与政治意识》，载《小说评论》1996年第3期。

[35] 王海：《从爱情描写看路遥小说的现实主义精神》，载《海南师范学院学报》（人文社会科学版）1996年第2期。

[36] 赵学勇：《路遥的乡土情结》，载《兰州大学学报》（社会科学版）1996年第2期。

[37] 李建南：《论路遥创作的乡土特色》，载《湘潭师范学院学报》1996年第2期。

[38] 田中阳：《黄土地上的文学精魂——从区域自然地理环境对文学的影响观陕西作家群》，载《湖南师范大学社会科学学报》1996年第1期。

[39] 赵刚：《时代精神的眼睛——评〈平凡的世界〉的艺术追求》，载《大连大学学报》1997年第5期。

[40] 王西平：《路遥小说中的道德意识》，载《人文杂志》1997年第1期。

[41] 宗元：《路遥与外国文学》，载《小说评论》1998年第6期。

[42] 贺智利：《陕北民俗与路遥的小说》，载《哈尔滨学院学报》1998年第4期。

[43] 闫雪梅：《〈人生〉与〈老井〉》，载《哈尔滨学院学报》1998年第4期。

[44] 马敏：《路遥的矛盾与抗争》，载《中州大学学报》1998年第3期。

[45] 姚维荣：《永恒的人格力量》，载《安康师专学报》1998年第1期。

[46]张彩玲:《浅析陕北乡土文化对路遥的复杂影响》,载《安康师专学报》1998年第1期。

[47]贺智利:《路遥笔下的土地与人》,载《榆林高等专科学校学报》1998年第2期。

[48]钟建波:《论路遥小说的悲剧情结和苦难意识》,载《中南民族大学学报》(人文社会科学版)1998年第2期。

[49]孙悦:《简论路遥的现实主义创作观》,载《贵州师范大学学报》(社会科学版)1998年第1期。

[50]贺智利:《路遥研究之三:试论路遥小说与陕北方言》,载《安康师专学报》1999年第4期。

[51]姚维荣:《色彩斑斓浪漫苦涩的爱情世界》,载《安康师专学报》1999年第3期。

[52]姚维荣:《路遥研究之三:色彩斑斓浪漫苦涩的爱情世界(续)》,载《安康师专学报》1999年第4期。

[53]陈思广:《理解路遥——重读〈路遥文集〉》,载《文艺理论与批评》1999年第5期。

[54]张喜田:《论路遥的农本文化意识的表现》,载《河南师范大学学报》(哲学社会科学版)1999年第5期。

[55]李强:《黄土地的呼唤——从路遥作品人物探其创作观》,载《江汉大学学报》(自然科学版)1999年第4期。

[56]李焕有:《城乡交叉地:路遥小说创作的审美拓展》,载《洛阳师范学院学报》1999年第4期。

[57]宗元:《论路遥小说中的乡村"政治家"》,载《徐州教育学院学报》1999年第3期。

[58]刘新生:《对一种现实主义的重新解读——路遥小说创作新论》,载《山东社会科学》1999年第4期。

[59]吴三冬:《孙少平的人格悲剧》,载《小说评论》1999年第4期。

[60]郑万鹏:《〈平凡的世界〉:中国农民二次翻身的史诗——与〈安娜·卡列尼

娜〉比较》,载《中国文化研究》1999年第2期。

[61] 宗元、石兴泽:《路遥小说的美学追求》,载《聊城师范学院学报》(哲学社会科学版)1999年第2期。

[62] 宗元:《继承与超越:论路遥与柳青的创作关系》,载《济宁师专学报》1999年第2期。

[63] 安本实:《路遥文学中的关键词:交叉地带》,刘静译,载《小说评论》1999年第1期。

[64] 白玉红:《路遥小说的情感世界》,载《洛阳师范学院学报》2000年第6期。

[65] 李继凯、黄蓉:《一次漫长的心灵对话——评宗元〈魂断人生——路遥论〉》,载《小说评论》2000年第5期。

[66] 陈占彪:《人生的悲剧:在文学与生命的舞台上——路遥小说的文化意蕴》,载《西北师大学报》(社会科学版)2000年第4期。

[67] 龙云:《永远的路遥——路遥作品重读》,载《小说评论》2000年第4期。

[68] 陈占彪:《论路遥小说创作的心理机制》,载《华东师范大学学报》(哲学社会科学版)2000年第3期。

[69] 廖晓军:《蹉跎岁月的青春——论路遥小说中的知青形象》,载《西安文理学院学报》(社会科学版)2000年第1期。

[70] 余荣宝、李玉鸽:《坚韧不拔的人生之旅——从〈平凡的世界〉看路遥的人生哲学与生活理想》,载《广西大学学报》(哲学社会科学版)2001年第A1期。

[71] 王春云:《论路遥文学的独特魅力》,载《学术论坛》2002年第6期。

[72] 李永建:《〈平凡的世界〉的艺术缺憾与路遥的巨著情结》,载《淮北煤师院学报》(哲学社会科学版)2002年第5期。

[73] 邵燕君:《〈平凡的世界〉不平凡——"现实主义常销书"生产模式分析》,载《小说评论》2003年第1期。

[74] 陈泽顺:《路遥的生平与创作》,载《延安大学学报》(社会科学版)2003年第1期。

[75] 马一夫:《民间立场与弱势群体代言人——路遥对当下文学的启示》,载《延安大学学报》(社会科学版)2003年第1期。

[76] 熊修雨、张晓峰：《穿过云层的阳光——论路遥及其创作对中国当代文学的反思》，载《学术探索》2003年第3期。

[77] 贺智利、蔡安延：《路遥小说中饥饿描写的文学意义》，载《榆林学院学报》2003年第1期。

[78] 郑毅：《一曲浓烈而沧婉的信天游——评路遥〈平凡的世界〉的创作特色》，载《齐齐哈尔大学学报》（哲学社会科学版）2003年第3期。

[79] 惠雁冰：《地域抒写的困境——从〈人生〉看路遥创作的精神资源》，载《宁夏社会科学》2003年第4期。

[80] 贺智利：《路遥小说中爱情描写的文化心理透视》，载《哈尔滨学院学报》2003年第9期。

[81] 钟建华：《浅析路遥小说对人的理性的求解》，载《甘肃广播电视大学学报》2003年第4期。

[82] 廖晓军：《路遥小说爱情描写的悲剧情结》，载《唐都学刊》2004年第1期。

[83] 贺智利：《路遥与艾特玛托夫创作比较论》，载《黑龙江教育学院学报》2004年第1期。

[84] 胡辉杰：《路遥：德性的坚守及其偏至——以〈平凡的世界〉为中心》，载《理论与创作》2004年第2期。

[85] 张克：《乡土哲学的价值偏爱及其现代性焦虑——论路遥的文学遗产：反思与领会》，载《理论与创作》2004年第2期。

[86] 贺智利：《路遥的英雄情结》，载《唐都学刊》2004年第3期。

[87] 丁增武：《论路遥小说的审美世界》，载《合肥学院学报》（社会科学版）2004年第2期。

[88] 王卫平、栗丹：《论路遥小说的苦难主题》，载《辽宁师范大学学报》（社会科学版）2004年第5期。

[89] 宗元：《〈平凡的世界〉的民间意义》，载《济宁师范专科学校学报》2004年第5期。

[90] 安本实：《路遥文学的风土背景——路遥与陕北》，载《济宁师范专科学校学报》2004年第5期。

[91]贺智利、徐彤：《路遥的读者意识》，载《榆林学院学报》2004年第4期。

[92]黄建国：《沉郁、雄浑、壮丽的崇高感——路遥小说的美学风格》，载《小说评论》2005年第2期。

[93]贺智利：《路遥的宗教情结》，载《小说评论》2005年第2期。

[94]廖晓军：《路遥小说的崇高美》，载《唐都学刊》2005年第2期。

[95]闫雪梅：《路遥的自卑情结》，载《榆林学院学报》2005年第2期。

[96]王国彪：《表现城乡交叉地带生活的起点之作——评路遥〈在困难的日子里〉》，载《语文学刊》2005年第10期。

[97]黄建国：《论路遥小说的悲剧意识》，载《兰州大学学报》（社会科学版）2005年第4期。

[98]师华、贺智利：《路遥的"农民气质"与陕北农民文化》，载《唐都学刊》2005年第4期。

[99]白忠德：《路遥小说中平民意识的特点》，载《西安财经学院学报》2005年第4期。

[100]王春云：《路遥小说叙事环境考察》，载《云南社会科学》2005年第5期。

[101]陈晓军、袁浩：《"农裔城籍"对路遥创作的影响》，载《西北农林科技大学学报》（社会科学版）2005年第5期。

[102]杨光祖：《论路遥〈平凡的世界〉中的创作误区与文化心态》，载《社科纵横》2005年第6期。

[103]赵贺梅：《中国大陆流散文学中城市对乡村的文化殖民——重读路遥的〈人生〉》，载《中北大学学报》（社会科学版）2005年第6期。

[104]贺智利：《路遥的个性心理》，载《小说评论》2006年第2期。

[105]阎慧玲：《善与美的呼唤——路遥小说的审美蕴涵》，载《名作欣赏》2006年第6期。

[106]朱佑红：《论路遥小说中的家园意识》，载《重庆三峡学院学报》2006年第5期。

[107]李俏梅：《从〈平凡的世界〉结尾看路遥精神世界的深层矛盾》，载《广州大学学报》（社会科学版）2006年第9期。

[108] 贺智利：《路遥的当代意义》，载《小说评论》2007年第2期。

[109] 张红秋：《路遥：文学战场上的"红卫兵"》，载《兰州大学学报》（社会科学版）2007年第2期。

[110] 冯肖华：《路遥论》，载《文艺争鸣》2007年第4期。

[111] 黄晶：《浅析路遥作品中"门当户对"的爱情观》，载《名作欣赏》2007年第5期。

[112] 曹晛：《阳光下的泡沫——路遥的人生经历与其作品中虚构童话和现实悲剧的内在联系》，载《吉林省教育学院学报》2007年第5期。

[113] 徐志：《过客身份与归根情结——论路遥小说中知识分子的归属问题》，载《文教资料》2007年第15期。

[114] 金莉：《浅析路遥小说的平民意识》，载《青海社会科学》2007年第5期。

[115] 胡欣育：《论路遥儒家文化意识在〈平凡的世界〉的表现》，载《湖北社会科学》2007年第10期。

[116] 魏家文：《从路遥的小说创作看乡土中国的现代性焦虑》，载《遵义师范学院学报》2007年第5期。

[117] 娄希强：《人生的接力——路遥代表作中主要人物形象的纵向联系及整体解读》，载《文教资料》2007年第34期。

[118] 王金城：《路遥的文学史阅读与考察——纪念路遥逝世15周年》，载《闽江学院学报》2007年第6期。

[119] 张丽萍：《路遥作品思想的现代性和情感的传统性》，载《甘肃教育》2008年第3期。

[120] 任美衡：《〈平凡的世界〉：多重冲突与价值取向的深层构型》，载《衡阳师范学院学报》2008年第1期。

[121] 余琪：《美丽的花朵永不凋谢——论路遥的"底层叙事"经验》，载《当代文坛》2008年第2期。

[122] 安本实：《"交叉地带"的描写——评路遥的初期短篇小说》，陈凤译，载《当代文坛》2008年第2期。

[123] 刘好梅：《城乡"交叉地带"，路遥小说的表现空间》，载《电影文学》2008

年第6期。

[124]安春华:《论路遥小说的乡土情结和悲剧意识》,载《中州大学学报》2008年第2期。

[125]石世明:《史诗建构的乡土悲歌——浅谈路遥农村题材小说创作》,载《当代文坛》2008年第3期。

[126]高文:《从审美角度对路遥〈人生〉与〈平凡的世界〉的比较研究》,载《时代文学》2008年第10期。

[127]任葆华:《论路遥小说中的成长叙事》,载《名作欣赏》2008年第7期。

[128]王永奇:《路遥作品在塑造人物形象方面的外来影响》,载《时代文学》2008年第15期。

[129]单永军:《矛盾交织的生存图景:重读路遥小说》,载《时代文学》2008年第16期。

[130]刘欣欣、余涛:《路遥研究述评》,载《淮北职业技术学院学报》2008年第4期。

[131]刘凤芹:《乡土情结与现代理性的平衡:路遥创作心理透视》,载《时代文学》2008年第19期。

[132]赵学勇:《"路遥现象"与中国当代文坛》,载《小说评论》2008年第6期。

[133]韩蕊:《男性写作中妻性话语的缺席:路遥笔下女性形象论》,载《名作欣赏》2009年第2期。

[134]贺智利:《路遥小说中主要人物的忧郁美及其成因》,载《榆林学院学报》2009年第1期。

[135]孙宏哲:《浅谈〈平凡的世界〉的创作与接受》,载《赤峰学院学报》(哲学社会科学版)2009年第1期。

[136]李西平:《对路遥小说中"城乡交叉"式爱情的思考》,载《陕西广播电视大学学报》2009年第1期。

[137]徐祖明:《论〈平凡的世界〉中的"圆"》,载《湛江师范学院学报》2009年第2期。

[138]武善增:《乡土价值偏爱与现代性怨恨交织成的精神焦虑:论路遥小说〈人

生〉的精神向度与艺术表达》，载《名作欣赏》2009年第10期。

[139]刘凤芹：《坚守中的突破：路遥现实主义创作论》，载《名作欣赏》2009年第10期。

[140]刘达开：《"奋斗叙事"缺席的无意识：重读〈人生〉》，载《语文学刊》2009年第9期。

[141]魏汉武：《路遥小说中的女性形象评析》，载《文学教育》（上）2009年第5期。

[142]王峰、谢丽君：《论路遥创作的乡土情结》，载《文学教育》（上）2009年第5期。

[143]李世前、李朝运：《路遥〈平凡的世界〉叙事角度解读》，载《电影文学》2009年第11期。

[144]何江凤：《沈从文与路遥创作中的地域文化色彩比较》，载《荆楚理工学院学报》2009年第6期。

[145]詹歆睿：《从读者的阅读与接受看"路遥现象"的存在》，载《商洛学院学报》2009年第6期。

[146]姜岚：《作为对应物的爱情——路遥小说的爱情模式及其人文功能》，载《南方文坛》2010年第1期。

[147]邴树业：《论路遥小说创作的爱情视角》，载《语文学刊》2010年第2A期。

[148]詹歆睿：《从路遥的人生与作品看祖国的变迁》，载《文教资料》2010年第5期。

[149]万秀凤：《"〈平凡的世界〉现象"的历史考察及研究》，载《当代文坛》2010年第2期。

[150]姜岚：《路遥小说人生图景解析》，载《小说评论》2010年第2期。

[151]刘凤芹：《以接受美学探析路遥小说魅力之源》，载《南京理工大学学报》（社会科学版）2010年第2期。

[152]王洪岳：《如何叙述"平凡的世界"——读〈平凡的世界〉》，载《文艺争鸣》2010年第6A期。

[153]秦香丽：《从路遥的小说创作来看乡土中国的现代性焦虑》，载《哈尔滨学院

学报》2010年第6期。

[154]崔燕燕:《论路遥小说中"边缘人"的孤独感》,载《安徽文学》(下半月)2010年第6期。

[155]詹歆睿:《路遥小说的雨雪意象分析》,载《理论导刊》2010年第7期。

[156]刘凤芹:《和谐:路遥小说的审美追求》,载《西北农林科技大学学报》(社会科学版)2010年第4期。

[157]谭伟平、吴海杰:《理想的批判与批判的理想》,载《理论与创作》2010年第4期。

[158]刘凤芹:《路遥小说的读者认同元素探析》,载《西南交通大学学报》(社会科学版)2010年第4期。

[159]刘元英:《路遥小说创作中政治意蕴的文本体现》,载《大众文艺》2010年第15期。

[160]张连义:《论路遥小说的民间叙事》,载《中南大学学报》(社会科学版)2010年第4期。

[161]姜岚:《走出审美迷思:路遥小说的可阐释性与路遥研究》,载《文艺理论与批评》2010年第5期。

[162]江胜清:《20世纪中国文学枝头的两颗爱情之果:比较鲁迅〈伤逝〉与路遥〈人生〉的不同》,载《名作欣赏》2010年第30期。

[163]李生宝:《试论路遥作品中道德热情笼罩下的人性之光》,载《大众文艺》2010年第19期。

[164]周燕芬:《路遥〈人生〉爱情内涵新解》,载《名作欣赏》2010年第36期。

[165]朵辉贤:《从地域文化视角看路遥小说的创作局限》,载《重庆交通大学学报》(社会科学版)2010年第6期。

[166]王一川:《中国晚熟现实主义的三元交融及其意义:读路遥的〈平凡的世界〉》,载《文艺争鸣》2010年第23期。

[167]臧小艳:《解读路遥作品的"女神"原型》,载《时代文学》(上半月)2011年第2期。

[168]李遇春:《焦虑的踪迹:论路遥小说创作心理嬗变》,载《文学评论》2011年

第2期。

[169]安琛:《矛盾交织背景下的错与罚:论路遥作品中的"城乡交叉地带"》,载《文学界》(理论版)2011年第3期。

[170]李黛岚:《路遥小说人性美解读:以〈平凡的世界〉和〈人生〉为例》,载《名作欣赏》2011年第11期。

[171]李晓霞:《路遥〈人生〉的悲剧性叙事艺术》,载《延安大学学报》(社会科学版)2011年第2期。

[172]赵学勇:《"老土地"的当代境遇及审美呈现——路遥与中国传统文化》,载《陕西师范大学学报》(哲学社会科学版)2011年第3期。

[173]吴进:《城市·农村·中国革命:路遥小说解读》,载《陕西师范大学学报》(哲学社会科学版)2011年第3期。

[174]黄汝君:《于无声处听惊雷:从〈平凡的世界〉中透析路遥的悲剧意识》,载《时代文学》(下半月)2011年第5期。

[175]侯业智:《论知青对路遥小说创作的影响》,载《延安大学学报》(社会科学版)2011年第3期。

[176]冯群英:《浅论路遥小说的模式化写作》,载《安徽文学》(下半月)2011年第7期。

[177]杨丽华:《路遥创作的补偿心理探析》,载《文教资料》2011年第22期。

[178]詹玲:《看新时期两种文学价值观之争:以〈人生〉为例》,载《文艺争鸣》2011年第14期。

[179]赵玥:《从〈平凡的世界〉解析路遥受欢迎的原因》,载《安康学院学报》2011年第4期。

[180]李丹:《奋争与回归:路遥小说中城市边缘人物形象探析》,载《时代文学》(下半月)2011年第12期。

[181]徐刚:《"交叉地带"的叙事镜像:试论十七年文学脉络中的路遥小说创作》,载《南方文坛》2012年第1期。

[182]白浩:《路遥苦难叙事的限度》,载《中国现代文学研究丛刊》2012年第3期。

[183]侯海燕:《男权社会标准下的女性形象:路遥〈黄叶在秋风中飘落〉解读》,载《名作欣赏》2012年第12期。

[184]程光炜:《文学年谱框架中的〈路遥创作年表〉》,载《当代文坛》2012年第3期。

[185]陈新瑶:《新时期乡土叙事的生态解读——以路遥、贾平凹的小说为中心》,载《江汉大学学报》(人文科学版)2012年第3期。

[186]武杰:《延安文学对作家路遥的影响与启示》,载《陕西教育》(高教版)2012年第6期。

[187]王莹莹、张小刚:《"乡下人"的"菲勒斯"意识:路遥小说中的婚恋叙事批判》,载《绵阳师范学院学报》2012年第7期。

[188]魏策策:《救赎与担当:路遥的两性书写与中国精神》,载《三峡大学学报》(人文社会科学版)2012年第4期。

[189]杨庆祥:《阅读路遥:经验和差异》,载《南方文坛》2012年第5期。

[190]加藤三由纪:《杨庆祥的路遥研究》,陈颖艳译,载《南方文坛》2012年第5期。

[191]金理:《在时代冲突和困顿深处:回望孙少平》,载《文学评论》2012年第5期。

[192]韩琳琅:《路遥现实主义创作观探析》,载《商洛学院学报》2012年第5期。

[193]刘成才、范钦林:《现代中国的现实主义叙事——路遥小说〈人生〉的知识社会学解读》,载《中国文学研究》2012年第4期。

[194]汪德宁:《作为理想和力量的文学:当代文坛的"路遥现象"》,载《当代文坛》2012年第6期。

[195]赵学勇:《再议被文学史遮蔽的路遥》,载《小说评论》2013年第1期。

[196]张立群:《作家的自我认同与读者接受:解读"路遥现象"》,载《海南师范大学学报》(社会科学版)2013年第2期。

[197]何永明:《试论路遥作品中人物的恋土情结》,载《名作欣赏》2013年第9期。

[198]何永明:《历史的记忆:路遥作品中人物的困惑》,载《名作欣赏》2013年第12期。

[199]张连义:《包产叙事中的家庭观念嬗变——以路遥、贾平凹、陈忠实的创作为例》,载《小说评论》2013年第3期。

[200]葛美英:《浅析路遥、陈忠实作品中的民间文化立场》,载《创作与评论》2013年第10期。

[201]高静、石梅兰:《路遥文学的时代特征分析》,载《兰州教育学院学报》2013年第5期。

[202]赵忠富:《试论陕北民歌在路遥小说人物塑造中的作用》,载《延安大学学报》(社会科学版)2013年第3期。

[203]郭晓:《城市化:〈平凡的世界〉中孙少平的命运密码》,载《湖南工业大学学报》(社会科学版)2013年第3期。

[204]赵忠富:《陕北民歌与路遥文学创作的主题》,载《渭南师范学院学报》2013年第7期。

[205]臧晴:《个人话语的犹疑与消解:论"重评路遥现象"》,载《名作欣赏》2013年第22期。

[206]牛夏:《从女性主义批评视角看路遥的〈平凡的世界〉》,载《牡丹江师范学院学报》(哲学社会科学版)2013年第5期。

[207]卢晓霞:《论路遥小说的意境美》,载《名作欣赏》2013年第32期。

[208]程振红:《城乡之间的两极律动:〈人生〉的"现代性"解读》,载《绵阳师范学院学报》2013年第12期。

[209]李建军:《浅析路遥及其作品对中国当代文学的影响和反思》,载《语文建设》2014年第15期。

[210]宋刚:《丰富的交叉地带——路遥小说的创作特色》,载《长春大学学报》(社会科学版)2014年第5期。

[211]李珉:《浅议路遥小说〈平凡的世界〉的崇高美》,载《吉林省教育学院学报》(下旬)2014年第7期。

[212]白浩:《路遥的体验式现实主义与人民性》,载《现代中国文化与文学》2014

年第1期。

[213]张健:《略论路遥小说的政治色彩》,载《延安职业技术学院学报》2014年第5期。

[214]孙萍萍:《路遥小说中的母亲叙事》,载《渭南师范学院学报》2014年第21期。

[215]雷达:《路遥作品的审美灵魂和当代意义》,载《散文世界》2015年第3期。

[216]文贵良:《路遥式现实主义的当下意义》,载《社会科学文摘》2015年第4期。

[217]杨晓帆:《怎么办?——〈人生〉与80年代"新人"故事》,载《文艺争鸣》2015年第4期。

[218]梁向阳:《路遥〈惊心动魄的一幕〉的发表过程及其意义》,载《文艺争鸣》2015年第4期。

[219]海波:《我所认识的路遥》(节选),载《文艺争鸣》2015年第4期。

[220]赵勇:《路遥的人格魅力与缺陷:读〈路遥传〉致作者》,载《文艺争鸣》2015年第4期。

[221]巫文广:《城乡碰撞下的爱情磨难——从〈平凡的世界〉谈起》,载《名作欣赏》2015年第15期。

[222]李松睿:《路遥的启示》,载《艺术评论》2015年第5期。

[223]董丽敏:《"自然的"劳动与"不自然的"劳动主体——关于〈平凡的世界〉的一种解读》,载《艺术评论》2015年第5期。

[224]马征:《为时代嵌入新的历史意识——路遥的文学遗产》,载《艺术评论》2015年第5期。

[225]雷欣:《地域文化对〈人生〉中高加林形象塑造的影响》,载《文学教育》2015年第9期。

[226]吴卓:《突围与回归:路遥〈人生〉重读》,载《文学教育》2015年第9期。

[227]张爱玲:《〈平凡的世界〉的国民性书写》,载《山西财经大学学报》2015年第A1期。

[228]周新民:《〈人生〉与"80年代"文学的历史叙述》,载《文学评论》2015年第

3期。

［229］王胜晓：《〈平凡的世界〉中田润叶悲剧形象分析》，载《语文学刊》2015年第11期。

［230］曹苗：《从美学范畴浅谈路遥小说的悲剧意识与悲剧精神——路遥长篇小说〈平凡的世界〉的悲剧美学观念的构架窥视》，载《名作欣赏》2015年第20期。

［231］关峰：《路遥论》，载《西华大学学报》（哲学社会科学版）2015年第4期。

［232］张雪艳：《路遥文学人生风景的不同呈现——当代三部路遥传记评析》，载《西北大学学报》（哲学社会科学版）2015年第4期。

［233］谢延秀：《论路遥小说中次要人物的艺术特色》，载《延安大学学报》（社会科学版）2015年第4期。

［234］朱云：《论〈人生〉中的城乡想象与时代寓言》，载《安康学院学报》2015年第4期。

［235］张茜：《路遥〈人生〉的现代性意识》，载《长春教育学院学报》2015年第15期。

［236］王鑫：《直面路遥的创作不足与局限》，载《西昌学院学报》（社会科学版）2015年第3期。

［237］郝庆军：《〈平凡的世界〉：历史与现实》，载《文艺理论与批评》2015年第5期。

［238］陈一军：《民间情感和现代畅想的交错与叠加——论路遥小说创作浪漫主义特性的精神实质》，载《当代文坛》2015年第6期。

［239］吴进：《"路遥现象"探因》，载《陕西师范大学学报》（哲学社会科学版）2015年第6期。

［240］于敏、赵学勇：《追求一种有"温度"的书写——以路遥的创作为例》，载《陕西师范大学学报》（哲学社会科学版）2015年第6期。

［241］武菲菲：《乍暖还寒——"平凡的世界"现象与"重写文学史"》，载《兰州大学学报》（社会科学版）2015年第6期。

［242］田文兵：《路遥的创作与现代文学传统》，载《兰州大学学报》（社会科学版）2015年第6期。

[243]于敏:《路遥小说的"悲情"书写》,载《兰州大学学报》(社会科学版)2015年第6期。

[244]侯业智:《论延安大学对路遥文学创作的影响》,载《延安大学学报》(社会科学版)2016年第2期。

[245]李莉:《路遥小说的女性群像与民间理想》,载《山东女子学院学报》2016年第2期。

[246]王琼:《受难于儒家性别困境的女性世界——谈路遥〈平凡的世界〉在女性形象塑造上的局限性》,载《山东女子学院学报》2016年第2期。

[247]郑乃勇:《论路遥小说中的个人主义话语》,载《当代文坛》2016年第1期。

[248]朱晓:《论路遥〈平凡的世界〉所体现的中国文学现代性》,载《名作欣赏》2016年第6期。

[249]曹静娴:《路遥〈平凡的世界〉中人性的文化规约》,载《南京师大学报》(社会科学版)2016年第2期。

[250]王继东、陈雪:《精神家园的守望——从〈平凡的世界〉看路遥的人文情怀》,载《名作欣赏》2016年第15期。

[251]冯宗仁:《表征和原因:路遥小说爱情主题的一种现代性视域呈现》,载《榆林学院学报》2016年第3期。

[252]侯业智、惠雁冰:《"〈平凡的世界〉现象"的传播学解读》,载《小说评论》2016年第4期。

[253]陈林:《〈人生〉的现代想象与身份焦虑》,载《小说评论》2016年第4期。

[254]彭海云:《试论路遥小说中的"奋斗者"形象及其当代影响》,载《名作欣赏》2016年第24期。

[255]陈然兴:《论路遥作品中"单子"叙事的困境及其意识形态解决》,载《西北大学学报》(哲学社会科学版)2016年第5期。

[256]王鹏程、唐明星:《路遥小说的道德空间》,载《西北大学学报》(哲学社会科学版)2016年第5期。

[257]陈海:《路遥现实主义的审美之维》,载《西北大学学报》(哲学社会科学版)2016年第5期。

[258]梁向阳、丁亚琴:《路遥作品在日本的传播》,载《小说评论》2016年第5期。

[259]孙小竹:《被遮蔽的光芒——路遥及其作品对于当下的意义》,载《鸡西大学学报》2016年第10期。

[260]杨莉莉:《〈平凡的世界〉研究综述》,载《陇东学院学报》2016年第6期。

[261]苏静、占琦:《论路遥文学创作中的延安精神》,载《名作欣赏》2016年第36期。

[262]王素、梁道礼:《"交叉地带"的乡土话语——路遥方言写作论》,载《当代作家评论》2017年第1期。

[263]刘晓宇:《孤独的引路人与最后的守护者——以"青年问题"为中心考察路遥的"恰科夫斯基影响"》,载《当代作家评论》2017年第1期。

[264]李炎超:《论路遥小说中的教师形象》,载《安徽文学》(下半月)2017年第1期。

[265]王焕阁:《"城乡交叉地带"下的流动性与反思——以小说〈人生〉为例》,载《现代语文》(学术综合版)2017年第2期。

[266]张红:《〈平凡的世界〉人物形象的特点与深层精神内涵》,载《名作欣赏》2017年第14期。

[267]史维:《〈平凡的世界〉之审美文化价值论略》,载《名作欣赏》2017年第27期。

[268]张志忠:《重建现实主义文学精神——路遥〈平凡的世界〉再评价》,载《文艺研究》2017年第9期。

[269]王莉、吴晓棠:《论路遥〈平凡的世界〉中的女性婚恋观》,载《名作欣赏》2017年第29期。

[270]廖冬梅:《论〈平凡的世界〉的叙事创新》,载《海南师范大学学报》(社会科学版)2017年第5期。

[271]彭翠:《传统与现代的纠缠——"路遥现象"与女性形象的再解读》,载《当代文坛》2017年第6期。

[272]谢延秀:《路遥小说中男权主义倾向论析》,载《学术交流》2017年第11期。

[273]肖庆国:《自卑与自亢的互见——析路遥小说创作的重要心理动因》,载《成都理工大学学报》(社会科学版)2017年第6期。

[274]陈艳:《大地上的书写:论路遥的小说创作》,载《小说评论》2017年第6期。

[275]黄晓娟、武建树:《论〈平凡的世界〉中女性形象的复杂文化构成》,载《江汉论坛》2018年第1期。

[276]侯业智:《论"路遥精神"的内涵与传播途径》,载《延安大学学报》(社会科学版)2018年第1期。

[277]张中锋:《〈平凡的世界〉创作中的俄苏文学道德资源》,载《济南大学学报》(社会科学版)2018年第2期。

[278]申朝晖:《路遥文学作品的跨文化传播研究》,载《小说评论》2018年第2期。

[279]郅惠:《清醒中的执著——谈路遥在〈平凡的世界〉中的理想主义建构》,载《人文杂志》2018年第3期。

[280]王兆胜:《路遥小说的超越性境界及其文学史意义》,载《文学评论》2018年第3期。

[281]赵勇:《在大众阵营与"精英集团"之间——路遥"经典化"的外部考察》,载《文学评论》2018年第3期。

[282]阎真:《路遥的影响力是从哪里来的?——从〈平凡的世界〉看写与读的关系》,载《文学评论》2018年第3期。

[283]王仁宝:《当代文学史视野中的〈平凡的世界〉》,载《当代作家评论》2018年第3期。

[284]卢燕娟:《"路遥现象"与文学史中的"农民"问题》,载《首都师范大学学报》(社会科学版)2018年第3期。

[285]詹歆睿:《路遥书信研究》,载《海南师范大学学报》(社会科学版)2018年第3期。

[286]程旸:《写在陕北——对路遥小说创作地点及题目的考察和反思》,载《文艺研究》2018年第7期。

[287]宋珊：《星空图景：路遥小说中的浪漫写意》，载《小说评论》2018年第4期。

[288]王俊虎、范婷：《论路遥〈平凡的世界〉中的存在主义意蕴》，载《榆林学院学报》2018年第5期。

[289]李然：《理想主义和现实主义的双重影响——从〈平凡的世界〉贺秀莲之死解读路遥的内心世界》，载《文教资料》2018年第33期。

[290]冯庆华：《转型时代与路遥的小说叙事》，载《榆林学院学报》2019年第1期。

[291]张悠哲：《乡土社会转型与路遥的城乡伦理建构》，载《小说评论》2019年第1期。

[292]徐军义：《路遥文学的审美之维》，载《小说评论》2019年第2期。

[293]倪伟：《平凡的超越：路遥与80年代文化征候》，载《文艺争鸣》2019年第3期。

[294]朱明伟：《路遥延川时期的文学交往（1969—1973）》，载《当代文坛》2019年第3期。

[295]王俊虎、范婷：《论路遥对延安文艺大众化传统的继承与发展》，载《中北大学学报》（社会科学版）2019年第3期。

[296]牛学智：《路遥的现实主义与今天走向现象化的"现实主义"——从〈早晨从中午开始〉说开去》，载《南方文坛》2019年第3期。

[297]程光炜：《一份沉埋的孤证与文学史结论——关于路遥1971年春的招工问题》，载《当代文坛》2019年第2期。

[298]梁向阳、李欣：《本我·自我·超我——从小说人物少平、少安、高加林反观路遥的创作心理》，载《榆林学院学报》2019年第5期。

[299]白姣：《"纪念新中国成立70周年暨路遥诞辰70周年"全国学术研讨会会议综述》，载《榆林学院学报》2019年第5期。

[300]程旸：《在延川、延安两份书单之间的路遥》，载《当代文坛》2019年第5期。

[301]程光炜：《路遥和林虹关系的一则新材料》，载《文艺争鸣》2019年第9期。

[302]段建军:《路遥与普通读者同感共谋的艺术探索》,载《小说评论》2019年第5期。

[303]冯涛:《论路遥时代书写的文学意义》,载《小说评论》2019年第5期。

[304]孙萍萍:《路遥生平的细节考证和史料辨析——从几本路遥传记谈起》,载《小说评论》2019年第5期。

[305]韩蕊、原艺珍:《路遥小说批评中的陕西话语》,载《小说评论》2019年第5期。

[306]白烨:《一部读者"读"出来的经典——从〈平凡的世界〉的热读热销说起》,载《长篇小说选刊》2019年第6期。

[307]郜元宝:《编年史和全景图——细读〈平凡的世界〉》,载《小说评论》2019年第6期。

后　　记

作为国内第一部较为系统的路遥研究专著，在路遥诞辰七十周年之际，有机会能够得以增订出版，实在不易而有幸。

恰如林毓生先生所言："我所有的个人研究，都与我的个人关怀有关。"就我个人的兴趣而言，比较倾向于在学术研究中倾入更多主观关怀。之所以对路遥这位作家产生兴趣，看其创作仅是一个方面，更在于我看重他视自己是"血统的农民的儿子"这种对于作家身份定位的自觉意识及其与表现对象之间的情感契合。这一点让我感受到了强烈的共鸣。

路遥的精神结构中充溢着顽强奋斗、锲而不舍的人格意志，坚韧刚毅、勇于担当、乐于奉献的个性品格，他以作家"不潇洒的劳动"，昂扬的生命激情，呈现了中国社会大变革时期广大民众的生存苦难、奋斗理想与心灵蜕变，从而建构起雄浑凝重的"中国气象"。路遥曾说："我在稿纸上的劳动和父亲在土地上的劳动本质上是一致的。由此，这劳动就是平凡的劳动，而不应该有什么了不起的感觉"。作家自述中所体现出的这种自觉的身份意识，实际上是非常令人感佩的。更为重要的是，他倾尽生命去写作的那股韧性使他过早地透支了自己的健康，以至于四十二岁就辞世了，这使我感到无限惋惜。在路遥其时的中国创作环境中，他和他的现实主义作品则显得土里土气、格格不入，但这恰恰也是这位作家独立人格、承担意识的体现。路遥一直关注的是改革开放时代中国社会的重大问题，比如"三农"问题、社会转型问题、普通民众的生存问题、农村青年的出路问题、农民工进城问题、乡镇企业的生存发展问题等等。这种种问题,依然是中国当下值得正视和探讨的问题。

路遥悲悯于民众生活的艰难,他所坚持观照的,始终是平凡的世界里中国百姓的日常生活,是那些底层社会真切动人的欢笑与痛苦。特别是他所塑捏的高加林、孙少安、孙少平等人物形象,有着一代农村青年普遍的人生轨迹的影子,无不引起人们的情感共振。还有路遥那种下沉的观察社会和人生的视角、清醒的认识、鲜明的立场,既延续了中国现代自"五四"以来的现实主义文学精神传统,又借小说创作回应了文学为什么人、如何为的文学大众化的问题。但是这样一位在读者中引起持续兴趣的作家,却没有得到学界和评论界更深入的阐释和评价,乃至于文学史书写和读者之间形成了"冷落"和"热读"的"路遥现象",这是很遗憾的。因此,在这样的背景下,我认为有必要对路遥和他的作品作出认真的梳理、解读和系统的研究和评价。

1991年初冬,路遥在刚过四十岁时,或许是对于生命在冥冥之中的某种感知,他对自己的生命及创作历程作了相当深刻的思考和真诚的倾诉表白,这在《早晨从中午开始》这部封笔之作中有让人难以忘怀的至情文字的记载。一个文学巨子正值生命的"中午"时陨落了,于是也就有了笔者的《生命从中午消失——路遥的小说世界》这本书。

对路遥的研究看起来是对一位作家的研究,实际上是我力图通过对这样一位作家的研究,不但观察当代文坛现状,且还可以认识当代中国社会生活的种种面向与文化走向。路遥所叙述的,已不仅是彼时农村变革的时代情绪及一代人的觉醒,更是20世纪中国一路蹒跚走来的历史回顾及当下写照。所以,对于路遥的研究及其评价也就不再局限于作家创作本身所体现出来的文学性高度上,还在于其创作中所反映的对于"中国问题"的思想认识及其所达到的深广度方面。因此,今天重读路遥,显得更有必要。

本书1995年1月由兰州大学出版社初版,产生了较广泛的社会影响。为了更好地满足相关研究者及读者的需要,同时积极回应改革开放四十余载的系列纪念活动,特推出《生命从中午消失——路遥的小说世界》的增订本。本次增订出版在前一版本的基础上,收录了最新研究成果,增补了部分内容,调整、补充了相关注释，更新了相关目录，附有路遥研究论著选目等，从而使得内容更为严谨与充实。

在此，衷心感谢陕西师范大学人文社会科学高等研究院、社科处、文学院对本书再版的关心和支持，感谢陕西师范大学出版总社梁菲女士，以及吕惠静、马佩仪、马吴琼等研究生的辛勤付出。

赵学勇

2019年12月6日